梨园秘闻录

（下）

郭言 ◆ 著

上海社会科学院出版社

目录

本篇

第十四回　郝巡警循迹审老船夫，顾小姐因情当旧琵琶　/2

第十五回　为病父攀亲意乱繁花，忆故交往事力证清白　/12

第十六回　义愤填膺决心集罪证，未雨绸缪夜半移瓷货　/23

第十七回　伤痕累累趁隙告密信，嘲声阵阵背后揭窘境　/31

第十八回　黑阎王提审听诉悲境，凤辣子密约语含玄机　/42

第十九回　阶前观素影稍露情意，午夜认罪状速判极刑　/50

第二十回　刑前送行一曲凤求凰，初会别后两度续前缘　/59

第二十一回　梅姨开戏台上显英姿，花娘玉殒乡下空余恨　/70

第二十二回　睹像思知己誓查真相，献画结新友徒惹恼羞　/82

第二十三回　花艇查访湖底捞花牌，绮宴闹罢观客齐散场　/94

第二十四回	叱咤生意场不为闺秀，再访呆画家确认真凶	/103
第二十五回	一见如故尤真赠戒指，四面琳琅城芝躲杀机	/112
第二十六回	疑惑重重访花艇探案，情真切切劝前路思量	/123
第二十七回	步步为营撒网谋凶得，心有不甘复仇诱引之	/131
第二十八回	解密语不懈疑踪已现，审司理连夜风波未止	/139

人篇

第一回	诱以名利班主劝出山，避息蜚语梅姨离长州	/148
第二回	情真切切尤三助友人，疑心重重徐吴探底细	/159
第三回	设局骗钱财再生风波，自戕留遗书又引牵连	/171
第四回	喜得线索暗查落水案，痛失金钗明指通天路	/184
第五回	可疑古董商频入茶楼，可怜妙龄女常出厢间	/196

第六回　求丰收野地齐宴春祭，易处境缝隙力争上游　/205

第七回　孤勇夺铜鼎举枪示威，殷勤写名单有意为之　/215

第八回　误遇豺狼香残披讥笑，巧截羔羊周全点迷津　/224

第九回　门前络绎山中如闹市，年岁匆匆往事似水月　/235

第十回　忽告撤悲案亲父忍痛，夜半报喜讯锦商已捕　/246

第十一回　两面三刀戏耍老实人，气急败坏剖白秘密事　/255

第十二回　别有心思急凑麻将桌，潜龙伏虎密会应是观　/267

第十三回　关怀备至裁布做衣袍，盛情难却邀请拜师宴　/278

第十四回　闹宴未罢梅姨听闲言，杀机隐现浮萍终丧命　/287

第十五回　进茶楼官太太盛情邀，拍箭氅尤小姐高价得　/298

第十六回　语含玄机假问伍城芝，幸避行刺怒搜大茶楼　/309

第十七回　蓄谋已久竟是连环案，明目张胆半掩藏身份　/323

第十八回　上门探消息局势看清，登报解婚约劳燕分飞　/333

第十九回　韬光养晦昂然回远江，旧梦重做黯然别长州　/343

第二十回　心有戚戚闺秀断关系，谍影重重尤三得新身　/351

第二十一回	追真相徐班主返远江，碰巧合孔武生遇故交	/358
第二十二回	镜中花往事淡如云烟，水中月旧境碎似幻影	/370
第二十三回	缠痴情明白人劝规矩，解苦结有心人搭桥梁	/383
第二十四回	往事挑明月夜等黎第，疑心已生有意探慧嫂	/393
第二十五回	旧案重提军长翻票房，有意为之流氓闹戏园	/403
第二十六回	半真半假借酒装痴人，亦虚亦实醉梦忆旧情	/414
第二十七回	棋局密布似胜券在握，险招密备果另有动作	/425
第二十八回	奇女子复仇一切皆抛，刺杀案公审民意罔顾	/434

本篇

第十四回
郝巡警循迹审老船夫，顾小姐因情当旧琵琶

西风街二百五十六号周围是一片荒芜，阡陌交横，两三只牛一堆，摇晃着尾巴，一只野犬慢慢悠悠走近，那双眼睛闪着利光。郝巡警接了李总巡的命令，一刻不停地往渡河口赶。

到了渡河口时，他见那位老妇人的船依旧在岸边停着，便喊了几句，人就过来了。老妇人瞧见来人，是方才那位白净而瘦弱的年轻男子，于是将手中的针线活放进身前的围兜里，擦了擦手，一笑："先生，你来得正好，邓老头回来了，正在凉亭里歇息呢。我刚刚跟他说了，你有话要问，我带你见他去吧。"

妇人说着便跨上岸来，率先走在前边，十分豪爽的样子，她的船没有人看着，竟然也不作些交代，看来这里的妇人都是相互熟识的。不远处，茂盛的绿荫下搭了一个茅草亭子，里边有几条长条石凳，专供人小憩用。

郝巡警一进去，首先闻到了一股药草味，发现墙角摆着两个大木桶，旁边则散摆着几个粗糙的小碗。那是长州人极喜欢喝的甘草水，大概是对面那家药草铺子提供的。有一人正蹲坐

那里,掀开木桶盖子,舀了一勺到碗里,一两口便全灌进了肚子里。

老妇人指着前面道:"你看看那儿,他正躺着休息呢,我们过去,我保管他就起来了。"郝巡警跟着望过去,石凳上果然躺着一人,那人肤色黝黑,额上围着一条灰布巾,脸上盖着一顶草帽,走近了能听见震天响的呼噜声,大概是累了躺着休息。

郝巡警见此,不好意思叫醒人家,一时有些踌躇,停住了脚步,还是老妇人看出了他的犹豫,笑道:"不碍事,我们这些庄稼人不娇贵,要是能谈成一笔生意,少睡一会儿,是没有什么的。"说着便上前去拍醒人了。

郝巡警听老妇人话里的意思,大概以为他来打听货船之事,是为了办出货的。怪不得她对此事这样上心,他这时更有些不好意思,慢步上前。邓老头已经坐了起来,神志有些不清,双眼迷糊,见了郝巡警,也是咧嘴一笑。

郝巡警在旁边坐了下来,一时有些难以开口,最后还是决定先表明身份,便道:"我是巡警厅的巡警员,这是我的证件,我们正在办一桩案子,有事想问您。"一听是要协助办案,老人家有些紧张起来,说话时磕磕绊绊,等一句完整的话说出来,已经忘记他前面说了什么。

老妇人这才知道自己会错了意,心里有些害臊,又想人家办案子问话,而邓老头此时口吐不清的,怕巡警误会,摆手解释道:"他是个结巴,不是有意这样说话的。"郝巡警点点头,事先声明道:"老人家,我要开始做笔录了,这份笔录呢,是要在庭审上用的,我想您在回答我的话时,能够慎重想一想。"

邓老头坐直身子,脚掌紧缩着不敢放地上,斜瞥了老妇人一眼，连连点头，答应道："是，是，是。"郝巡警拿出纸笔时，首先想到的是潜逃了的黑衣男子，那男子似乎很警觉，说话时很有些威严，大概是个领头的，便先问道："你可见过一名黑衣男子，约莫四十来岁，身长大概有五尺七，一张长脸，嘴角边有一颗黑痣，下颌微突，神色冷峻。穿着黑布衫，脚上踩着一双草鞋。"

郝巡警这样一说，邓老头心中已经浮现出了一个人影，这样大冷的天，穿草鞋的并不多见，心想大概是那人了，如实回道："这人我大概是见过的，只是不好说，不知是不是您要找的人。"郝巡警点点头，问道："你同他打过交道？"

邓老头慎重想了想，回道："只见过三次，每次皆是为了运几箱子的货物，不过，都是在晚上八九点钟的时候。"这时，郝巡警想起从屋子抄出来的两大箱伪钞，向老人家确认道："那木箱子的形制是不是平常姑娘家的嫁妆箱子，刷红漆，画囍字，大概有三尺长，两尺高？"

箱子长什么模样，邓老头并没有见过，因为箱子外总会盖一层黑布，不过确实是有三尺长的样子，这样想着，便点了点头称是。郝巡警一喜，案子总算是有些进展了，又追问道："你说你见了他三次，那么这三次分别是什么时候？不不不，你先说一说你第一次见他是什么时候？当时都是什么情形？你好好想一想。"说时捏紧手中的笔，翘首以盼。

抛出这么多问题，邓老头有些接不住，原本说话就结巴，就是脑中回想到了当时的情形，也说不出话来了，急得直摆手，脸也急红了。这时，郝巡警才晓得自己问得过于着急了，便又重复道："好，好，先不着急，你第一次见他是什么时候？"

邓老头这才一字一句说出:"约莫是六个月前,也是晚上八九点钟的样子,他一个人拖着两大箱子货,让我撑到凤山脚下卸货。"郝巡警沉吟了一会儿,那时大概是六月,正酷热难耐,田里的稻子也正待收割,这样说来,他们作案已经有半年时间了。而凤山脚下,凤山?杨买办的大宅不正安置在山上吗?

于是郝巡警追问道:"你可有见到收货之人?"邓老头摇摇头,当时帮着卸了货,虽奇怪那箱子轻飘飘的,也不知是什么值钱玩意,可那男子给了钱,便要他离开了。郝巡警又追问道:"那么,第二次见他是什么时候?"他回道:"大概是隔了两个月吧,依旧是在晚上,他又独自带着两箱子货物过来。"

郝巡警追问道:"他还是让你送到凤山脚下去吗?"邓老头答:"是。""不过,"他又补充道,"可是第三次却不一样了,那晚还有另一名年轻男子跟着,这一次,也不是让我撑到凤山去。"郝巡警追问道:"你们到哪里去了?"

邓老头挠挠头,憨笑道:"那地方我也说不清楚,我不曾去过,只是由他们指路过去的,绕了好多条道。"郝巡警问道:"那周围有没有什么特别的屋子或是楼房?"邓老头又是不好意思地笑了笑,回道:"天太黑,看不清楚,而且他们给了钱便要我快些离开,似乎不肯让我停留太久。"

郝巡警追问道:"这是多久的事了?"邓老头回道:"约莫是一个月前的事了。"一个月前?差不多是杨买办被小炉匠绑架的时间了,难道另外跟着的人是小炉匠?于是他又问道:"你记得不记得,另一人长什么模样?"

说时,郝巡警想起做笔录的册子上,还有李总巡画过的小炉匠的人像，便翻了翻，果然找到了，递到他跟前，说道："是不是这人？"那时候天黑，而且两人面色冷峻得很，邓老头不敢多看，只是瞥过一眼，他拿过人像仔细瞧，不敢肯定道："似乎就是这人，长得有几分相似，不过，我也不敢十分肯定。"

这时，外边有人喊了郝巡警一声，他听着这声音耳熟得很，抬眼望出去，见到李总巡，不由得松了口气，要是追踪那杀人的凶犯，他一定是应付不来的，起身迎道："总巡，这一位是为他们运过假钞的船家。"说着又拿出笔录，道："这是方才的笔录，您看一看，还有什么要问的没有？"

李总巡摆手道："不碍事，你继续问下去，我在一旁听着，不要耽误时间。"郝巡警点头如捣蒜，答道："我问得也差不多了。"说着将册子递上，向老人家道谢后，转而问老妇人道："早些时候，我向你打探的那两人，你可知道他们下船之后，往哪里去了？"

老妇人走出茅亭，指着前方的田野，说道："我隐约记得是往这个方向去。"前边隐约也是一座村子，李总巡问道："那边是什么地方？"老妇人回道："你往前走三里地，便能瞧见一条热闹的集市，那儿什么都有。不知他们是不是上那儿去了。"

老妇人又想起一事来，继续说道："那位年轻小姐下船的时候，悄悄问我哪里有当铺，我告诉她那集市里有，大概是往那里去了。"李总巡问道："她身上是不是背着一把琵琶？"老妇人点头回道："确实是一把琵琶，没有错的。"

李总巡又问道："集市里有几间当铺？在集市的哪个位置？"老妇人回道："只一间当铺。你从南城门进去，在正前方的那条街上，一眼可以见着他们的招牌，裕通饷当。"李总巡问完道了声谢,也不招呼一旁的郝巡警,率先迈开步子,而被晾着的郝巡警也不敢多说,立即跟上。

一望无际的乡野田地,因为不是播种的时候,没有人烟。而郝巡警看着没有尽头的路,只不过迈开两步,便开始觉得通身乏力,还未行动,便已经开始埋怨起来了:"也不知他们跑进这里做什么,说是荒山野岭也不为过了。"李总巡回头瞪了他一眼,他便不敢再说下去。

两人一路小跑,终于见到了城门,顶上便是"南门"二字。这座城门有些狭窄,这时间,进出的人不少,他们在人群中被拥进了城里。进去后,发现这集市果真很热闹,沿街叮叮当当响,一眼便见到了一间铜器铺子,一老汉正弓腰锤炼一片黄铜,锤一下,那块黄铜便凹出一点花纹来。再往前走,嘈杂有声,叫喊声四起,几个小食摊堆在一起,有卖凉粉的,卖扒糕的。

郝巡警还以为再热闹的集市,也闹不到哪里去,这时候见了,有些嘴馋,直往人家的食摊挪去。李总巡瞥见他的动作,心里很不耐烦,也不知这人怎么这么没有眼色,他当真以为自己是逛街来了?又想这地方人声嘈杂,有谁会注意到茫茫人海中的小炉匠呢?若是顾湘没有到当铺去,也不知要从哪里查起了。

不过,那话是顾湘悄悄问老妇人的,大概是想当了身上的琵琶吧,带着琵琶逃命,毕竟很招眼。他呆想着,没有看清前路,忽然,一个篮子砸在眼前,若是再往前一步,可要被砸个正着了。

李总巡怒气冲冲往楼上看去,只见一位十五六岁的姑娘,肩上披着两股麻花辫,也受了惊吓,探出身子来,半倚在木窗上，连声道歉。这时候，铺子里跑出一位男子来，先是安抚了他一句，才骂起楼上的女子："你快下来。"

没一会儿，那小姑娘便下来亲自向李总巡解释。原来这家人是做粿品的，要她上楼拿东西，她贪懒，用绳子绑着篮子，想将东西运下来，只是没想到，运到一半，绳子竟然松了。见她低着头，似乎也很懊悔的样子，李总巡有些不忍，摆手道："不碍事，下次不要再这样了。"

说完李总巡便着急走，可走没几步，又回转过头去，探问道："你们可有见到一位年轻女子，身上背着一把琵琶？"那男子是在后厨干活的，一天到晚见不着几个人，只摇了摇头。倒是那位小姑娘蹦跳着过来，笑道："我早些时候，在铺子门口见到了，她还问我路呢。"

李总巡心中一喜，追问道："你多久前见的她？她是不是问你当铺的路？"小姑娘点点头，走到外头，指着前面道："你见着那个煤炭摊子没有，向右拐进去，便能见着那家当铺了。我问她去当铺做什么，她说她要去当了那把琵琶，真是可惜了，若是我会唱曲，我一定是舍不得当了它的。"

李总巡认好了路，又问道："你多久前见的她？"小姑娘嫣然一笑，回道："不过是一个钟头前的事。"只一个钟前的事？可是若是按照顾湘小姐的脚程来算，他们下了岸便到这里来，不该是一个钟头前的事啊。李总巡有些不解，又问道："她身边有没有跟着一位男子？"

小姑娘回道："我只见着她一人，身边并没有什么男子。"对了，既然顾湘小姐悄悄问老妇人，那么便是想偷偷当了的，不想让小炉匠知道这件事情。只是小炉匠去了哪里？怎么会让她独自离开呢？

那么，一定是她趁着小炉匠不注意出来，或是借口上街出来的。这样想来，他们大概是在这找了个歇脚地了。这时间已经是傍晚了，若不是在食馆吃饭，便是在旅馆住夜。这里是闹市，饭馆自然是不少的，并不好找。想到此，李总巡又问道："这附近有什么旅馆吗？"

小姑娘回道："有一间，不过离这儿有些距离，在东城门那边呢。你多问一问路上的人，他们大抵都是知道的。"李总巡问到这里时，豁然开朗，有了头绪，也就不愁了。走出来时，见郝巡警依旧站在食摊前，手上还捧着碗凉粉，便斜瞥了他一眼，也不喊他，自顾自往当铺去了。

郝巡警一边吃着凉粉，一边关注着动静，见李总巡已经走在前头，赶紧多扒拉几口，才放下碗，急忙跟了上去。

李总巡走到煤炭摊子前，果然见到了"裕通饷当"的招牌，一踏进去，发现冷清得很，没有客人。柜台前只有一位伙计，手里拨着算盘，抬头见了他，喊了一声，问道："先生，当物件？"

这时，郝巡警倒是冲在前头了，说道："我们不当东西，我们是来办案子的。"那伙计一愣，不明所以，问道："办什么案子？"李总巡将他拦在身后，瞟了一眼，解释道："不要紧张，我们是来查问一件东西的。大概是一个钟头前，有没有一位年轻的姑娘来当一把琵琶？"

伙计皱了皱眉，有些为难，喏喏道："那把琵琶总不会是她偷来的吧？"郝巡警说道："那确实是她的物件，我只是来问一问，她当这琵琶的情形。"伙计这才放心，回道："她说要将这琵琶当两个月,这是她的当票。"说着便将当票递过去,探问道:"她犯事了?我还指望收她两个月的厘息呢,那把琵琶有些不好卖。"

为什么她只当两个月?李总巡以为顾湘同小炉匠一起逃,为了凑钱,势必是绝当的,可却只是当两个月,难道她还打算回来?"除了这当票,她还说了什么话了吗?"李总巡又问。伙计回道:"没有什么话了,她拿了钱便走,来去匆匆。"

当时,伙计正在核算账本,生意不好,心里正烦闷呢,一抬头便见到了一位美丽的小姐,抱着一把琵琶,低眉敛首,跨步时裙摆摇曳,话也不多,只说要当了琵琶。伙计仔细瞧过琵琶后,给出了价钱,她也没有讲价,只是点头答应。

不过,将琵琶交给他时,她还特意嘱咐说:"这琵琶卖出去也不值多少钱,希望您能帮着保管好,千万不要卖了,两月后我一定来赎回。"这话虽轻柔,却很有分量,伙计不由得答应了。

李总巡听了之后,想了想,问道:"东城门怎么去?"伙计回道:"您出了街,直走就是了。"还未待郝巡警反应过来,李总巡已经在门外了。

出来时,街上已灯火点点,李总巡不敢歇下,往东城门赶去,愈来愈接近东门时,一眼便瞧见了一间旅馆模样的小店,里边亮堂堂的。他在旅馆前止住脚步,只见大堂中闹哄哄一片,四五人围坐一桌,猜拳喝酒。

郝巡警也跟着站定,不过一会儿,见身边的李总巡一直不动,问道:"怎么不进去?"李总巡斜瞥了他一眼,仍是不动。郝巡警又问道:"小炉匠不在里边?"李总巡这时狠瞪了他一眼,才迈步往里走。

李总巡踏进大堂中，一股酒气袭来，酒罐子零落在桌角，一群斗酒的汉子，哄叫声犹如热浪般，一层层涌上来。李总巡微皱着眉头，扫视了一圈，斑驳的墙面，潮湿的气味，显得这间旅馆十分老旧。七八张桌子，皆零零散散坐着人，只一张桌子独自坐着一位男子。

那男子背对着他，端坐着，桌上摆着两笼茶点，正一人独酌。李总巡小心翼翼往前跨了两步，知道眼前这位便是潜逃的小炉匠了。

郝巡警平日做的是文职，最会看人脸色，现下观察到李总巡的神色，也猜出来了，心里打起鼓来，这可是位极其狠毒的杀人犯，他们两人可应付不来，正想着，双脚已经开始往后退了。

李总巡回头瞪了他一眼，轻声道："你若是逃了，这份差事可就没有了，你去找根麻绳来。"郝巡警苦着脸，还愣在原地，又被那狠厉的眼神一瞪，赶紧找麻绳去了，抬脚便见到了顾湘，摆手示意李总巡看过去。

李总巡一时情急，想着不能让小炉匠发现他们，趁着顾湘还未反应过来，快步向前，从小炉匠的后背袭击，将他双手倒扣在背后。一旁的顾湘目睹此景，一时愣住，反应过来后才上前来拦人。

小炉匠却没有挣扎，只是问她："你的琵琶呢？"顾湘哽声道："我给当了。"

第十五回
为病父攀亲意乱繁花，忆故交往事力证清白

　　深巷中，陆续有人在门前挂上了灯笼。秦天香出门时，天又冷了一些，她披了件狐裘才出来，看着这些灯笼，恍惚间想到自己年少时，天真烂漫，也爱抢着做点灯的活儿，她最爱闻灯盏里的煤油香了。

　　恰巧，不远处有一个女孩儿正在点灯，秦天香不由得停下脚步，驻足观望。那女孩儿将热气呼在手上，拿出火柴盒，擦着火后，极快地将火引到灯芯上，一气呵成，挂上灯笼后便进了屋子里。

　　秦天香笑了笑，那不是徐家的小姑娘吗？随即几步跟了上去，门却关了，隐隐传来戏音，她这时也不急着进去了，而是站在石阶下细细听了一会儿，不觉听得入神，直等到那声儿歇下了，才舍得敲门。

　　梅姨唱得用力，额上已出了汗，正收拾间，听见拍门声，以为是徐吴回来了，笑望了阿离一眼，忙不迭去开门。满心欢喜，见到的却是秦小姐，一时有些愣住了，好一会儿才记得将

人往里迎,心想她上午才来拜访过,怎么这会儿又来了呢?

秦天香像是瞧出了她的疑问,笑道:"我来找徐班主,我们约好了的,他们还没回来吗?"梅姨将人往屋里迎,又见她的目光不时瞥向隔壁的王家,一刹间,有些了然,笑道:"他们还没回来呢,秦小姐快请坐下。我瞧隔壁也还没有动静,大概隔壁的王先生也还未回到家中,再等一等吧。"

这话一说,秦天香倒是有了兴趣,问道:"你知道我来做什么?"梅姨笑着摇头道:"我不知道你来做什么,只是他们今天为了王先生的事情奔波,而你今日连来了两次,大概也是同王先生有关了。"

秦天香笑了笑,见她是个很聪敏的女子,不由多看了几眼,也不接她的话了,反而称赞起她来:"方才,我站在门外,听你唱的是老生的调,我听着很了不得,站在门外不敢打断呢,比我在长州的大茶楼里听来的都强。不知道您怎么称呼?平日里在哪里演出?"

这样奉承的话,谁听了都很受用,梅姨自然也不例外,她笑着回道:"我姓梅,名子英,在长州不做演出,东南西北方各处走穴,只够糊口罢了。"秦天香听到"梅"姓,又是唱老生,忽然想起一个人来,说道:"你这个姓,倒让我想起一位角儿来,远江的梅老板,不知道你听过此人没有,不过她已经失踪多年了。"

说出此话后,秦天香才觉得不妥,自笑道:"看我说的什么话呢,就是我这外行也听说过梅老板,倒问你这内行认识不认识,真是要让你笑话了。"而梅姨只是低笑,没有特意表明身份,心想既然梅老板已经消失了多年,自己也就不必再提及了。

这时，院子里传来拉弦声儿，秦天香才想起方才梅姨唱时，隐隐有弦声的。梅姨见她呆看着阿离，笑道："她闹着玩的，没有定性，这一日喜欢拉弦了，便坐着拉几日弦。明日又是想要练嗓子了，只勤奋了几天，又丢一边，我们管不住，也就随着她去了。"

怪不得，这女孩儿这样活泼机灵，眉间舒展，弯弯的小眉，狭长的凤眼，嘴角微扬，似乎总带着丝笑意，这是张没有承受过苦痛的面容。秦天香眼中满是艳羡，她在这样的年纪，还没有这样的快乐呢。

彼时，她家道中落，阿爹因为犯事，丢了乡里的官职，积郁成疾，不久便病重了。然而家中早已没有闲钱，就是宅里的差役也被打发出去了，只剩下一位老妈妈。没有人肯接济他们，她想到了远在长州的姑母，写了几封信出去，却是没有回音的。

她想着大概是姑母对阿爹的处境不知情，便决定坐船到长州，亲自将这事说一说，即使姑母抽不出钱来，她怎么也要谋一份正经的差事来养家，听说这位姑母很有些路子，若是肯帮忙，赚点小钱是没有问题的。

于是，她拿着那张泛黄的信纸，照着地址，追到长州。下船后，她跌跌撞撞总算是找到了，却是一边比对着手里的地址，一边看着眼前的道路。这里十分宽阔干净，树木林立，几层高的西式建筑拔地而起。她晕头转向，走在路中间，心想这里同乡下逼仄的巷子果然不同，就是空中也泛着一股香味呢。

她找不着方向，想着姑母家这样大，会不会是走错了路？不过又想，若这里真是姑母的房子，这样的阔人，知道了阿爹的病情，说不定会给多少钱呢。她正暗自欣喜，忽然眼前一束强光照射到了眼睛里,她眯着眼睛,等那车驶过去。不想,那辆白色汽车却在她身边停了下来,一位穿着华服的美妇人探出头来,狐疑道:"你是谁?怎么跑这儿来了?"

她还未见过这样耀眼的妇人,胡乱摆着手,许多话在脑海中,却说不出一句整话来。妇人又取笑道:"快下山去吧,天黑了,这条路可没有灯。"她喏喏道:"我找我的姑母,秦云丽,我叫秦天香。"

妇人嘴角边的笑一时凝住,说道:"哦,是你啊。既然到这儿来了,那么到里面坐坐去吧,只是我这会儿抽不开身,晚些时候再见你。"说完,又转而对身旁的女子说道:"小香,你带人进去吧。"小香坐着,不肯依,妇人又说了两句,才不情愿地答应。小香推开车门下了车,心里憋着怒气,将人带到一楼的偏厅坐下,自顾自走了,也不打招呼。

她坐了好一会儿,也没有见着别的客人,经过的都是差役。这些人见了她,或探头瞥一眼,或是目不斜视,走了过去。她挺着腰杆,坐了许久。室内已经没有了光线,却没有人进来开灯。她的心里备受煎熬,知道这里的人一定是瞧不起她的,在背后不知道怎么耻笑自己呢。想到这里,她心中开始怨恨起姑母来,不敢抬头。

她坐了许久,腰杆逐渐挺不起来,慢慢软坐在沙发上。"啪"的一声,屋里亮堂起来。她一时受不住刺眼的光,用手挡着,好一会儿才适应了。只听耳边传来姑母的声音,她道:"怎么灯也不开?"说着姑母在她面前坐下,道,"我知道你来做什么,只是我的钱也不是平白无故捡来的,都是辛苦挣来的,也不容易。"

听了此话，她的脸一下涨得通红，又羞又气，原来那些信姑母都看了，只是故意不回，还让她在这偏厅里等了这么久，这样晾着自己，态度已经十分明白了，再留下来又有什么意思呢？

她立即站起来，想往外走，又听姑母道："这时候也该有八九点钟了，你要到哪里去，还是留在这里住几天吧，怎么说也是亲戚，应该招待。"姑母似乎料定她会留下一般，打量了她一眼，对站在厅外的小香说道："你快带她去我房里挑件合身的衣裳换上，一会儿可要开场了。"

她捏紧手里的行李箱子，不敢再往外冲了，低头跟在小香身后，想了想，转身看着姑母的背影，小声道："姑母。"她以为姑母会动情，没想到却只听得一句冰冷的话，"你不要喊我姑母，她们都是喊我的名字"。

小香走到她身前，轻笑着瞥了她一眼，引着她上了二楼，将她带到姑母的卧室，打开衣橱，说道："这些你只管挑一件吧，换了的衣服搁在那张椅子上，等会儿有人来收拾的，换好了就到大厅来。"小香说完便走了。

她听见门关上的声音，挺着的腰板才敢松下来，深深呼口气，方才小香在前面带路，也不敢大声吸气。这时看着眼前一片的丝质华服，她不觉笑开了颜，挑了一件出来，在镜子前比着，若是穿上这样美丽的裙子，她一点也不比小香差。

她在衣橱间里停留了许久，一件一件拿出来摆着看，最后挑了一件淡翠色的立领袍子穿上，站在镜子前，整个人轻盈了不少，真是新颖而美丽。她从来不知，衣服还可以这样穿，不似从前，一层一层的，保守而厚重。

她蹑手蹑脚下了楼梯，总觉得这身衣服是偷来的，浑身不自在。辗转到了大厅，只见灯火如昼，一张红色的幕布拉下，大厅中间设了一个舞台，身穿黑色西服的男子正在演奏西乐。

她望了一圈下来，场上的女子皆穿着西式的舞裙，而小香正站在不远处对着她笑。她这才知道自己穿错了衣服，心里赌着气，不想让小香看她的笑话，挑了位子坐下，看着场上的人跳舞。宾客已经逐渐上了舞台，摇摆的衩裙，闪着光亮的珠穗，男男女女，全随着那自由的音乐跳动，轻盈的步伐，敞开的大笑，每人皆是如此。

她的姑母像是一只采食的蝴蝶，在其中翩翩起舞，穿梭在人群间，负责为场上的各色男女提供快乐。她冷眼瞧着，好似明白了姑母的用意，她的姑丈死了多年，而姑母却还能有这样大的排场，全是靠着经营。

姑母肯留下自己，原来是有这样的意思。她慢慢站了起来，往场上走去，心想今晚是这样明亮而欢快，不同于乡下昏暗的油灯，满眼只有幽幽暗暗的世界。她开始沉醉于此，心底明白这是一份沉重的快乐，却甘于沉沦。这一夜，她犹如在梦中，快乐而恣意，当她在床上醒来后，见到那照射进来的光，便想她不要再回到乡下去了。

梅姨见秦天香呆看着阿离，也不言语，似乎失了神，抬眼却见到了站在门口的徐吴和孔章，心里一喜。他们这次去救人，她的心一直是提着的，见他们安然无恙，也就放心了，立即起身迎了出来。

而他们两位却是早已经到了的，只是徐吴被拦在了巷口，孔章说有事相商。傍晚，他们将王邵洲解救出来后，便直接拦了马车，往家里赶。途中，王邵洲感受到了徐吴灼灼的目光，先是表达了谢意，恭敬道："实在是谢谢徐先生，还有孔先生的搭救之恩了。"

马车上颠，徐吴看着眼前摇晃的王邵洲，心想，他为什么要特意绑架自己，向王老先生要赎金呢？

王邵洲道完谢之后，又请求道："说起来，你们救了我，而我父亲又是向巡警厅报了案的，原该同你们一道去巡警厅一趟，只是我已经失踪了许久，商行中还有未办完的急事在等着，可否让我先将急事办理完，再到巡警厅去呢？"他见徐吴沉默着不说话，又保证道："明日一早，我必定到巡警厅去，徐先生若是信得过的话。"

这时，车夫喊了声"到了"，孔章撩开帘子，探头往外瞧，却瞧见了愣站在门口的秦天香小姐，想起自己从她那儿偷得密本之事，还未告诉徐吴。他一心急，便答应了王邵洲，道："自然信得过王先生。"

王邵洲听了，自然是紧赶着下了车，脚还未落地，却瞥见站在巷子里的秦天香，眼珠子一转，避了开去。

孔章见人走了，让徐吴坐下，又撩开棉布帘瞧了好一会儿，才将藏着的密本拿出来。

徐吴疑惑地拿过密本，一翻开便见着下头"公道先生"四字印章，猜测道："你哪里拿来的？难道是秦小姐的住处？"孔章点点头，指着宅子道："秦小姐才进去，只怕是为了密本来的，你看怎么办？"

当初便是因为秦小姐的样貌，跟涂掌柜描述的"公道先生"似乎是一人，徐吴才跟踪了她。后来，又发现她跟王邵洲多有牵扯，如今她又有汇票密本，这样想来，她是到过现场的了。

若她是"公道先生"，便能问出黎第小姐的事。此时，徐吴对秦天香多了一份寄望，说道："我们看看去吧。"说着便往家里去，到了门口，只见阿离在拉弦，而秦小姐则端坐在堂上。当他对上梅姨的一双眼睛时，只见梅姨笑弯了眉眼，立即迎了出来，说道："你们回来了，秦小姐正等着你呢。"说着便指向堂上的人。

秦天香听见动静，抬头见是徐吴，微微一笑。待大家坐下后，她才道："我瞧着王邵洲已经脱离了险境。这一次来拜访，是为了你们履行承诺此事。"徐吴回道："自然，秦小姐所说之事我们一定办妥。"

秦天香笑道："徐先生大概是猜出了我想委托之事了。"见徐吴笑而不言，又继续道："我想拜托两位，帮我找出王邵洲藏起来的一批货，并且想法子将其运出来，至于运到哪里去，到时候自会同你们说。"孔章却不明白了，问道："什么货？若这批货是王先生的，我们怎么能做此等偷摸之事？"

秦天香笑道："那批瓷货原本就不是他的，只是被他贪下了，你们只管去办吧，我们可是有言在先的。"这时，梅姨端茶到她面前，她笑着点点头，又继续道："我也告诉你们一件事吧，或许可以解你们的疑惑。王邵洲欠了许多债，而且他很早便回来了，对外却称留洋回来不久。"

孔章问道："他为什么要说这样的假话？"秦天香只看了徐吴一眼，不再多说下去，点到为止。她肯说出这些话，还是看在梅姨的份上。她将茶放在桌上，继而又道出了自己另一个来意："汇票密本是被你们拿去了吧，可不要说没有这样的话，除了你们,可没有谁进过那间客房。"

她抿了口茶,又道:"你们拿走了,也没有什么大碍,我也知道你们在怀疑我。那张汇票,确实是我落下的,不过我并没有杀人,不过是去追查一位凶手,到了那里时,人已经死了的。我只是上前确认他的生死,不想那张汇票却丢在那儿了。"

这一情形,徐吴自会上报李总巡,他并不关心她是不是凶手,他只想知道她是不是"公道先生",问道:"你为何要化名为'公道先生'?是为了做何事?"秦天香笑道:"我有什么非说不可的理由呢?"

徐吴直接问道:"你认不认得黎第小姐?"秦天香望了他一眼,有些惊讶,反问道:"你也认得她?"徐吴又摇了摇头,肯定道:"看样子,黎第小姐你是认得的,不过你不是汇票主人。"

秦天香并不答话,却想起了黎第,这位许多年未见的旧友。那时候她的名字还叫周琮,一位痴情的女子,为了跟随自己的丈夫,独自乘船到京里,不幸遇到了海盗,虽幸免于难,最后却落得那样的结局,很是可惜,不过自己的处境又哪里强得过她呢?

徐吴心想,她大概是不知黎第小姐的去处了,不过她一定同那位"公道先生"很熟识,又想她随身携带着名章,似乎是位女商人,那么她们是否有生意上的往来呢?林司的失踪跟她们不无关系,若是能问出去处,或许能知晓林司的下落。他想到此,从袖口中抽出密本,递到秦天香眼前,问道:"还请秦小姐能告知,她是谁?"

她是谁呢?秦天香也不知自己所知的是真是假,她来去无踪,初次见面时,便觉得十分神秘。

那时自己还在姑母家中借住，父亲已经病逝三年。姑母说不养闲人，替她寻了一门很好的亲事，虽说是做继室，但也是一户阔人家，没有得挑剔的。姑母话里的意思，她是明白的，她若是不答应，便只能自寻出路，流落街头了。当她捏着那张红色的船票，偌大的轮船停靠在眼前，心里不由得安定了许多。

到了远江，魏秋生便会来接她，她曾经在姑母宴会上见过他一面，她极其厌恶他看自己的眼神，那是一种想将她占为己有的掠夺，视她为所有物的冒犯，只是那又怎么样呢，女子在这样的社会上谋求生存，总非易事。

不过，总有想为女子在社会上谋求出路的人。她从长州抵达远江，有三天的路程。第二日半夜，一群海盗趁着船上的宾客毫无戒备，忽然闯到了船上，将各船舱里的宾客都赶到甲板上去。

当她被驱赶到甲板上时，月光之下，宾客被围在一角，慌作一团。而站在最前面对峙的却是一名女子，这位年轻女子，秦天香上船时便见过了，很有印象。她身披黑色斗篷，西式穿着，手中包着一个暖手的铜炉，似乎同那海盗头领在谈判，神情十分镇定。

她当着许多人的面，斥退了一位骚扰的男子。而被她护在身后的女子，则微皱着眉头，紧抿着嘴角，怒而不言，被护住的人一身暗红色的绣裙，如意花边看着像是一针一线绣出来的，站姿端庄，是一位很有教养的年轻太太，似乎叫周琮。

秦天香在一旁看热闹，暗暗嗤笑，为人强出头是很不值的。只是没有想到，即使是遇到了海贼，她也有很有豪气，并不退缩，反而劝其不要伤了宾客。大意是船上的宾客都愿意将钱财交出来，求得平安。

秦天香鬼使神差般，不由得往前钻，悄悄站在了她身后不远处。那海盗头子似乎认得她，说话间对她有几分尊重，只见海盗头子拿出一张契纸，要她签了字。她画押后，又签上"公道先生"四字，自此，秦天香便记住了此人。

徐吴站着，见秦天香许久没有说话，心中有些不耐烦，追问道："烦请秦小姐告知，汇票主人的身份。"他在茫茫人海中寻找了许多年，每每寻得一丝线索，以为踪迹近在眼前，却总是失之交臂，心中多有不甘，因此说出的话，带有些怒气。

梅姨坐在一旁，见他不似平时温文的模样，捧着桌上的茶，喝了一口，许久，也跟着问道："秦小姐，可否告知一丝线索呢？我们班主想要知道汇票主人的身份，是为了寻回失踪的妻子。"

秦天香不知还有这一层缘故，心中有些惊讶，还以为梅姨是家中的女主人，不由得又多看了她几眼，她的情意全写在眼中，旁人都看出来了。成人之美，是君子之风，此时她对梅姨更有几分敬佩了。

秦天香想了想，才提示道："我只知道她是长州人氏，常常同我们做买卖交易，至于什么身份，一概不知晓，打探也打探不出。她只以'公道先生'这个假身份行商做事，偏偏大家也只认她这个身份。"

秦天香既拿回了密本，也就不再久待了。离开前，见阿离还在院子里拉弦，便对她笑了笑，临出门去，不觉又回头看了她一眼。

第十六回
义愤填膺决心集罪证，未雨绸缪夜半移瓷货

天黑了，巡警厅灯火通明，唯有一间屋子，乌漆墨黑，没有灯光。烧开的炉子，闪着几点星火，照在李总巡的脸上。他听着水沸腾的声儿，觉得有些吵，起身将水壶提起，准备了三杯热茶。

门外传来敲门声，他想是他们来了，心里一急，反而先到书桌边，将灯拉开。等屋里的灯亮了，一拍脑袋，才想起还没有去开门，匆忙间，又将桌面上的茶杯碰倒，茶水全洒在了那沓伪钞上。接着暗骂一声，急忙将门打开，他见两人站在门口等了好一会儿，赶忙将他们往里迎，反手又将门仔细关上。

这是徐吴第一次踏进李总巡办公的屋子，听说他轻易不让人进，所以一进门，特意向四周望了一圈。墙上铺着一张毛皮，也不知是不是李总巡亲自狩猎的，因为毛皮上还挂着三张大角弓，几支三棱箭簇短箭，桌上则摆着扳指套和两套连弩。徐吴没想到他的意趣竟然在于此，这在南方人中，是极少见的。

李总巡见他们盯着墙上看，笑着将东西拿下来，得意地解

释道:"这几张大角弓,是专门北上拜师学来的手艺,用牛角、牛筋这样的材料,需经过一百多道工序才可做成,其韧性、弹性皆是极强的,射程也远。虽说洋枪杀人于眨眼间,现下许多人都爱用,然而一把制作精良的弓箭,再搭上一位技艺精湛的弓箭手,能有百步穿杨的效果,比起洋枪的威力,有过之而无不及。只是好的弓箭手,要经过训练,只有年积月累之下,才能出师,才可做到箭无虚发,一击毙命。而洋枪使用便宜,所用之人,未曾历经年月之不易,因此,取人性命只在一念之间,不曾斟酌。"

徐吴默然听完,知道他意有所指,想来是经年办案,所见被枪杀者不在少数,是以有这样的感叹。随后又注意到桌面上一片狼藉,走近后,见桌上摆着的两块花木牌,拿起来仔细瞧了瞧。

然而孔章是个呆子,只听得这弓箭是一道道工序做下来的,他平日也爱买些刀枪棍棒,在家里收着,还不曾收藏过弓箭。又见牛角的弓身泛着油光,外形十分好看,心里很喜欢,拉着李总巡探讨了起来,一时忘了来意。

这一次,李总巡是有一件事要质问的。傍晚,他布置了一人在徐家宅外暗中等候,却得知徐吴把王邵洲救出来后,并没有将人带到巡警厅做笔录,心中不解,想要亲自问一问,才连夜将两人请来。

李总巡面上仍是笑意盈盈,轻问道:"我听说王邵洲已经被你们安全救了回来,救人的时候可有什么凶险?那群海盗是不是难缠得很?"徐吴答道:"那里只守着两人,孔兄又会些腿脚功夫,还应付得来。不过,偷听得他们的对话,得知这一场绑架案,是王先生做的一场假戏。"又将他们救人时的情形一一说出。

李总巡听后,连连拍掌,道:"我早怀疑他了,不过,你怎么没有将王邵洲带到巡警厅做笔录?"孔章爽朗一笑,答道:"王先生答应了我们,明日一早到巡警厅来做笔录。"这样的回答,使得李总巡心中不快,若是王邵洲故意失踪起来,那可非小事了。

徐吴却不担心王邵洲之事,眼睛只盯着那两块花牌,指着桌面,问道:"那两块花牌,是从哪里来的?形制同'花会'馆的花牌很相似。"这一句话,倒是点醒了李总巡,他只顾着质问王邵洲之事,倒将正事忘了。

他请了他们来,便是要将今天发生的两件大事告知,请他们出出主意呢。他将花牌递到徐吴手上,说出今日的收获:"晌午,我们在西风街二百五十六号围剿了一个伪钞厂,这两块花牌便从那里搜来的,另外还搜得两大箱制好的伪钞,制作伪钞的工具和墨料若干,从犯十一人。不过,却有一人逃脱了。"

说时,李总巡又从抽屉中抽出一本档案集来,那是伪钞厂的现场调查图,还有调查文录,继续说道:"老炉匠枪杀案、杨买办失踪被害案,还有伪钞制造案这三桩案子,巡警厅已经在并案调查了。"

徐吴听了"西风街二百五十六号"这一地名,心想这不是铜匣子里的消息吗?那这桩伪钞案子跟杨买办的死,确实有莫大的关系了。接着翻阅档案集,只是心中总觉得有些疑虑,于是又仔细翻阅了一遍,觉得那位逃脱的黑衣人似乎在哪里见过。黑布衫裤,脚踩草鞋,这样冷的天,却穿得这样单薄,如此奇

梨园秘闻录(下)

怪的人似乎在哪里见过。冥思苦想一番，终于记起来了，巡警厅门口，茶棚底下，坐在秦天香对面的男子，不正是这样的穿着吗？

在文录中，黑衣男子在郝巡警离开后，也跟着逃跑了。从烧毁证据这一举动来看，大概是猜到了郝巡警的身份，有备而逃。只是为何不将证据带走，而是选择烧毁呢？徐吴兀自沉吟，良久不语，问道："他是不是认出了郝巡警的身份？"

李总巡点头，道："此事，伪钞厂的一位从犯已经做了口供。黑衣人确实在郝巡警拜访后，匆匆进了里屋，之后再没见过。经过勘查，确认他是从后院翻墙而跑。"

李总巡又拿出船家的笔录，摆在徐吴面前，说道："这一份笔录，是郝巡警在渡口采集来的，那里有一船家，曾经三次替他运过假钞。前两次，皆是他独自运货至杨买办的住处凤山杨家宅。而第三次，他却带着一名男子上船，看船家形容，大概是小炉匠，那个时间恰好是杨买办失踪前几天。这一份笔录上的时间，也已经对过伪钞厂从犯的口供，无误。"

徐吴翻看一遍后，说道："这样说来，小炉匠还参与进了伪钞制造案。只是杀害杨买办的主使者是谁呢？难道是逃脱了的黑衣人？"李总巡一拍脑袋，才想起自己忘了说一件极重要的事了，高兴道："你瞧我这记性，连日连夜的工作，记性不好了，还有一事要告诉你呢。围剿伪钞厂后，我们在离西风街不远的集市中，抓到了落脚的小炉匠，他身边还跟着顾小姐。"

徐吴倒忘了还有顾小姐，关心道："可有将顾小姐安全送回家中去？她老爹只一个姑娘，早上都追到巡警厅来了。"李总巡回道："那是自然，这一次，我们可以抓住小炉匠，也亏了她。"

孔章疑问道："怎么回事？怎么成了顾小姐的功劳？"李总巡摆了摆手，道："先不谈她了，小炉匠已经被抓在了监牢中。此时，最紧要的是搜集小炉匠杀害杨买办的证据，查清楚他同伪钞制造案的关系，起诉其谋杀罪、伪钞制造罪，之后便可移交大理院审判，早日将他处刑。"

李总巡今晚独自在这里琢磨，也算是想明白了，他们两位轻而易举便将王邵洲救了出来，消息一定是比他要灵通得多。而托他们所办之事，他们也未曾推脱过，是很值得相信的，便请求道："两位先生，还请多多帮忙，我想早日将他拿下。"

徐吴说道："小炉匠这一谋杀的罪名，物证俱在，至于人证，我与孔兄可以作证，曾经在杨买办的院子见过他，总是可以立他的罪。不过，就是他参与伪钞案这一事，还没有证据。"徐吴想了想，又问道："小炉匠抓回来之后，是什么表现？"

李总巡答道："沉默不语，无论问什么，皆不答，兀自望着一处地方，视我们为无物。我瞧着他不肯说，恐怕是不肯承认自己参与了伪钞案，只能搜集了证据，才能定他的罪。"

说到此，他又拿起那沓沾湿了的官银号百元假钞，递给徐吴，道："你们实在不知，滥制伪钞的现象，这一年来演变得十分严重。前阵子，我们刚围剿了一处黑赌窟，在缴获的赌金中，官银号假钞占了十之八九。金三已经供认出了杨买办，初步估计，涉及假钞数额有五六十万元之多。"

李总巡在窗前踱步，很焦躁不安，将眼前的形势告诉他们："今日围剿的伪钞厂，抄出两大箱印制好的伪钞，涉及数额已超过一百万元。单这一次，便搜出如此大的款项，然而运出去的还未查出。这款项如此大，制造伪钞的资金必是不少的，参与谋划者也必定不少，要一把抓起来，还得顺藤摸瓜才行。"

孔章问道："这事态已演变得如此严重，却还不整治，是什么原因？"李总巡叹了口气，在一旁坐下，手指重重戳着桌面："西北地区战事不断，闹得实在厉害，每月单单长州拨出的军饷，便有数十万元之多啊。"

徐吴有些惊讶，问道："这是怎么回事？难道军饷不是由每州分派出资吗？怎至于要缴这么多款项？"李总巡咬牙道："这问题便出在这派去的都督上了，每换一任，便又得拨军饷出去，你想想那些都督皆各领一军，各据一方，拿回去的钱，哪里有吐出来的道理？而且，这军饷还在逐月增加，说是这钱越来越不值钱了。"

孔章问道："只是这军饷同伪钞厂有什么关系？"

说到此处，李总巡又不由得叹息："这又是战争带给人的苦楚了，以往官钱皆是交给洋人印制，其所制钞票皆十分精良，不易仿制。然而改制后，囿于印制官钱花费重大，如今皆交付长州各大印刷局印制，可所印制钱票很是劣质，极易造假。那些商人见此良机，铤而走险，大量购买了假钞。虽说这军饷是从长州各界人士募集来的，然而大部分还是从商人身上抽来，闹得他们也是苦不堪言。"说着，又抽出一张伪钞，拿出身上的真钞做了对比，取笑道："你瞧瞧，伪钞厂用洋机器印制出来的伪钞，却比真钞还要精良几分。"

徐吴忽然想起一事来，问道："你还记得不久前，报纸上刊登的海盗头领在洋赌街被害一案吗？如今调查得怎么样了？"不知他为何讲起这一桩案子来，李总巡答道："似乎还在侦查中，还未找出凶手。"徐吴沉吟了一会儿，说道："这块花牌，海盗头领死时,身上也有一块一样形制的,不过却被人拿走了。"

李总巡也记起了这事,一时有许多疑问,问道:"我还不知花牌是被谁拿走的,难道海盗头领的死也同小炉匠有关?"徐吴答道:"被秦天香拿走了,她是报案之人。"李总巡说道:"原来是她。"又沉默了一会儿,摆手道:"这样吧,我明日挂电话过去问一问这桩案子,再作答复。"

两人出了巡警厅,挂着的月亮已逐渐下斜。他们一路回到长门巷,一声铜锣在黑暗中响开,苍老的嗓音喊道:"火烛小心,冬天日燥,河干水浅,前门撑撑,后门关关。"

孔章听着这声口,熟悉得很,低声说道:"你听,已经是半夜三更了,老人家出来打更了。"说着便循着声音,想找一找老人家的身影,却在不经意间瞧见了一闪而过的黑影,看那身形似乎是王邵洲。

徐吴也瞧见了,推着孔章隐在拐角处,观察王邵洲的行动。昏暗的路灯将他的身影拉得极长,只见他左右探头,拐进了一条巷子中。孔章见他鬼祟的行迹,疑问道:"他这是要去做什么,如此鬼祟?"

徐吴道:"他这是去办他所谓的急事呢。"孔章又道:"你知道他去办什么事?"徐吴笑道:"你先瞧着吧。"孔章忽然想起,早些时候,巡警厅的人来请他们时,徐吴临出门之际,去了王老爷家中一趟,笑问道:"你找了陈妈妈探口风?"

徐吴点头,说道:"他七点钟到了王老先生家中,吩咐陈妈妈将拜访的帖子递到一户人家去,约定了明日晌午在大茶楼见面。"孔章说道:"明日,我们还要跟着到大茶楼去?既然知道王邵洲今晚有行动,你怎么还答应去巡警厅,若是错过了……。"

他话还未说完，徐吴已明白他的意思，示意他往右前方的暗处看去，那里还有人跟在王邵洲后边，瞧不清面容，着一身不起眼的灰布衣衫，正紧紧地盯着王邵洲的背影。孔章问道："那是谁？"

徐吴回道："那是秦小姐的人。"他出门前便让人带了封信到秋水旅馆，告知了王邵洲的行动。他们悄悄跟在两人身后，走了好一会儿，王邵洲终于在一处院子前停下。

王邵洲左右观望，才敢掏出一把钥匙，将门锁打开。轻轻推开门，那木门摩擦的声儿，虽并不很响，却在他心中传得十分幽长。他不由得提着一口气，踏进院中，见那批瓷货还在院中，松了口气。

院中排列着三四辆推车，每辆车上皆捆着由五六块木板拼成的箱子。这是他先前便准备好的，要秘密将它们转移到另一处去。他全数清点了一遍，见没有少的，便开始行动起来。他将车往外推，在门前停下后，又返身仔细将门锁好。

徐吴和孔章站在暗处，见他不过往前推了几步，便在另一处院子前面停下，将货物往里搬，往返两三次。估莫他来回往返有二十余次，所藏大小不一的瓷器大概有百来件，若全是值钱的货色，这可是一笔不小的款项。

而站在暗处的布衣男子，已经离开了。

第十七回
伤痕累累趁隙告密信，嘲声阵阵背后揭窘境

天色渐渐翻白，徐吴回家后，换了一身衣衫，重新出来，正想烧一壶水，瞥见桌上端端正正摆着一份报纸，猜想大概是梅姨到街上买来的。泡了一壶茶后，才坐下来翻看，只一杯茶的工夫，报纸便看完了。

左右不过是重组议会的声明，还有便是西北战事吃紧的报道。这几个月来，常常是这样的报道，初时他也跟着担忧，如今看来也觉得平常了。不过，还有一则消息，他也特别注意，在一则结婚声明中竟然有涂掌柜的名字。

想到此，他又拿起那份报纸，仔细念了一遍："伍城芝、尤真结婚启事：承涂鸿宇先生介绍并征得双方家长同意，谨订于明年春国历二月二十二日在长州秋水旅馆举行结婚仪式。特此敬告诸位亲友。"

这真是怪事，明年春才结婚呢，怎么这样早就做登报声明？这一旁，还附有两位新人的合照，只见两人挽着手，立在一间洋行前。不过这张照片模糊得很，女子又戴着一顶极大

的西式礼帽，遮挡了大半张脸，面容更是瞧不清，看着却是很登对。

徐吴笑了笑，放下报纸后，又起身添茶，听见院子里有声响，探头一瞧，只见梅姨正背对着练功：端着身子，迈步向前，一把撩起髯口，又再跨步向前，双手摆开，那背影极有气势。他看这架势，便知道她是在练那出新戏。

现下西北战事极受关注，为了鼓舞士气，她为此专门准备巡演《定江山》这戏。他再看过去时，梅姨却不知为何捻起了兰花指，走起了云步，低眉吟唱间，转过身来，余光瞥见了徐吴。

两人目光相撞，梅姨一时怔愣住，继而反应过来，心想怪害臊的，也不知道他在那儿站了多久。她方才原本在练着自己的新戏，也不知怎么的，想起了初见他时，他正在台上唱那出《玉堂春》，鬼使神差的，不觉模仿了起来，也不知他看出来没有。

徐吴问道："在排新戏吗？怎么不让人给你伴奏？"梅姨勉强笑了笑，答道："他们都还没起来呢，让谁给我做场面？"徐吴笑道："我来给你拉弦。"说完便往里走，想去屋里拿把弦出来。

梅姨追上几步，招了招手，低笑着指着里屋，道："那两位可还没起身，怕吵着了。"她说着便取下髯口，往大堂里走，又问道："昨晚怎么不见你们回来？"她等了半宿，熬不住了才到屋里歇息，也不知他们什么时候回来的。

他知道她喝不得浓茶，另外为她准备了一杯淡茶，笑道："我同孔兄跟踪了王邵洲，天半亮时才回到家里。"想了想，又轻声道："我同他在外面办事，总是不分早晚的，你以后也不要等了。"

梅姨没有搭话，好一会儿才道："昨晚上，顾湘来了一趟。"徐吴有些诧异，放下手中的杯子，问道："是为了小炉匠吧？"梅姨点点头，想着措辞："我以为她是为了求解救他的法子，然而不是的。她清楚他的罪行，知道他谋杀了杨买办，没有分辩半句。她过来，是为了来告诉我一件事，要我一定转告你。"

昨晚上，他们匆忙出去，忘记关门，梅姨正从库房出来，便去将门带上，却在门角边上瞧见了顾湘，她正探头往里瞧，似乎踌躇进来不进来。梅姨心里一喜，她失踪一事，也暂按下不问，笑道："你是来找我的吧，快进来坐。"说着便伸手，将人拉进屋里坐下。

顾湘一坐下后，七上八下吊着的心，也就沉住了许多，眼睛直看着梅姨，似乎有话要说。这时，阿离从后屋撞进来，见了顾湘，甜甜一笑，喊道："顾湘姐姐来了。"跟着便挨在梅姨身边靠着。

顾湘在一边看着，心里很羡慕，她打小没有母亲，不由得多看了阿离几眼，总觉得很有眼缘，也笑着答应一声。

梅姨牵起阿离的手，往外推，有意支开，道："阿离，你去倒杯热茶来给你顾湘姐姐。另外，后厨里还有汤面，你也给端过来。"阿离瞥了一眼，见着顾湘红通通的一双手，不时绞捏着，想着外边冷得很，她怎么不加身衣服再出来呢？

梅姨见顾湘神情郁郁，不时看着自己，眼睛里泛着泪光，同初见时很不同，便走到她身边，拉起她的手，将衣袖子往上抻了一节，隐隐见有红痕，心里也就明白是怎么回事了，十分心疼她这样小的年纪便遭罪。

顾湘回家后,顾老爹对着李总巡千恩万谢,将人送走后,门一掩,脸顿时就黑了下来,吓人得很。她知道自己是少不得一顿打,让顾老爹出出气的,也就不躲了。也不知顾老爹从哪里抽出来的细藤条,就往她身上招呼。那藤条甩在手臂上,一下子便显出道道红痕。

顾老爹打得累了,便坐在一旁,拿起腰间酒壶喝了两口,大骂不停。幸好有人上门来,喊了他去赌牌九,他一听说有赌局,立即跟了去。而顾湘趁着他出去,便偷偷跑了出来,临到梅姨门口了,又不敢往里迈。此时含着泪,不敢再想,对梅姨说道:"不碍事的,已经不大疼了。"

梅姨拍了拍她的手背,见她不想说,又想起一件重要的事来,有关于顾湘的前程。今日下午,旧友临秋来拜访,她们有十来年未见了,一听说梅姨在长州,便特意打听了来的,相谈间,三句不离本业,还说在旅馆中听了一晚的《凤求凰》,很念念不忘。

梅姨听了临秋的形容,便猜是顾湘,笑自己糊涂,怎么没想到将人介绍到临秋那儿去呢?她的名气这样大,并且很爱惜人才,顾湘跟着她学唱南方小调,总比被顾老爹拿捏着强。

顾湘心中感激梅姨总是替她着想,在这混乱的社会中,有这份心是极不容易的,因此渐渐放下心防,道出来意:"我知道他杀了人,犯了法,不敢过来替他求情,只是希望他在牢狱之中,能少受一些刑罚。"

梅姨挨近她,搂着她,安慰道:"如今都讲究文明,哪里会上什么刑罚呢?"顾湘摇着头,不肯信,哭道:"这几日,即使是受什么样的苦刑,他都不会承认自己的罪行,也不会说任何话,可是只要七天后,他自会承认自己的罪行。我知道,在监牢中不配合,是要受不少苦的。"见她这样愁苦,梅姨叹了口气,道:"你怎么知道七天之后,他便会交代自己的罪行呢?"

顾湘低着头,不肯再多说,只求道:"梅姨,请一定将此事告知徐先生,我想徐先生能明白的。"她能发现这则秘密,是在旅馆逃出的当晚,见他在读信,读完后又埋头在桌上写着回信。她担心他又要做什么犯法的事,便趁着他不注意,偷偷看了信的内容,"踪迹已现,如若被捕,绝不食言,七日为限,可待消息"。

这时,阿离端着一碗热汤面进来,放在顾湘的桌前,笑道:"顾湘姐姐,吃吧。"说着又将筷子递给了她。顾湘已经来了好一会儿了,怕她爹回家去,见不着她,又是一顿责骂,推辞道:"太晚了,面我就不吃了吧。我这会儿该回去了,我怕他发现我出来。实在谢谢你。"

阿离挽留,道:"顾湘姐姐,只是一碗面的工夫,吃了再走吧。"顾湘对她笑了笑,轻轻摇了摇头,临出门口,再次说道:"梅姨,我说的话请一定转告。"

梅姨说完,徐吴点头道:"她的话没有错,听李总巡说,小炉匠被捕至今,不肯说任何话。"梅姨说道:"那么,这一事就由你转告给李总巡吧。"徐吴答了一声,两人一时无话,站着相对无言。

孔章出来时,见两人呆站着,也不知道在干什么,取笑道:"你们练什么功夫?呆半天不说话了。"梅姨听了,斜瞪了他一眼,道:"我刚刚确实在这儿练功呢。你快过来吧,我们也对一对戏。过几日，我们就要上台了，我平时也没见你练戏，你可不要耽误了我的戏。"

孔章笑道："我哪里敢耽误了你的戏，偷偷练着呢。"说完，便跟着梅姨在院中排戏。

到了晌午，徐吴带着孔章往大茶楼去，路上已渐渐没有了前几日的热闹。临至茶楼门口，徐吴一眼便瞧见前面的王邵洲，他正从人力车上下来，昨晚的那一身衣衫也未来得及换，可见是着急见人了。王邵洲下了车后，又停在门口，询问了伙计几句，点点头，便跟着伙计进茶楼里了。

徐吴笑道："看来他所约之人已经到了。"说着，便也跟着跨进茶楼里。门口的伙计前些日子见过他们，认得是涂掌柜的客人，抢先上前说了句吉祥话，问道："先生来看戏的？预定了位子没有？"

徐吴不答，反问道："王买办预定了哪间包厢？"伙计心想，涂掌柜同王买办有些交情，眼前这两位大概也是王买办的朋友了，当下便认定他们约了王邵洲，笑道："我给两位带路。"

大茶楼里依旧热闹，坐满了人，戏幕合着，台上还未开场。徐吴走在前面，问道："听说他还约了一位朋友，不知道约了哪一位？"伙计答道："王先生还约了杜司理，他们已经到了。"

徐吴问道："杜司理？不知道是哪一位杜司理？"伙计回道："福安保险公司的杜克衡，杜司理。"徐吴骤然停下步子，沉吟了一会儿，道："他大概是在谈生意了，那我们不去打搅他，只在外面坐下便好。"

伙计望了场上一圈，瞧见一处空桌，指着道："台边上正好有位置，我带您过去。"他们从柜台那边绕到台下，柜台上摆着月份牌，每位客人在茶楼出去皆能领一份。伙计见徐吴盯着柜台瞧，笑着解释道："只要在我们茶楼消费了，便能得到福安保险公司的新春月份牌一份，今年画的是十二美人图，东来先生亲自画的，长州属他是最有名气的月份牌画师了，外边很多人抢着要呢。"

徐吴上前拿了一份来看，画中是一位美丽的古装女子，丹凤眼，柳叶眉，通身珠光宝气，眉眼间透着几分厉害，这画的分明是《红楼梦》中的王熙凤，不过这模样倒还有几分似秦天香小姐。

再往下看题签，是"东来"二字，上端横批写着"恭贺新禧"四字；左右两边则是写了两句常听的吉祥话；下边一行不起眼的小字，是公司正副司理的名称以及地址，其中正有副司理杜克衡的字样。

徐吴心里有了打算，问道："你很认得这位杜司理？"伙计回道："福安公司合作的茶楼只我们一家，常见他到我们这里应酬的。"徐吴又问道："他同涂掌柜交情如何？"伙计做了一个喝酒的动作，笑道："常常一起到这儿喝酒的。"

行商之人，皆是喜好结交朋友的。徐吴想着便坐了下来，戏台上的幕布正好拉开，锣鼓声随之响了起来，他的目光却转向二楼，透过木雕窗，隐约可见王邵洲的身影，而对面坐着的，大概是杜司理了。

杜司理似乎很耐心地听着王邵洲讲话，不时点头应和。王邵洲背对着他们，看不清他在说什么。戏只开了场，两人却已经起身，相携着往外走。

孔章也跟着动身："不过是这一会儿的工夫，他们能谈什么呢?"徐吴阻拦道:"不必跟了,等他们走了,我们拜访涂掌柜去。"两人走到柜台前,伙计递上了一份月份牌,又问道:"先生,要不要坐车?"

徐吴摆摆手,在茶楼门口雇了辆人力车,直往盛昌票号去,轻车熟路。两人只来过两次,便已经有伙计认得他们了,上前来搭讪,问道:"先生是找掌柜,还是兑汇票?"孔章问道:"涂掌柜在不在?"

伙计回道:"掌柜在的,请到书房等一等。"说着便将两人引到书房坐下,又道:"我们掌柜正忙,我去报一声。"两人等了许久,涂掌柜才出现。

他的脸上挂着歉意,拱手道:"实在对不住,方才正在库房里清点银子,让两位好等。请坐,请坐。"坐下后,便猜出两人的来意:"你们大概又是为杨买办的事来的吧,我听说杀人的凶犯已经被逮捕了。"

徐吴点头,答道:"昨夜,李总巡将凶犯抓住,关在监牢中了,可是他不肯说话,还得搜集证据,起诉后才能移交大理院审判。不过,我们这一次来,是想打听打听王邵洲先生。"

涂掌柜瞧见了桌面放着的保险公司月份牌,笑道:"你们这是从大茶楼来的吧。"徐吴回道:"没有错,我们才从那儿出来,这份月份牌听说是福安保险公司出的,只同大茶楼合作。"

涂掌柜笑道:"我同这公司的司理杜克衡倒有些来往,他们的总公司正好也是设在长州,另外远江等地还有分公司,虽说开设在这里,却是同洋人合资办的。他专保水火险业务,偶尔兼做寿险,大概是见我老了,常常要我买他们的寿险。"

徐吴试探道:"我们在大茶楼喝茶时,正好也撞见了王先生,还有杜司理,两人似乎在谈什么生意。"涂掌柜一听,大笑道:"没想到王邵洲还在打那主意呢,我劝他早些作罢,他偏还不听。"

徐吴问道:"王先生打什么主意?"涂掌柜叹道:"他找上杜司理,一会儿说要买险,一会儿又撺掇着人家拿出一笔钱,同他一起做生意。又说可以放在他那儿钱生钱,利滚利。他这两年亏了多少钱,外头人不知道,难道我们还看不出来吗?只是不为外人道罢了。"

徐吴又探问道:"听说您和杜司理很有交情?能否向他打听一下,王先生找他做什么?"涂掌柜笑道:"这有什么难的,只是一通电话的事。"说着便走到书桌边,往福安保险公司打了个电话。

正巧杜司理从外边回来,接过电话,两人相互寒暄后,涂掌柜直接问道:"听说刚才王邵洲又找你谈生意了?"那边的杜司理一怔,他才刚摆脱了人,回到公司,涂掌柜的电话便来了,打趣道:"您可是在我身边安排了眼线?我的行踪您摸得一清二楚了。"

涂掌柜笑道:"这玩笑开不得哟,只是有朋友正巧要打听王邵洲,我一向知道他同你的事,所以来问一问。"杜司理回道:"他找我还是为了那回事。他也真是痴人说梦话了。空口无凭,却要我将一笔大款项投资给他。他如今什么底细,难道我还没有摸清楚吗?不过是空心大老倌,徒有空壳名号罢了,哪里唬得住我们内行人?不过,他今天还要跟我买一张火险单子,我没有答应他,推脱掉了,您可不能将实情告诉他。"

涂掌柜笑话道:"怎么洋行的生意,你也不做了?"杜司理苦笑，回道："若是做洋行的生意倒好，他说自家仓库里屯着的六百匹长州丝绸要保，保期为半年。先毋论这事的真假，我同您说一件趣事，一说您便知道我的顾虑了。前几日，平安洗染厂烧着火了，这事您听说过没有？"涂掌柜说道："昨日陈经理来过，也没有听他说起。"这位陈经理正是经营着平安洗染厂的。

杜司理嗤笑道："他哪里敢向人提起这事？当时早上七点钟，我一听那儿着火了，立即跑了去，幸得隔壁是生产药沫灭火机的工厂。工人闻到焦味，当即搬了灭火机去灭火，只五六分钟，这火便被处理了，只烧毁了一角。我逛了一圈下来，却发现此火很值得怀疑，楼上被搬得半空，没有值钱的东西，显然是蓄意为之。我报到巡警厅处理，陈经理见痕迹过于明显，也就招了。"

涂掌柜叹道："他怎么想到这样的法子来骗保险赔款呢？"杜司理回道："他的洗染厂连年亏损，经营不下去了。鉴于陈经理这事，我轻易不相信走投无路之人。"涂掌柜笑道："怎么王邵洲在你眼中，也是走投无路之人了？"

杜司理也跟着笑道："只要再过两个月，您信不信，他就是这张壳也要保不住了。"涂掌柜问道："你可是知道什么内情？"杜司理回道："我哪里知道什么内情，不过是靠着一双慧眼来分辨罢了。"

徐吴只听着涂掌柜说话，也不知杜司理说了什么。涂掌柜挂了电话后，见早上看的经济报纸正摆在桌上，便拿了递给徐吴，指着道："杜司理的保险公司常有人做登报致谢的广告，称赞他们赔款极快，很有信誉。这只是经营公司的一种宣传的手段。偏偏有人盯上了这种好事，想要从中分一杯羹。"

徐吴拿过这份经济报，首先见到的便是"福安保险公司"，接着便是一则致谢词，"该行赔款快捷，而司理杜克衡君认真办事，特此鸣谢。欲保火险者，请前往该公司账房接洽可也"。才看完，又听说了王邵洲的盘算，心中对王邵洲的怀疑更深了几分。

徐吴又坐谈了一会儿，忽而想起早上见到了一则结婚声明，笑道："我今日在报纸上见了一则结婚声明，竟然还是涂掌柜做的介绍人呢，十分惊讶，没想到你也做起了媒人。"

涂掌柜撩须一笑，道："城芝和尤真小姐是天造地设的一对，又志趣相投，两年前原本也是要结婚的，只是不知怎么又拖延到了明年开春。这两位倒是可相交的朋友，若是你们想认识他们，我还可以介绍呢。"

徐吴只是对于涂掌柜做媒人这一件事很意想不到，并没有想结交两人的意思，说几句便搪塞过去，又说要到巡警厅办事，也就告辞了。

第十八回
黑阎王提审听诉悲境，凤辣子密约语含玄机

李总巡极其重视小炉匠的案子，一早便从监牢中提审抓捕来的嫌犯。十二人散开排列，皆低头看地，谁都不肯开口说话，似乎是商量好了的。这其中有一人闪闪躲躲，很引人注意。

李总巡狐疑地走上前去，见着一张红通通的圆脸，显眼的大蒜鼻子，正是杨买办家的门房老刘。又见他低着头，不肯说话，看起来是很心虚了。招了招手，让人将他带进一间专用于审问的屋子，想借此机会，撬开他的嘴巴。

老刘双手戴着镣铐，心中发抖，自从他在伪钞厂中见到李总巡时，便担惊受怕，这时候见着眼前一张黑阎王脸，直认倒霉，心里的设防已经倒塌了。之前在杨家宅见面时，总是笑脸相对，如今怎么也笑不出来了。

老刘才颤巍巍坐下，对面便传来了"黑阎王"的声儿："你从什么时候开始，到杨买办家中做门房一职？""黑阎王"问完后，等了好一会儿，不见他回答，又冷哼一声，喝道："你不说，我也调查得出来，你还是多配合的好。"

老刘哪里是不想说，只是吓得忘了作答，缓过神来后，立即答道："大约有半年时间。"李总巡又问道："谁引荐你过去的？"老刘低着头，说道："王买办。"李总巡问道："哪位王买办，说出名字来。"

老刘回道："王邵洲。"李总巡沉吟了一会儿，又问道："王邵洲为何会引荐你过去？他与杨买办可不对付，怎么会将你介绍进去？"

老刘答道："王邵洲将我介绍给了福安保险公司的杜克衡，之后，杜克衡又将我引荐到了杨家去。我想着能到阔人家去谋生活，总是一件舒心的事，便答应了。平常负责通声，探杨家的情况，时时报告罢了，没干什么坏事。"

李总巡斜瞥了他一眼，追问道："王邵洲同伪钞厂是什么关系？"老刘答道："这我不清楚。"李总巡不信，又冷声道："说实话。"老刘瞄了他一眼，答道："这实在是不清楚，我只见过他一次，他将我推荐给杜司理那一次。"

李总巡双目紧逼，问道："那你向谁报告？"老刘小声回道："这，我不清楚对方的身份，我只接电话。那头问什么，我便答什么。左右不过是问杨买办出门时间，还有他到哪里去这样的话。"

这时，李总巡又拿出小炉匠的画像，摆在他面前，问道："他是什么人？同伪钞厂有什么关系？"老刘见了画像，心中大惊，却是答道："不认得。"他的心思，李总巡看得很明白，只道："你还不知道呢，他昨晚上已经被捕回监牢中了，我若是把他抓来对证，你还是不认得吗？"

老刘心里一盘算，继而答道："似乎见过。"李总巡冷笑一声,说道:"他杀害了杨买办,证据已搜集完了,过几日便转交大理院。你现在想起来没有?"老刘心里一跳,冷汗冒出,慢声答道:"在工作坊里见过一面。"

李总巡每每逼问小炉匠之事,皆被老刘三言两语掩盖而过。这时,他又拿出了老炉匠的画像,道:"洪博全,你的同乡人,杨买办被害的现场,他也被枪杀了。这人你认得不认得?"老刘听说他也死了,心里咯噔一下,怪不得好几月了,未曾见过他,只是不明白,他为何会死,惊愕之余,只能道:"认得,原来同我一样,都是在工作坊里做印刷的活儿,只是不知道为何不见了。"

李总巡看了他一眼,又拿出一张烧毁的残纸,道:"这是在现场搜得的,这是什么?"老刘如实答道:"往来的信件。"李总巡追问道:"同谁往来的信件?"老刘摇头道:"他们秘密得很,从不让我们底下人知道,不过我知道往来的大概是四五人。"李总巡继续问道:"哪四五人?"

老刘又摇头称不知。李总巡眯着双眼,眉头紧皱,有些不耐烦了,问道:"那么,逃跑的黑衣男子是谁?"老刘又是摇头,回道:"他常是冷面冷口的,不太说话,平时只采买制作伪钞的材料,发放月薪,还有便是监视我们。我们当面十分怕他,私底下给他取号'黑头领'。"

李总巡拧着眉头,老刘总是有意无意地避开重要的信息,看着似乎说了许多消息,但细想过后,会发现全是顾左右而言他。

老刘很会看眼色,见李总巡许久不言语,又道:"李总巡,我们这些人从未想过做坏事,只是听说这里遍地是黄金,不远万里，从西北边到这南海边，只是为了逃避兵乱，找一样养家糊口的活儿。实在没有半分害人的心。"说着便哭了，后悔不已。

他又继续道："天灾人祸一来，首先遭殃的是我们这些庄稼人，面朝黄土背朝天，没有其他手艺，以为到长州来，总有谋生的法子，可这里哪里容得下我们半分？就是有一口饭吃也是好的。"

李总巡虽然不是庄稼人，但是对于他们是很能理解。许久没有说话，想了一会儿，才转头对做笔录的巡警道："这份笔录整理好后，另抄录一份起来。"说完便起身，让人将老刘押回监牢中，独自在室中呆想，过了许久，又让人将小炉匠带来审问。

小炉匠手脚皆戴着镣铐，"叮叮当当"走进来，缓缓在对面坐下，目光直视，没有半分躲闪，好似不知自己死期将至。

李总巡望着他平静如水的双眼，很不自然，不觉咳了一声，问道："方才，伪钞厂的刘申，已经供认出了你杀杨买办这事。"说着，又将杨买办和老炉匠的花牌丢到他的面前，厉声问道："为何要杀这两人？是谁让你买凶杀人的？"

李总巡见他不答，一副岿然不动的样子，又问道："几天前，我曾经见你在赌街的'花会'馆中随意进出，那里是否在进行杀人交易？"小炉匠面上不动声色，不过眉峰却微微向上挑。

李总巡见此，又追问道："海盗头领黄旭被谋害时，身上也有一块同样的花牌，他的性命是不是你取的？为何要杀害他？"小炉匠不答。两人僵持，李总巡明白是问不出话来了，另叫了一名巡警继续审问。

才走出审问室，便有巡警来报，说徐吴和孔章正在巡警厅中等他,李总巡料想他们一定是有了新消息,急忙赶了过去。到了巡警厅,他一眼便瞧见了两人正等在那儿,进去便直问:"可是有新消息了?"

徐吴正坐在火炉边,瞧着墙上的那张兽皮,兀自沉思,恍惚间听见李总巡的声音,随即缓过神来,望向他,也问道:"监牢中有什么收获没有?"李总巡进去后,便给自己倒了杯水,一天下来,还没有喝过水。坐定后,又问道:"你那里有了什么消息?"

徐吴知道他是心里着急,答道:"今天一早,王邵洲约见了福安保险公司的杜司理,打听了这位杜司理后,觉得他也很可疑。"又将今早所见所闻详述,却没将王邵洲转移货物之事说出。

李总巡听到杜克衡的名字时,将老刘的口供记录递给徐吴,道:"他确实很可疑,王邵洲曾经托他,将老刘推荐进杨家当差。"徐吴点头道:"这位杜司理很值得查一查。"徐吴又想到李总巡刚从监牢中回来,一定是审问过了小炉匠,探问道:"他还不肯说话吗?"

李总巡叹了一口气,道:"依旧那样,什么也不肯交代。"徐吴说道:"昨晚上,顾小姐到我家中去,说了一件事情。"说起顾小姐,李总巡想起昨日送她回去时,顾老爹虽对他是客客气气的,但那眼神分明是要吃人的。他还有些担心,毕竟姑娘家名声是极要紧的事,这私奔的事说出去也不好听。又想她找到徐吴家中去,一定是有关于小炉匠的,急切道:"难道她透露出什么了?"

徐吴道:"她说小炉匠在这七日内,什么话也不会说。但是七日之后，一定会如实交代自己的所作所为。"李总巡很不相信，问道："七日之后？为什么他偏偏要在七日后才肯交代？"徐吴自顾自说："她大概是怕他在监牢中吃苦头，过来给我们提个醒吧。"

顾小姐的话，李总巡还是有些顾虑，因为她的私心不能说是没有的。徐吴见他很迟疑的样子，说道："再看看吧，不过是等几日。"这时，外边传来郝巡警的呼喊声："李总巡，电话。"李总巡应声问道："谁找？"郝巡警已出现在门口，手指着头顶，做了个苦脸。李总巡当即明白是谁了，也苦笑道："上边来电话了，是要责问我呢。"

徐吴、孔章两人见此，话也说完了，也不久留，便往街上去。正打算去打听杜克衡的来路，忽然从一旁冒出个小孩来，眼珠子滴溜溜的，往他们两人身上转，试探道："徐吴先生？"见他头戴着破旧的毛毡帽，脸也抹得乌漆墨黑，看不出模样来，徐吴轻问道："你是谁？"

小孩一咧嘴，笑道："有一位年轻的小姐，让我在巡警厅门口等着你，转交一封信。"话虽这样说，信却不见掏出来。徐吴问道："信呢？"那张小黑脸上透着机灵，答道："您得先拿出信差费来，我才能给您啊。"

徐吴轻拍了拍他的肩膀，也没有问多少，掏出了几枚铜圆递过去。小孩拿过钱后，才从身前的小兜里掏出一张纸给他，一转身便跑开去，一声叫喊，旁边蹿出三四个同样大小的孩子，簇拥着到一处饼摊前买烙饼去了。

孔章摇了摇头，问道："这是谁写来的？"徐吴一展开纸，见了那刚劲的字迹，答道："秦天香小姐。"孔章怪道："她写了什么？"徐吴说道："信上只写了一间茶楼的名字，这是让我们去找她的意思了，只是不知道这地方怎么走。"

孔章拿过信纸一瞧，低声道："惠记茶楼？"这间茶楼，年少时，梁师兄曾经带他去过，地点十分隐秘，并且只接待熟客。秦天香怎么会约在那儿呢？徐吴见他的神情，似乎是认得的，探问道："你去过这儿？"

孔章点头道："那是好几年前的事了。"说着便往前带路。依着记忆来到了惠记茶楼，这里依旧没有变化，楼前飘着一块黑布帘，只写着"惠记茶楼"四个白字，遒劲有力，很见书写者的功底。

门前有两大灰陶缸，水中有几株荷花，一扇对开的暗红色木漆门，这样的布置很不显眼，却处处可看出其主人的细腻心思。初次来时，孔章还是只顾玩闹的少年，如今站在这时，已是经历不少世事的盛年男子，孔章叹了一声："物是人非。"

这里门扉紧闭，不似一般的茶楼，可见是有一些规矩的，孔章上前去敲门，轻声道："秦天香小姐有约。"此时，门的另一边站着两位差役，听见是秦天香小姐的客人，立即开门相迎，说了句吉祥话后，将两人引进楼里。这在外头看来极其一般的院子，里边却是别有洞天，四周极其寂静，两三位侍女手捧着果盘，赤脚穿梭而过，没有发出半点声响。

受此影响，两人也没有说话，直到被领进一间茶室。里边只有一张矮桌，几块绣花坐垫，秦天香正坐在茶席中，布置着茶具，见人来了，抬头笑道："两位请坐。"又见徐吴手中拿着美人图月份牌，饶有趣味地看着他，取笑道："徐先生最中意这其中的哪一位美人呢？"

等他落座后,她一把将月份牌拿了过来,随意翻了翻,这会儿倒是轮到她自己害臊了,啐道:"嗨,真是胡闹,上次他那样说,我还以为是闹着玩的,还当真把我画了进去,下次若是见了,一定饶不过他。"

秦天香又一直翻到第十二个月份,轻笑了一声,他果然也将那人画了上去,只怕那人还不知道吧,他的胆子也忒大了,她可不是什么好脾气的。这样想着,便将这事暗暗记在了心中,到时候是要告上一状的。

徐昊见她又哭又笑,嘴上咒骂,想起那张很像她的"凤辣子"画像,便猜这位画家先生是她相识的朋友了,问道:"这位画家先生是认得的朋友吗?"秦天香指着画中人,啐道:"倒有几分熟,就是脾性怪些,人不坏,就是爱干些指桑骂槐的事。你瞧,他这是借着画,暗骂我厉害呢。"

炉子的水烧开了,秦天香捻起一块白布,将陶壶提起,水缓缓流进茶盅里,一阵清香之气扑鼻而来,渐渐弥漫于整间茶室之中。她将茶杯摆至他们面前,谢道:"两位,请尝一尝,这是答谢你们的,我已经将王邵洲那批瓷货秘密转移了。"

这一次,她特意将他们请过来,名为答谢,却是为了给他们提个醒。

第十九回
阶前观素影稍露情意，午夜认罪状速判极刑

　　两日后，李总巡为了王邵洲的事，寻到徐吴家里来。进门时，首先映入眼帘的是梅姨的身影，一身白色长衫，实在是素净，眉眼间有一股英气。她挺着膀子，打了几个动作，似乎很不如意，停下来想一会儿，又一面转着跑了一圈，一面念词。

　　李总巡不觉站在石阶下，看着她的动作，心想她大概是在排练新戏吧，听说不久便要上演了，只是不知道要在哪里演出？出声道："梅小姐，这是你的新戏吧，什么时候要上演呢？"

　　梅姨听见声音，转过头去，见是李总巡，笑了笑，道："大概还有一个月吧，第一场是设在乡下演出的，之后才会在长州的大茶楼上演，李先生要过来捧场吗？"说着便走到一旁的石桌前，拿起一块白布巾，抹了抹额上的汗。

　　李总巡回道："一定一定。"梅姨转身，见他跟在自己身后，有些奇怪，说道："你是来找我们班主的吧，他在里面看报纸呢。"她手指着大堂，示意李总巡往里瞧。李总巡点点头，抬脚往大堂走，见徐吴喝茶看报，一点也不知道他来了，便道："好

闲情。"

徐吴抬头见来人，放下报纸，笑道："请坐，今日来有什么消息吗？"李总巡摆了摆手，道："难道我只是有消息才来找你吗？"徐吴以为他真有其他事，倾身道："哦？愿闻其详。"

李总巡道："我不过是说句玩笑话。我来找你，是要说王邵洲的事。"徐吴道："他到巡警厅去了？"李总巡点头，正色道："前日，你们前脚一走，他后脚便进了巡警厅，说他走到半路，被两名匪徒绑架，险些害了性命，幸得你们两位相救，才逃了出来。"

徐吴问道："他只说这些？"李总巡道："他原想就这样糊弄过去，将自己伪装成受害者，我哪里信他的话？当即问他与白老五的关系，他却说不认得此人。"李总巡冷笑着摇了摇头，继续道："我又问他，赎票上的堂号认得不认得。他说回到家中后，才知道匪徒寄了赎票到家里。"

徐吴笑道："你怎么看？"李总巡冷哼："鬼话连篇，我猜他是借着绑架一事，要王老爷凑钱出来，不想却被王老爷报到了巡警厅里。"徐吴问道："那么，他如今在哪里？"李总巡还想借着王邵洲来搜集证据，笑道："自然是放他回池塘里了，我倒要看看他什么时候上钩。"

徐吴道："我看是很快的了。"两人谈着话，李总巡的目光却总是不觉往外瞟，问道："听说梅小姐的新戏就要上演了，我看着这出新戏很不错。"徐吴笑了笑，起身拿水壶，为李总巡添茶，继而坐在李总巡的旁边，不露痕迹地遮住他的目光，道："战事正吃紧，不过是为了鼓舞大家的士气而出的戏罢了。"

李总巡拍手道："我正爱看这样的戏，要是新戏上演了，到时候你可要通知我。"徐吴笑道："那是没有问题的。不过，我还有事要问你呢？"李总巡瞧不见梅姨的身影了，有些黯然，一时没听清徐吴的话："怎么？"

徐吴问道："这两日，小炉匠可有说什么话？"说起这人，李总巡着实烦恼，连日来的审问，都问不出什么话来。即使施加刑罚，也撬不开他的嘴巴，在以往，这时候是该招了的，即便是不肯招，也会说几句假话来搪塞的。

徐吴还是很信顾湘的话，说道："再等他三天吧，到时再看他肯不肯说。"李总巡不语，徐吴又问道："福安保险公司的杜克衡，你可有查出什么来？"李总巡答道："还未查出什么，倒是探听到他以前的事。"

说着，李总巡抿了口茶，道："他原来只是帮佣的小子，做些跑腿的活儿，只是很会瞅准机会，靠着自己的经营，发了战争财，才有了今日。不过，另有一个传闻，还很待商榷，听说他是吃下了江家的股份，将江东来扫地出门，才有了这许多的财产。"徐吴疑惑道："江东来？那位广告画画家江东来先生吗？"李总巡回道："正是他，如今过得很落魄呢，常常将自己关闭在屋子里，不大见人，也是可怜之人了。"

徐吴想起昨日经过大茶楼时，也遇见了杜克衡，瘦削的身子套着一件宽大的袍子，长形脸，戴着一副眼镜，眉毛杂而乱，说话时挤眉弄眼。而他正在门口送一位风度翩翩的男子，同他有很大的差别。

李总巡听了这事，倾身问道："那男子是什么模样？"徐吴想了想，道："大概是三十来岁，穿着西式，不苟言笑，眉心有颗痣。"李总巡肯定道："那人是伍城芝。"徐吴恍然，道："我在报上见过他的照片，不过模糊得很，认不出来。你这样一说，倒真是他，没有错了。"

李总巡却很奇怪，道："按说，伍城芝是看不上他的。"两人又谈了一阵，李总巡想起还有急事要办，走至庭院中，他的目光，总是若有似无地望向梅姨。一句"捐躯赴国难，视死忽如归"，浑厚的唱腔，似有震动天地的气势。只见梅姨手持着长枪，跑起圆场，耍了一段，李总巡不由得鼓起了掌。

梅姨却没有注意到庭院中还有人，兀自唱着。偌大的空庭，皆是梅姨的戏音。临近上演的时间，她练戏更是勤快了，有时还整日都待在院子里练，一字一句地磨着，直到十分好了才满意。

徐吴低声说道："她总是这样，若是唱到了兴头上，就是天塌下来了，也不晓得的。这许多年来，她实在是戏痴，为了唱戏，很能吃苦头。跟着我由南到北闯，从未听她说过一句抱怨的话，倒是很能苦中作乐。"这话说完，徐吴便想起了以往的事，白驹过隙，不曾细想，梅姨竟来戏班许多年了。

临到门口，李总巡的目光还是定在梅姨身上，不觉笑出来，问道："我看着梅小姐真是好，不知她有没有婚约？我若是追求这一位美丽的小姐，要怎么办才好呢？"徐吴停了一会儿，才慢声道："她大概是没有婚约的。"

李总巡笑道："怎么你也不确定呢？她不是在你的戏班里待了许多年吗？就是她有没有订过婚约，你也不知道？"李总巡见徐吴不答，不好意思道："我也不敢贸然去问梅小姐，要劳烦你帮我问一问了。"嘱托之后，才肯上车离开。

徐吴回到院子，梅姨已经坐在亭子里歇息了，正拿着白布巾揩汗,见只有他,问道:"李先生这就走了吗?"徐吴不知怎么的,回道:"难道你想留他下来不成?他要是知道你要留他,大概是不走了的。"

梅姨听他的话很不对,怪道:"这说的是什么话呢?我也没说要留他。只是见你进来,猜你大概是送客去了,这才问一句。哪里有留他的意思,再说我留他做什么呢?"这话堵得徐吴无法再辩,原来就是自己无事寻衅。

两人相坐无话,好一会儿,徐吴才又道:"有人托我问你,有没有同人订下婚约?"梅姨想,真是奇怪,怎么忽然说起这事?于是嗔道:"问这事做什么?难不成你要替我做媒人吗?"徐吴道:"你只管答就是了。"梅姨道:"若是有婚约的话,我还会在这里吗?"答完,两人一时皆没有话说了。

至此,过了四日,李总巡又找上门来,十分匆忙,双眼猩红,衣衫皱皱,好似许久没有休息的样子,进门便喊道:"他肯招了,他终于肯招认了。"人还未进来,声音便已经传遍了宅子。

徐吴将人迎进来,说道:"顾小姐的话没有错吧。"因为案子有所进展,李总巡的眼睛里泛着亮光,十分亢奋:"关于那七日之约,我原来半信半疑,依旧每日到监牢中审问小炉匠。昨日晌午也去了一趟,毫无收获,他依旧不说话。可是到了午夜,我在家中才刚要歇下,郝巡警便来拍门,说小炉匠大闹监牢,想要见我。"

昨夜小雨,李总巡听了消息,也顾不得披件雨衣,便往监牢里赶。小炉匠已经被带到了审问室,目光如炬,直盯着他坐下后,道:"我可以将案情交代了。"李总巡问道:"怎么这时候倒肯说了?"

小炉匠不答,道:"杨买办、洪博全皆被我杀害于长门巷的院子中。"李总巡问道:"为何要杀害他们?"小炉匠瞥了他一眼,不答,继续道:"两个月前,杨买办寻上门来,以五百两为酬金,让我暗中杀害王邵洲,事成之后即可取得酬金。之后,经过一番策划,我与洪博全伪装成炉匠师徒,入住杨家在长门巷的院子,伺机而动。而杨买办为了防止受怀疑,则以出远门办货为借口,秘密躲进了院子里。"

李总巡问道:"既然如此,为何你最终没有杀害王邵洲,而是杀了杨买办?"小炉匠神色不变,娓娓道:"因为他骗了我,他根本付不出约定的五百两酬金。我知道他从家中出来躲避时,拿着货单,还有票本,还将东西藏在阁楼上。我原来想将东西偷了便走,却没有找到。将人挟持逼问一番后,他扯东扯西,故意拖延时间,我们才计划实施折磨,让他说出实话,谁知不过划了几刀便死了。"

见他面色淡然,没有丝毫悔意,李总巡不觉皱了皱眉,连声问:"经过鉴定,他已经死了个把月了,你们为何不逃走,而是继续待在院子中?难道不怕被发现吗?"小炉匠道:"没有从杨买办那里拿到好处,人却死了。我们很不甘心,便想伺机找上王邵洲,讹他一笔,不想他一直藏着没有出现。"

李总巡追问:"那么,你为何要杀害洪博全?"小炉匠回道:"因为此次行动失败,没有赚头,他要讹我的钱,遂起了争执,我失手将他杀害了。"李总巡翻动手边的文件,冷声道:"他是死于一枪毙命,你哪里来的枪?凶器藏在何处?"

小炉匠道:"自然是买的,至于那把枪,被我埋于王邵洲院子的花盆中，你们大可以去找。"李总巡的手敲着桌面，想了想，又问道："在西风街二百五十六号的宅子中，搜出了一批伪钞，还有两块写有杨买办与洪博全名字的花牌。"说着，便将两块花牌甩在他面前，继续道："其中，洪博全曾经是伪钞制造厂的一员，你是否参与进了伪钞案中？"

小炉匠道："什么伪钞案？"李总巡心中冷笑，瞧着他，道："大约半年前，那里的船家见过你，说你帮着伪钞厂的人运伪钞。"小炉匠道："我不知道什么伪钞，不过是受了雇用，帮着人家走货。至于走什么货，一概不问，只要有赚头便成。那次便是由洪博全牵线，介绍我帮着走货，一晚上能得四块现洋。"

李总巡问道："你与洪博全怎样认识的？"小炉匠道："在赌馆中赌钱时认得的，又得知是同乡，自然更加关照。"说起赌钱，李总巡想起了死于赌街的海盗头领，问道："死于汇乐赌街的海盗头领身上也有一块同一式样的花牌，你怎么说？"

小炉匠道："这人的死与我无关。"李总巡眯着眼，想起自己曾经追踪到"花会"馆中，想起另一种可能，问道："这些同一式样的花牌是否涉及某个秘密组织？"小炉匠道："无可奉告，这该是你们巡警厅的人去查清楚的事吧。"

李总巡又将汇票票本甩到他面前，问道："这是哪里来的？"小炉匠道："不知道。"见李总巡不信，哼道："若是知道有票本，难道还会丢在现场，让你们捡去吗？"李总巡沉吟了一会儿，继续道："那一个月，到院子中的有多少人？"

小炉匠道："就我们三人。"李总巡一听，心想现场多出的一双脚印不知是谁的。

李总巡讲完，看着徐吴，问道："徐先生，你怎么看他说的话呢？可信不可信？"徐吴问道："小炉匠关在监牢中的这七天，可有做什么？"李总巡专门派了人在监牢中时时盯紧小炉匠，他每日皆会到他跟前报告，便道："他并不说话，除一日三餐外，皆在闭目养神。不过，顾小姐到监牢中探望过他。"

徐吴问道："什么时候的事？他们说了什么，你知道吗？"李总巡回道："一共两次，第一次是在小炉匠被抓获的第二日，还有便是昨日了。不过是说些平常事罢了，没有什么可疑的。"说着又叹了口气，似有愁绪，道："今日一早，小炉匠便转交到大理院了。"

徐吴正喝着茶，一时放下，道："怎么这么着急？"李总巡道："杨买办的案子上了报纸你是知道的，商界内虽有许多人在关注，一两日之后这则消息也就淡了。不过，自从小炉匠被抓获之后，报社也不知打哪里来的消息，连着报道了几天，极受关注，是以有许多人写信到巡警厅还有报社中，发表看法，舆论正发酵得厉害呢。"

徐吴明白，点了点头。李总巡又道："这几日，上面时刻催促我结案，将人移交大理院去。我实在不信小炉匠的话，不过他已经认罪了，人也确实是他杀害的。我有两位相熟的朋友，他们在大理院做着推事还有书记官一职。小炉匠之后的审判细节，等我打听了来，再告诉你吧。"

李总巡又想起一桩事来，探身道："我方才还在报摊上巧遇了顾小姐，同她打过招呼，顺手也买了一张报纸，却瞧见了杜克衡的消息。这几日来，我可是十分关注他。不知是不是因为时刻注意着他，总觉得每日的报纸上皆有他的消息。"

徐吴道："福安保险公司在《长州报》上，可是长期刊登广告的。杜克衡作为公司的司理，自然是会时常出现他的名字。就是昨日，我也在报纸上瞧见了杜克衡的一则消息。"说着，便从报架上挑出了昨日的《长州报》，指着道："你瞧。"

李总巡念道："征求各种关于劝导火灾保险之论文、杂著、小说等，不拘何体，凡经登录者，每千字甲种酬洋五元，乙种酬洋三元，特别佳作，每千字酬洋十元。投稿请寄：长州长明街二百号福安保险总公司。若是有面谈者，可找本司杜克衡司理。"

李总巡也跟着掏出方才买来的报纸，打开来瞧，果然又见着了杜克衡的名字，笑道："他真正是上报纸如家常便饭了。"徐吴也接过报纸，念道："本号自己失慎，店内货物尽付一炬。幸早托杜克衡君向该公司保有火险，报告后即蒙如数赔足，并不留难，且无丝毫折扣，足见资本雄厚，办事灵敏。为此特登报鸣谢。"李总巡笑道："这大概是买了火险的顾客，拿到赔款后的登报感谢了。"

三日后，李总巡再来拜访，带来了小炉匠的消息："他已经被判了死刑，不久便要行刑了，在菜市口。还有一事，这几日总寻不到王邵洲，你若是见到了他，一定要捎口信给我。"

第二十回
刑前送行一曲凤求凰，初会别后两度续前缘

今天是小炉匠被行刑的日子，天还未亮，刚刮过一阵风，顾湘已经在街边等着了，怀中抱着琵琶，寒风从脚底直灌到她身上，十分的冷。她的身边挤着许多人，皆是听说菜市口有热闹看，顶着寒风来的。

行刑的时间快到了，有两列队伍从远处过来，被押解的刑犯有七八个，全是套住了头的，即使是这样，顾湘仍是一眼便认出了小炉匠的身影来。她在一块半高的石头上坐下，将琵琶横抱在身前，试拨了几下，全是乱音。手指僵直，摸不准琴弦。

站在前头的刑犯听见琴音，愣了一下，停住不肯往前，被押解的巡警强推着往前，他只得一边走一边侧耳听音。顾湘看着那些长长的步枪，在日光照射下，发出闪烁的银光，想起她初次到伍家宅唱曲时，湖面上的月光，也是这样，使人见了发冷。

那一晚，她独自抱着一把琵琶，在伍家宅前下了车，见了眼前粼粼的波光，觉得真是美丽极了。阿爹说过，半月湖前的

那座宅子，便是请她唱曲的人家。那是她第一次被请了去唱，原本推辞着不敢，阿爹却说订金已经收下了，辞不得。

她往前走了几步，见门牌是没有错的，也就放心了。不过不是说今日办百岁宴吗，怎么大门紧闭？雕花矮脚吊扇门、趟栊、硬木大门，这三重门，皆关得紧紧的。她不由得又瞧了瞧门牌，确认是这一户人家后，却不知道要怎么才好了，这是她第一次到这样大的院子来，一时不知该怎么走。

她就这样呆伫在大门前，过了一会儿，见有来人往后走，便也跟着绕到后面，才发现原来还有一扇侧门，门口站着两个差役，便跟着报了名姓，拿出阿爹给的帖子。其中一位差役拿了帖子后，将她引到大厅去，只是顾湘还没有来得及问话，人已经走了。大厅里热闹得很，走进走出都是人，她却不知道要往哪里站才好，刚挪动脚步，便踢到了脚底下的一盆兰花。

各色男女，或坐或站，觥筹交错。大厅前面，是一块见方大小的露天庭院，墙边栽了好些绿植，一块弯曲的石头，临时当了台子用，一位妙龄女子，穿着西式长裙，哼着洋曲。可唱的是什么，顾湘一句也没有听懂，怔愣间，模模糊糊的，人家的一支曲子似乎已经唱完。

这一曲完了，楼上忽然有人推开玻璃窗，探出头来，喊道："接下来还有什么好玩的？要是没有，我可是有一支曲要送你们听呢。"说话的是一位十五六岁的女孩儿，紧盯着大厅下的人瞧，嘴角边的两个梨涡，衬得眼睛发亮，似乎是个很活泼的小姐儿。

见没有人说话，那女孩儿又朗声问道："顾湘小姐来了没有？唱南音的顾小姐还没来吗？"顾湘这才明白，原来给了她阿爹那么多定金的，是眼前这位同自己一般大小的女孩儿。想着，顾湘往前一站，慢慢举起自己的手来。

女孩儿看见了，笑问道："你会唱什么曲目？"顾湘小声说道："您想听什么？"女孩儿见顾湘年纪轻，取笑道："难道我想听什么，你便会唱吗？"顾湘回道："愿意尽力试一试。"女孩儿抬头看了眼外庭，说道："今夜凉风徐徐，月色照在庭子里，好看得很。那么先唱一支《清凉月》应应景，再唱《琵琶行》，好不好？"

顾湘点点头，没有多说，只顾到那石头上坐下。这是她第一次当众演唱，心里怯怯的，却不敢表露出来，今晚若是唱得不好了，回去会挨骂的。想着便操起琵琶，拨弄几下，音没有拨准，有些高了。厅里坐的都是常年听曲的，一眼便瞧出了她的慌乱，嗤笑一声，只等着看笑话。

然而当一声"清凉月，月落湖心"唱起时，大家也就不说话了，只是听着。当她一曲唱罢，稀稀落落有几下掌声，是半身探在窗前的女孩儿，她笑道："你唱得好，没有白费了我那几个钱。"

顾湘颔首不语，拨了几下琴弦，准备接着唱下一支曲，余光却被一抹身影吸引去。她的侧边便是镂空的石窗，隔墙之外是轿厅，专供乘轿而来的贵客出入。那身影是个女子，穿得并不花哨，神情淡淡，低眉敛首间自有风情。

这时"轰隆隆"几声巨响，一道雷直劈到眼前来，将顾湘吓了一跳。这天听着似乎要下雨了。她重新敛神，拨弄琴弦，又唱了起来。不过只唱了两句，豆大的雨滴便落在手背上，渐渐密集起来，看来是免不了一场雨了。

大厅里的人见雨势这样急，匆忙叫顾湘进来躲一躲雨。可是那女孩儿却是个贪新鲜的，喊道："顾小姐，你再多弹一曲罢，当初在大厅设置出这样一处小庭院，便是为了听雨的，你瞧那匾上不就是'听雨庭'吗？琴声、歌声、雨声，夹在一起听，不正是绝妙吗？"

在座的被女孩儿说动了，也就没有人出声了。顾湘想到阿爹收了人家那些钱，便只得忍着继续弹唱。而那女子落了轿，刚踏进大厅，便听见了女孩儿的话，微皱了眉头。不过，在走进大厅时，她又换了一副神情。

她首先看了一眼庭院里的顾湘，转头对女孩儿柔声劝道："囡囡，虽然眼下是三伏天，可是雨一沾身，风再一吹，人是会着凉的，也不好看。"女孩儿兴致盎然，笑道："这要什么紧？我也常常在雨中玩耍的，没有什么要紧的。又不是小孩子，怕生病了。"

女子摇了摇头，笑道："你还是贪玩，你衣服湿了，自然有人紧赶在后边给你换衣服穿。可她下来了，谁给她一件衣服穿？你忍心要她穿着湿衣服回家去吗？"女子说话时虽轻声慢语，却是有些责怪的意思。女孩儿这时不敢再说下去了，点点头，答应让顾湘进来，又让人带进房里去换衣服。

顾湘被带着往大厅后边走，眼前是狭窄而幽长的木梯，弯曲着拐到二楼，迎面而来是阵阵檀香味。壁上的灯并不很亮，她心里打着冷战，提着裙摆，往二楼去。一间间屋子排着，每间屋子虽不大，却装饰得极雅致。

有两三间屋子亮着灯，三三两两皆是摸牌的妇人，调笑声阵阵。那人拿件衣服给她换后，便关门出去了，她出来时见人已经走了，不由得笑了，心想自己也不是什么贵客，哪里会那么周到？

不过，顾湘却在走廊上见到了那女子。她正背手立在墙边，伏低身子，瞧着一副石雕屏。忽然，只听得一阵"嗒嗒"的皮鞋声，步伐很急，三步并作两步走，很快便上了二楼，从顾湘面前走过。是一名男子，他穿着长袍，手里拿着顶帽子，面容没有瞧清楚，人走到了一扇八叠白玻璃屏风后，没有了踪迹。

女子往这边看了一眼，见顾湘在此，便停下向她笑着点点头，随即跟在男子后边，也隐在了屏风后。而顾湘看着那扇玻璃屏风，倒出两个人影，竟壮起胆子，鬼使神差般，悄悄跟在了女子身后。

顾湘放轻脚步，屏气凝神，也不知自己为什么会跟了过来。那女子的鞋跟搭在木板上的声儿，遮掩了顾湘的脚步声。她没想到屏风之后，又是一番天地，一阵檀香味迎面扑来，眼前依旧是一道宽宽的走廊，却只有一间屋子。

这时，屋子里的灯也亮了，顾湘看到一面墙，墙上挂着一幅洋画，画中是一名年轻男子，威严端坐，穿着官服，手上拿着一顶红翎帽。四周则是摆满了瓷瓶、石雕、玉翠各式珍宝，琳琅满目，看得顾湘目不暇接。这每一件东西若是拎出去换了钱，可不就够她吃一辈子了吗？

顾湘倚在一根大柱子后边，偷眼瞧着书房里的景象。只见那女子进去后便在沙发上坐下来，不一会儿又起身踱到窗边，将窗户撑起。透过这扇木窗的缝隙，顾湘才瞧见那男子坐在书桌上，手里提着电话，正跟人说话呢。

她再细瞧几眼，才知道原来洋画上的男子正是他。檀香味愈来愈浓,似乎就萦绕在鼻尖上,她伏身一闻,才发现香味原来是从这一根根柱子中散发出来的,怪不得这里都弥漫着香气呢。

屋子里,男子匆忙走进书房后,便直奔桌上的电话去,女子见他终于挂了电话,开口问道:"城芝,旅馆那边怎么了?宋经理挂电话给你做什么?"伍城芝挂了电话后,一边翻出洋烟盒,一边叹气道:"巡警厅的一位总巡,正在搜查火车案的犯人,竟然搜到'天一庄'去了,宋经理阻拦不住,让我出主意呢。"

女子嫣然一笑,怪道:"哦?还有宋经理拦不住的人。"她一边说话,一边从架子上拿下一瓶酒来,拎了两个高脚杯,酒液倾倒入玻璃杯中。伍城芝笑着走到她身边,接过杯子,顺势也在沙发上坐下。

他抿了一口,才回道:"听说那位总巡看着年轻,很不懂规矩,宋经理好话歹话都说尽了,也敲不醒他那榆木脑袋,还说要闯进去搜人。让他这样去搜,惊扰了我们的客人不说,若真将人搜出来了,你说我们是认,还是不认呢?"

女子笑道:"那你刚才打给了谁?"伍城芝说道:"难道还有谁?他有一笔款项催得紧,我拖着呢,还没有到月底,我怎么把钱给他?方才这通电话,倒做了个顺水人情。"女子心里明白,低头一笑,又想起方才进来时,听到的一件事,笑问道:"詹姆斯今天到家里来了?"

伍城芝一听她说起詹姆斯,便知道是要问那桩事了,也就说出来了:"我早上请了他来家里做客,知道他早已想归国的,只是碍着做生意欠我的那十几万元钞票。我便将那欠条当着他的面撕掉了，我想他不过是时运不好，才会做了亏本生意，也就不计较这些钱了。"

顾湘站在外边听着，一时恍了神，不觉往后退了一步，发出"嗒"的一声。伍城芝听见外面有声音，探头往外看了看，取笑道："我怎么听见有声儿呢？"女子笑道："哪里来的声儿？"说着便走到门口瞧，却正好撞上了顾湘的目光，话音也渐渐低下去。

伍城芝也跟着走过来，站在身后，扶住女子的肩膀，女子转身却将他往里推搡，似在玩闹。伍城芝被推到了沙发上坐下，也就忘了方才外面的可疑之声了，笑问道："我还有话问你呢，我们的婚约什么时候实行？"

女子笑而不语，转而踱到桌边，拿起电话，开玩笑道："这有什么难的，你且等着。"此时，站在柱子后的顾湘，撞上女子的目光后呆了半晌，心里跳得厉害，幸好女子对她有意掩护，才不至于让那位男主人见着。

顾湘这时也就不敢再看下去了，悄悄往回走。过了那扇八叠玻璃屏风，传来阵阵笑声，她探头往那间屋子看。四位太太分坐在桌前摸骨牌，其中一位太太赢了，笑得花枝乱颤，向其他三位伸出手，金丝绣帕捻在手上，摇摇晃晃的珠钗，伴着笑声映在她的心上。

前面的窗户开着，方才那女孩儿便是站在那里指点江山，只是这会儿人不在了。顾湘望了望四周，没有人，便也走过去，往下一探，那女孩儿原来在大厅上同人说话玩闹。外面的雨已经不下了，庭院中又有人在表演新节目，这一次是两人耍杂技，时而引得厅上的人哄堂大笑。

顾湘又想，方才自己在唱曲时，他们不过也是这样看待自己罢了，顿时觉得索然无味，想要回家去了。待她下了楼，又撞见了方才带她去换衣裳的那位，只见她正倚在栏杆上，笑得前俯后仰。

顾湘走过去，问道："方才替我解围的那位小姐是……"听见有人问话，那人回瞥了一眼，道："那一位是尤真小姐。"说完就往一边走去了，似乎不愿意搭理顾湘。出了伍家宅时，月亮已经慢慢往下斜。这一场宴会，就好似她的一场梦，倒映在她的心底里。

她低头抱着琵琶，心事重重的样子，一时没有顾住眼前的路，在火巷中走着时，不意间撞到了人。顾湘吓得急忙抬头，见是一名穿着黑短衫的年轻男子，目光沉静。那男子瞥了她一眼，没有说话，越过她就要走。月光拉长了他的身影，渐渐远去，顾湘原本要道歉，见他并不在意的样子，便没有追上去。

这月色真美啊。她看着湖面上泛起的点点银光，这样想着，脚步不由得往湖边跨去。湖边虽围着栏杆，不过却有一个缺口供人往湖中的观月亭去。顾湘独自往亭中走去时，莫名觉着背后有一双眼睛，可当她往后看时，却没有见着什么人。

她轻叹了口气，混在风中，无声无息。亭子边上的景致很不错，她伏下身子，想从湖中捧起一手月光，却从指缝中流出。她看着自己的手指，指尖上结了层层厚茧，这是苦练琴艺留下的。开始练拨弦时，常常擦破皮，可是即便是流血了，阿爹也要她照练不误，慢慢就结了痂，久了就积成了厚茧。

这一把琵琶已经伴了她许多个春夏秋冬，每当她弹完一曲，便会巴巴望着阿爹，等着他开口说好与不好。若是他不满意了，那就得练到半夜才行,她时常抱着琵琶睡着。至此,顾湘才想起,她还没有仔细听过自己的琴音呢。

一拨一挑,琵琶声起,哀哀戚戚。她一直清楚,自己学琴艺只是为了替阿爹挣钱。可是今夜,她才真正明白,还要博取他人之一笑,实在是不值得。然而,今后还要以此为生,那不如就此葬在这月光下,来得干干净净。她心中愈来愈觉得怆然,已经了无生意,弹完一曲,一把将琵琶投入水中。

湖的对面是一座座高楼,只有窗户间透出一点黄光,黑通通的似要将人吸进去一般。顾湘将一只脚踏进水里,清冷的湖水从脚底下蔓延上来,她打了个哆嗦,正要将另外一只脚也往里迈时,却忽然被人拉住,往旁边倒去。

她的头磕到栏杆上,一时间天旋地转,待她逐渐缓过神来后,心中有些后怕,倒在栏杆上哭了起来。好一会儿,她眼前忽然伸来一只手,是一块黑布。她这才止住眼泪,拿起那块布巾擦了擦脸。

只听那人冷声说道:"性命怎么可以轻贱?"顾湘听了这话,才抬头看向来人,原来是方才在火巷中撞到的男子。她缓过神来后也是后悔得很,很庆幸他救了自己,也就不敢辩驳什么。

一转眼,她见到湖中漂得越来越远的琵琶,又心疼了起来,一时间急得团团转。她这一把琵琶可不能丢了,若是丢了,阿爹可没有多余的钱给自己再买一把的。可是自己又不会泅水,这可怎么办才好?

男子见她直勾勾盯着那把琵琶,便知道她着急什么了。正好亭子边绑着一条小渔船,便将她扶上船去,划到琵琶附近,让她去抓回来。顾湘拿回琵琶后,满目不舍,用衣料子擦着琵琶。见男子撑着船，没有回去的意思，问道："我们不回那里去吗？"说时还指着身后的观月亭。

男子反问道："这么晚了，你就不想着回家去吗？"顾湘这才明白，他这是往岸上靠船呢，叹道："我哪里有家呢？"男子又问道："你的亲人呢？"顾湘回道："我没有什么亲人。"

男子说道："昨天，我在面馆见过你，你身边可是有一位老人家，我听见你喊他阿爹。"想起昨日，她瘦小的身子，抱着一把大琵琶，很夺人目光，他当时也就多打量了几眼，没想到今晚又见到了她。

顾湘嘟囔着回道："他不是我阿爹。"男子疑问道："那你怎么喊他阿爹？"顾湘不肯说，两人又无话了。沉静了好一会儿，顾湘见快要上岸了，便问道："你叫什么名字，日后我会登门拜谢的。"

男子冷声答道："我没有名字。"顾湘奇怪了，道："人怎么会没有名字呢？就是姓氏也该是有的吧？我总要知道怎么称呼你。"良久都没见他说话，顾湘知道，他只是不肯说罢了，便没有追问下去，直到上岸时，才听他道："我姓洪。"

上岸之后，顾湘没有钱雇车，即使天黑路长，也得走路回家。她走了两步回头，见那男子在自己身后远远跟着，起初有些不解，等走到家门前时，那男子才离开。推开门时她不觉布满笑意。

只是一进屋子，她便闻着一股很浓的酒味。他们住的这间屋子也不过跟那"听雨庭"一般大小，家里只摆了一张桌子、一把破椅子、两张床。矮桌上洒了些汤水，夏日炎热，隐隐发散出股馊味，酒瓶子也已经空了，看来那些钱很够他吃喝一阵了。

她阿爹则横瘫在床上，呼声震天，被子上全是酒渍，顾湘将被子盖到他身上，不由得又叹了口气，心想，这时候已经是下半夜了，他也不担心自己回来没有，果然不是亲生的，对待她也就不是真心疼了。

不过，转而想到今晚遇到的男子，她不由得一笑。之后，顾湘再没见过他，却总是不由得暗暗猜想，他娶妻了没有？他是做什么的呢？他大概不是长州人吧，不然怎么再没见过他呢？

这是缠绕在顾湘心间的念想与秘密，不曾对人说过，也打算遗忘。可是年前，当她在大街上唱曲时，恍惚间，似乎见到他的身影。不过，她不敢确认，因为穿黑短衫的人实在是太多了，她也不是没有认错过。

直到再见到他时，她才确定，那日是没有看错的。不过，他却挑着一个担子，跟在一位年长的男子身后，沿街吆喝，看着是个炉匠呢。她的目光一直紧随着他，直到看不见他的身影。

第二日，她依旧要在那片地方唱，她阿爹拗不过，也就答应了。果然，她还是见到了他。这一次，他站在边上听完了一支曲，在阿爹的铜锣里扔了一块银元才走，阿爹想追上去道谢，可是没有追着人，回来之后唉声叹气，还以为放走了一位阔人呢。她想，他一定是认出自己来了。

今日，由她送他一程，赠一曲《凤求凰》："何缘交颈为鸳鸯，胡颉颃兮共翱翔！凰兮凰兮从我栖，得托孳尾永为妃。交情通意心和谐，中夜相从知者谁？"

一曲弹完，她抱起琵琶，走出了人群。

梨园秘闻录（下） 69

第二十一回
梅姨开戏台上显英姿，花娘玉殒乡下空余恨

几声闷雷之后，豆大的雨珠倾泻而下，砸在棚顶之上，噼里啪啦一阵响，却被竹棚下的喧闹声掩盖。底下烟熏缭绕，有些呛人，可是来来往往的香客皆面带笑意，持着虔诚的心，祈求来年的福禄寿。

这是乡下的社戏，庙里的塑像皆被请了出来，摆在正位，往下则是个大炉鼎，已经插满了香，不时有人过来收走，可不过一会儿，炉鼎又是满的了。这竹棚连着戏台子，台上正演着戏，台下则是用长条木板，搭起了好几排位子，许多孩子坐在前面，后边则是正听得入迷的老人，左右两边偶尔有香客驻足。

一名高而瘦的年轻男子跑着躲进了竹棚中，提着皮箱子，极斯文的样子。不过，一双眼睛总是很无神的，像是心中藏了许多事，不愿说出来。他一身白丝袍，脸又很白，与这里黝黑而沉闷的环境很不一样，因此很格格不入，极引人注目。

他进来时，浓重的烟味直窜进他的鼻中，他忍着不适，抬头见好几百人拥挤在一块，皱了皱眉，想退出去。可是这场疾

雨来得快，斜着飘了进来，衣衫都湿了。不得已之下，只好往里钻，脚下是绿幽幽的草地，沾了雨水，湿漉漉的，一步一步走，打湿了裤脚，鞋子上也满是泥泞。

他到乡下来，是为了见一位老朋友，只打算待一晚上，所以皮箱子里，只有一套替换的衣衫，其他的便是画笔、纸张和颜料了，只怕箱子里的东西被打湿了，白白遭了损失。台上的锣鼓声，真是吵得很，他极不爱听戏，觉得那些人整日在台上咿咿呀呀的，是靡靡之音。

可是外边雨还未停，由不得他不听，他叹了口气，掏出洋烟，身上却没有火，又见炉鼎中闪着星光，心中有了法子，走到炉鼎边上，凑过去一会儿，烟便点着了。他靠着杆子，眼睛掠过戏台，瞧着面前的香客，黝黑的脸上，布着祥和的笑意，眼角边是褶子。

又听得一句"捐躯赴国难，视死忽如归"，这正中了他此时的心境，一时怔愣着想道，这一句词分明是借用了《白马篇》里的诗句，其中，他最爱"白马饰金羁，连翩西北驰。借问谁家子，幽并游侠儿"四句。踏马征战西北，当一个游战四方的侠客，这是一件人生快事，不过此生，他已无可能了。

这是什么戏呢？他吸了口烟，又重重吐出，烟草味散在空中，注意到台上的老生是一女子扮的，虽然他是外行，可听她浑厚有力的嗓子，也知道是下过功夫的。他扔掉手里的烟，挤出人群，走至台前。侧边有一块公示栏，写着戏班演出明细，他逐一读了下来，才知这出戏名《定江山》，主演的是一位叫梅姨的，便仔细记在了心中。

这出戏，讲的是汉朝的大司马骠骑将军霍去病，杀匈奴、平边境之事。结合眼下的形势，他很快便懂得了编戏演戏之人的用意，心里有了结识的想法。眼见戏要散了，便从侧边的小门走至后台。

后台的人见有生人进来，只是好奇地打量两眼，照样干着手中的活儿，没有阻止的意思。后台要比外边暗，又只点了三两盏灯，他看不很清楚，忙拉住了人，打听道："你们戏班是哪里来的？"那人手中搬着大箱子，似乎很吃重，不耐烦道："我们长州来的。你让一让，再不让，这箱子要砸你脚上了。"

他听后，连连后退，也不敢再拦着了，只是捏紧手中的箱子，在狭窄的通道里摸索着往前走，果然瞧见了一扇门，猜想那位梅老板大概是在里边了。刚要敲门，却被人拦住了："先生，你走错地方了，这里是更衣室。"挡在门前的人，高大魁梧，身穿黑色箭衣，是在台上出过场的，他便笑道："我想见一见梅老板。"

那人无声打量了他一眼，问道："请问是梅老板哪一位朋友，贵姓？"他见眼前的人，似乎没有要让开的意思，笑道："我第一次听梅老板的戏，并不是她的朋友。"说完愣了一会儿，才又道："我姓江，只是个不得志的画师，想为梅老板画一幅人像，也想结交梅老板这位朋友，不知可以不可以？"

挡在面前的正是孔章，闻此并不搭腔。江东来见此，又说道："她的这出《定江山》，我看着实在是一出好戏，解除了我对戏的偏见。那一句'捐躯赴国难，视死忽如归'真是好极了。不知道编这出戏的又是哪一位呢？"

他说着便从怀中掏出一张名片来，不过已经湿了，字迹看不清楚，只隐约见"东来"两字，便自笑道："真是对不住了，名片上的字看不清了。我名'东来'，常年居住在长州。"

孔章注意到他这一身衣衫，是全湿了的，这才将名片接过，瞥了一眼，只觉得名字有些熟悉，跟着道："这戏是我们班主自编的，他姓徐，不过今日没有来，你见不着他了。"

听了是"徐"姓，他怔了一下，笑道："倒有许多姓'徐'的人。"又说了两句好话，见孔章仍没有相让的意思，他有些了然，勉强一笑，往门后望着："我见她很有气概，比一般男子还要强上许多，才想见一见。"说着便转身走了。

孔章见他穿着湿衣衫，很失魂落魄的样子，心中不忍，告诉他："这一出戏，还有好几场巡城演出，你倒可以来看。"他转过头去，喜出望外，连连点头，道："来的，来的，一定来看。"

孔章笑道："门口处有一叠广告纸，上面有我们巡演的时间，还有地点，你若是有时间可以来捧一捧场。"将人送走后，孔章看着这张名片，笑着摇摇头，真是一个奇怪之人。转身推门时，一拍脑袋，才想起他正是为福安保险公司画过月份牌的东来先生。只是这人怎么说自己不得志，他的名声不很大吗？

梅姨正在下妆，听见门声，笑道："我见你在门口站了许久，同谁说话呢？"孔章笑道："你的戏迷，知道你不喜欢被打扰，我才打发走呢。"梅姨原想说几句，但想了想，也就不说了，依旧笑着，卸去脸上的妆。

江东来走到外边时，方才还围得满满的戏台，此时只零星站着几人，雨也停了，人群全拥到了竹棚之外。食摊重新张罗起来，孩子全围了上去，他瞥了一眼，串在竹签上的水果片，淋上酸梅浆，实在让那群孩子眼馋得很。

他摇了摇头，心想这样的吃法，也不知能吃出什么味来？这样想着，又掏出一块怀表来看，约定的时间还未到，还是先找个落脚地，把这一身湿衣衫换下来吧，怪冷的。还未走出两步，前面围坐的人中发出了起哄声，他探头看去，原来他们在押暗宝，赌局揭晓，无论输的赢的，皆要发一声吼，也不知为了什么。

这几日下雨，他踏进旅店时，木板发出霉味，虽没有开灯，却也闻得出屋子的破旧。站在台前的伙计恹恹地看了他一眼，即使得知是要住店的客人，依旧打不起精神来，拿了钱，拎了串钥匙，"叮叮当当"响，引着他往后院去。

伙计在一间屋子前站定，递了钥匙给他。他掀开布帘子，点点灰尘布在空中，鼻子一吸，浑身冷得一激灵，顺嘴打了个喷嚏。他捂着鼻子推门，四周空荡荡，只有一套桌椅、一张木床、灰褐色的被褥，大炉子倒在里边摆着，只是没有炭，他拉住了伙计问。伙计瞟了一眼，冷声道："烧炉子用的炭，要另买。"他一合算，若是生病了，药钱要更贵呢，便掏出钱托伙计拿点炭来。

进了屋子后，他当即打开皮箱子检查，只弄湿了几张纸，衣服倒还是干净的。他正换着衣衫，伙计推门进来了，手里拿着一篮子煤炭，放下了便走。不过，瞧他的神情却很狐疑，这人的脸色苍白成这样，方才在门口那几声咳，莫不是得了什么病？想到此，更是不敢久待在这屋子里。

江东来也不管他，自顾点了炉子，将衣服挂起来。掏出怀表来看，时间还早，便拿出画笔，铺好纸张，细细回想，却提笔忘神，模模糊糊间，总是抓不准梅姨的神韵。就这样趴在桌上，也不知有多久，地上全是捏了的纸团。屋子渐渐暖和起来。

他放下画笔，仔细瞧着，怎么都不像，心中烦闷，气而在画上一画，捏成团，丢在地上。他又坐着神思了一会儿，总算知道该怎么下笔画了，心里一喜，又埋头打了张底稿，已然忘了赴约这一事。

等他画完后，才想起瞧时间，坏了，可让她白等了两个钟头了。他急忙出门，赶往赴约的地点。这乡下地方，他几个月前来过一次，那次是为了来探望她。一年前，不知为何，她不再过那纸醉金迷的生活，独自逃到乡下来。

他上次来，便是来逼问原因，不过，她总是不肯说，三缄其口。他见她心意已决，便离开了。前些日子，他却忽然收到了她的来信，由于赶画稿，便将这事给忘了。昨日，她又托人递来了一封信，言辞间似乎有事要告知，让他速速来找她。因此，今日他才匆忙赶来。

他们相识有多少年了呢？这样一想，大概有五六年了。那时，他的光景还很好，不至于以广告画为生，常有时间到花艇去光顾。她是花艇上的花娘，又因为姓贾，便喊她贾花娘，名字倒没有去细问过。

长州的早春湖边上，常有连成一排的花艇停靠，每艘花艇的空隙皆架着一块甲板，方便客人在其中穿梭游走。花艇有三人高，可容纳百来人，漆红雕花门前常蹲坐着三四名伙计，若是想游江，抽了甲板便可。

船舱之中，则分设小室几间，皆熏着香，摆着女子的妆奁床榻，墙挂宋画，矮几上则有笔墨纸砚。然而他不是什么风雅的人，尤其重吃，喜欢在花艇中宴客。难得贾花娘很懂他，也常说："这吃,也要应时应节,应情应景,不然只是嚼蜡罢了,吃不出它的好,有什么意思呢?"

因为这话,他格外欣赏她,每次宴客,列出的食单,只放心交给她去办。有一回,也是这样冷的日子,打赌输了,正烦恼如何请人吃饭。贾花娘听了,笑说:"这几天怪冷的,又要去游江,吃火锅最好了。"

他道:"这有什么新鲜的呢?不见得能吸引了客人来。"贾花娘又提议道:"我去弄一个铜炉来,再请个渔夫上船,到了河中央时,再下去捕捞,由他现宰,这样的食材,难道还不新鲜吗?"那时,酒酣耳热之际,晚风吹来,铜炉里滚着热汤,这样的情景不再有了。

江东来想到她往日的好处,更是加紧脚下的步伐,只是当他赶到约定的地点时,却不见她的人影。她大概是等急了,回家去了,只能到她家里找一找了。他只依稀记得路,走到一半时,却迷了方向,实在想不起来,走了许多错路,只怪这些巷子纵横交错,难以辨认。

天已经全黑了下来,他摸索着走不出去,又不想辜负她,便问路人,形容贾花娘的相貌,有了指点,才找着了她的住处。到了她家门前,见有两盆兰花,是以前她摆在小室中的,心想这次准没有找错了。

屋里亮着光,她大概是回到家中了,许久未见,心中自然是很高兴的,江东来想着措辞,为自己的迟到找一找理由,以取得她的原谅。正愣想着,却瞥见一抹黑影从她家中窜出,很快便隐没在了黑巷中。

他正自奇怪,上前去敲了几下门,没有应声,推门直入,走进屋子一看，门梁上挂着一人。在灯影之下，拉长的身影，摇摇晃晃。她那张圆脸，笑望他时，总爱微微倾着头，月牙般的双眼，泛着星光。

然而，悬梁上的那张脸涨得青紫，眼珠翻白，面容上布着痛苦。这两张脸在他面前晃着，他已然分不清了，对眼前的一切很不可置信，踉跄着逃出。是那黑衣人害了她的，一定是那黑衣人害了她的。

江东来心里一凉，身上也冒着汗，冷热交替，思绪已混成一片，理不出头绪来。举目四望间，偶有一两人从他身边走过，他顾不及想，只扯住人，颤声道："快，快去报案，有人，有人上吊了。"

江东来拦住的人，正是住在贾花娘隔壁的妇人，才从戏台前回来，瞧见门前站着年轻男子，慌慌张张，受了惊吓的样子。这时听说贾花娘上吊自杀了，也不觉得奇怪，她来了一年，都是独自来往，不同邻里打交道，又成天打扮得花枝招展，所以很看她不起。

妇人道："这时候，大家都忙着呢，哪里有人肯过来帮忙？最迟得明天才能过来将人收走。"东来急道："我要报案，我想要报案。"妇人道："她只是自杀了，叫了警员来有什么用？你是她的朋友吗？"

江东来先是摇摇头，见妇人双眼瞪着，才迟疑地点了点头。妇人道："那今晚您就受累，守一宿吧。"江东来道："我方才见有人影从她家中窜出，一定是那人害的。"妇人不信，上下打量了他一眼，就要走。

他扯着她，求道："您跟我进去，将人从梁上放下来吧。"

梨园秘闻录（下）　　77

妇人想了想，今日才求神佑护，遇见这事避不得，要做善事才好，便跟了进去，帮着将人放下来后离开，只留下江东来看守。江东来看着贾花娘面上的脂粉，不禁悲从中来。

这屋子很清简，不像她的花艇小室，雅致而奢华。依她爱热闹的脾性，怎么肯独自躲到乡下来呢？难道她是为了躲什么人吗？江东来开始细想以往的蛛丝马迹，想从中寻到答案。

一直到半夜，他才累倒在椅上，模糊中睡了过去。半梦半醒间，隐约听见有吵嚷声，不一会儿门被推开，有人闯了进来，梦到这里，他也就吓醒了。一睁眼，天已经大亮，面前站着三人，其中一人便是昨晚的妇人。

妇人见他还在，首先道："没想到你倒是实诚，真正在这儿守了一宿。"接着又介绍了身边两人，"这两位是巡警员，有什么话便同他们说吧。"说完也不待下去了。那两位警员进来前听了那位妇人的话，虽听着江东来的怀疑，却也觉得是自杀无疑了，便道："丧事自己处理了吧。"

江东来听他们的语气，便知道他们不信，解释道："她的死很可疑，我们约了昨晚见面。我因为迟到便追到她家中来，却见到一抹黑影从这里窜了出去，一定是那人害的。"其中一位警员道："这里没有推搡、打斗的痕迹，她身上也没有伤，还不是自杀吗？可疑的人倒是你了。"

江东来心中气急，将他们赶了出去，在屋中坐了一会儿，烦恼起丧事来了。自从家中落败，他在外欠下了许多债款，身上更是没有多少个钱，只能喊了个伙夫，买了口棺材，抬到山上，立个墓碑，亲自写上"长州贾花娘，芳龄二十六"等字样，就这样草草埋葬了。

处理完此事，已经是傍晚了，回到住处后，他拿起画笔，开始描贾花娘轮廓，一直到晚上，饥肠辘辘，才走出旅店，到街上找食物。到了戏台前，见戏正开场，台中央站着的正是梅姨，他不觉走到戏台前，看着她，也就忘了饥饿了。

这一边，梅姨下了戏，正在下妆，齐班主敲门进来了。这位是梅姨的旧识，当他得知梅姨在长州落脚，便邀请她到戏班唱两出戏。梅姨曾经受过他的帮助，推辞不过，是以搭了他的戏班来唱。

齐班主说："我的那位朋友，她不来了。"梅姨点点头，没有多问，倒是一旁的孔章随口问了句："怎么不来了？"齐班主动了动嘴巴，不知怎么说，好久才落了一句："听说，她昨晚在家中上吊了，上午便被人埋葬在山上了。"

这事在乡里传得极快，不过是一天时间，大家都知晓了，在妇人间讨论得尤其热闹。齐班主也是在戏台外等她时，听人说起的。梅姨手上的动作一顿，没想到是这原因，她只以为是来不了。同一般年纪，很可惜了。

正说着，又有人敲门了。孔章开门，见是昨日的江东来，心中奇怪，回头看了梅姨一眼，有询问的意思。梅姨探头往外一望，见来人高瘦而斯文的样子，猜是昨日说起的画家先生，便对着笑了笑。

江东来见了她的笑，脚也就跟着往门槛里迈了，道："梅老板，这是我为你画的画像，你瞧一瞧。"梅姨见他这样热情地冲到面前，有些架不住，便笑着接过他的画纸，可是画中人并不是自己。

画中女子，一张圆脸，笑意盈盈，一双月牙般的笑眼，将

梨园秘闻录（下） 79

女子的美丽衬托了出来。梅姨将画递过去，笑道："这女子很美，画得真是好。"一旁的齐班主瞥见了画中人，一愣，眼睛直盯着江东来瞧，也不插话。

江东来一看，才知自己出门时拿错了画，勉强一笑："拿错了画了，我明日再来吧。"这话说完，便走了，他看过戏班的广告单，知道明晚还有一场戏。齐班主看着他走了，才说："你们看清那画了没有？他画中的女子，便是托了我，想要见一见梅老板的那位女朋友。也不知两人是什么关系，难道他便是将她葬了的男子？"

孔章却不奇怪，玩笑道："我看他是见了美人，都要画一幅的，昨天堵在门口，说看了梅姨的戏，想为她画画，他可不是逮着谁，画谁了吗？"

到了第二日，戏还未开场，江东来早已坐在了台底下等着，眼盯着青色幕布，心想这一次一定要为梅老板画一张，能让她看上眼的画来。忽然一阵风扫来，有人在旁边落座，挨得有些近了，江东来起身往外挪了些，转头瞥了一眼落座之人。

首先入眼的是一件白褂子，接着便见他对自己微笑着点点头，江东来不由得也跟着点头招呼。正好这时幕布拉开，开场戏来了，江东来也就重新将目光定在戏台上了，只听过两三场戏，已经知道了调子，跟着曲调摇头摆脑起来。

不知不觉，一场戏便看完了，梅老板也下场了，江东来一喜，正要起身到后台去，旁边的先生动作倒也很快，已经往前先走了几步。大概也是为了梅老板来的吧。江东来便跟着他进了后台，见不少人停下手中的活儿，招呼他一声"徐班主"。

东来怀着疑惑，跟到了梅老板的更衣室前，只见徐班主敲门几下后,直接推门进去了。透过门缝,江东来隐隐见到梅老板坐在梳妆台前的身影。她在镜子中照见了来人,转头一笑,跟着起身相迎,将门关上了。

梅老板的那一笑,让他想起一句"巧笑倩兮",从她的目光中可见,她所盼的便是那位徐班主了。江东来转身打算离开,却撞了人,可他还没有迈开步子,分明是对方撞上来的,怒而抬眼,却是齐班主。

江东来见他望着自己,张嘴似乎要说话,便看着他,等他说话,可他却是摇摇头,摆手走了。江东来一路奔回住处,对散乱在地上的画纸视而不见,快步走到桌前,提笔作画。他细细回想梅老板方才的神态,勾勾画画,只不过一会儿便画完了。

他拿起来一瞧,很是满意。

第二十二回
睹像思知己誓查真相，献画结新友徒惹恼羞

回到长州后，江东来每日接到两三通催画稿的电话。他的广告画十分时髦，极受欢迎，预订画稿的单子已经排到了明年，然而最近到了交稿期限的便有三家。昨日不是阴丹士林的张经理来催，便是哈德门香烟的广告部主任找上门来，扰得他简直是不胜其烦。于是决定今日闭门谢客，既不接电话，也不招待人。

难得有悠闲的日子，便搬了一把摇椅到院子里晒太阳，躺下来后，他不觉想起了梅老板。从乡下回来，已经有七八天了，那日他画完她的画像后，十分满意，打算在第二日送到戏班去，然而她却已经演完戏，回了长州。

想到梅老板的戏时，他才记起来，那张画还藏在皮箱底下，戏班的广告单子也还收着呢。她的那出《定江山》，听说是巡演，大概是还有演出的。这样想着，江东来便跑回卧房，打开墙角的皮箱，搜出了那两张纸来，一并收在一起的，还有贾花娘的画像。

这时候，再看见贾花娘，想起她花一样的年华，在这世间已经没了，再想到自己不同以往的处境，不仅欠下了许多债，还要靠卖广告画为生，江东来不禁怅然。这时，门外传来一阵敲门声，他原想当没有听见，然而来客却没有停下来的意思，门敲得"咚咚"响。

门外传来一声"东来，是我，快把我放进去"，听出是杜克衡的声音，他急忙去开门，因为曾经受了杜克衡的帮助，所以不敢将他关在门外。门一开，杜克衡见江东来不修边幅的样子，又看他手里拿着两张画纸，便道："你真是未卜先知，知道我是来催画稿的，拿着画便出来迎接了。"说着去抢他手上的画，往里走。

江东来仔细关好了门后，才转身跟上，想拿回那两张画，解释道："这不是你的画稿，你们公司的广告画，我还没有画出来呢。"想了想，反驳道，"这不对，截稿的期限还未到，你怎么上门来催了？"

杜克衡看着梅老板的画像，一时觉得有些眼熟，回道："你这人总是拖延交画稿的时间，若是想要你准时交到我手中，可不是要提前催几次吗？"见江东来不说话，杜克衡又念叨起来，"你这人真是倔脾气，只是画广告画罢了，怎么还是那样较真？你应该把这当作一桩生意，同一张美人画，下一次只要改动些地方，便又是一张新画稿了。若是都像你一样，两三个月才画出一张画稿来，赚得了什么钱？再说，你还欠着那么多债呢。真是榆木脑袋，不知变通。"

江东来笑了笑，没有说出解释的话。倒是走在前面的杜克衡，方才还在念叨呢，却忽然停住不走了。江东来一探头，见他正看着贾花娘的画像，心想他大概还不知她已经死了的消息罢，才要开口，却被杜克衡截了先："你见过她了？你也到乡下去过了吗？"

听杜克衡这样问，江东来很是奇怪，还以为她只写了信给自己，问道："怎么，你也知道她在乡下住吗？这一桩事我以为她很守秘密呢。她已经死了，这事你也知道了吧？"杜克衡一怔，低声重复道："她已经死了？"

江东来深深叹了口气，坐到了椅子上，说道："那是前些日子的事了，她忽然写了信给我，要我速去，有事要当面告知。那时候，我手上还有几张画稿要交，顾不上她，也就暂且放着了。直到她再次来信，我才知道事情十分紧急，连忙跑回乡下去见她。可也在当晚，我追到她家中去时，却见有黑衣人从她家中出来，再进屋子一看，她已经上吊死了。"

杜克衡急问道："你可看清楚了黑衣人？"东来摇摇头："那时天黑，又是在巷子里，看不清人。"江东来又想起一桩可疑的事来，怀疑同贾花娘的死有关，低声问杜克衡："你同她也有些交情的，当年她忽然离开长州这一事，你知不知道些什么？我一直想不通，她怎么要秘密到乡下去住？"

杜克衡也跟着在旁边坐下："当年她离开的事，我也觉得蹊跷，为此找了她好一阵呢，可怎么也找不着。"杜克衡看着画上女子的笑靥，探问道："她写信给你，可有跟你说什么？或许我们可以查一查。"

这事江东来还未想过，只是要怎么查呢？她的两封来信，话很简单，只是催促他快点到乡下去找她。杜克衡见他许久未说话，不知他心中在掂量什么，拍了他的肩膀，问道："你在想什么？有什么话，可不要藏着，说出来才有解决的法子。"

江东来摇摇头，回道："她什么也没有说，这才是难题。"杜克衡不信："你可不要连我也瞒着。"江东来见他不信，一急，瞪着眼睛，说道："我哪里骗过你？我说的实话你不信，难道要我编出一套谎话来骗你，你才肯信吗？"

见他着急了，杜克衡一笑，摆了摆手，慢声道："我只是开你的玩笑，你还是这样急脾气。"江东来见他揭过不说，也就不再提了，反而想起杜克衡这两年混得尤其不错，消息是要比自己灵通的，便说道："你总在外面走动，结交的人很多。要不，你帮着打听打听去？"

杜克衡很为难，道："当年跟她有交情的，哪一位是你不认识的？他们的口风可是紧得很，你要是有治他们的办法，尽管告诉我。"江东来沉默不言，因为这事确实难办。杜克衡见他不提了，也就摆摆手，说道："暂且不说这事了，我来看着办吧，以后若是有消息了，一定告诉你。"说着，瞥了一眼墙上挂着的摄影照片。

美人托腮，弯弯的柳叶眉下，是一双半垂着的眼眸，头梳桃子髻，嘴边似笑非笑。这张照片，是江东来从江家大楼里搬出来时，随身带出来的一件，照片上的女子是他曾经的未婚妻。不过，两人没有缘分，早已解除了婚约，是谁先提出的，倒还不知道。只是前些日子，报纸上刊登的结婚启事，不知道他看到没有。

转而一想，江东来近来深居简出，也再没有看报纸了，大概还未听人说起。江东来对她念念不忘，若是听到这一桩事，那该多悲痛。只是谁会想到，尤真小姐竟然能同长州的红顶商

梨园秘闻录（下） 85

人伍城芝订下了婚约。

江东来见身边的人，瞪眼看着墙上的照片，问道："你瞧什么，半天不说话？"杜克衡被这话惊醒，自然不敢先提尤真来年春天要结婚的事，眼珠子一转，转而谈起了旧友，道："天香小姐到长州来了好一阵了，找过你没有？"

江东来一听，有些惊奇，问道："她怎么来了？"继而想起她到长州来，只会是为了尤真来的，又追问道："真真也回长州来了？"杜克衡担心他问起尤真，赶紧解释道："天香小姐只是为了办理黄头领的身后之事。"

江东来惊道："黄头领死了？"言及此，江东来心里暗暗叹气，最近怎么有许多人死于非命呢？只怪如今这世道不如从前了。两人谈了不过一会儿，杜克衡又开始嘱咐江东来要着手画稿，便赶着去赴约了。

将人送走后，江东来又坐回了躺椅上。杜克衡以前不过是个擦鞋匠，如今也混得有些名声了。每一次来访，不过是坐一会儿，便赶着去赴下一场的约会，听说有时候一天得吃上七八顿餐。反倒是自己，生来锦缎丝绸包裹着，前半生前呼后拥，如今连一张棉布也得掂量着买。想到这里时，又取笑起了自己，想这些做什么呢？一切从来皆是命里注定，有什么法子呢？这样一想，心里的担子也就不重了。

可是在家里待着，心中总是很苦闷的，江东来便重新拿出那张戏单来研究，一瞧便又高兴起来了。今日下午，梅老板在大茶楼可不正有一场戏吗？转而他又迟疑起来，可是到大茶楼看戏，花费不便宜呢。

心中交战，可眼看着开场时间要到了，江东来还是折好梅老板的画像，拿起帽子戴上，出门去了。门刚一关，便有机灵的车夫停下，问道："先生，雇车吗？"江东来摆了摆手，说道："不好意思，没有余钱雇车了，两条腿还利索呢，走着前面便到了。"

江东来一路走着，很兴致盎然，嘴里哼着调。可是到了大茶楼门口时，门槛一跨，往里一瞄，锣鼓声夹着说笑声，一起袭来，眼前一到闹哄哄的场面。他眉头一皱，脚想要往外缩了。若是见着以往的熟人，难免还要客套几句，这还不算多大的事。只怕遇见那些当面取笑，专削人家面子的旧友。

还是伙计眼尖，见了来人，即刻上前招待，道："江先生，好久没有上这儿来了。"说着便递上了热白巾擦手。江东来半推半就，也就进去了。不过，他却不敢往台下坐，而是直走到后台去，想着这一次一定要见着梅老板，将画像交给她。

后台乱糟糟的，地上堆放着刀枪棍棒、衣箱子、道具箱子，却比在乡下的时候要干净明亮些。不过，地方也大些，一时找不着方向，转身却被人撞了一下。怎么在后台担任职务的，都莽莽撞撞的呢？

抬眼却见半大的女孩，对着他一直道歉，他也就没有责怪的意思了，反而问道："更衣室怎么走呢？"一问这话，那女孩倒是警惕起来了，问道："你要找什么人呢？"他见她似乎是戏班里的人，便道："我来拜访梅老板，很欣赏她的戏。"

女孩睁大眼睛，眼珠子滴溜溜转着，打量了好一会儿才道："我看你有些呆，也不像是存坏心思的人，你跟着我来吧。"说完便率先往前走，他也随即跟上，心中却想这女孩是谁，看着也不像是唱戏的。

梨园秘闻录（下） 87

到了一扇雕花木门前，牌子上写着"更衣室"。女孩推了门便进去，似乎很熟门熟路的样子，喊道："梅姨，我在后台撞见您的戏迷，他想要见一见您，我将人带来了。"她环视一圈，又问道："我阿爹呢？怎么又走了，难道又是查案子去了？"

江东来听见"查案子"三字，便很留心听下去。

梅姨正站在妆台边上，已经化好了妆，掩嘴一笑，用手点了点屏风那儿。这时，上次见着的男子也走了出来，手上擦着块白布巾，对女孩儿道："我还要问一问你，又到哪里玩去了？我也没有见着你。"

女孩儿一笑，调皮道："我只将人带到，还有事呢，不和您说了。"说着将江东来往前一推，道："你说，要找梅姨做什么？你们自己说去，我可走了。"说完也不等人说话，人已经退到门边上去了，转眼便不见了身影。

徐吴摇头，有些无可奈何，同梅姨相视一笑，继而过来招待江东来，道："你是东来先生吧，我曾经听天香小姐说起过你。"江东来听这人说起秦天香，不想他也认识她，也不知两人是什么交情，这样想着，便望着他不说话。

梅姨见他没有说话，说了一句："哎，你还没有介绍自己呢，他还不知道你是何方人物。"于是走到江东来身边，介绍道："这是我们戏班的班主，徐吴。你喜欢的这出《定江山》，便是他编的戏。"

江东来想起了孔章曾经说过的"徐班主"，便笑着说了几句恭维的话。听着外边的锣鼓声越来越紧密，知道戏是临到要开场了的。他生怕又错过了献画的时间，连忙掏出仔细折好的画纸，递给了梅老板。

梅姨接过后,见江东来一直盯着自己瞧,心想不过是看了在台上的表演罢了,怎么那么殷勤地为自己画像呢,便疑惑着打开来瞧。可只瞥了一眼,当下便明白他瞧着她时,那眼神里的意味了。一时间,脸涨得通红,耳根子也热得很,连忙将画纸掩上。

画中女子,一身白衬衣,立在镜台前,显然是刚下完妆的样子。似乎听见有人叫唤她,微侧身往外瞧,镜子模模糊糊中,有男子的身影。而她那一双眼睛,写满了女子的心事。梅姨想了又想,一时间又羞又恼,不知该如何发作。

徐昊见梅姨变了脸色,有些担忧,伸手也想拿过来瞧个究竟。梅姨一急,将他的手拍掉,咳了咳,才解释道:"不过是一幅画像,不值得看。"又转身对江东来说道:"这画我收下了,戏开场的时间也快到了。我们下次再谈吧,你之前说的事,我会好好考虑一下。"

江东来在乡下见到两人时,还以为他们是夫妻,才想着将这画送给梅老板。如今看她变了的脸色,还有放冷的声调,才明白过来自己会错了意,做得有些鲁莽了,因此对她怀着歉意,不敢多说,只点了点头,便告辞了。

他才踏出门槛,身后是梅老板有些焦急的声儿:"你不留下来看我的演出吗?杨买办的案子,大理院已经结案了,怎么还要去查呢?"接着他便听见徐班主的回话:"我方才从巡警厅过来,李总巡说王邵洲昨夜死了。"

听见"王邵洲"的名字,江东来心里咯噔一下,十分诧异,怎么他也死了?不觉停下脚步,细细听着。江东来同他虽然不熟,但由朋友介绍过一回,之后便是在花艇上打过几次照面,

梨园秘闻录(下)　89

算是点头之交。

不过,贾花娘曾经提起过他,他的死让江东来想起了她曾经说过的话。那日,她的行为同平常时候不太一样,江东来一进小室,见她倚在窗边,呆望着窗外的景色,就是喊了她一句,她也没有答应,心里似乎揣着事。他连着喊了两声,她才怏怏地放下帘子,也不像平常那样爱笑,朝外叫了老妈妈烧了热水来沏茶。

他想着已经连下了好一阵雨了,她整日困在花艇中,大概是闷得很,所以不怪她,反而说了两句好话哄她。坐到半夜,月亮竟然冒了出来,映照在湖面上,四周亮了许多,他便让船夫将船摇到湖心。

她这才走到甲板上,问了一句:"那位王邵洲,你知道他做什么的吗?"这是他第一次见王邵洲,便道:"我听克衡说,他是洋行的买办。"他以为她还要问什么,最后她却只说了一句:"以后,你同他少往来一些吧。"

一时间,她的告诫,她死时的面容,小巷中看不清面目的黑衣人,乱七八糟的,一起涌上心头,江东来对贾花娘的死,更是愧疚了。他就这样愣站在门口,直到徐吴站在他面前,才缓过神来。

徐吴道:"东来先生,戏要开锣了,请你移步到前台看戏,梅姨也要登场了。"这一句话,江东来听着像是藏着话,不过却未计较,点头应道:"我这就到前台去,下次再来拜访梅老板。"

两人便一起出来,江东来想了想,还是问道:"王邵洲怎么会死了呢?没听说他得了什么大病。"徐吴望了他一眼,说道:"今早上,他在湖面上被发现,似乎是昨夜的事。至于原因,巡警厅还在侦查中。"

江东来轻声问道："是早春湖吗？"徐吴一愣，奇怪道："怎么，你认得王邵洲吗？"江东来说道："认得他，是见过几次的点头之交。不过，我知道他很爱到早春湖边上的花艇上游玩。徐先生，若是有了消息，请告诉我，或许可以帮上忙。"

两人说着话，已经走出了后台，徐吴想起一事，便道："稍早一些，我遇见天香小姐，她也在台底下看戏。"江东来笑道："她倒有这兴致。"徐吴一时听不出他这话是褒是贬，只是朝他笑一笑，便走了。

江东来在场边上望了一圈下来，很快便瞧见了秦天香，她端坐在最前面，一人却占了一张小桌，两个位子。木筷拿在手中，夹了前面的小菜，嘴角耷拉着，大概是等了好一会儿了，他知道她是不耐烦了。

他走过去坐下，说道："我还不知道你爱看戏哩。"秦天香见了他也有些惊讶，取笑道："我也不知道你爱看戏。听说你总爱闷在你那小屋里，怎么今日倒是肯出关了？"他没有回应她的揶揄，只是笑一笑。正好场上的幕布拉开，便跟着底下的看客一起鼓掌。

两人皆看着台上的戏，好一会儿都没有说话，似乎是沉迷在了戏中。不过，江东来的心思却不在台上，等第一幕戏落下后，才不经意问道："你怎么会到长州来？"秦天香转头，笑道："你这一说，我倒想起一件事来，要问你话呢。你给福安保险公司画月份牌，也不问我的意思，便把我画了上去，我还要跟你讨钱呢。"说着便把手往前一伸。

江东来将她伸过来的手一拍，道："你哪里差那几个钱了？

你倒是快说，怎么到长州来了？我可不信克衡的话，你怎么会替他收尸呢？"秦天香望着他，似笑非笑，看透他似的："我知道，你不是真想问我怎么会到这里来，你大概是以为我来找尤小姐的吧？"

这话一戳破，江东来也就不遮遮掩掩了，正色问道："你真来找她的吗？"秦天香笑了笑，没有答话，而是转向台上："第二幕开场了，既然是来看戏，那就认真看着吧。"她这样的态度，江东来明白一定是为了尤真来的，只是不肯说。

他张了张嘴，见她只盯着台上看，也就没有问下去了，也将视线转回台上，不过心里却不平静。忽然想到，今日杜克衡说起尤真时，也是躲躲闪闪的样子，更加怀疑他们有事瞒着他。这时台上演了什么也不知道了。

锣声锵锵，江东来扯了扯秦天香的衣角，倾身问道："你和克衡有事瞒着我，她到底怎么了，你倒是告诉我吧。"秦天香见他这副样子，也叹了口气，道："我们是老交情了，你也是帮过我的，我原来想着不告诉你，不过我想你还是早些知道的好，免得等她结婚了，你还蒙在鼓里呢，我也不忍心见你这样。"

听说尤真要结婚，江东来心中一凉，头有些发昏，还是强自镇定，问道："什么时候的事了？"秦天香答道："我也是前些日子才知道的，已经登了结婚启事，我猜你如今是不看报纸的吧。若是没有人同你提起，你也是不会知道的。"

江东来已经没有了看戏的心情，只觉得那锣鼓声尤其吵人，怔怔地起身，想要往外走。迷糊中有人拉住他要讨钱，秦天香也扯着他说话，他甩了甩，挣脱他们，到了街上去。瞥见路边有报摊，走过去翻找近日来的报纸。

他同尤真自小便认识，总喜欢往她家里钻，她年长几岁的阿姐总取笑他，"郎骑竹马来，绕床弄青梅。同居长干里，两小无嫌猜"。而今青梅将要嫁为他人妇，许多失落，不知该如何言说。

报摊的主人见他闷头闷脑过来，报纸一张张翻着，便搭讪道："先生，您要找哪一期的报纸，我帮您找出来吧，您把这些弄出折痕来，我可怎么做生意？"江东来道："我要找一则结婚启事。"摊主挑眉，无奈道："您这是故意为难我，哪一张报纸上没有呢？"

江东来道："我也不知道在哪一期报纸上有，可不得一张张找了吗？"摊主见他一双眼睛很没有神气，也就不计较，随他去了，转头拾掇自己的摊子。江东来没有想到，自己没有翻出结婚启事，倒是见着一则谋杀案结案的消息。

当见着"杨买办""伪钞"字样，江东来顿时想起了什么一样，连忙将报纸一合，忽然起身，拿起报纸便要走。被摊主喊住："先生，报纸钱还没给呢。"他在慌乱中掏出钱来，扔在报摊上，匆匆回家里去了。

第二十三回
花艇查访湖底捞花牌，绮宴闹罢观客齐散场

锣鼓声渐渐隐在身后，门口的伙计喊道："徐班主，您走好。"徐吴微微点头，跨出门槛，戴上帽子，步伐匆匆，拦了辆人力车，说道："到巡警厅去。"只不过月余，他便跑了巡警厅数十次，虽说是为了办案，可也是有私心的。

小炉匠被行刑后，杨买办的谋杀案也就结案了，而那张写着"公道先生"的汇票，也被尘封了起来，无人问津，更没有人去查探"公道先生"的身份。为此，他请求李总巡暗中帮忙。

今日，原来想捧梅姨的场，没想到却忽然接到李总巡的电话，说是已经查出了"公道先生"的身份，言语间很秘密，要他亲自到了巡警厅才肯说。除了这一事之外，还有王邵洲昨夜死于湖中的案子，也有了消息。

在这桩命案发生之前，李总巡一直在查找王邵洲涉伪钞案的证据，想将他抓获。可是没有想到，他却在昨夜死了。徐吴想到王邵洲，便想起了江东来先生的话，不知他可有什么知情的，下次一定要上门拜访，探探消息才行。

正想着，已经到了地方，车夫请徐吴下车。徐吴进了门，便直奔李总巡办公的屋子，一推门，一阵热气袭来，很受不住，这几日已渐渐回暖，便问道："怎么还在屋子里烧炉子？"抬眼一瞧，见李总巡缩着身子，立在炉子前，似乎冻得厉害。

李总巡见他来了，将一块木牌扔到他手上去，道："这是我在早春湖湖底捞来的，那湖水真是冻死人，我已经受了寒气，可不是要焐着炉子吗？"徐吴这才见他一身衣衫半湿半干的，便明白了，说道："怎么不去换身干净衣衫再来？"

李总巡摆了摆手，道："哪里有工夫跑回家换衣衫，你瞧瞧那块花牌，可不是同杨买办身上的花牌一样吗？我一直琢磨着王邵洲的死因，想着若是他同伪钞案有关，死时身上大概也被放置了花牌，可是怎么也找不到。我又想他死在湖边上，会不会掉水里去了，一找果然是找着了，可是花了很大工夫呢。"

湖水渗进了木纹中，黑得暗沉，拿着有些重。徐吴低头一瞧，花牌的形制果然一样，上边确实有王邵洲的名字，皱着眉头，问道："你查出什么来了？"李总巡答道："昨夜，大概是七八点钟，他上了一艘游湖的花艇。然而，夜间一点钟之后，便再没有人见过他了。"

徐吴问道："他为何会到花艇上去？"李总巡说道："昨夜的游湖，是由杜克衡做东，宴请了些朋友，并且还邀请了顾湘去弹唱，还有其他玩乐的节目。"徐吴沉默了一会儿，才道："那宴客的名单，你们拿到了没有？"

得知是由杜克衡做东，李总巡便猜他宴请的应该是客户，一早便差人到保险公司取宴客的名单，这会儿放在桌上呢，指着道："在那儿，你拿去看一看，只是没有王邵洲的名字。"

梨园秘闻录（下） 95

徐吴道:"怎么?杜克衡没有邀请他?若他没有被邀请,却出现在了花艇上,我看他一定是有事要办的,只是没有办成,反倒害了自己。"李总巡也是这样想的,因此在初步查验完王邵洲后,发现他身上没有外伤,身体中也没有积水,因此断定是在咽气后才被推入水中。

早些时候,李总巡带了两三人到早春湖去,查访停靠在岸边的花艇。远远地,便瞧见堆砌着红绸的船头,船上一块显眼的绿窗纱随风飘着,有别样的艳味,轻轻柔柔,犹如水中浮萍。不由得想着,这绿纱之后,也不知是哪一位花娘正倚在窗边上。

走近之后,一股青草香,混着泥味,窜进了他的鼻子中,像是春生,可昨夜这里偏偏发生了一桩谋杀案。这时间,岸边只停靠着四五艘花艇,抬眼便能见着各艘花艇上挂着的长条匾,杜克衡昨日宴客的是沐春斋。

门扉紧闭,只有一名伙计坐在船头,抽着水烟,见有人来,便笑道:"先生,这船已经被人包下了,请移步。"李总巡没有多话,只是拿出搜查的公文往前一摆,那伙计便不敢拦着了,不过仍是道:"请等一等,我叫领班的来招待。"说完便匆匆往里跑,心中却害怕得紧,也不知是搭上什么事了,只得赶紧找能说话的来。

李总巡站在那儿等着,好一会儿也不见人出来,有些按捺不住了,抬脚便往里走。这时,才见领班出来,矮矮胖胖,一路跑出来,见了李总巡,便咧开嘴笑,大概是被匆匆催起来的,身上的衣服还系错了扣子。

领班的额上布着汗珠,小心问道:"巡警先生,怎么到我们这儿搜查来了?"李总巡瞥了他一眼,见他很心虚的模样,平时坏算盘肯定是没有少打的，冷声问道："昨夜，福安保险公司的杜克衡在这里宴客吗？"

领班不知他犯了什么事，迟疑地点了点头。李总巡又问："是你替他安排了宴客的所有事项吗？"领班再答："是，是。巡警先生，怎么杜司理犯了什么事吗？"李总巡斜看了他一眼，继续问道："昨夜，你们船上有人死了，在早春湖边上被发现了。"

这事可大可小，昨夜的客人皆有来头，若是传出去了，他的生意可怎么做？领班疾声问道："谁死了？"李总巡道："王邵洲。"听说是此人，领班便松了口气，他并不在宴客名单上，若是有人问起，可用谣言搪塞过去。这时候，应付起巡警来，也有了些底气。

李总巡道："你来说一说，昨夜宴客的情形。王邵洲何时上船，何时离开？"领班答道："王先生何时到我们这儿来，何时离开的，我倒真是不知道。一来，他并不在宴客名单上，是以没有关注他。二来，杜司理邀请的宾客有三十四位，再加上花娘、厨子、使唤的伙计，还有请来的班子，算起来有六十来人了，更顾不上他。"

他以为这样便可以推了责任，没想到李总巡接着道："那么，有劳你将他们的名字列下来，等会儿我要一一查问。"说着便转头示意身边的巡警，递上纸笔给领班，又问道："宴会何时散去？中途可有人离开？"

领班有苦难言，不想给自己揽了苦活儿，回道："一直到天微微亮了，才停靠在岸边上，才算是散去了。不过，昨夜到了一点钟，有几位客人先乘小舟上岸了，有些喝醉了酒的，也在屋子睡下了。"

李总巡皱紧眉头，问道："哪里来的小舟？"领班回道："时常有小篷舟围着我们的花艇做生意，专打量哪位客人有急事要先走的。要我说，我们这儿有巡船的伙计，若是有人落水了，一定是知道的，我猜王先生是在半途乘小篷舟走了的。"领班这样一说，也觉着很有道理，若王邵洲半途走了，跟他有什么干系呢？

领班想着转身往船里去，小心说道："我们这儿，有伙计是专送客人上小篷舟的，我给您叫来问一问吧。"不一会儿，人便被带来了，缩着膀子，微低着头。李总巡问道："王邵洲，你认得吗？"伙计似乎有些紧张，连忙答道："认得的，常来。"

李总巡又问道："他昨夜可有乘坐小舟离开？"见伙计点头，李总巡又追问道："何时离开？船夫你认得不认得？"

伙计答道："那时候大概有一点钟了，船夫是生人，以往没有见过。我们常要送客人的，所以同船夫都很相熟，若是介绍了客人，可以抽一点油水，若是不认得，便没有油水可抽。我看那人眼生得很，知道没有油水抽，于是劝王先生不要坐，再等一等。可是，王先生还是坐了那小篷舟离开了。"方才被带出来时，领班便告诉他王先生死了，要他仔细说话，这时候可不是恨不得什么话都掏出来说了，以证清清白白。

伙计的话说完，李总巡忽然想起了伪钞厂逃走的黑衣人，便追问道："那人什么模样？"伙计回道："那人穿着黑衣衫，又是大晚上的，看不清楚。"说到这里，伙计才开始疑心起来，怪不得那人躲躲闪闪的，有意让人看不清他。

李总巡眯起双眼，依着办案的警觉，又问道："他们是往岸上走吗？"伙计指着对面，答道："他们的方向，似乎是往后山去了。王先生上船之后,我见他们似乎很相识的样子,便没有拦着了。"

早春湖背靠着一座小山包,那里实在荒凉得很,常人并不过去。李总巡这样想着,又问:"你还知道什么?"伙计苦着脸,为难道:"再没有了,我见王先生上了小舟后,当时又没有要下船的客人了,便偷个懒儿,打起盹来了。"

领班这时候也帮着说话了:"巡警先生,我们只敢实话实说的。您瞧,王先生是活着下船的,他的死同我们没多大关系。"话里话外,一心只想着撇清怀疑。李总巡知道他的心思,对他说道:"把里面的人叫起来吧,还要问一问昨夜的情形。"

继而李总巡又特意嘱咐一旁的郝巡警:"你到那边看一看,有没有遗弃的小篷舟。若是没有,那么再去问一问那些船家,昨夜可有租借或是遗失小篷舟的。"说完,又让领班在前边带路。

这时候,领班急得抓耳挠腮,里边的客人也不是好招惹的人物,这样贸然去将人叫起来接受盘问,简直是要自毁沐春斋的招牌了,他们以后哪里肯再光顾了?想着便恨起了王邵洲那个短命鬼,平白给他招了许多麻烦。他这样想着,面上却是极力配合的样子,求道:"巡警先生,请您先在这里等一等,昨夜游湖到天光,客人也才歇下,让他们起来总是不容易的,更不说还要挨个敲门呢。"

李总巡拧眉,道:"哪里用这样麻烦,将他们全叫到一处,我一一询问。"领班见李总巡黑着张脸,只得点头照做,赶紧叫来了差使的伙计,嘱咐道:"你们快快去同客人说明白,安抚着些,知道了吗?快些去吧。"

领班又道:"巡警先生,我们先到观月室坐一坐,虽然您要查问,可也得等他们换衣裳不是?"李总巡抿嘴不语,抬脚跟着领班往里走,他心里已经怀疑了那黑衣人,这时候的查问,不过是想查一查,王邵洲到这里来做什么。

通道的两边是待客的小室,有些嘈杂,开着的门缝,漏出些风声来,伴随着怒骂、安抚,一起袭来。走过了窄窄的通道,便是可容五六十人的观月室,一眼便见着半月形的木雕栏杆。倚在那儿,湖景尽收眼底,夜晚时候,还可以观赏月亮。平时则用来办舞会,吃宴席。

这里边还有一人,正抱着琵琶,缩在边上坐着,身旁摆着一盆白兰花,半遮着她的面容。她神色有几分冷淡,相隔不过月余,虽然还是一样的打扮,却已然有了许多变化。李总巡心中有些诧异,怎么她也到这里来了?不过转而一想,这也不奇怪,她原来便是靠着弹唱为生的。

李总巡先走到侧室中,问领班:"顾湘昨夜在这儿唱曲吗?"领班答道:"杜司理特意邀请了顾小姐来的,唱得很不错呢。"李总巡一怔,问道:"杜克衡请了来的?你将人请进来问话吧。"

顾湘抱着琵琶进来时,见了李总巡,点了点头,算是招呼。跟着来的巡警见人来了,便在左侧坐下,摆好纸笔,开始做起笔录。李总巡见她坐下了,才问道:"听说你是杜克衡邀请了来的?"

顾湘回道:"这一事,我不晓得,我阿爹拿了钱,让我到这儿来唱一宿。"李总巡盯着她瞧,她说话时眼神没有躲闪,说的是真话了。李总巡接着问:"你认得王邵洲吗?"顾湘淡淡答道:"认得的,在徐先生家中见过。"

李总巡问:"你昨夜可有见过他?"顾湘轻轻点头,她坐在场上,比场下的人高了一截,自然把他们的耳鬓厮磨、偷鸡摸狗之事,全瞧得清清楚楚。她很认得王邵洲,他还是那一身白西服,手拄着文明棍。他一进来便找人说话,微低着头,弯着身子,手撑在棍子上,那姿态似乎在求人,不过场上很少人搭理他。他大概不知,转身之后,那些人面容上的不屑与蔑笑吧。她看着他转转悠悠,终于拉住了杜克衡,一定要同他谈话的样子。

她弹了一曲《八声甘州》,下场要歇息了,抱着琵琶起身,一福身,翩翩转到台下,经过侧门,准备先到为自己安排的小室中歇息,一会儿还要换衣裳,唱下半场呢。半开的门缝,窃窃私语声传了出来,门缝之内是王邵洲和杜克衡。

两人似在争吵,也不知王邵洲在讨要什么东西。她笑了笑,进了隔壁的小室,争吵声也没有了。她倚在窗边,觉得有些闷,便开了窗子,一阵风灌进来,绿窗纱拂在她的面上,矮几上的油灯盏飘飘忽忽。

绿窗纱吹到火星上,一下便燃了起来,她立即拿了褂子扑灭,不觉松了口气。一艘小篷舟逐渐划近,琅琅似的水声,怪好听的,她正仔细听着。门被拉开了,是张花娘。见了顾湘,张花娘笑道:"这绿窗纱也不知是哪一位买的?"

顾湘看着飘出窗外的绿窗纱,也道:"怪好看的,也不知是在哪里买的?可方才一不小心,被我烧穿了。"张花娘也笑了,道:"外面怪闷的,到你这儿透透气,领班找不到你这儿来。"两人坐在小室中,没有说话。好一会儿,又听着琅琅的水声,小篷舟上此时坐了两人,愈来愈远,往荒山的方向去了。

她看着两人靠得那么近,也不知道在说什么,眼见着一点钟了,又要到她上场了,便笑道:"我可要换衣裳了,你在这里,怪害臊的。"张花娘掩着手帕,也就出去了。她关上了窗户,换好衣裳,这一次要唱《深闺怨》,这一段可长着呢,要唱许久。

李总巡听着顾湘的话,越发觉得带走王邵洲的是黑衣人无疑了。查问完后,让她回去,李总巡打算再叫一人进来。门一打开,外边已经坐满了人,歪七扭八,醉眼蒙眬,甚至还有人在啐骂,没有清醒的样子。

他们难道不知道昨夜有人了被杀害了吗?李总巡皱着眉头,从名单中另点了人出来,继续查问。领班则一直站在门侧,不敢走开一步。昨夜闹了一宿,一大早又是这样大的动静,人已经累极了。不知不觉名单上的客人也查问完了。领班说道:"总巡,再没有人了。"

李总巡点了点头,探身往外瞧,已经没了顾湘的身影,便吩咐人收拾东西。领班见他们总算要走了,心里终于松了口气,连忙将人往外送,直到送下花艇时才放心。李总巡心里总记挂着那块绿窗纱,转身再看时,却不见它飘出窗外,大概是风停了吧。

第二十四回
叱咤生意场不为闺秀，再访呆画家确认真凶

炉子上的火烧得有些旺了，一壶水浇上，滋滋作响，火势渐渐下去，一阵浓烟滚将上来。徐吴凝神听着，不觉伸手拿起一旁的茶杯，抿了一口。李总巡将花艇上查案的细节一一述说后，见他没有说话。

继续道："这其中，有两位先生也是经商的，曾经被王邵洲拖了款项。昨夜又被他找上了，他想说服他们要投资的钱，可是被拒绝了。他又单独同杜克衡见了面，不过不知道说了什么。"说到这里，徐吴便想到在盛昌票号门口时，也有人说起过王邵洲欠款之事，那两人说的话是很可信的。

徐吴便问道："那你找过杜克衡问话了吗？"李总巡答道："我从早春湖回来后，便让人去找了，不过他既不在公司，也不在家中，人还没有联系到呢。"李总巡见徐吴眉头紧锁，不知在想什么，又说道："我想杀害王邵洲的，必定是那小篷舟上的黑衣人。这几日，我总是在想他的几次行事，谨慎而狠厉，总觉得很熟识，好像以往见过。"

徐吴奇道："你以前见过他？"李总巡摆了摆手，道："我经手了许多桩杀人的案子，并不是每一桩都能如愿找出凶手的，大多并未抓获，还在通缉中。不知他是不是也在通缉名单中，我还得查一查档案，还是等有了消息，再告诉你吧。"

说到这里，李总巡又想起徐吴托他所查之事，道："不过，上次你说要查的人，我倒是查到了，她是本城的一位富家小姐，常往来于伍城芝先生家中，两人已经订了婚约。"听到伍城芝的名字，徐吴随即想起那则订婚启事，问道："是叫尤真的小姐吗？"

李总巡有些惊讶，道："怎么，你竟认得她？"徐吴放下茶杯，摇头道："我并不认得，只是在报上看过他们的订婚启事罢了，还是涂掌柜做的媒人呢。"李总巡一笑："这位小姐不怎么在人前出现，我也只在伍城芝家中见过她一面罢了。不过，她的事迹我倒听了许多，也不知是真是假了。"

不怎么在人前出现，这倒同"公道先生"的行事很契合了，只是不知道这位尤真小姐，为什么要假借另一身份来办事呢？徐吴问道："她的这层身份，伍先生知道吗？"李总巡将双脚搁在藤椅上，往后一倚，摆手道："只怕是不知道呢，若不是我顺着线索找下来，我也不知道的。"

他想起那一面之缘，即过目不忘，叹了口气，道："我同你说一说她的家底，你便明白了。尤老先生，年少时白手起家，曾经在风月场所中吃了女子的亏，所以制定了家规，男子不准抽大烟，不准赌博，也不准在外面养女人。而对于女子，也是极为严格，不准做学问，只要识字即可。不准掺和家里的生意，更不准以尤家小姐的身份经商，到了及笄的年纪便得嫁人。"说着，便是一笑："不过现在看来，尤家的三位小姐倒是很有主见的，没有一位是守了家规的。"

徐吴问道："怎么说？"李总巡看了他一眼，笑道："那位大小姐听说与人私奔，同家里分裂，至今下落不明。而二小姐则是做起学问，当了一名考古学者，整日风餐露宿，研究金石玉器，发表了不少演说，至今也是未有婚约。说到了尤真小姐，虽是留洋学画，只是不承想，她竟然还有另外的身份，秘密经营着生意。"

徐吴问道："她同什么人打交道？一向是做什么生意？"李总巡起身，到桌上拿了纸袋，递给徐吴，道："前几日，我特意拜访了杨太太，从她手中拿到了几张货单，署名与印章皆是'公道先生'。"

徐吴翻开纸袋，一阵木屑香味扑鼻而来，那几张单薄的纸张已微微泛黄，看来是放了有些时候了。展开来看时，签在下方的"公道先生"四字，字迹同黎第小姐的契约上是一样的，遒劲有力，不失飘逸，不受束缚，可见其人了。

李总巡见他直盯着那几个字看，又道："我还告诉你一桩趣事，我特意去找了尤真小姐的画来看，她署名尤真时，惯用娟秀小楷，那是大家闺女常选来练的字。"尤真小姐的画在海外很有名气，杂志上曾经登过她的画。他特意将杂志拿了过来，摆到徐吴面前："你仔细瞧一瞧她的笔锋，像是要挥洒出去，不过极力忍住罢了。"

徐吴心里也明白，道："我想她不止跟杨买办打交道吧。"李总巡笑道："还是你想得明白，我听说她同秦天香那班海盗也有打交道，走他们的路子将货运出洋去。"徐吴见过她的照片，虽是模模糊糊的，可看着明明是娇弱的女子，不想竟是黑白两道通吃的人物。

李总巡又道："有一位画月份牌很有名的画家，江东来，你听说过吗？"徐吴不知为何忽然说起他来，问道："我到这里来的时候，才见过他，见过两次面，他似乎很捧梅姨的场。"听了这话，李总巡瞥了他一眼，似笑非笑，道："在此之前，他同尤真小姐是有过婚约的，不过已经解除了，听说他至今还对她念念不忘呢。"

徐吴拿起茶杯，抿了一口，润润喉咙："为何要解除婚约？"李总巡答道："他如今虽是大画家了，很有名气，也很有入钱的路子，可总是抵不了之前欠下的债。说起他这人，倒也是一个传奇，原来手中很有些钱，不过全是留下的祖产，人丁单薄，只这一支脉，没有人管得了他。他终日以赌为乐，最爱逛花艇，大摆客宴，只挑山珍海味上桌。这可都是花钱如流水的，不过两三年光景，便败落了。"

虽见过江东来先生两次，可徐吴却实在难以想到他会有这样的过去，边拿出东来先生的名片，递给李总巡瞧，边说道："在后台的时候，我同梅姨说起了王邵洲被杀害之事，不巧他也听见了，还说认得王邵洲，若是有要问的，便找他去。"

李总巡一拍手，高兴道："这是天上掉下来的线索，难得他肯告诉你，大概是藏着什么秘密。我可是听说，他如今既不轻易见人，也不大出门了，倒是让你撞上了。"说着，站起身来，催促道："走，我们一块去，兴许能问出什么来。"

徐吴将桌上的名片收进袖口中，摇头道："我摸不准他的性情，不过知道他大概是不爱见生人的。我们两人一块去，未必能问出话来。"李总巡这时细想，才深觉有理，摆手道："那么，我不便去了，有什么消息你再告诉我吧。"

徐吴一笑，将叠着的双脚放下，抓着帽子便起身，道："这时候，戏也该散了，我到他家里拜会拜会。"见李总巡要出来相送，阻止道："这里我还不熟吗，不用送了。"徐吴走到巡警厅门口时，李总巡跟了出来，道："还有一事，我倒忘了说，明天晚上伍家有舞会，尤真小姐也会出席，你来不来？"徐吴点点头，道："一定来。"

李总巡忽然想起一桩事来，责怪道："梅姨在大茶楼的第一场戏，你怎么不邀请我去？"徐吴笑了笑："知道你是大忙人，是没闲工夫来看戏的。"李总巡瞥了他一眼，笑道："你还以为我非要你这时候过来吗？"徐吴见此，知道他这是有意让自己也看不了梅姨的戏。

正想着，已经有车夫围了上来，徐吴报了江东来的地址，跟着上了车。车夫应了声，丁零零响着铃，往街上跑去了，穿过剧院门口，只见那里摆着一张美人画，是为即将要开演的新电影做介绍，画中便是电影中的女主角了。

到了一条商业街，眼前高楼林立，五颜六色的广告画似在争奇斗艳，阴丹士林、哈德门香烟、福安保险公司，大幅而招摇，压着楼底下谋生路的人。店铺之外，有算命的老先生、修脚的伙计、刻字的、挑着担子卖炭的、卖煤的、卖扒糕的，还有四方木桌、矮凳、挑篮、刻字的钢刀。

徐吴坐在车上瞧着，晃眼而过，不觉想到，初来乍到，许多人与物，都眼生得很，地方话听不明白，同人打交道总是有些难的。如今，他们在长州住着，已经有好几个月了，似乎逐渐习惯了这样的日子。

阿离跟着自己走南闯北,有好些年了,每初到新的地方,还是会闷闷不乐两日,虽然她极力掩饰着情绪,可她是打小便养在身边的,怎么会看不出呢?只是他总要找着那人的,到头来还是有几分不甘心吧。

怔愣间,又是"丁零零"一阵响,惊醒了徐吴,他抬眼便见车夫正看着他,对他笑道:"先生,到了。我叫了几声,您总是不答应。"徐吴点点头便下了车,眼前的一座小宅子,有些旧了,门前的石阶不过是两三步宽,两侧已生满了青苔,没有人打理的样子。

门上挂着一把生了锈的铁锁,看来他还未回到家中,徐吴瞧着天也不早了,猜测散了戏,大概江东来不会到别的地儿去,便想着站在门外等一等吧。没多久,果然在巷子的拐角处见着他的身影。

他步子跨得极慢,手里还捏着几张纸,也不知在想什么,却也不看着路,一辆人力车过去,差点撞上了他。徐吴见此,迎上前去,打了招呼,才看清他手上捏着的是几份报纸。

江东来见了他,似乎也并不惊讶,点了点头,道:"徐班主,到家里坐一坐。"说话时有气无力,同分别的时候有了变化。徐吴跟着他进了家里,进门便是一处小小的井院,风吹过,藤条躺椅摇摇摆摆。

一进大厅,便见着墙上摆着的一张相片,徐吴隐约猜出是谁,心想,李总巡的话是没有错的。还未坐下,江东来先开口了,道:"我知道你是来问王邵洲之事,说完之后,我也有话要问你。"说话时,将报纸放在了桌上。

徐吴这时候看到了报纸上的字，赫然写着"杨买办"三字，便猜测他是要问制伪钞的案子了，便道："我才从巡警厅出来，已经得知了王先生死前的细节。"江东来坐下，问道："他怎么会死呢？查清楚了吗？"

徐吴摇头道："王先生今日被发现死于早春湖边上，身上有一块花牌。经过查访得知，他昨夜上了花艇'沐春斋'，参加了杜克衡的宴游会，不过却是没有受邀请的，他上船是为了筹款。跟杜克衡在小室中起过争执，内容不得而知，似乎是讨要什么东西。大概是晚上一点钟，他乘坐小篷舟离开。问题便出现在这里了，花艇上的伙计说，那撑船的人不曾见过，穿着黑衣裳，还有意避开打量，是很可疑的。"

江东来听完，却道："克衡昨夜摆宴？他今早才来过我这儿催画稿，也不曾听他提及，这人极爱面子，怎么倒不跟我夸耀了？"徐吴想了想，又问道："我见你似乎知道王邵洲的秘密？"

江东来答道："他有什么秘密我不知道，只是我如今很怀疑，他的死同我的一位朋友很有关系。我到乡下去，原本是为了赶赴她的约，只是迟了一步，她便死于家中。对于此事，我很耿耿于怀，因为她是被人杀害的。"

徐吴在江东来对面坐下，问道："你怎么会认为她的死同王先生有关呢？"江东来回道："我那位朋友曾经是早春湖花艇上的花娘。有一回，她被王邵洲邀请坐局，回来后心事重重。我问她时，她让我不要同王邵洲走近，那时我却没有放在心上。"

徐吴不知他所提及的朋友竟是一位花娘，似乎想到了什么，追问道："当时是否还有杨买办、杜克衡两人在局上？"江东来点点头，方才回来的路上，他便一直在回想，联系了些蛛丝马迹后，心情更加沉重，逐渐明白过来。她一定是晓得了一些不能告知的秘密，才会独自匆匆搬到乡下去，一点风声不肯透露，怕是不想惹祸上身。

沉吟良久，徐昊又问道："她除了告诫你不要接近王邵洲，还说了什么没有？或是说她有什么异于平常的举止？"江东来低声道："我方才回来，见了报纸上杨买办被害案件以及涉及的伪钞案，才想起她曾经问过我，制造伪钞是不是大罪。我告诉她，那是要判死刑的，她便没有再问下去了。不过不久之后，她却搬到乡下去住了，领班对外也只是说有富商为她赎了身，做人家的姨太太去了。"

徐昊问道："她何时到乡下去的？"江东来回道："具体日子已经记不清了，大概有一年的光景了，那时候也是天寒地冻的。"徐昊继续道："有没有人向你打听过她的行迹呢？"

江东来想到那时候，大家还是会热热闹闹聚在一处喝酒，道："她是花娘，我又常到她那儿去宴客，有许多朋友都同她相熟。听说她嫁给富商后，他们便常取笑我，再也无法抱得美人归了，因此常问起她的行迹，他们都猜我是知道的。她写信告诉过我搬到乡下之事，我也答应过她，不会透露出去。他们见我不再提她，渐渐地也就不问了。"

徐昊又问："这些朋友之中，还有谁是问得最勤快的呢？"江东来被他这样一提醒，忽然想起一个人来，道："你这样一说，倒是克衡常常提起她来呢。"徐昊倾身向前，问道："他提及她时，说了什么话？"

江东来回道："他今早过来，正好见着了她的画像，便问我是不是到乡下找她去了。我一听，便知道他也到乡下去了，不过什么时候去的,却不知道了。我同他说起了花娘的死,商量着查一查此事。"

徐吴问道:"他怎么晓得花娘到乡下去了?"东来答道:"这我没有问他,大概是她寻我不得,也给克衡写了信吧。"说着又是唉声叹气一阵。徐吴问道:"她写了几封信给你,什么时候写的?"

江东来答道:"她初到乡下时,因为住不惯,便来了一封信,要我到乡下找她,已经是一年前的事了。前几日,她又连着写了两封信来,催促我到乡下找她,说是有急事告知,我才赶到乡下去的。"

到这时,徐吴便开始猜测,杜克衡大概是见过那两封信了,又问道:"你见有人从她家里跑出来,那人什么模样,你瞧清楚了吗?"江东来摇头道:"瞧不清楚。那时候天黑,他又穿着黑衣裳,身材魁梧,依稀记得他脚上似乎套着双草鞋。"

说到这里,徐吴便想起了黑衣人曾经坐在巡警厅门口茶摊上,也套着双草鞋,问道:"她死时,身上有木牌没有?"江东来有些木然,又摇了摇头,似乎没有见过。那时候他三魂已不见了七魄,只想着打理她的身后事,没有顾得上看,将东西都交给隔壁的妇人打理了。

徐吴想,花娘连着写了两封信催促他,必定是在乡下见着了黑衣人,探问道:"你在乡下的时候,有没有打探过黑衣人的消息?"江东来摇了摇头,神情开始涣散,徐吴又问了几句,见他已没有要说的了,便打算要走了,说道:"东来先生,若是信得过我,那么尽管将这事交给我去办吧。"

梨园秘闻录(下) 111

第二十五回
一见如故尤真赠戒指，四面琳琅城芝躲杀机

铁蹄踏在石板上，"嗒嗒"声起，孔章牵着马车，在宅子前停下，撩开帘子。阿离探头出来，噘着嘴，很不高兴的样子，念道："不过一转眼，我阿爹又不见了。他自己为了办案子，不唱戏也就罢了，梅姨的场也不来捧一捧。"

梅姨坐在阿离身后，见她要跳下车去，伸手扶了她一下，却被带着往前倾。孔章眼疾手快，将人扶稳了，说道："你可看着点吧，若是我没有扶住，人可就翻下去了，到时候你要哭可来不及了。"

阿离也是知道轻重的，连忙上前将梅姨扶下车。梅姨笑着拍了拍她的手，道："他吓唬你呢。"又指了指马车后绑着的箱子："你先进去，那几大箱衣箱怪重的，我帮着抬进去。"

阿离听了，凑到孔章跟前去："我也来帮忙。"却被孔章拦住，笑道："你们都进去吧，哪用得着你们，若是要你们帮着抬，可不是笑话我吗？"

梅姨笑了笑，不再争下去，搂着阿离的肩膀便往里走，忽

然想起一件事来，说道："那件东西，你可不要丢失了，怪贵重的。你平常冒冒失失惯了，这次可是要好好收着了，下次再见了那位小姐，是要还回去的。"

听出了梅姨话里有责怪的意思，阿离一边走着，一边往她怀里靠，讨饶道："下次再不轻易收人家东西了。您从小教导我，不轻易收陌生人的东西，我一直记着呢，下次再不敢了。她在后台见了我，对我很喜欢，一定要送我那件戒指。我原来是不敢收的，可她一直瞧着我，又说不是贵重东西。我想着快些打发她走，才收下的。"

说着她便掏出那件蝶形的翡翠戒指，递到梅姨跟前，笑道："那您替我收着吧，我见她从您的屋子里出来，一定也是您的戏迷，我想她会再找您的。"梅姨看着阿离笑盈盈的脸，冻得红通通的，身上湖绿色的丝绸料子，泛着微光，将她整个衬得很可怜可爱。

梅姨捏了捏她的脸颊子，松口道："你的嘴跟抹了蜜似的，这次我也不说你了。这是人家对你的心意，应当由你收着。不过，等你阿爹回来，你可要告诉他。他准你收着了，你才能收，知道了没有？"

见梅姨如此耳提面命，阿离自然是在一旁应承着，进屋之后便自玩去了。而梅姨则回了自己的屋子，敛下笑意，微蹙着眉头，仔细关了门后，才敢掏出那件绣福字的香袋，凑到鼻尖仔细闻了闻，一时怔愣住了，慢慢踱到梳妆台边坐下。

她的台子上没多少胭脂，倒是堆着好些书，诸如《太平广记》《牡丹亭》《西游记》这一类解闷的，有时也爱看《史记》《晋书》《魏书》这样的史书，看什么全凭心情来定。虽说她到长州来才几个月，却已经堆了不少书，既有自己从书摊上挑拣来的，也有嘱托徐吴到各处去买的。

屋子并不亮，她也未点灯，只是摸黑坐下，细细回想，怪道："这香味似乎在哪里闻过？"手不觉扶在了桌台上，啪一声，东西掉地上了。她弯腰拾起，是今早上出门前，翻看了几页的《曹子建集》，这还是昨夜她从徐师兄那儿借来的。

不知为何，自打跟着戏班以来，每换一处地方，他总是随身携着这本集子，也不知有什么好的。大概是翻得多了，封面上有几道折痕，就是里边的纸也已经泛黄了。若不是这次借着唱戏的名头，哪里借得出来呢？

梅姨又想着他坐在亭子里看书时的样子，不过呆想了一会儿，就又是笑又是皱眉的，思绪反反复复。转而又想到自己今日表演时，唱错了一句词，接着本该是跑场的动作，却一时愣在台上，好在及时反应过来，圆了回来。

不过，还是有眼尖的瞧出来了。这让她心生愧疚，不过是一张画像，却搅乱了她的心思，在台上分了神，实在很对不住专门来捧场的人。她下了台后，直奔回更衣室，将那张画像翻了出来，揉成一团，扔在地上，心里还是生着气呢。

忽然，背后传来了女子的惋惜声："这画很好，怎么舍得扔了呢？"梅姨不知身后有人，吓了一跳，脸色微变，回过身去瞧，只见一位美丽的小姐正拿着那团纸，微笑着瞧自己。女子一身西式绣花洋裙，外边套着件长袄，手里还捧着个暖炉，隐隐飘出一股清香，不浓不淡。

见梅姨盯着她瞧，她便解释道："那门开着，我便走进来了。"梅姨看向开着的两扇门，走去将门掩上，谨防又有台下的客人闯了进来。虽不明她的来意，却仍将人请了坐下，问道："有什么事吗？"

那香不时飘到梅姨鼻尖上，梅姨不由得说道："这香闻着真是清爽。"女子一笑，似乎很高兴，也跟着道："我有头疾，闻着可以安神镇痛。"梅姨道："你常常头疼吗？"女子又是微微一笑，道："这没有什么。"又见梅姨很喜欢的样子，便从手袋中拿出一件东西来，道："这香袋里装着香，送给梅老板吧。"怕梅姨不收，又道："我可不听推说不要这样的话。"

她已这样说，梅姨也就笑着接受了，凑到鼻尖一闻，问道："这香哪里有卖？"女子掩嘴笑道："我也不知道哪里买的，我大姐姐爱玩香，家里堆着许多。你要是喜欢，下次我送些到你家里去？"梅姨笑着摇头道："那不用，我只是门外汉，凑热闹的，不懂香。"

女子又道："我可是你的戏迷，听过几回你的戏，这一出虽是新戏，可也听过了两回了，方才在台上，你有一处错的地方，我可是要指出来的。"梅姨一听，脸有些微红，心想这是真真把自己的戏看进去了，才能指出错处来，便道："下次再不会了。"

梅姨这时候才请教她的名字，她答说："我姓尤名真，就住在城西，梅老板可以到我家里坐一坐，我一定好好招待。因为我有两位姐姐，平常也很爱听戏，我从小便是受了她们的影响，才看起了戏的。"

梅姨见她的穿着西式，说话大大方方，便猜道："尤小姐是从小留洋在外吗？"尤真摆了摆手，笑道："我家里父亲严格，不准我们女子留洋。那时大概是十五岁吧，我闹着要出洋学画画，家里不肯出钱。还是我大姐姐偷偷背着父亲，给了我一笔

梨园秘闻录（下）　　115

留洋的款子，这才出去了几年。"

她的眼里满是笑意，梅姨也跟着道："这真是一位好姐姐。"两人又说了好一会儿话，尤真突然想到还有人在外边等着她呢，掏出怀表一看，惊道："坏了，已经过了时间了，只怕他要等急了。"

梅姨问道："什么事这么着急？"尤真立即起身往外走，解释道："同一位朋友约定了时间过来接我回家，我可是已经迟到了。"忽而想起自己的来意，从手袋中拿出一张请帖来，递到梅姨跟前，请求道："梅老板，请你明天晚上一定过来。我有许多朋友，都很喜欢你的戏，若是能见着你的人，一定是很高兴了。"

见梅姨迟疑的样子，尤真又继续道："家里有舞会，想邀请梅老板过去玩一玩，若是不放心，可以带朋友一道过来。"盛情难却，而且方才又同她相谈甚欢，梅姨拒绝不过，将请帖接下了，不过还是补充道："若是我走不开身，便不去了。"尤真微微一笑，点了点头，便出去了。

天色渐渐暗了下来，梅姨呆坐着，想着那位尤真小姐人是很好的，只是觉得她的拜访有些突然，虽说听过自己几回戏，可自己竟没有印象，因为这样一位招眼而特别的女子，应当很惹人注意，何况她们同样都是女子呢。

这时候，外边有人敲门，梅姨以为是阿离，便道："尽管进来吧，以前可不见你敲门。"门推开时，却是徐吴，她一时有些惊讶，因为他不曾到自己屋里来，连忙道："你回来了。"

徐吴进门时，却闻着一阵香味，是梅姨不曾擦过的，问道："这香哪里来的？"梅姨道："下了戏后，一位戏迷追到后台去送的。"徐吴继续问道："叫什么名字？"梅姨平时不见他这样问过，瞧了他一眼，答道："是住城西的尤真小姐。"

说完后，她又想到尤真小姐的邀约，若是有徐吴陪着，倒可以去一去的，便问道："明晚上，你有事吗？"徐吴答道："我答应了李总巡，同他到伍城芝先生家里去。"听说他另外有事，她紧紧捏着手中的请帖，轻放回台上。

徐吴见了她的动作，知道她一定是有事的，便问："有什么事要办吗？"梅姨摇头，笑道："也不是多大的事，尤真小姐送了张请帖给我，请我一定出席，盛情难却，也就答应了。只是一个人去，很没有意思。"

徐吴一听，拿过那张请帖来看，指着上边的邀请人，笑道："你看，这上边不就是伍城芝先生的名字吗？"梅姨将信将疑，拿过来一看，掩嘴一笑："哎哟，怎么会？我还没有打开瞧过，以为是在尤真小姐家中宴会呢。"

徐吴答道："你还不知道吧，尤真小姐同这位伍先生已经订了婚约的。"梅姨这才想起她说的那位等急了的朋友，细细回想那神情，可不就是了吗！梅姨高兴道："那么明晚，我们一起去吧，我也就不用拂了她的好意了。"

见徐吴答应了，梅姨又问道："到时候，你要穿哪件衣衫去？"徐吴不解："不过是一场宴会，难道还要挑衣衫去吗？"梅姨笑道："我听说是场舞会，你总要穿得正式些吧，才不引人注目。"她很明白他不会费心做此事，笑道："你不必操心了，我一道帮着你准备了。"

第二天中午，梅姨便独自出门去了，直到傍晚，才回到家中，手上拿了两个包裹，包着两件衣裳，是给徐吴新做的。她

梅园秘闻录（下）　　117

进了屋子后,便催促徐吴去换上,穿着正合身,竟没有要改的地方。

徐吴和梅姨知道路远,是以提前了些时间出了门。谁知坐的小包车不识路,兜了好大的圈子,两人无奈。只好下车,另外雇了车子。只是等到了伍家宅的时候,已经有些迟了。

两扇红漆大门开着,张灯结彩,门口摆了一张红桌子,两名女子站着,言笑晏晏,接过他们的请帖后,便在前边带路。两人一跨过门槛,首先见到的便是两株铁树,宽阔的庭院种了好些树,一弯小清池子,有几只鸟儿吱吱叫。

忽然,假山后边走出了一只孔雀,梅姨一时没有瞧清楚,吓得怔住了,待看清只是孔雀后,转头看着徐吴,笑了笑,有些不好意思。徐吴以为她害怕,便将她拉到另一侧,替她挡着。

当走到又一扇门前,谈笑声从里边飘出,徐吴一抬眼便见着"天下为公"字样的匾额,而里边正是宴客的大厅了,席上已经坐满了人,场上也有人在跳舞,很是热闹。女子将他们引到前面的桌席坐下。

徐吴刚落座,有人拍了拍他的肩膀,回头去看,却是李总巡。李总巡道:"你怎么进来的,我还想着你没有请帖进不来,在外头等了好久,可是总不见你。"这话说完,也不等徐吴回答,又道:"借一步说话吧。"

徐吴见他紧抿着嘴,心想大概是有密事要告知,便同梅姨说了一声,随他走到庭院中的亭子坐下。李总巡点了一支烟,抽了一口,缓缓吐出,才道:"你猜我方才见着什么了?"徐吴笑道:"难道是见着尤真小姐了吗?"

李总巡道:"宅子前的湖上有一座亭子,你瞧见没有?"徐吴道："怎么了？"李总巡道："我方才在那亭子里，见着我们要找的黑衣人了。他穿着棕色长衫，套着件褂子，似乎也是来参加伍家的宴会的。"

徐吴问道："你认出他了？"李总巡倾身向前，拍着石桌，道："我可算是查出他的身份来了。这人叫程贵英，已经做了好几桩案子，通缉了两年。他办事干净利落，实在是狡猾的人，一直抓不到他。"

说着他便掏出一个纸袋，拍在桌面上，道："你看一看，我怀疑他这一次来，是为了暗杀伍城芝来的。"徐吴不解，李总巡继续道："两年前，他在一次商会活动上，趁着伍城芝在台上演讲，忽然冲出来开了一枪，被伍城芝躲过。他这一次再出现在伍家，一定是为了完成两年前的暗杀行动。"

徐吴问道："他为何要杀伍城芝？"李总巡解释道："好几年前，他单枪匹马便在长州组织了一个帮派，后来因为战争，帮派逐渐解散。他却专收钱财，做起了暗杀的生意。他杀过的那几位，有商人，有官人，皆是在众目睽睽之下，一枪毙命，除了伍城芝。"

纸袋中有几张剪报，皆是谋杀的报道，其中还有一张照片，还有一张纸，写着他的籍贯。徐吴都翻看完后，有一个疑问，问道："我看他以往所犯的案件中，皆没有提到他有落花牌的习惯，怎么王邵洲身上却有了花牌呢？"

李总巡摆了摆手，并不在意，道："或许是他也进了小炉匠同样的组织，是以有了落花牌的习惯。"徐吴摇摇头，还是觉得不通，将花娘在乡下被杀害的经过告诉了他，道："这一位死时可没有花牌，我想这里边很有文章，一时想不通。"

梨园秘闻录（下）　　119

这时，李总巡的目光被门口的女子所吸引，将手上的烟捻熄，同徐吴道："尤真小姐也到了，我们进去吧，找机会攀谈，探探底儿。"进大厅前，李总巡特意叮嘱道："你可要帮忙盯着伍城芝，不要让他被害了性命。"

两人跟在尤真小姐身后进去，只见她径直往梅姨的座位上去，弯身说话，似乎很亲密的样子。李总巡示意徐吴上前去搭话，只说有事要办，便走了。

而这边，梅姨正同尤真寒暄，见了徐吴，起身介绍道："这一位是我昨日说的尤真小姐。"而当她准备要介绍徐吴时，尤真却摆了摆手，笑道："这一位不用介绍了，我很认得的，是呈祥戏班的徐吴班主吧。"

徐吴和梅姨相视，奇怪道："我们戏班还没在长州开戏，尤小姐怎么认得的？"尤真一只手撑在桌面上，腕间的玉镯子碰在瓷杯上，"当"的一声，杯子倒在了地上，红色的桌布湿了一角。她向着旁边站着的仆人招了招手，道："快去换了新的来。"

见地上收拾干净了，她才对他们说道："家姐爱看戏，家里堆了许多戏报，她们还专门腾出了一间屋子放戏报和戏服。我在身边跟着，自然也知道一些。"说完，似乎想起什么，问道："我在后台见着一个十五六岁的小姑娘，不知她也唱戏吗？"

说起阿离，梅姨脸上不由溢出笑意，答道："练功的日子太苦了，我们不愿意她受这苦。我们演戏，一来是爱唱，二来是小时候日子苦，不得不学。而她并非只有这一条出路，所以不强求她。"

尤真点点头，似乎很赞同，又问道："那么，她可有读书？如今社会上发生了许多变化，也办了好几间女子学校。她这样的年纪，总该去上学的。"梅姨见她对阿离很关切的样子，看了徐昊一眼，才道："平时由他布置功课，一贯是背诗书为多。"

听了这话，尤真皱着眉头，有些不解，道："怎么不送去女子学校呢？若是因为读书费用的问题，我倒愿意资助。"她这话说得唐突，梅姨正要拒绝，只是场上的喧闹声忽然变小，尤小姐的目光也开始转到场上去了。

原来是伍城芝下楼来，向各位宾客敬酒。然而这时候，有一位穿着黑衫的男子，步伐匆匆，凑到他耳边说了几句。只见伍城芝拧眉点头，神色不变，依旧笑着招呼，不过，很快又回到楼上去了。

宾客依旧谈笑风生，见他那样只猜大概是有急事要办。然而，尤真却很担忧，穿黑衫的男子是城芝雇来的打手，那情形大概是有事发生，便同徐昊和梅姨说了句抱歉，跟着往楼上去。

此时，见方大的庭院有一班乐师，正演奏着洋曲。风不大，却还是有些冷，所以两边布置了炉子，有人专门添炭火。庭院前有块空地，正好做了舞池，梅姨瞧着人家跳舞，也有些羡慕。

梅姨正想说话，李总巡却走过来，同徐昊说道："我已经将情况秘密报了上去，原来巡警厅那边早有了消息，这是让我过来等待差遣的呢。今晚可不止程贵英一人想杀他，伍城芝大概是不会再下楼来了，我得待在他身边守着。"他交代完也到楼上去了。

梅姨见徐昊似乎是为了办案来的，也就不分他的神了，继续看着场上的人跳舞。不过一会儿，便陆续有人来邀请梅姨跳舞，她拒绝不过，便跟着上场玩去了。而徐昊则一直坐在位子上，看着梅姨跳舞。

梨园秘闻录（下）

散场后,在回家的路上,梅姨听着车辘轳声,依着女子的直觉,总觉着这位尤真小姐不简单,同徐吴道:"有一件事,我搁在心里,总是觉得奇怪。尤小姐对于我们,未免有些太关注了。她说她的朋友喜欢听我的戏,所以邀请了我来,可是一晚上下来,似乎不大有人认得我。她那样说时,我便觉着有些奇怪了,我在长州不过是搭班子,演了几场,也不是名角儿,哪里会像她说的那样,受人喜欢呢?"

徐吴道:"尤小姐便是我要找的公道先生。"梅姨听了,不再说话。

第二十六回
疑惑重重访花艇探案，情真切切劝前路思量

门前的两盏红灯笼亮着，很是喜庆。然而一墙之隔，两盏白灯笼在梁上随风摇晃，透出的光，红艳艳，映出黑色的而圆厚的"奠"字。梅姨叹了口气，侧耳听着隔壁，静悄悄的，没有声儿。

刚叹完气，却隐隐听见阿离的笑声，梅姨道："也不知道她在做什么好玩的，声音都传到外边来了。"梅姨下了车后，见徐吴仍旧坐着，没有下车的意思，问道："怎么，这么晚了，你还要出去吗？"

徐吴从未见梅姨这样问他话，心里有些诧异，轻声回道："我要到早春湖边上走一走。"自从知道尤真的另一个身份后，梅姨的心里便闷得很，惴惴不安，拦住道："我知道你到那里去是为了王邵洲的案子，我同你一道去吧。"说完，还未等徐吴答话，又重新上了车。

徐吴想着不过是去探案情，没有危险，见梅姨很坚持的样子，也就答应了。两人到了早春湖湖边，天色虽暗，可见荧荧

火光。走近岸边,十几艘花艇齐齐停靠,甲板上皆站满了人,实在是热闹。

虽然已经听说早春湖的花艇十分有名,可梅姨还没见过,取笑道:"怪不得你要来。"徐吴答道:"看你说的什么话,我只是有一事很想不通,过来查一查。王邵洲死时,顾湘也被邀请了上花艇唱曲,并且还亲眼见他被小篷舟接走,实在是巧合。"

梅姨低头一笑,不过是一句玩笑话,他倒当真了,问道:"这么些船,你要找哪一艘呢?"虽然每艘花艇前都点着灯,可他不是常客,也不知沐春斋是哪一艘花艇,便拦住一位先生,问道:"劳驾,请问沐春斋往哪里去?"

那位先生打量了两人一眼,揶揄道:"你们也是为着好奇来的吧。"说完,顺着前面一指:"瞧见那边没有,停在最前面,人最多的那艘便是了。"徐吴见那边人头攒动,果然是最多人的,他还以为,王邵洲死于早春湖这一事件登了报后,这里的生意总要冷清几天,却不想反倒比以往更热闹了。

两人到了沐春斋前,刚想向往里走,却被门口的伙计拦住。伙计不好意思道:"先生,已经客满,下次再来吧,一会儿要开船了。"徐吴问道:"你们领班在吗?"一听要见领班,伙计虽没见过眼前两人,还是机灵地打听身份:"二位是?"

徐吴道:"我们是李总巡派过来办案子的,他昨日调查过后,发现这里边还有可疑的地方,让我过来查一查。"伙计昨日已经领教过李总巡的厉害,不敢怠慢,将他们往里请,带到了领班面前。

领班这时候因为客满,笑得极为灿烂,招待也十分殷勤,问道:"巡警先生,不知道您还要查什么?"徐吴道:"为了防止有错漏之处，李总巡让我再来核实几桩事情。前夜，你们邀请了来唱曲的顾湘小姐，是否安排了她单独一间小室休息？"

那里原来是储货间，临时被收拾出来给顾湘当休息室用的，因为屋子太小，没有招待客人。领班一听不是大事，当即点头，带了两人过去。到了门前，一拉开，却有一位年轻女子正坐在里边抽洋烟，见了他们，不疾不徐，将火捻熄，扔窗外去了。

领班一瞥，见是张花娘，挤眉弄眼，让她出来。张花娘见他这样子，也就低着头走出来了。正要往外走，徐吴却问道："你是张花娘？前夜，你同顾湘小姐在这屋子里待过吧。"见她点头，便道："你且不要走，等会儿有话问你。"

徐吴拿着灯，看了一圈，见那窗户开着，却没有了窗纱，便问道："这里的窗纱哪里去了？"领班对这事并不清楚，随口道："大概是有伙计来换过了。"徐吴凑近细看，桌上还有些煤油渍，怀疑道："若是伙计做事，总该换新的来。"

领班见他怀疑，立即转身，想去找人来问。安静站着的张花娘却说话了："这屋子不招待客人，他们偷懒，没有收拾呢。若是要问那块绿窗纱的事，我倒也问过了，他们也不知情，说那窗纱不是他们换上的。"

徐吴也是这样猜测的，追问道："昨晚，你到这间屋子来的时候，顾湘小姐在做什么，你瞧见没有？"张花娘一张银盘圆脸，头微微倾着，似在回想："我一推门，首先见到的便是那块绿窗纱，招眼得很，心里很奇怪。因为那块窗纱未曾见过，便说了一句，这窗纱好看。她也答说好看，可惜被她烧了一个洞，我进来时，她刚扑完火。"

徐吴又问道："那块窗纱是不是在窗外飘着？"见张花娘点

头，他又跟着问："你进来时，王邵洲是否正要下船去？"张花娘答道："他从隔壁屋子出来，我见了他，招呼了一声，他说要下船去了。"

徐吴想了想，又问道："那么，你同顾湘小姐还说了什么话？"张花娘摆了摆手，道："我过来这屋子待着，是为了寻块安静地方自己待会儿。而她似乎也不爱说话，也就互不打扰，各自休息。"

徐吴点了点头，继续问："你在这里待了多久？窗外可有什么动静？"张花娘答道："我抽了两支烟，她便说要换衣服上场了，有我在很不方便，我这才出去了。至于有没有听见什么动静，倒是总有水声在外边响。我想大概是小篷舟划水的声音，时近时远的。"

说着，张花娘又想起一件事来："我出去的时候，确实看见窗户外有一艘小篷舟，坐着两人，似乎是起了争执，不过没瞧仔细了。"徐吴的话已经问完了，心中的疑问也逐渐解开，跟领班道了谢后，便携着梅姨下了船。

这一会儿，他还有事情要办，时间耽误不得。而梅姨经历了方才的事后，依旧是一头雾水，不明白事情的前因后果，走到了路道上后，才悄声问道："王邵洲的案子，怎么跟顾湘有了关系，我见你方才问话的样子，似乎很怀疑她。"

徐吴知道她对顾湘小姐的遭遇是很同情的，为了让她安心，解释道："她是不会做出杀人的事来，不过只是糊里糊涂做了帮凶。"说着，他又将王邵洲的命案，还有涉及的贾花娘在乡下被害的事，一并略说了一遍。梅姨这时候想起了一事，道："齐班主认得那位贾花娘，我想可以向他打听打听。"

他们没有雇到车，是以打算再走几步路，看一看有没有车经过。月光照出两人的身影，在地上铺开，梅姨瞧着，觉得两人离得有些远，悄悄往徐吴身边靠拢，不觉笑了一下。徐吴听见了她的笑声，问道："你在笑什么？"

梅姨低头一笑："没有什么，只是觉得今晚的月色真美，所以笑了。"徐吴抬头，也跟着看了看月亮，几缕云烟飘着，遮住了些光华，有些朦胧，不由得点头称是。

这时候，恰巧一辆人力车过来，徐吴招手，上车后，便报了顾湘家里的地址。车才刚在门口停下，梅姨隔着墙便听见顾老爹的叫骂声，话说得很难听，又很不利索的样子，大概是喝了酒，撒酒疯呢。

顾老爹骂两句，那门里的狗也跟着吠叫两声。梅姨拧着眉头，看了徐吴一眼，不知顾湘平时遭了多大的罪。梅姨正要拍门，一束强光照进了眼睛里，叭叭两声，有车在门口停下，顾湘从车上下来，走得歪歪斜斜。

梅姨见她一副醉醺醺，被人灌了酒喝的样子，忽然意识到什么，心里有些气急了，又实在是痛心，几步并作一步走，上前去将她扶住，恨声道："我同你说过什么话，你记得不记得，你这是自甘堕落。"

自从小炉匠被行刑之后，梅姨为着顾湘将来的考虑，几次上门来，想将她介绍到临秋先生那里，可她总是搪塞过去，似乎很不愿意。梅姨还以为她是沉在哀伤之中，却不想她已经自甘堕落了。

顾湘此时听见梅姨的声音，已经酒醒了几分，不过没有答话，跟跄着上前去拍门。过了许久，门才总算是开了，顾老爹涨红着脸,见了顾湘,劈头便骂:"如今你傍了富人,藏着许多钱,却不肯告诉老子。白眼狼,你吃好的喝好的,还来我这破屋子做什么?"

说着他便推搡起来,还是徐吴给拦住了,才消停下来。顾老爹这时候才见着有旁人,面色一整,收敛起来,先是讨好地笑了一声,问候道:"徐先生,梅小姐,怎么过来了?"眼珠子一转,又哭丧起脸来,道:"我为了她的前程,上门拜托梅小姐去,算是拉下老脸来。可她倒是好啊,专做下流的勾当,不要起脸来了。"

浓重的酒气,夹着冷风扑面而来,梅姨忍着不适,不动声色间,已将顾老爹往屋子里推,轻声劝道:"老人家,你先不要气,到那里坐下吧,让我劝一劝她。"顾老爹见梅姨站在自己一边,也就逐渐偃旗息鼓,找了张板凳坐下,跷起腿来,随手拿过烟筒,闷声抽着,不时瞥来几眼,竖着耳朵听。

这一闹腾,顾湘的酒已经醒了大半,径直到椅子上坐下,灌了几口冷茶,明白他们这次来,一定是有事要问的。梅姨在顾湘身旁坐下,环视四周,屋子里乱糟糟的,很久没收拾过的样子,叹了口气:"前天,临秋先生说你不往好处学,在外喝酒到三更,我不相信,因为我知道你是很聪明的,决不会选这条路走。"

梅姨说完,见顾湘依旧低着头,不肯表态,转而探问道:"他的死,你还未放下吗?"顾湘回道:"我是为了生存,不是为了他。至于他,我早已经忘了。"梅姨很不信,又问道:"既然这样,为何还要到花艇上去?"

顾湘冷笑道:"既然有人请了去,又有钱收,怎么不能去?我们做这一行的,谁不是这样的呢?还不是为了糊口,过日子,哪里有得挑拣？"梅姨道："你心底明白，我问你这话的意思。"

顾湘冷哼："您这话的意思，难道是想说王邵洲的死，跟我有什么关系不成？"这时，徐吴插话了，道："我想那块绿窗纱是被你收走了吧。"顾湘一怔，不肯说话了。而徐吴瞧出她心里已经是慌了的。

他继续道："张花娘曾经同你待在一室，她说没有人将其收走。而且，她经常到那里去，却只见过那块窗纱一次。"见顾湘仍是没有反应，又道："那块绿窗纱会烧起来，是你同程贵英之间的信号，他见了火光，便会靠近花艇，接走王邵洲。"

顾湘笑道："这是你胡乱猜的，做不得数。"徐吴再道："你同李总巡说的话，半真半假，你说那天晚上下场后，听见隔壁有争执声，只是经过。不过，实情却是，他们没有起争执，你到屋子里去，同王邵洲说，程贵英要同他再次合作，正在外边等他。同时，你还将那块写着他名字的花牌，用红布包着，让他到了岸上再打开来看。"

顾湘依旧是冷笑："我为何要为他人办事？"徐吴道："因为你心有不甘，对于他的死仍旧耿耿于怀，你痛恨王邵洲。"顾湘知道多说无益，只道："你没有什么证据，一切是你的猜测。"

徐吴见她神色不定，心里已经开始摇摆的样子，继续劝道："你不要再做糊涂事了，只要配合巡警厅将程贵英拿住，你所做之事便不予追究。若是再为他办事，下一次他要杀的人便是你了，你要为自己考量一下。"

顾老爹在一边听着，越听越是心惊，怕真有人杀上门来，一下子蹿到顾湘跟前，拿起烟筒，照着她的背脊，便是狠狠地一下。还是徐吴眼疾手快，连忙上前将他隔开。顾老爹气急败坏，咬牙道："你招了什么祸事？"梅姨这时也跟着起来安抚顾老爹，说了好一会儿的话，他才肯不闹，不过要向梅姨借几个钱，另外到旅馆去住，躲避祸事，要等着人落网了，才搬回来。

梅姨虽然知道他这是明着伸手要钱，不过为了顾湘着想，也就应下了。见顾老爹眼神涣散，一身的蛮力气，等他们走了，也不知道要怎么打骂顾湘，梅姨建议道："我想就这样办吧，为了让你心安，你收拾好东西，我们立即把你送到旅馆去住。你在那里住的、吃的，一概费用，我全包了。"

顾老爹一听，算是捡着大便宜了，笑容满面，拿一块布，包了两件衣衫，催促道："好了，走吧。"怕梅姨反悔，说完便走在前边，心里已经想着喝酒吃肉了。顾湘见梅姨要走，忙扯住她的衣角，瞥了眼已经走出屋子的顾老爹，低声道："他这是看你心软，赖上你了。其实你不必管我，我打小便受他这样的对待，已经是习惯了的。"

梅姨拍了拍她的手，道："你这话我很不爱听，怎么可以说习惯了呢？你同阿离一般大，却是两种命运，这是因为生在哪一户人家，是没有得挑的。可我想你是聪明的，应该知道一句话，我命由我不由天。你还有大好的光景，不要为了眼前遭受的难处，而堕落下去，很不值当。"

顾湘低着头，不敢看她，只是道："我很明白，可是太难了。"梅姨说道："若是你肯信我们，我可以为你谋出路，离开这里，到别处去。"顾老爹见许久也没有人出来，又跑来催促，道："梅小姐，车已经雇来了，由你带路吧。"

等他们走后，顾湘重新换了件裲裙，梳拢发丝，拿上手袋，出门去了。

第二十七回
步步为营撒网谋凶得，心有不甘复仇诱引之

梅姨常常是早起的，这天在院子里练功时，收到了一封信，是尤真小姐让人特意送来的。邀请她们去看电影，约定下午三点钟，在西通剧院门口碰头，在信中还提及了她的一位朋友。

梅姨将信收起后，便将这一事告诉了徐昊，笑道："她的那位朋友，原来学的是烧瓷工程，后来改为戏剧文学，如今也是自己编戏自己演，似乎也很受欢迎。那位先生知道我的那出新戏是你编的，很想见一见你呢。"

徐昊对此很没有兴趣，摆手道："这个事，再说吧。"梅姨见此，另说起了自己的事："尤真小姐在信上说，他受了一个电影公司的委托，写好了剧本，预备找女演员，要我去试一试，可是我大概是要婉拒她的好意了。"

阿离在一旁听了，很不解，问道："为什么呢？我看着拍电影很新鲜，一定是很好玩的事。"梅姨笑道："做一行是要爱一行的，自然要爱惜自己的名声，我不通电影，怎么做得成呢？"

忽然，门外一阵"咚咚"急响，徐昊走去开门时，发现有

张纸从门缝中塞了进来,打开门却不见人。心中觉得奇怪,打开纸条,只见"西通剧场,下午三点钟"一句,他立即明白,这是程贵英行动的地点以及时间。

徐吴将门关紧,回身往里走,掏出怀表看了下时间,已经是下午一点钟了,便问梅姨:"伍城芝先生也去吗?"梅姨回道:"他自然是陪着尤真小姐去的。"她见徐吴问得忽然,手中还多了一张纸,疑问道:"怎么,发生了什么事吗?"

徐吴道:"今日下午,你们不要去西通剧场,有谋刺行动。"这是大事,梅姨当即也往外走去,疾声道:"既然这样,我该去通知尤真小姐,让他们也不要往那里去才行。"徐吴将人拦住,解释道:"这一定是顾小姐递来的消息,程贵英要谋刺的人是伍先生,若是人没有出现,他必定怀疑是顾小姐告密,受害的也将是她。"

听了这话,梅姨也有些慌了,问道:"那要怎么办才好?要是伍先生真被人杀害了,那我实在是对不起尤真小姐了。"徐吴想了想,说道:"这样吧,我先去巡警厅,将这件事告知李总巡,我想他会派遣一些人保护伍先生的。这样既能将人抓住,又可以保证伍先生的安全。"

说完,徐吴便叫上孔章,往巡警厅赶。李总巡倚在桌边,手里拿着电话,瞥见他们,用手示意等一等。徐吴刚坐下,李总巡已经挂了电话,走过来道:"下午三点钟,程贵英在西通剧院有行动。"

徐吴惊讶,问道:"你也收到消息了?"李总巡道:"方才,厅长亲自来了电话,要我出人,秘密保护伍城芝。"说着又火急火燎地去找郝巡警,嘱咐将人集合起来,又拿出地图,开始部署。左右不过一个钟头的时间，人已经分布在了剧院周围。

郝巡警看着剧院门口，人来人往，很不好行动，问李总巡："要不要告诉伍城芝先生，程贵英埋伏着要杀他？"李总巡瞥了他一眼，脸上没有半分表情，道："这次一定要让程贵英现身，若是伍先生知道了实情，不肯配合，那这一次的行动就功亏一篑了。"

徐昊听了，想起梅姨的担忧，提议道："这样吧，我先到剧场门口等着，若是伍先生出现了，我便上前去打招呼，暗中保护他。"说着，他便走到剧场门口，假装看着招牌上的广告，却是眼观六路。

还有十分钟便三点钟了，伍城芝还未到，剧场门口却已经聚集了许多人。徐昊在门口的长椅上坐下，手里拿着电影票，做出等人的样子。可是观察了许久，皆没有程贵英的影子，人有很多，难以分辨。到了三点钟时，有人上前来搭讪，递了张广告纸给徐昊，通报道："左前方，棕色帽子，右手拿着一件黑色大衣，大衣底下藏着的应该是洋枪。"

这时，一辆黑色汽车在门口停下，伍城芝从车上下来，低头看了看表，大概是在等人。徐昊戴上帽子，虽奇怪没有见到尤真小姐，还是走上前搭讪，道："伍先生，我是尤真小姐的朋友。"说话间，不着痕迹地挡在伍城芝面前，隔开视线。

突然一声枪响，刹那间，周遭的声响一时全部停住，接着便是哄叫声，人群开始四散。伍城芝听见枪响，极快地躲回车上，门一关，车已经开远了。徐昊站在原地，往街上四望，寻找程贵英的身影。

程贵英身上罩着一件宽大的黑袍子，见情况不利，便想往

梨园秘闻录（下） 133

一旁隐蔽的巷子蹿去,周围却忽然出现了许多人,将他团团围住。又是一阵枪响,他的双腿被击中,只跑开两步,人便跪倒在地上,身上冒着血,胸前中了几枪。

徐吴看着他倒下,连忙跑上前探他的死活,余光瞥见有人往后跑,很匆忙的样子,虽然很怀疑,此时也顾不得了。徐吴的手往程贵英鼻尖一探,已经没有了气息。实施行动前,李总巡已经告诫过所有人,一定要活捉程贵英回来审问。到底是谁罔故命令,朝他胸前开枪呢?

李总巡也跑过来了,气喘吁吁,说道:"方才你看的那人,是保护伍城芝的,程贵英胸前那几枪是他开的。"说着,李总巡蹲下,掀开程贵英的袍子,程贵英胸前连中了两枪,皆是要害。腿上的那两枪是李总巡开的,他原来想着先将人降住,没想到却反而被人抢了空。

从程贵英出现到被枪杀,这一过程不过是七八分钟,犹如一阵狂风刮过,徒留下残迹。查看完后,李总巡心里已经有了数,便招手让人抬走,冷笑道:"看这情形,伍城芝是早已知道了程贵英的行动,特意设了陷阱等他。"

徐吴解了方才的疑惑,也道:"我还想着,怎么不见尤真小姐,原来他早知道了。不过,他倒是很有胆量,知道程贵英要杀他,还敢现身。"李总巡对伍城芝这人很生气,哼声道:"他这是引蛇出洞,斩草除根呢。"徐吴只见过伍城芝两次,对他并不很了解,看李总巡话里有话,问道:"这怎么说?"

李总巡又想起方才与厅长通话的情形,左右联系,一下便想通了:"怪不得问起消息来源时,含糊其辞,不肯透露,一定要我将事情办成。这大概又是伍城芝的主意了。"李总巡曾在办案子时，受过伍城芝的阻扰，心中龃龉。

王邵洲死了，程贵英也死了，徐吴叹气道："伪钞案的线索又断了。"李总巡这时也十分愤懑，程贵英大可不必死的。若是没有伍城芝的掺和，人已经被活捉了。他知道徐吴是很有办法的，便问道："下一步，我们该怎么查起？"

徐吴早已经想到了一人，只是为了避免误会，不想提及，可是眼下的情形不得不提了，道："倒还有一人可以问一问。"李总巡眼睛一定，问道："谁？"徐吴答道："顾湘小姐。"李总巡并不知她与程贵英有联系，有些不解，道："怎么找上她了？"徐吴一边走着，一边将事情解释了一遍，特意道："我看她只是一时糊涂，才为他办事。"

徐吴雇了车，便往顾湘家里去，到了地方，门关得紧紧的。他见门上没有挂锁，知道顾老爹此时是在旅馆享福的，那么待在里边的一定是顾湘了，便抬手拍门，许久没有人来开，只有几声狗吠。徐吴喊道："顾小姐，是我。"

这一句话喊过之后，门才从里边打开来，顾湘探出头来，见了李总巡，勉强一笑，将两人往家里请，又连忙将门关上。徐吴见她双眼肿得很高，动作很小心翼翼，大概是怕程贵英找上门来，安慰道："程贵英已经被击毙了。"

顾湘正撩起帘子，手上的动作一停，低声道："这样的话，那是很好了。"说完便到屋子里倒了两杯茶出来，杯子上浮着残渣，有些不好意思道："买不起好茶，两位将就着解一解渴吧。"

李总巡摆了摆手，道："不麻烦了，我们问几句话便走。"倒是徐吴笑着接下了，道："我嘴巴粗糙，喝什么都是一样的。"顾湘扯开嘴角，勉强一笑，挑了一处地方坐下，道："有什么话，你们就问吧。他已经死了，我也就没有什么可担心的了。"

徐吴见她很配合，便问道："程贵英什么时候找上你的？"顾湘回道："他被抓的第二日。"徐吴知道她说的是小炉匠，点了点头，又问道："你为程贵英做了哪些事？"李总巡在一旁听着，也很着急，质问道："你为何要替程贵英做事，难道不知道他要杀王邵洲吗？"

顾湘受此责问，很承受不住，一双手将脸掩住，抽噎道："我只是伤心极了，又受了他的蛊惑，才答应为他办两件事。我真是不知道他要杀害王邵洲，若是知道，我怎么敢去帮他办事呢？那日早上，我也是见你搜到船上去，才听说王邵洲掉湖里死了。知道程贵英是个心狠手辣的，就不敢说实话。"

徐吴看着她，问道："他要你办哪两件事？"顾湘回道："这第一件，是你们已经知道了的，他要我到花艇上同杜克衡打配合，将王邵洲引到小篷舟上。还有一件，便是要我时刻关注着杜克衡，将他的一举一动上报。"

怪不得那一阵，徐吴听梅姨说起顾湘时，总是责怪她的堕落，说她很像一朵交际花，大概是那时，她便开始频频出现在杜克衡的宴席上了吧。只是程贵英为何盯视杜克衡，盯得这样紧呢？徐吴又问道："那晚在花艇上，杜克衡与王邵洲说了什么？"

那天晚上，顾湘的心情并不平静，一方面，她也很防备着这些人，是以很注意他们的动静："他们两人的谈话很秘密，不肯当着我的面说，不过船上的隔墙是很薄的，仔细听倒是能听到一两句话。似乎在讲什么钞票，一会儿又说到火灾，也不知道在说什么。倒是有一点，我听得格外清楚，按着杜克衡的意思，似乎巡警厅里有警员是同他通气的，要王邵洲做事不要畏手畏脚，东躲西藏，显得很可疑。"

徐吴一听"钞票"二字，便猜他们是在谈论伪钞厂之事，只是为何又说到火灾呢？西风街的伪钞厂并没有引发火灾。他凝神思索，却实在想不通，随即望了李总巡一眼，想看一看他的想法，却见他怔愣在那儿，问道："你半天不说话，难道是知道了什么？"

此时，李总巡的心中是很受震动的，当听到杜克衡同警员通气这事时，心里又怀疑起来，难道巡警厅里真有人参与进了伪钞案中吗？他将巡警厅里的警员逐个寻思了个遍，也没有头绪。听到徐吴的问话，也只是愣声答道："没什么，只是在想一件不相干的事。"他想着这一事暂且压下，不说。

徐吴见他心不在焉，分析道："杜克衡与王邵洲谈到了火灾，你仔细想一想，伪钞案中可有什么是跟火灾有关的？"李总巡摇了摇头，肯定道："没有，就是杨买办的案子也没有跟火灾有关的。"

顾湘又道："我又仔细想了一遍，似乎在说完火灾之事后，我又听到杜克衡问王邵洲，证据销毁了没有。"想了想，又补充道："他们是不是想在火灾中销毁证据呢？会不会是最近才发生的火灾呢？"

徐吴想了一会儿，道："若他们真制造了一场火灾销毁证据，那么这场火灾发生在哪里呢？王邵洲已经死了，如今这答案，大概只有杜克衡知道了。你知道杜克衡在哪里吗？"

顾湘不知，说道："自从在花艇中宴会之后，便没有见过他了。"李总巡不信，问道："你不是盯着他的举动吗？"顾湘答道:"我办完花艇的事后,程贵英也就不用我盯人了。"

徐吴问道:"你为何不用再盯着杜克衡?"

顾湘答道:"这是他要我办事时,约定好了的。"顾湘只见过程贵英四次,每次会面皆是定在惠记茶楼。第一次会面,她由人引着进了茶室,程贵英挺着背脊,目光森冷,话意简洁,说完便离开。

虽说是答应了为他办事,可她并不信任他,顾湘每一次皆会跟踪他。沉思了一会儿,她还是决定说出自己的所见,道:"我不相信他,偷偷跟过他两回,却是两次都跟进了长州的报馆里。"

徐吴问道:"他进报馆做什么呢?"顾湘摇头,道:"我哪里敢跟进去。"徐吴又问道:"这是什么时候的事呢?"顾湘记得清楚,答道:"我们第一次会面后,他出了茶楼便往报馆去了。"

徐吴想那就是小炉匠被抓去的第二日了,追问道:"那第二次呢?"顾湘歪着头,回想道:"我们的第二次会面,只隔着一天,我仍旧留着心眼,跟了过去,他依旧是出了茶楼便往报馆去。不过,这一次,我等他出来后,特意到报馆里去问了,说是刊登广告。"徐吴道:"刊登什么广告?"

李总巡也在一旁问道:"他为何要到报馆去刊登广告?"顾湘摇头,道:"只打听到他进了广告部,并不知道登了什么。"那便是又断了线索了,李总巡的心中很不安,每次临到捡起了线头,那些嫌疑犯都闹起了失踪,随即起身道:"我不放心,程贵英被枪毙这事很快便会传出去,我怕杜克衡会设法逃脱,得先回巡警厅布置一番才行。"

顾湘见此,也起身送客,道:"徐班主,能说的我已经说了,再多的也没有了。"

第二十八回
解密语不懈疑踪已现，审司理连夜风波未止

"丁零零"一声，车夫一边跑着拐弯，一边响铃提醒着前边的人。快到家门口时，徐吴一眼便望见了尤真小姐，她手里拿着一个暖炉。梅姨站在门边，朝着她挥了挥手，是在告别。

已经是傍晚时分了，昏黄的天色投在尤真小姐的脸上。她转身时似笑非笑。徐吴心中不解，她怎么来了？她似乎常到家里来。他的目光一直随着她转，这时候，尤真也正好看了过来，两人目光撞上。尤真停下脚步，笑着点点头，算是招呼。

徐吴回到家中，便问梅姨："她怎么过来了？"梅姨手上正翻着土，见徐吴回来，笑道："你说尤真小姐吗？你走后没有多久，她便来了，在这里待了一个下午呢。"说着便往身后招手。

徐吴会意，拿了浇花器递上，问道："她说什么了？"梅姨接过，笑道："她专门过来一趟，告诉我们不要到西通剧院去，说那里要发乱。为此，我还为自己感到不好意思呢。你想，有了危险，她还亲自过来告诉我。"

梅姨弄好了花，又往他身后瞧，问道："怎么不见孔师兄？"

梨园秘闻录（下）

徐昊道："他办事去了，一会儿便回。"梅姨点了点头，走到黑陶水缸边上，正想洗手。徐昊见她手上沾着泥土，很不方便，快一步将水舀出，倒在她的手上。

梅姨拿着白布巾擦了擦手，又问道："程贵英的事办得怎么样了？"徐昊道："他已经被击毙了。"梅姨停下动作，问道："那么，伍先生无碍吧？"徐昊道："无碍。"梅姨笑了，道："唉，那就好了，我虽跟尤真小姐说着话，心可是一直吊着呢。"

徐昊好奇道："她拜访的时间可不短，你们到底也不过见过几次，有什么话好说的呢？"梅姨摇头，道："我也不知道，只是她有许多问题问我，她问什么我便答什么，不知不觉，时间也就过去了。"

徐昊问道："她问了什么？"这一问，梅姨倒想不起来了，想了想，道："好像也没有什么，不过是问我这几年做戏的日子，也问到了阿离。对了，她似乎对阿离很疼爱，还问了我，想收她做干囡囡。我不敢做主意，让她当面问你的意思，你怎么看呢？"

徐昊道："这事还是不要再提了，阿离给她做干囡囡，我不放心。"梅姨笑道："那下次再见了她，我将此事婉拒了。"正说着，阿离如一阵风般，从自己的屋子跑了出来，手里拿着件风筝，向梅姨道："走吧，走吧，我们放风筝去。"

梅姨向徐昊解释道："这是尤真小姐送的。"徐昊道："这个时候，放什么风筝呢？风也没有，天也暗了，乌漆墨黑的。"阿离不肯，说道："只是玩一玩，你不要管我。"听她这话，徐昊也只得投降，道："去吧，去吧。"

看着她们走后，徐昊回到大堂坐下。眼前是一摞报纸，每一次他看完，梅姨都把报纸叠好，摆放在架子上，方便他取看。他不觉想起了程贵英到报馆去的事，越想越是觉得很可疑，像他怎么会到报馆去呢？若是杜克衡的话，倒情有可原，其名是常出现在报纸上的。

他记得曾见过其中一期，是杜克衡刊登的广告，抽出一看，念道："福安保险公司发行年刊一种，征求各种关于劝导火灾保险之广告，不拘何体，凡经登录者，每千字甲种酬洋五元，乙种酬洋三元，特别佳作，每千字酬洋十元。"

他见到"火灾"二字，又联想到了王邵洲与杜克衡所说的火灾，越发觉得可疑。连忙将小炉匠被抓后的《长州报》悉数找出，摆在桌上。见到了一张保险单遗失声明，"长州呈圭央保寿银五百两，而今保险单一纸计二百五十六号，该人寿保险单已遗失，特此登报声明。将来倘有人检出，作废纸无效"。

呈圭央？程贵英！这人这样明目张胆了。再看到"二百五十六号"时，又对上了"西风街二百五十六号"。他再一看日期，是小炉匠被抓获的第二日，同时伪钞厂也被剿了。看着像是程贵英的一则登报声明。

徐吴接着又拿出次日的报纸，有一则也提及到了福安保险公司，不过却是一间名为"王记绸缎庄"的登报鸣谢，在"保险须知"四个大字之下，则是"本月十八日储存于仓库，丝绸二百零二包，曾向福安保险公司保有火险，因无故遭回禄光顾，徒遇火灾，已全数烧毁，即报知该公司，赔偿迅速"。

徐吴不明其意，接着翻看下一日的报纸，却是杜克衡刊登的广告，"火烛小心，保险要紧。福安保险公司"。这又是什么意思？徐吴拧着眉头，再往下翻次日的报纸，依旧有杜克衡的名字。

"启者先父日召公,曾由杜克衡君介绍保寿险一份,未经多日忽得中风之症身逝。立将赔款交足,台无折扣迟延之弊,足见无险,与别不同,谨领之余特登报章以鸣言谢。"

日召公?这名字实在是怪,很少见了。徐吴这样想着,又继续翻看,直翻到小炉匠被行刑那一日的报纸,依旧登有杜克衡的名字。

"本号自己失慎,店内货物尽付一炬。幸早托杜克衡君向该公司保有火险,报告后即蒙如数赔足,并不留难,且无丝毫折扣,足见资本雄厚,办事灵敏。为此特登报鸣谢。东三路油铺东家王先生。"

徐吴放下报纸,心想这里面频频提及"火灾",那么当真是有发生一场火灾了,只不过发生在何处呢?正想着,又忽然想到"日召",可不就是成一个"照"字吗?洪照,小炉匠!

他又翻开那则"日召公"的消息,这时候再来看时,似乎看出了点意思。而登报的日期正是小炉匠被抓后的第五日,却又说无险?小炉匠被抓了,怎么会是无险呢?他又看了第四日的报纸,则又是"小心",又是"保险"等字样,好像是在对话。他们是在做什么秘密的打算吗?

正想着,只听得木门声,徐吴以为是梅姨他们回来了,转头却见是孔章,忙问道:"打听得怎么样,杜克衡在不在家?"孔章一面踏进门里,一面道:"保险公司、杜家宅、大茶楼,另外还有他常去的地儿,都没有打听到,似乎从沐春斋出来后便不见踪迹了。"

徐吴想了想,道:"我记得东来先生说过,杜克衡在沐春斋宴会过后,到他家里拜访过,还说起要帮忙调查贾花娘在乡下被害一事。"孔章问道："那么，我们去问一问东来先生，或许可以探听到他的去向。"

徐吴却摇头，道："我们先到福安保险公司走一趟吧。"说完，听得一阵嬉笑声，接着又听得阿离高声道："我们回来了，外边没有半点风，我这风筝飞不起来，倒是跑了一身的汗。"说着人已经进来了，红光满面，脸上全是笑。

孔章见了，也笑道："我们正要出去，告诉梅姨，不要留饭了。"阿离看了她阿爹一眼，道："你们一定是又要去查什么事了吧。"徐吴笑道："你要是闷得慌，那就把我给你的那本集子背一背，等我回来再查你的功课。"阿离连忙拿着风筝走开。

两人出到外头，雇了车往福安保险公司去。孔章不知他的打算，问道："你怎么不先急着找出杜克衡呢？"徐吴答道："我们对他知之甚少，哪里知道他会躲到哪里去。我想要到他的保险公司里去验证一番，看看我的推测对不对。要是我的推测是对的，那也不愁找不到杜克衡了。"说着便将今晚的发现告诉了他。

两人到了福安保险公司，只见眼前的建筑十分气派，雕花的石柱有四五人粗，门前开着许多盏灯，实在是亮得很，将这一块地方照得犹如白昼。有一个高大的黑影，隐在石柱后，影影绰绰。

徐吴一眼便认出了那人，是李总巡，上前招呼道："有什么消息没有？"李总巡见了徐吴，有些惊讶，道："你怎么也过来了？我才刚从里边出来，没有得到半点消息，正想着要不要走呢。"

徐吴问道："你见了什么人？"李总巡回道："见了这公司的

襄理,单济先生。不过,他还不知道杜克衡躲起来了,问不出什么来。"徐吴笑了笑,道:"正好,有你在便好办了,我还有事要问一问。"一面说着,一面往里走。

李总巡见他很有办法的样子,半信半疑,跟在他后面,想看一看他要做什么。一跨进门,招待的伙计便首先迎上前道:"总巡先生,还有什么事没有办的吗?"李总巡道:"我还有问题要问一问单司理。"

伙计为难,问道:"总巡先生想问什么?"徐吴上前,笑道:"我想查一查杜司理做的单子。"伙计道:"您要查哪一位的,我倒可以帮你去问一问,这些都是记录在册的。"徐吴一听,便借了纸笔,写道:"王记绸缎庄火险单,呈圭央保单,日召公人寿单,东三路油铺火险单。"

李总巡见徐吴写了"东三路油铺",指正道:"这里应该是三东路油铺,长州可没有什么东三路。"徐吴问道:"你怎么知道长州没有东三路?"李总巡道:"我平常最爱研究地图志,尤其对长州的熟识,哪里不晓得。"

徐吴却记得是"东三路"没有错的,便拿出报纸给他看:"你瞧,可不是东三路吗?"李总巡见此,也很疑惑,以为是自己记错了,便没有说话,等着伙计的回话。好一会儿,伙计才出来,看着他们,道:"先生,你要找的这些都是没有的。"

徐吴一笑,这证实了自己的推测是对的,说道:"那就没有错了。"既然也没有什么东三路,那么这"东三路油铺"大概也是意有所指的。他又拿出那则消息来看,凝神读着,"本号自己失慎,店内货物尽付一炬。幸早托杜克衡君向该公司保有火险,报告后即蒙如数赔足,并不留难,且无丝毫折扣,足见资本雄

144

厚，办事灵敏，为此特登报鸣谢。东三路油铺东家王先生"。

一霎间想通了，这不就是东丰路，三张油铺，王邵洲嘛！这一条消息一定是由王邵洲登的，怪不得杜克衡会问王邵洲，证据销毁了没有，他问的便是这事了吧。若是没有错，三张油铺便是发生火灾的地点。

徐吴将报纸一卷，兴冲冲便往外跑，李总巡见他这样子，是有了线索了，道："你要到哪里去？我开了巡警厅的汽车来，一起去吧。"徐吴道："东丰路，三张油铺。"李总巡道："东丰路？那里倒真有些远。"

车开出闹区后，四周黑而静，只依靠着车前的灯光，照着面前的路。徐吴道："若是没有错的话，杜克衡正躲在那里。"

到了三张油铺停下，那间小店铺已然是遭受了火灾的，石墙被熏得乌黑，门前没了烧烤的摊子。徐吴问起了邻近的商人发生火灾的时间，正是炉匠被判行刑的那日，同报纸上日期一样。

徐吴一脚跨进油铺，一楼是残破的油缸，阁楼的木梯也毁于火灾中，隐隐可嗅到一股浓烈的味道，借了爬梯，往阁楼上去，便发现了被烧毁的颜料残迹。徐吴又在屋中转了一圈，便带着李总巡往后面的院子去。

三人无声地翻过墙，小心地靠近主屋，屋中黑漆漆的，却隐约有声响。李总巡见里面果然有人躲着，大喝一声，猛闯进去，只见一人畏缩在床边，被呼声吓得一下软倒在地上。

李总巡极快上前，将人擒住，仔细一看，果然是杜克衡。在他身上搜出了一些单据、与伪钞厂往来的信件、一笔出逃的款子。李总巡冷哼一声，将人抓回了巡警厅，连夜审问，又吐出了巡警厅的老三来。

人篇

第一回
诱以名利班主劝出山，避息蜚语梅姨离长州

"东洋饼，又酥又软，只要两个铜板。"

一声吆喝，阵阵酥香味飘散，一块金黄的大饼摊在板子上，滋滋冒着烟，看着是很美味的。天还未亮，梅姨便跑到早春湖边练功开嗓，这时候见了热腾腾的酥饼，也是馋得很，便买了半斤回家。才走到巷口，远远地看见两三名男子蹲在门前。她不觉皱起眉来，自从《定江山》这一出戏演完后，惹出了不少麻烦事。

有人眼尖瞧见了梅姨，连忙跑上前去，见她手里拿着好几样，伸手便要接过，谄笑道："梅老板早，怎么这么早便上街去？"梅姨动作也快，一闪身躲了过去："我还是自己拿着吧。"

那人又笑道："这些事不必您亲自去办，只要吩咐，我立即办妥。"梅姨没有搭话。那人见她手上还捧着花，又开腔道："这花可真新鲜，开得真好。"这时，另外两位也围了上来，报了各自的戏班，说些拉拢的话。

梅姨不再说话，自顾走着，到了门前，才说："我不是什么

大角儿,没有事要托你们办的,暂时也没有要搭班的意思。回去吧,不要在门前守着了。"说完,也不看他们的反应,门一掩,将人隔在了外头。

关门后,梅姨愣在原地想事,正想得出神,忽然有只手伸在眼前,把她吓了一大跳,转头一看,原来是徐昊。她将东西摔到他手上去,瞥了一眼,有些责怪的意思,嗔道:"怎么也不出声。"

徐昊笑道:"我怎么没有出声?你一进门,我便喊你,喊了几声也不见你答应。"

听了这话,梅姨也不好怪责了,埋怨道:"还不是门口那几人闹的,真是烦心,不知道的还以为我们惹了事,来堵门的,怪不好看的。"徐昊点了点头,不予置评,转而说道:"方才又有人送了邀请帖来,知道你不喜欢,我已经回绝了。"

两人在亭子里坐下,徐昊想了许久,才斟酌道:"还有一件事情,我要告诉你。"梅姨见他神情有些严肃,怕是要说不好的事。正等着他说话,阿离已经闻着香味,跳到了梅姨跟前,高兴道:"梅姨,阿爹说您上报纸了,您知道吗?"

梅姨一愣,心里闹得慌,喃喃道:"都怪我为了自己的戏瘾,什么也不顾了,我以为只是唱几场而已。"忽而想起一事,望着徐昊,问道:"那么,报上有没有,有没有……"她的话还未说完,徐昊便知道要问什么了,摇了摇头。

梅姨的心算是放下了一半,后悔道:"我以为不露面,唱几场也就过去了。"

阿离见梅姨眉头紧锁,没有半分开心的样子,不懂这是为了什么,问道:"您怎么倒不开心了?只有戏唱得好,才能上

梨园秘闻录(下) 149

报，而且报纸中全是褒奖的话。这种事，别人还求之不得呢。"梅姨摇头道："如今全是好话，之后是不是好话，可不一定了，我可是遭过这罪的。"阿离见此，笑道："怎么会呢？我拿出来给您看，都夸您唱功好呢。"说着，一阵风似的，又跳到屋里去了。

这时，门外有人敲门，徐昊看了梅姨一眼，便去开门。门一开，便是一阵豪爽的笑声，梅姨一听这声儿，便知道是齐班主。他手上提着糕点，朝梅姨招了招手。梅姨起身相迎，问道："齐班主怎么过来了？"齐班主坐下，见梅姨一身素色衣衫，只绾了个矮髻，首饰一件也没有的，暗自摇头，笑道："我专门过来一趟，把欠您的包银送过来。"说着便掏出一包银子，还有几张钞票。

梅姨一掂量，便知道钱数给多了，问道："这是怎么回事？"齐班主道："您唱得好，所以给您双份。"梅姨推阻道："这不能，我也没有多大能耐，不要让你们赔喽。"她点数了自己的一份，其他的全推回齐班主跟前。

齐班主知道规矩，不再二话，客套道："梅老板的戏唱得好，不怕没有人请。"说着又指了指门口，嗤笑道："我看他们那些小班子，油水没有多少，净使用这些手段。梅老板就不要掺和进去了，他们也只是等着回去领工钱，办不了多大事。"齐班主见梅姨没有搭腔，又问道："三思社的张老板，您觉得他的戏怎么样？"

梅姨对这人有些印象，点头赞道："见他唱过一回，他的戏是很好的。"

齐班主笑道："这一期，我预备请了他来唱。下一期则预备请莫老板,不过公事还没有谈定。"说着很注意梅姨的反应,见她只是点头,没有什么心思的样子,又试探道:"您那几场戏很受欢迎,有许多戏迷来信,请求再唱几场哩。"

梅姨摇了摇头,拒绝道:"承您的厚爱,只是我不能再在长州唱下去了。"

齐班主原是势在必得的,连忙问道:"这是为什么?"说着,他的视线又在院子里转了一圈,劝道:"只要再演两出,我保管能在这里置办个三进院子。您再找个门房守着,别提有多气派了。"

梅姨笑道:"我没有想在长州久居的意思,戏是不能再接了。"

齐班主原来还想拿乔,见她没有丝毫谈的余地,极力劝道:"报酬这一事都可以再谈,您要拿戏份儿,还是拿包银,可以依您的意思定,我绝无二话。我是个讲规矩的,在行里还没有赖过哪位的钱。"

梅姨摇头道:"我回绝并不是为了谈更好的价目,只是觉得受不起。近日有许多邀请的帖子也被我回绝了。"齐班主歪头,另想了法子劝她,道:"就是不在长州唱,也是可以合作的,您到各地演出,吃住行一概我管了。"梅姨抿了口茶,笑道:"我也不是什么有名的大角儿,巡演下来,您不定要赔进去多少呢。"

齐班主烟瘾上来了,抽出腰间的烟杆,敲了几下,黑色的烟屑飘在空中。又拿出烟袋,装上烟,擦着火,咕嘟咕嘟抽了几口,缓缓吐出后,才道:"这不用担心,我已经想好了法子。您瞧,您已经上了《长州报》了,说明大家对您的戏是很认可的，趁着这股劲儿，敲一敲锣，打一打鼓，稍稍运作，票可不就能卖出去了？"

梅姨莞尔一笑，问道："您想怎么运作？"

齐班主见她似乎有合作的意思了，喜出望外，放下烟杆，倾身道："长州有一份戏报，是戏迷的心头之好，常设有几个专栏，诸如艺伶动态、各地戏讯、名伶戏照等，专讲行业里的消息，很受欢迎，若是能登上这份戏报，不愁卖不出戏票。虽然，一般上这戏报是要十分有名才行，不过我可以想法子让您上报。"

出名这件事，梅姨是已经体会过了的，意不在此。她起身为齐班主添了杯茶，因为对方实在是替她考量了许多。她抱着歉意道："实在是对不住，我不愿意接受他人的采访，也不想上报，更不愿露面，只想安安心心再唱几年戏。"

齐班主拿起烟杆，胡乱抽了几口烟，只觉得淡淡的，没有烟味。他好话说尽了，梅姨也没有买半分面子，心里气急，看着吐出的烟雾，不再说话。场面很不好看，好在又有人敲门，梅姨随即起身去开门。

门一开，外边站着一位五十来岁的老者，背挺得很直，一把山羊须，头戴暗红色瓜皮帽，一身长衫，外罩一件翠色褂子，很老式的打扮，笑吟吟的。梅姨见着脸生，是没有打过交道的，以为他找错了门，却听他笃定道："你便是梅老板了吧。"说着，也不等梅姨说话，两脚已经跨进了门槛里，朗声道："稍早些，我才让人送了帖子过来，正想请你参加业里的聚会。"他的身后还跟着一位年轻男子。

梅姨被逼得往里一让，正要开口问话，却被齐班主抢了先，只见他起身拱手，对老者恭敬道："原来是罗公啊，您怎么也到这里来了？"话一出口，又觉得不对，继而对梅姨解释道："这一位便是《戏报》的主人。"

罗公笑了笑，才坐下便责怪起了齐班主，道："好哇，你也在这里，几次让你牵线，想见一见梅老板，你却总说要忙戏班的事，今日怎么偷偷过来了？"齐班主面色有些难看，微涨红了脸，连忙解释道："我想着路过，正好把款子结给梅老板。"

罗公摆了摆手，也不听他的解释，指了指梅姨，笑道："我也是顺道过来瞧一瞧，这位上了报的主人。"齐班主心里着急，连忙接过他话，问道："张老板正好住隔壁巷子，您难道是打他那儿过来的？"

罗公点点头，道："还不是为了筹集款子这一事，我想着今日无事，便上门找他商量，只是我隔着一扇门，听见他正发脾气呢，便想着避了开去，再另找时间。"齐班主笑道："这一期，我预备请他来唱，之前也有过合作。他的毛包脾气我也是亲眼见过的，在台上演武戏的时候对下手儿是没有轻重的。他打得很急，身手慢点儿的，必定要吃他一刀。"

罗公说道："他也只用自家班底做下手儿，一般人也招架他不住。不过，他的本领大，戏好又卖座，大家虽怕他这脾气，避一避也就好了。"说着便想起梅姨还在，不好将人晾着，笑问道："梅老板哪里人？"

这一问，梅姨倒有些不知怎么回答，望了徐吴一眼，才笑道："我常年跟着我们班主在外走穴，您不问，我倒还真忘了自己是哪里人。"罗公见她似乎不想说，便道："我虽没有听过你的戏，可是在报上见过你的扮相，看着有几分像一人。说起来，跟你也是同一个姓,也是唱老生的。"

梅姨心里咯噔一下,又听他说道:"只是有些遗憾,若是我早些办《戏报》,是一定要请她做采访的。当年虽只听过一回她的戏,到现在还是念念不忘呢。她在远江很有名气,却忽然没了消息,不再唱戏了。"梅姨面色难看,极力掩饰,只敢在桌底下绞着帕子。忽然,有只手搭在她手上,拍了拍她的手背。

罗公又道:"说到这里,我还想请梅老板做一做采访。"说着便介绍起了身边的男子:"这一位是我们的主编,到时候便由他来撰稿。"接着又自顾道:"过两日,还有一场宴会想邀请你来参加,为西北的战事筹一筹款项。"齐班主跟着一拍手,赞成道:"这一场宴会,梅老板是头一位要参加的,她的《定江山》原来便是为了鼓舞士气的,到时再由《戏报》宣传一番,再演几场,一定是座无虚席的。"

梅姨听着他们的打算,好像不过问她的意思,便要定下来的样子,便出声道:"我的本意确实是为了鼓舞士气,可也没想到会上了报纸。"她将桌上的一袋银子推到罗公面前:"这一笔款子,是唱戏得来的。我也就全捐出去了,只是我不便出席宴会了。"

徐吴帮着说道:"《定江山》的戏本我们可以无酬奉上,齐班主另找了人来演,也不是什么难事。"梅姨也道:"我戏艺不精,没有什么真本领,全赖了好戏本的衬托,才受到大家的关注。我也没有什么名气,忽然刊了《戏报》,许多大角儿未必服气,到时候要闹笑话的。"

两人一唱一和,一时堵得罗公没有话说。被他邀请上《戏报》,是许多人求之不得的事,他以为自己这样礼贤下士,亲自到家里来拜访，对方一定是十分感激的，没想到却是热脸贴了冷屁股，冷哼道："架子摆得大，路可不好走的。"

这是重话了，齐班主瞧着罗公的面色，搜肠刮肚，想要说两句来缓和场面，只是梅姨明摆着是有意推脱的，踌躇间又以眼神示意梅姨说句好话。然而，罗公已经愤然起身，拂袖而去了。

齐班主连忙起身，走上几步，伸手想将罗公拦下，却被他狠狠一瞪。齐班主知道劝他不住，转而送他到门口，为他雇了辆车，直到人走了，才折返坐下，也不说话，拿起烟杆抽了几口，沉声道："您这是得罪他了。"

梅姨道："我不过是不去，怎么说得上是得罪？难道我不愿意，还不能拒绝吗？"齐班主搁下烟杆，倾身说道："那是您不知道他的厉害。"梅姨笑道："他怎么厉害了？难道他要做什么不成？"

齐班主道："他倒不会做什么，只怕他身边的陈编辑要做什么。这样吧，明日我带您上罗公家里去，您只要说两句好话，把误会解开了，一切便好办了。"梅姨问道："什么误会？我跟他没有误会。"

齐班主叹了口气，说道："无论哪一位角儿到这里来唱戏，一定要先拜会罗公，同他打招呼，好让他妙笔生花，在《戏报》上褒奖几句以保证声名。"梅姨笑道："我原来也不打算出名，只为了讨一口饭吃。"

眼见着这样劝说是不成了，齐班主也不久留，抓起烟杆便往外走，临到门口，对梅姨告诫道："我的话您不听，要是出了事，可得自己承受了。"说完脚一跨，也气呼呼走了。因为这一句话，梅姨烦闷了几天。

她照旧到湖边练功，大概是她练功的消息被人透露出去，因此常常有来看热闹的，有特意来票学的，也有闻名来拜师的。她不愿受人的打扰，干脆也不外出练功了。她倚在栏杆上，看着墙脚下的花，因为春日，姹紫嫣红，开得很好。不知道那个人愿不愿意带她离开长州呢？如今她的戏照上了报纸，往事若是被有心人揭开，她实在百口莫辩。梅姨看着那些花，有些出神。

"你怎么没有去练功？"徐昊过来问道。

梅姨缓过神来，幽幽道："不知道是谁透露了我练功的地方，不少人为了看我练功，一早便在那等着，闹得我没有心思。"她说话时低着头，不敢看他，双手扶在栏杆上，慢慢坐下，问道："你那边有什么消息没有？"

徐昊在她身边坐下，回道："没有消息。"梅姨问道："尤真小姐不肯见你？"徐昊笑问道："这跟尤真小姐肯不肯见我有什么关系？"梅姨回过头去，说道："你不是知道她是谁了吗？你问她，问她黎第小姐的事，不就知道？"

徐昊见梅姨支支吾吾，这才明白过来，他们说的并非同一件事，笑道："我以为你问的是巡警厅的案子。"梅姨回过头去，低声道："我才不在意什么巡警厅的案子呢。"这话很轻，徐昊没有听清，微微倾过身子，附耳问道："你说什么？"

梅姨将帕子捂在脸上，道："我没有说什么话，你听岔了。"徐昊笑道："有巡警员参与进了伪钞案中，李总巡为了此事，忙得脱不开身，这几日总是托我为他办事，我才跟着忙起来。"梅姨转过身来，看着徐昊，问道："那李总巡的事解决了没有呢？"

徐吴摇头，无可奈何，道："还差一步。"梅姨追问道："还差哪一步？"徐吴答道："虽然抓住了杜克衡，也供出了巡警厅里的老三，可是总觉得还有重要的人没有抓住，李总巡为此也还在查线索呢。"

梅姨问道："你要等案子结了，才离开长州吗？"徐吴听她这一问，笑道："倒也不是，李总巡的案子是他的案子，我也不等他结案了才走。"梅姨高兴道："昨日，我收到了一封唱堂会的邀请帖，不过要往南走，你觉得怎么样呢？"

孔章进门时，见两人坐在石亭里说话，他回来了也没有发觉，特意咳了一声，见两人被惊动了，才故意逗道："你们俩倒是很有闲情逸致，在赏花吗？"梅姨瞪了他一眼，笑问道："我托你买的《戏报》，买回来没有？"

孔章扬着手里的《戏报》，道："怎么敢忘，平时也不见你看《戏报》，这几日倒是天天要看。"梅姨一喜，向他招了招手，道："你快过来，我要瞧瞧今日倒是写了什么。"孔章一面向石亭里走，一面取笑道："可不要打搅了你们赏花的兴致。"

梅姨见孔章过来了，伸手便要打他，被躲了过去，《戏报》也被扔在桌上，人已经跑远了。梅姨见他蹦跳的背影，弯着身子笑了几声，才慢慢打开《戏报》，翻了两页，赫然见着两行竖排的大字，"一代优伶梅子英，畏罪避走长州余载，今重整旗鼓，演一出《定江山》"。并且在一旁，还附有一张模糊的戏照，那是当年她在远江唱戏时拍的。

见着前面几个字时，梅姨背脊一凉，嘴边的笑意也凝住了。那一行行的小字，即便是不看，她也能猜着写的是什么。她的心里很受震动，脚底下有些软，手扶着桌子，慢慢坐下。身后忽然伸出一只手，将她扶住，她回头一瞧，只差一点便要坐到地上去了。

徐昊扶着她的肩膀，安慰道："我们明日离开长州，避开这一场风波吧。"

第二回
情真切切尤三助友人，疑心重重徐吴探底细

晌午，尤真一翻《戏报》，见着一则意想不到的消息，衡量再三，将《戏报》搁下，先挂了一个电话到罗公家里去，又叫门房备车，往长门巷开去。她望着窗外，不由得出神，等车开到一半，又改变了主意，先去了一趟长州报馆。

尤真从报馆出来后，又急忙赶到长门巷去。车子才刚停在巷边，就看到阿离从对面走来，一手拿着个捕网，一手拎着个木篮子，不知道是做什么去。尤真没有下车，也没有出声，只是隔着玻璃看她。

阿离一抬眼便看见了尤真，跑了上来，招呼道："您看见我了，怎么不出声喊我呢？"尤真开门下车，笑道："我在赌你什么时候看见我。"阿离问道："那么，您在这里看了我多久呢？"

尤真上前接过她的木篮子，搂着她的肩膀，道："我才刚看了你一眼，你便瞧见我了，没有多久。"她掂量着手中的篮子，没有东西，笑道："你拿着空篮子做什么？"说着便作势要揭开盖在上面的白布，却被阿离拦住，道："不要揭，蝴蝶要飞

走的。"

尤真恍然道:"原来你拿着这网子捉蝴蝶去了,你捉这些干什么?难不成是要养着吗?"

阿离摇头道:"不是养着,我要将它们做成一件一件的美术品,这是我在杂志上瞧见的做法。我一早出去,费了许多工夫才捉了这几只来。"尤真问道:"你也爱看杂志吗?"阿离说道:"我不怎么看,梅姨爱看,我只拣些有趣的看。"

尤真笑道:"我的大姐姐也跟你一样,爱捣鼓这些手工活。"阿离有些惊讶,反问道:"您还有姐姐?那她生得跟您一样好看吗?"尤真笑着瞥了她一眼,捏着她的脸颊,道:"我的姐姐是很美丽的,跟你一样美丽。"

阿离不信,还从没有人说她长得美丽呢。

没有几步,两人便走到了门口,阿离见外面蹲着的人,安抚道:"您不要怕,他们不是来堵门的坏人,好像是因为梅姨戏唱得好,慕名而来的。您还不知道吧,就前几日,梅姨竟然上了报纸,都夸她戏好呢。"说着便敲了敲门。

阿离一进门,见着乱糟糟的院子,四五个大衣箱子摆在当中,梅姨与孔章正忙进忙出,搬着道具箱子。阿离有些慌张,忙问梅姨:"我们是要走了吗?"梅姨安慰道:"以后还会回长州来的。"阿离好不容易才对这里渐渐熟悉起来,心里难过,不肯说话,将篮子搁在石亭里,无声地躲进了自己的屋子。

尤真打量着徐吴,道:"梅姨上《戏报》的事我也知道了。"

梅姨将尤真请进屋里坐下,道:"我想避开一两个月,主角不在,这一场戏也就会慢慢歇下来的。"尤真看着四壁揭下来的画,道:"我已经挂了电话到罗公家里去,他还不知道这事呢。

这件事,只怕是他身边的陈编辑做的。"

梅姨也不在意了,只想着离开这里,笑道:"你的消息真灵通。"尤真摆了摆手,道:"我是很爱看戏报的,你忘了吗,我跟你说过的,我的大姐姐最喜欢看戏,又爱搜集戏报藏着。我为了她,可是每一期的《戏报》都买的。"

梅姨一拍手,道:"我记起来了,你说她已经不见了好些年了。第一次见你的时候,我不敢问,怕触及你的伤心事呢。"尤真笑道:"已经过了许多年,我早已经放下了,只是这搜集戏报的习惯还留着,改不了了。"

梅姨说道:"我见你每次说起她时,语气总带着怀念。"

尤真笑道:"我们家里管得严,规定女子不能识字,可是我们姐妹偏偏从小就爱看书。母亲一向很听父亲的话,她常常搜查我们的房间,把搜出来的书都烧了。不过,还有姨太太疼我们,在她的掩护之下,我们学得了许多字。我大姐姐能看英文书,还会作诗词,我很佩服她。我能到国外留洋,还是因为离家的日子,她背着父亲给我寄钱。"

梅姨打小没有兄弟姐妹,心底艳羡,拍了拍她的手,说道:"她真是很好的姐姐。"

尤真笑道:"谁说不是呢。这事就不说了。我这一次来,是为了你的事,我有法子让你们不必走。"梅姨见她不问事情真伪,只是设法解决此事,心里很感激,说道:"不必麻烦你去求人的,我们明日便走,他们见我走了,也就罢休了。"

尤真道:"那是你不知道陈编辑的为人,我虽只见过他三次,可他在罗公面前很愿意做小伏低,看着不是什么善茬。这一次是他刊登了这一事,你们以为他肯就这样罢休了吗?"梅姨一听，担忧道："难道他还要做什么？我不过是不愿意露面罢了。"

尤真说道："他只是为了在罗公面前求得表现罢了，不过还得防着他的手段。我记得他与《长州报》的吕主任有些交情，便到吕主任那儿去打听，果真是被我猜着了，他还撰写了一份稿子，预备后天发到《长州报》上，不过被我截下来了。至于罗公那边，我只要上门说一声，他肯定会卖我一个薄面的。"

她说着便将一张纸笺递给梅姨，道："这个还是交由你保管着吧。"

梅姨不知是何物，展开来看，却是密密麻麻一纸的小楷，虽是整洁的，却没有笔锋，写字之人也就可想而知了。再一细看，才知是陈编辑预备发在报上的底稿。若说《戏报》上只是捕风捉影的猜测，那么这一纸文字，却将当年之事，写成一则奇闻逸事，字字珠玑，还留下许多可猜测的空间。可以想见，这些若是在报上刊载出来，必定会是茶余饭后的谈资。

无端端惹得满城风雨，这样的局面是梅姨所不愿意见到的。她将稿子一收，心底很感激，轻声道："实在是太谢谢你了，若不是你将这一篇文章截住，我想就是我离开长州了，也无济于事。人们常常是爱看热闹的，特别是没有定下结局的热闹，好像反复拿出来谈论，便可以为此定下一个满意的结局似的。"

阿离从屋子出来，双手捧着一个铜匣子，步子踏得沉重，眼睛有些泛红。明日又要走了，她很舍不得，待在长州的时间是最长的，渐而生出一种故乡之感。自有记忆起，她就在各地漂泊，每一个地方住下，短则三五日，长则两三月。每一次分离，她都会收到几件信物。她十分珍视，随处带着，每换一处地方，便写一封平安信寄出。可来信还未收到，她又在路上了，天南地北，下一次的会面也不知是什么时候。因此明白，要是时时念着旧情，则会生出一份遗憾，继而成为执念，倒不如不开始，那么便不会有离别。

在八九岁的年纪，她还会躲在床底下，不肯让人找着。可如今已不会再这样做，只能将信物都埋了，不再交知心的朋友。她也总是不愿意记住家中的摆设，墙角的那几盆花，红颜色的，紫颜色的，她现下记得清楚，可是在漂泊中，许多新事物一一晃过，也就又开始遗忘了。

尤姨送的那只戒指，原来只是当作物件，并无特别，可是近来时时受着她的关心，心底已有不舍。有了心意，阿离对这只戒指也开始珍视起来。她将铜匣子放到尤真手上，哽声道："我明日便要走了，我收了您的戒指，也该送您一件的。"尤真拿着铜匣子，又看了看阿离，很受感动，将她搂在怀中，笑道："这个匣子做得真漂亮，要是送了我，你不会舍不得吗？"

阿离也很舍不得的，解释道："这是我唯一的宝物，再没有比它更好的了。"

尤真捏着她的两颊，笑道："我不要你的宝贝，我只要你常常来看望我。"阿离看了徐吴一眼，张了张口，期期艾艾，不敢许下承诺。因为有许多这样的承诺，她还未能完成，这放在心底，就好像一笔一笔的债，没有还完的时候。

尤真见她的神情，心底明白，笑了笑，道："那么，你大可以写信给我，我可以瞧你去。"阿离一听，破涕为笑，高兴地问道："您没有骗我吗？当真可以来看我？"尤真笑道："我也不是什么大门不出，二门不迈的闺房小姐，当真可以看你去。你到哪里去了，我保管都可以找你去。"

阿离听了她的保证，拿着铜匣子不肯放了，一时间生出不舍，有些不好意思起来，道："那么，这个匣子还是由我保管好了。您瞧，我还发现一件趣事，这个匣子里刻着一只蝴蝶，您送的戒指也是一只蝴蝶，把蝴蝶戒指放在蝴蝶匣子里，是正好的。"

尤真笑道："我就不拿你的匣子了，这样搭着正好。"说着掏出洋表，揭开盖子，看了一眼时间，道："我还约了一位朋友，时间差不多了，我该走了。"又走到梅姨身旁，轻抚着她的手，安慰道："你就放心吧，等晚些时候，我再到罗公家里拜访，一定请他另写一篇文章，解释一番，声明只是将你与远江的梅老板做比较罢了。"

尤真又对着徐吴道："我想风声很快便会过去的，你们也未必明日便得离开。"她一面说着，一面往外走。梅姨也跟着起身要送她出去，却被徐吴拦住，道："我来送一送尤真小姐吧。"梅姨见他似乎有话想单独与尤真说，便没有跟出去。

一走出门口，守着的人以为是梅老板出来了，争先起身，夺步到门前，见了来人，讪讪地又坐回去。徐吴将门一关，将人送至汽车旁，见左右没有闲人，才低声道："尤真小姐，我有几个疑问想要问你。"

尤真斜睨了一眼，示意车夫将车窗摇上，道："你要问什么？"徐吴心里想着措辞，他清楚面前的人未必会实答，但仍旧忍不住探问："那只戒指是谁的？"尤真轻轻一笑，道："自然是我的。"徐吴又探问："听说你姐姐爱作诗词，不知道她最爱的诗人是不是曹植？"林司爱读诗赋，尤其偏爱三国时魏国的曹植,常常自念:白马饰金羁,连翩西北驰。借问谁家子,幽并游侠儿。

尤真看着徐吴,道:"她大概也是爱的吧。"徐吴向前一步,追问道:"那么,你姐姐为什么会失踪呢?"尤真上下打量着他,忽而大笑道:"徐先生,我知道你的太太也失踪了许多年,你该不会以为我大姐姐是你失踪的太太吧。现下许多女子都爱读读诗,说几句英文,没什么稀奇的。"

她笑完,见徐吴没有说话,只是盯着她瞧,知道是一定要她回答的,便道:"这件事,我也想知道呢。"说完,又特意问:"徐先生,你还要再问吗?"徐吴双目无神,有些恍惚,摇了摇头,道:"不,不问了。"

尤真打开车门,坐进去后,摇下车窗,摆手道:"徐先生,再会。"

耳旁"轰隆隆"一声,车子已经往外开去,汽油味窜入鼻中,浓烈而呛人。徐吴愣站在原地,迈不开步伐,隔着车窗,瞧着尤真挺直的背影。直到车子隐于街口,他才低着头往回走,心底五味杂陈,满是说不出的空虚。

手才搁在门环上,他又想自己这副样子,面色一定是很难看的,未免她们担忧,还是先到街上走一走吧。漫无目的走了一阵,忽然后面传来哄笑声,徐吴不由想,难道是在笑话我吗?却不敢回头瞧一瞧,快步走到一处茶棚子坐下,要了一杯茉莉香片。

伙计应声拿了一壶水过来,摆上茶盏,舀一小勺子茶叶,滚烫的水冲下,首先刮掉浮起的一层乳白色茶沫子,将茶水滤掉,又倒了热水进去。

徐吴瞧着眼前慢慢腾起的烟气，不由得想起尘封在心底的往事。许多年来，他总是不愿意去回想，也以为该忘的已经忘却了。夜半时，却总是挡不住浮上心头的点点影像。可惜那不是茶沫子，轻易可以被刮掉。

他不想再去回想，勉强把目光放到街上去，不远处的桥下围着几个人，手捧着茶碗，或坐或蹲，不知谈到了什么高兴事，又发出了一阵哄笑声。徐吴这才反应过来，原来方才那些人不是在笑话他，是他自己在笑话自己呢。

半月形的桥架在河上，金灿灿的日光照着，倒映着水面也有一座桥，一辆人力车在水中跑过。他不由得抬眼一望，瞥见车上的身影，灰色长袍，手边放着一个公文袋。那人不是东来先生吗？看那方向，似乎是要回家去。

他又想起东来先生与尤真小姐是青梅竹马的关系，又是订过婚约的，那么一定是见过她失踪的姐姐了。徐吴这样想着，也顾不上喝茶了，起身往茶棚外走，招手雇了辆车便追在他后边。刚进巷子，徐吴见他已经站在门里，正要关门，连忙出声叫住他。

江东来见了来人，有些奇怪，问道："徐先生，你怎么来了？"又想，他正在为巡警厅的李总巡办事，大概是为了克衡的事才上门来的。想了想，便开了一半门，让他进去。

徐吴笑道："方才在桥上见你往家里的方向来，便一路跟了过来。"停了一会儿，直接道："我有话想问一问你。"东来勉强一笑，道："我方才到保险公司去了一趟，去交画稿。好在单济先生是个明理人，并不为了克衡的事，而解除我的合约。不便的是，以前还有克衡上家里来拿，如今他因犯事被抓，我只得自己上门去了。"

屋子里乱糟糟一片,有些沉闷,两扇彩色玻璃窗关得紧紧的,只有几缕暗红的光线透过,射在书台上。台子很脏,沾着许多颜料,只胡乱放着几张画纸,纸面上都画有浅吟低笑的美人,不过还未上色。江东来道:"徐先生,请坐。"说着便将公文包随意搁在桌上,坐了下来,似乎没有开窗的打算。

徐吴却没有坐下,径直走到尤真小姐的照片前。上一次来,只是晃过一眼,没有仔细瞧过,这一张照片大概是她十五六岁时照的,两颊还有些肉,透着些许稚嫩,如今瘦削了不少。不过,她的眼神依旧是没有变的,一双眼睛定定地望着,没有半分闪躲,也没有一丝羞怯。他怔怔地看着墙上的照片,正想着如何开口。

江东来却先问道:"徐先生,你是为了克衡来的吧,我只知道他被抓了,不知是犯了什么事?"徐吴转过头去,笑道:"他的事情,我还不能透露,这还得等进一步的查证才能确认。"虽然杜克衡被抓的风声已经走漏了,可李总巡似乎还秘密筹备着一件事,没有对外说过杜克衡所犯的罪是什么。所以,他也暂不能透露。

江东来道:"我还以为你是为了他的事,有话问我。若是你要问,我一定知无不言,不过我还是要先向你声明一下,我和他虽有交往,可是他很少谈及自己的事。他参与了什么事,我都是不知晓的。"

他的话,徐吴是相信的,摆手道:"我并不是为了杜克衡来问你话的,我是想问一问尤真小姐的事。"说着便指向墙上的照片。江东来一愣,想起徐吴上一次过来,是为了探问克衡的事,这一次来，却是为了尤真，难道她也牵涉进什么案子吗？东来一时没有搭话，以免自己说错话，害了尤真。

徐昊看出了他的顾虑，解释道："我不是为了查案子来的，只是我见尤真小姐似乎很喜欢阿离，提过想收她做干囡囡。可是我不清楚她的家底，不敢轻易答应，我知道你与尤真小姐是青梅竹马，所以想问一问你。"

说起阿离，东来是见过的，笑道："原来是为了这事，我想你大可以放心的，真真一定会对你家姑娘很好的。"徐昊问道："为什么你说得这样笃定呢？"东来答道："你还不知道吧，阿离有几分像尤家大姐姐。"

徐昊笑道："可是我看着阿离，也没有多像尤真小姐。"东来说道："那是你没有见过尤家的大姐姐。我初次见了阿离，也觉得有七八分像。"他说着便起身，走到徐昊跟前，从相框后边掏出了一张照片。徐昊接过，却不知何意，翻过来一瞧，心里一震，问道："你怎么有这张照片？"照片中年轻女子亭亭玉立，而后边是德昌剧院，这正是唐淑宜给的那张林司的照片。

江东来打量着徐昊，不懂他为何这样震惊，小心说道："几年前，真真慌慌张张来找我，却不小心落下了这张照片。自打那一次后，我再没有见过她。这一张照片，我也就藏着了。想着下一次若是见着她，是要还她的。"他一想到尤真明年开春便要结婚的事，心中便很落寞。

徐昊看着照片，久久没有说话。

江东来见徐昊不说话，迟疑地将照片拿回，转身坐下，探问道："看你，似乎是吓着了。"徐昊勉强牵起嘴角，说道："是有七八分像的，怪不得尤真小姐那样关注阿离，大概是对她这个姐姐很喜欢了。"

年少时的记忆总是很烂漫的,江东来想起在尤家院子玩闹时的往事,不由得笑了出来,道:"那是不用说的,尤家的大姐姐年长我几岁,不大见过,只是常听真真提起,话里间都是对她的敬爱。"

徐吴问道:"她失踪的事,你知道多少?"东来摇头道:"我不大清楚,尤家对此闭口不谈,许多人只知道尤家大小姐与家里决裂,却不知她失踪了许多年,这一事除了尤家人外,是没有多少人知道的。"

徐吴问道:"决裂?怎么会跟家里决裂呢?"

东来想了想,道:"我常听人说尤家大姐很有主意,亲自写信回绝了几门婚事,这事传出去之后,上门求亲的人家基本是没有了。尤伯母为了收紧风声,将她送到章州表亲家里住,盘算着要她嫁到章州去。却正是因为这一盘算,闹出了大事来了。"

徐吴问道:"闹出什么事?"东来回想道:"听说为了跟一个戏子私奔,与家里闹了决裂,尤伯伯还为此发了一则声明在报上,与尤家大姐断绝了关系。"他突然又想起徐吴是戏班的班主,连忙解释道:"不过戏子的说法,只是尤家在报上的诋毁,代表着心里的不甘。"徐吴听到这里,脸色骤变。江东来以为他对于"戏子"这样的称呼很介意,连连摆手道:"如今,大家对你们这一行是很尊重的。"

徐吴又问:"尤真小姐去过远江吗?"

江东来答道:"自然是去过的,我记得前些年,她常常到远江去。说起来,我还听她说起过梅老板。我在乡下时,初次听梅老板的戏,心里总觉得熟悉。大概也是因此,我才很想结交梅老板。"

徐吴追问道:"尤真小姐可有说起过黎第小姐,还有女魔术家天胜娘?"东来回道:"只听她提过女魔术家天胜娘,似乎表演得很精彩。"徐吴跟着又问他:"你知道公道先生是谁吗?"

江东来茫然,反问道:"公道先生是谁?"

第三回
设局骗钱财再生风波，自戕留遗书又引牵连

　　已经过了晌午，一阵风过来，有些冷意。徐吴出来后，没有雇车，而是想慢慢走回家去。过桥时，看着桥下的那群人，他们依旧围在一起，没有散开。徐吴停在桥上，听着他们谈笑，至于说了什么，却是不知道的。

　　他有些许苦闷，眉头全皱在一处，一步一步跨下石阶。抬头时，一双眼睛沉静明亮，只往人心底看，他不由得转身跟了上去。她的背影是很挺直的，穿着一身灰蓝色的素裙，靠着墙边走着。

　　下桥之后，她便往右拐去，走进了一间商铺里。徐吴站在外边看了一眼招牌，是一间古董商店，也跟着走了进去。店里弥漫着一阵香，墙边摆着一座神龛，正烧香供奉着财神爷。他透过那隔开的木架子，偷眼瞧她，她的面色沉静而冷漠，同掌柜说话。他又走近了几步，手里拿着一件铜器，耳朵却是不由得听着他们的对话。她看着虽很不苟言笑的样子，说话时却是很温和的。

她正低头翻看手中的一件红釉瓷瓶，只不过看了两眼便道："这一件是做旧的。"

掌柜一听，声音压得有些低，语气是很不相信的，道："二小姐，您再仔细瞧一瞧。"二小姐却放下瓷瓶，道："再看也是看不出真的，先不说圈底抹了旧泥，以新做旧，颜色也不对。"又问："这是哪里得来的？"

掌柜答说："是一位很可靠的朋友介绍了买的。他说他有一位朋友，家里三代当差的，赏了不少东西下来。自打没了世袭的官职，坐吃山空，常常要低价变卖值钱东西，养活一大家子。我们做这一行的，都是抓着这样的空儿低价搜宝贝，再转手出去才有些薄润。"

二小姐又问道："那家里三代当差的姓什么？"

掌柜低声道："不是长州人，是从远江那边收来的。"他继而一想，二小姐不正是常年在远江住着的嘛，回道："我记得是叫程寿之。"说着便自嘲起来："瞧我糊涂的，上次到远江去，早该去拜访您，跟您打听打听的，也不会白白受骗了。"

二小姐想了想，道："三代当官的话，远江没有这号人物，我想您是受骗了。近来找我鉴真假的人不少，被骗的也有几个，也都是这样的说辞。"掌柜吃了暗亏，心里虽很气闷，却没有惊色，一面将东西收妥，一面寒暄道："我昨日在大茶楼见着了三小姐，是跟伍先生一起的。听说您回来了，才赶紧请您过来帮我瞧一眼。"

二小姐眼含笑意，道："她连着写了三封信，把我叫来商量婚事，我这才回来的，不然怎么有时间回来呢。下个月，我们所里又要办一个古物陈列展，哪里走得开？"掌柜玩笑道："明年开春的事呢，三小姐倒是很着急。"

二小姐摇了摇头，很无可奈何的样子，道："我一回来，又说不着急了，也不知她葫芦里卖的是什么药。"掌柜也附和道："三小姐聪明得很，哪里猜得着她的算盘。"他一面说着，一面转身从抽屉中拿出了一幅卷轴，递到二小姐面前，道："二小姐，我这里还有一幅宋画，请再给我掌掌眼。"二小姐摆手道："这是宋画吗？这一类我可看不了。"

掌柜笑道："您不要谦虚了，可要帮我看一看啊。"二小姐听出这话里有些着急，迟疑着铺开画轴，为了瞧得清楚些，身子伏在桌上，眉头却皱得越来越深。看完后，她又将画轴卷好，交还到掌柜手上，道："这也是您那位朋友介绍着买的吗？"

听她问这话，掌柜便知道不好了，问道："您看过的真画是数以万计的，锻炼了一双火眼金睛。"二小姐道："我只是跟着修复过几幅画罢了，不过我的老师曾经说过，每一朝都自有其气韵，画者的笔力是由内而生的气度，今人就是仿画得十分像，气度不对，那也是一件赝品。"

二小姐知道掌柜是老行家了，不由得疑问道："您怎么会着了别人的道呢？"

掌柜一面将画轴收起，一面摇头道："这一位朋友，我是很信任他的，我们合作了五六年。前一阵他拿了这两件东西过来给我瞧，说是有许多人都看上了，因为是朋友，所以特意关照我，先拿来给我挑。我听价格低，也不细瞧了，当即拍定了要。做事果然不能着急，也不能想着天上的馅饼会掉到自己头上来。"

二小姐道："他倒是把您的脾性摸得一清二楚。我想您还要去查一查,这位朋友是不是遇着什么大事,人是不是已经失踪了。"掌柜心底一震,猜到那笔款子是追不回来了,摆了摆手,道:"不谈这件事了。对了,三小姐托我找两件蝴蝶金钗,您帮我带给她吧。"

二小姐道:"她还是放不下,还是爱搜罗这些。"说着有些怅然,微微转过身去,看着另一处。掌柜见此,笑着走到架子前,想拿出那两件金钗给她瞧。可是四下找了一遍,也没有找着。东西的放置,他一贯是记得很清楚的。正疑惑,转身便见徐吴手里正拿着那一对金钗,走过去道:"先生,不好意思,这一对金钗子已经被人预定了。"

这时,二小姐也走了过来,看了徐吴一眼,见他拿着不放,便道:"既然这位先生想要,那么便给他吧。"又见掌柜有些为难的样子,宽慰道:"您还不知道她吗?这样式的钗子,她还少吗?"

掌柜这才询问道:"先生,您是看中了这对钗子吗?"徐吴笑了笑,道:"我的妻子很爱这蝴蝶式样的钗子。"二小姐道:"原来真有许多女子爱这式样的,我以为只我大姐姐才有这样的偏爱。"说着摇摇头,嘴角带着笑意,似乎想起了什么事。

徐吴看着她的笑容想,她与林司长得一模一样,不过,林司眼角下有一颗痣,眼里总是泛着笑意,而不该是这样沉静。他又问了掌柜价钱,付了钱之后,按捺下内心的激动,什么也不敢问,就这样满怀着心事走出了古董商店。他想这一位大概便是尤家从事考古工作的二小姐了,只是他不知原来她们是一对双生姐妹。

他不知走了多久,不知不觉便走到了家门口,也无心思瞧门口蹲着的那几人，一推门，迎面便是梅姨的笑靥。她正坐在亭中，见了他，立即起身，几步便跨到他跟前，道："你瞧，东西清点完了，明日我们要几时出发？我想着门外守了那几人，总要商量一下，才好动身。"她心里一直记挂着他，不知他到哪里去了，虽是坐着，眼睛却不时转向门口。这时候见他神色不对，心里隐隐有了些猜测。

徐吴勉强一笑，走到亭子里坐下，心中交战，不知如何向她交代实情，温吞道："梅姨，你先坐下吧，我也有事想同你商量商量。"梅姨看着他，慢慢坐下，微微侧着身子，不肯面对着他，问道："说什么呢？"

徐吴张口不言。梅姨又看了他一眼，道："你倒是说呀，我听着呢。"徐吴叹了口气，轻声道："我还要在长州再待几日，我知道你想避开这里一阵，我也觉得这对你是很好的，所以我想，让孔兄先带着你和阿离到乡下避一避，等过些日子，我再同你们会和。"

梅姨低着头，道："原来是这一件事，这又不是什么大事，我想尤真小姐总会把事情解决好的，倒不必麻烦到乡下去了。"停了一会儿，终是问道："你是为了什么才不走呢？"徐吴低声道："我见着她了。"

不用特意解释，梅姨也知道这位"她"是谁的，只觉得身子一软，一时间提不上气来。前几天，到早春湖边练功，她隐约见着一抹熟悉的身影，只敢在一旁观察，却不敢上前去攀谈。她也不知道，到底是希望那人是还是不是了。

徐吴见她没有说话，愧疚道："今日才答应带你离开长州，可是我实在放不下。"

梨园秘闻录（下） 175

梅姨拍了拍他的肩膀,道:"我是很明白的,这并没有什么,你做得没有错。"说完这话,梅姨便转过身子,往屋子里去,笑道:"你瞧我,这样好的消息可要第一时间告诉阿离才行,她可要高兴坏了。趁着天还没有黑下来,还要把一些用得着的东西拾掇出来。"

她虽然这样说着,却是往自己屋子去了,三步并作两步,走到门前,伸手一推,往里一跨,返身急忙将门掩住,豆大的泪珠夺眶而出,却不敢伏在门边,怕别人瞧见。疾步走到屏风之后,才闷在床上哭了出来。

徐吴见梅姨的肩膀极力绷着,便知道她这时候该是很伤心的。也坐不住了,犹豫着起身,跟到了房门前,想要敲门,却又不知道此时该说些什么样的话才能安慰她。门内隐隐传来梅姨的哭声,他站在门外,心也跟着被揪起。

许多年来,他不曾见梅姨哭过,心中又开始摇摆起来,或许应该跟梅姨到乡下暂避一阵。徐吴正想推门进去,院子里却传来李总巡的声音:"怎么静悄悄的,没有人在吗?"他踌躇地望着眼前的雕花木门,透过窗格子,看着屏风后的一抹黑影,悄声叹息,转身往院子走去。

李总巡正站在院子里,看着那堆箱子,见了徐吴,问道:"你们这是打算要走吗?怎么没听你说过?"他一边说着,一边往大堂里走去,瞧着空荡荡的四壁,责怪道:"我要是不来找你,你难道还要不告而别吗?"

徐吴请他坐下,解释道:"前几天,《长州报》对梅姨的新戏夸奖了几句,接着门外便多出了许多人守着,都争着请梅姨去唱一出,实在是烦不胜烦。今日一早,《戏报》上又出了一则对梅姨很不利的消息,这才打算到乡下避一避风头。不过有尤真小姐帮忙,倒没有多大的事了,也就不急着走了。"

李总巡吊着的一颗心总算是放了下来,他还有事情要徐吴帮忙呢,说:"我倒是很少看《戏报》的,还不知道这事。不过,尤真小姐肯出面,你可以很放心了。虽不知道你说的是哪一份戏报,可是长州的几份戏报,伍城芝是有参股的,那戏报主人就是不看僧面也是要看佛面了。"

徐吴听后,也更加放心了,怪不得尤真小姐在说起这事时,很胸有成竹的样子,心想要是梅姨知道了这事,大概也会放心许多了。这才问道:"瞧你那么忙,还有时间过来,一定是又有什么事了。"

李总巡一拍手,才想起正事,说道:"杜克衡的案子,很不好办。上一次,他供出了老三来,这人你是见过的,不知你还记得不记得?发现杨买办命案的当晚,我让你配合到厅里录口供。那晚上,只有老三一人在,我们进去的时候,他正在炉子上烧纸,见我来了,还被吓着了,手抓在热水壶上,为此我还骂了他几句。"

徐吴点头,道:"我还记得,他烧的应该是信件。"李总巡答道:"那时候正发生了杨买办的案子,我对他的动作并不注意。自从杜克衡供出了老三,我便仔细回想了一遍,原来他常常找我询问杨买办的失踪案子,还主动请缨要为我分忧。实则是将我的每一次行动,以信件的方式,告知了程贵英。"

徐吴问道:"这人肯招供吗?"李总巡答道:"他不肯招,只说是杜克衡的污蔑,讨要证据呢。这几日,我到他家中去搜过了,没搜出什么来,询问他家里人,也是一问三不知。我见他似乎还很理直气壮，怕是他背后还有人撑着呢。"

徐吴明白李总巡的意思，说道："你觉得巡警厅里还有人参与进此案。"李总巡嗤笑一声，道："只怕职位在我之上呢，不过还没有动静闹下来，我也不好猜测。我对这一桩案子是毫无头绪了，才想着来请你帮一帮忙。我想得趁着上边还没有动静，要先把这浑池搅上一搅才行。"

李总巡说完便看了徐吴一眼，见他许久没有搭话，又道："这一件事，你答应不答应可要给我个准信。"徐吴犹豫，并不是不肯帮忙，而是想着要应付尤真小姐，未必有时间。他想了想，问道："尤家三姐妹，除了尤真小姐，另外两位是什么名字？"

李总巡答道："我依稀记得，尤家大姐儿似乎叫尤思，至于是哪个字，倒不知道了，因为不常听人说起。尤家的二姐儿听得倒多一些，叫作尤贾。不过我没有见过，因为她常年在远江住着。"

原来她叫尤司，并不叫程林司，徐吴想道。

李总巡见徐吴没有说话，又问道："你怎么又问起尤真小姐的家事来？"徐吴想之后必定是要劳烦李总巡许多事的，又觉得他这人很值得信任，便将林司与尤家的事全部告知。李总巡听了之后，久不言语，心底却是打定主意要帮他这忙了。正想开口应承，一抬眼，却瞥见梅姨的身影。她手里捧着水壶，正站在门外，见了李总巡，便点头笑道："我听见有人来了，正想烧一壶热水煮茶呢。"

徐吴听见梅姨的声音有些沙哑，连忙转过头去，瞧她的神色，也不知她听进去了多少。李总巡不知发生过何事，玩笑道：

"梅小姐,近些日子也不见你上台,嗓子怎么变了?"梅姨笑了笑,道:"这天一会儿冷,一会儿热的,大概是着了凉了。"

李总巡笑道:"你的嗓子可要护住了,对于你们这一行来说,可金贵着呢。"梅姨点点头,拿出茶包,冲了两杯热茶,便出去了。李总巡这才察觉出气氛不对,瞥了徐吴一眼,见他面色也不大好看。两人又不说话,只一刹间,李总巡似乎明白了什么。暗自摇头,怪不得问起梅小姐的婚事时,徐先生总是不大肯说,原来这两人是有情意的,只是还未点破。照他来看,梅姨的心思是很明显了,执意装作不知的,一定是眼前这位了。

这时候,梅小姐一定是很受煎熬的,毕竟徐先生似乎快要取得妻子下落了。他不由得轻声道:"你们,你与梅小姐……若是你找着了你的妻子,那么梅小姐该怎么办呢?我看她的脾性是很强的,不一定肯委屈做小。"

徐吴一听,一下子便站起来,怒声道:"你说的什么话,我怎么会这样耽误她呢?"李总巡见他很不肯面对的样子,叹气道:"那么你说,她为什么不肯为自己寻良人呢?这些年来,她可有瞧得上的人?"

徐吴无言可对,他总是不愿意去承认,却默然接受梅姨对他的好。

李总巡又道:"这原来是你与梅小姐之间的事,我是管不着的,只是她一个女子,孤身跟着你跑南闯北许多年,你总该想一想她的处境吧。"徐吴低声叹道:"她这样好,我实在不愿意耽误她。"

李总巡收回目光,点到为止,不再多问。捧起茶杯,轻抿了一口,这茶还是很烫嘴的,放下茶杯后,才转而说道:"还有

梨园秘闻录(下) 179

一件事，我预备告诉你呢。"徐吴见他说得神秘，却又猜不着他要说什么事，微倾着身子，奇怪道："什么事？"

李总巡道："晌午的时候，巡警厅接到报案，大概是早晨五六点时候，在早春湖边发现了一个女孩儿溺水，约莫十五六岁的年纪。"徐吴问道："不小心落水，还是自杀？"李总巡答道："自杀，还留了一封遗书在家中。"

徐吴奇怪道："已经确定是自杀，怎么还报到巡警厅去？"李总巡道："因为遗书中还牵扯到了一个人。"徐吴猜道："尤真小姐？"

李总巡点了点头，这桩案子本不必他亲自过问，但是因为涉及了尤家的小姐，再有尤家小姐与伍城芝的关系，接案的巡警员不敢做出决断，特意过来探问他的意思。所以，临出门前，他又匆匆扫了一眼案件，回想道："遗书中的大意是，她受不住尤家三小姐的威逼，决定以死来解脱，还特意叮嘱将她安葬于后山中。"

徐吴不解道："尤真小姐威逼她做什么？"李总巡回道："这事还得查一查才能知道。遗书中提及，因为害怕家里人的性命受到威胁，她不敢将实情说出。她没有名字，因为家里排行第五，大家都叫她五妹。她爹是在街上摆摊替人写信的先生，叫杨其山。"

徐吴问道："尤真小姐怎么会跟她有交集？"李总巡想了想，道："还有一件事，杨先生在家里搜到了一份契约，要求五妹以性命做担保，保守秘密。上边有尤真小姐的签名。"听到又是守密契约，徐吴心想，难道是与黎第小姐一样的契约吗？这样看来，尤真小姐是很可疑的了。忙问道："那份契约，你可有带在身上？"

李总巡摇了摇头，道："我只是想着告知你一声，看样子，你对这案子很有兴趣。这样吧，明日还要到五妹家里调查，你可以过来瞧一瞧。"徐吴问道："她住在哪里？"李总巡答道："早春湖后山底下。"他还有事情要办，既然已经交代完了，便起身告辞。

徐吴送走李总巡后，见天色已经渐渐晚了下来，却不见阿离的身影，便问梅姨："阿离到哪里去了，怎么还不回来？"梅姨道："我看着时间也差不多了，是该回来了。"正说着，阿离正好跨进门里，手里还拿着一个木篮子，蹦跳着到他们跟前。

她笑着举起手中的篮子，得意道："你们瞧，我刚才又去捕了几只来，上路可以带着。"梅姨笑道："明日我们不走了，还会留在长州一阵。"一听见这样的好消息，阿离的双眼满是兴奋，瞪着眼睛看向阿爹，问道："真的吗？我们真的不走了吗？"见他点头了，又一阵风似的跑进屋子，喊道："我还有许多事未来得及做呢。"

梅姨笑望着阿离的背影，很无可奈何的样子。

阿离笑起来时嘴边有两个浅梨涡，又很活泼机灵。徐吴一面想着，一面看着梅姨，好一会儿才问出心底的疑问来，道："你明日还要到早春湖练功吗？"梅姨低头道："还是要的，我想练功这事是不能落下的。"

徐吴担忧道："你不要再到那里练功了，早上才发生过一桩案子，虽说那女孩儿是自杀，可是巡警厅还在调查，似乎另有隐情。"梅姨的心中忽然浮出一张怯生生的脸，脸上满是艳羡，皱眉问道："什么样的案子？"

徐昊想了想，说道："一个十五六岁的女孩儿跳水，在家里留了遗书，说是受人威逼，受不住了才想了结自己。"梅姨疾声问道："她长什么模样？"

徐昊答道："还只是听李总巡大概说了案情，至于其他线索还得明日走访调查才清楚了。"说着深深叹了一口气，慨然道，"她这样的年纪，正是贪玩的，又正是豆蔻年华，可她在世间走了十几年，却连个正经名字也没有，只是依着家里的排行，被随口称呼五妹。"

梅姨心中一震，那日她分明听得有一位妇人喊着："五妹，五妹。"难道真是她吗？这样想着，不由得说道："前些日子，我在湖边练功，遇见一个女孩儿，她也叫五妹。"每当吊嗓子的时候，她常常觉得有一双眼睛在背后盯着，可是回过头去找时，四处却不见人。直到一次，总算是逮着了人，便问："你喜欢看我唱戏吗？"

女孩儿见着她，倒有些不好意思了，手抓着胸前两股辫子，小声道："乡里一年也就请一台戏来唱三天，家里又没有余钱，去不了茶楼听戏。"她的面容很秀气，不过晒得有些黑，衣服像是套在身上似的，有些大了。

梅姨有些可惜道："我那几出戏才歇下，不然的话，我倒可以给你两张戏票。"女孩儿摆了摆手，笑道："我不大能去听一出整戏的。"说着便指向不远处，那儿有两大桶湿衣裳："我还要照顾家里，只有洗衣裳、挑水的时候才有工夫出来。"

梅姨见她谈戏时的目光是很神气的，笑问："你想学唱戏吗？"她摇着头，道："我爹不肯让我学，他说那是，那是……不正经人才会去唱戏。"说完后，又解释起来："可是我很想学唱戏，您下次还来吗？"

梅姨笑着点了点头，道："你若是有时间来，我教你吊嗓子，要是老天赏饭给你吃，我倒可以给你介绍长州的戏班子，好好学一学戏。"不过，那次谈话之后，梅姨因为不想被人打搅，再没有到早春湖去过了。

第四回
喜得线索暗查落水案，痛失金钗明指通天路

第二日，天还未大亮，徐吴便独自到早春湖走了一趟。湖面上烟气邈邈，几艘花艇浮在水面，灯火闪闪，十分沉静，里边的人大概是闹了一宿，正在酣睡。而临近山包的一边，则已经有了点人烟，偶尔传来几声玩笑。

湖边修了几层石阶，五六个女孩儿撩起袖子，蹲在阶上洗衣，也不知说了什么玩笑话，拨起了水星子闹。她们身后站着一人，手上挎着衣桶，正呼出热气搓手，也跟着笑弯了腰。徐吴远远看着，没有上前，绕开了往别处去。

回去的路上，他又买了一份《长州报》，在茶摊子坐下，仔细翻看了一遍，又留意着身边人的谈话，没听着任何消息。等到了约定的时间，才雇了车往巡警厅去，门房的见了他，称呼道："徐先生，许久没有见你到厅里来了。"

徐吴笑道："无事不登三宝殿，有差事了才敢到这里来。"接着又问："李总巡来了吗？"门房的耷着眉眼，摆手道："他昨晚上没有走，还在里边呢。"徐吴一进去，见李总巡正与人谈

话，便坐在一边等着，直到他们说完了，才上去招呼。

李总巡道："原来这一桩案子不归我管，不过我想既然牵涉了尤真小姐，还是亲自查一查才好。"徐吴问道："一会儿，我们要怎么做？"李总巡说道："我们先到街上找杨其山，这个时候，他大概是在支摊呢。"

徐吴奇怪道："怎么，他不知道今日要上门查访的事？"李总巡一面往外走，一面催促道："还没有告诉他。"徐吴见他很胸有成竹地在前面带路，便跟着他东拐西拐，到了一条热闹的街市上。隔着几步远，便见着一处摊子，一张简陋的桌子、两条长凳，桌面上只摆着一支毛笔、一块木镇纸、一块砚台、几张白纸。旁边立着一根杆子，挂着一块白布，写着"书信代写处"几个大字。

杆子边坐着一位老人家，佝着身子坐在条凳上，黝黑的一张脸，布着褶皱，白色的须子，身上是一件黑布袄子，磨得有些白了。他的对面坐着一位妇人，妇人讲述，他埋头书写，头一低，那副眼镜便落在了鼻尖上。

不用介绍，徐吴便知眼前的人是杨其山了。心想那白布上的几个字倒很有些意思，看着是时常练字的。正想着，那妇人已经走了，李总巡首先迈开步子，到杨其山面前站定，说明来意。

杨其山一愣，搁下手中的笔，继而问道："怎么，不是郝巡警来吗？"李总巡解释道："这一桩案子厅里很重视，由我来接手了。"杨其山的眉头皱了起来，没有说话，只是默然收起摊子，等东西收拾完了，才道："跟我到家里去吧。"

他们到了早春湖后，绕到后山去，便见着点点炊烟。这里住着几十户人家，每一家皆是用石砖砌起来的平房，十分简陋。而杨其山的屋子阔气些，还围出了一个院子，院子里有一位妇人在织布，她背对着门，听见了开门声，便转过头来。她的面上无任何神情变化，见了来人，也不说话，依旧回转过身去织布。

杨其山道："这两位巡警到家里来，快去倒两杯茶来吧。"听了这话，她才起身到屋里去。

院子里摆着几张藤椅，杨其山请他们坐下后，道："两位过来，还要问什么呢？我所知道的皆写了纸状，递上去了。"李总巡点了点头，道："我都仔细读过了，只是办案子的流程，还是得走一走的。"

杨其山道："那么，你们问吧。"徐吴看了李总巡一眼，问道："听说五妹留下了一封遗书和一张契约，可否拿出来看一看？"杨其山点了点头，起身到屋子去了，出来时，手上还拿着一个盒子，道："早上，我还在她的床底下找着一支金钗子，这东西一定不是她的，她没有钱。我想这一定是尤三小姐的了。"

听说还有金钗子，徐吴急忙拿过盒子，一打开便瞧见一支蝴蝶金钗，双蝶双飞，做工很精细。尤真小姐爱收集蝴蝶钗子，这件东西是她的，准没有错了。只是她怎么会送金钗子给杨五妹呢？

徐吴将钗子递给李总巡，问道："杨先生，你认得尤真小姐吗？"杨其山回道："认得的，曾经在茶楼里见过。"李总巡跟着问道："她跟你家姑娘有什么往来？"杨其山沉吟了一会儿，回道："我只在湖边撞见过一回，她们在谈话。她回来之后，我问她怎么认得尤三小姐，她说只是问路的。不过，我现在一想，便觉得那是她不敢说,才对着我说了谎。"

徐吴翻开那张契约,底下果然签的是"尤真"二字,那字迹也确实是她的。看完后,他又拿给李总巡过眼,问杨其山:"那么,你们也不知道尤真小姐威逼五妹做什么事了?"杨其山茫然地摇摇头,苦声道:"若是能知道便好了。"

李总巡见此,又问道:"她还留下什么东西没有?"杨其山回道:"家里没有几个钱,平常也不给她买东西,她哪里还有东西留下?那支金钗是很可疑的,您可要好好查一查,我们家老五不能平白这样冤死。"他苍老的一张脸,拧在一起,说话时有些咬牙切齿,似乎藏着些恨意。

李总巡办理过许多案子,很能明白他的心情,安抚道:"这是一定要查的,真相一出来,不管什么人,一定是要惩办的。"说着,又拍了拍他的肩:"姑娘死前的几天,可有说什么异常的话来?有没有提及尤真小姐?"

杨其山凝神想了想,摇头道:"她没有说什么话。"杨其山惯常是早出晚归的,家里的生计都担在他的肩上,哪里有时间去知道五妹说过什么话呢?而且她也是很安静的,常常不说话,问了什么,才答什么。

这时候,老妇人端了几杯茶上来,插嘴道:"昨天,她照旧拎着一桶衣裳到湖边去,只是去得比往常要早一些。我问她,怎么要去得这么早?她说再晚些便被人占了地儿去。她这样说,我也就没有多问了,没想到不过半个时辰,便说她死了。"

这时,屋子里有两个女孩儿探出头来偷看,目光是很怯生生的,却瞪大着眼睛。

李总巡见了,向她们招了招手,道:"你们过来吧。"她们

梨园秘闻录(下) 187

见来人眼生,不敢说话,也没有移动半分的意思。杨其山道:"你们快过来吧,这两位是巡警厅的先生。"听了这话,她们才探出身子,往院子里走。两人年纪大概是十一二岁,面色蜡黄,穿着灰布短袄,隔了几步远便站定。

李总巡见她们怕生,问道:"你们有没有听五姐说什么奇怪的话?"其中一个女孩儿低着头,沉声道:"前些日子,五姐同我说想学唱戏。我说阿爹不肯的。她说有位姐姐肯教她,不要钱的,若是唱得好了,还能到戏班里去唱。"

杨其山闷声问道:"这一件事,怎么没有听你说起过?"女孩儿低声道:"五姐要我为她保守秘密,怕您知道了生气,不肯让她出去。"杨其山恨声道:"你不说,这是害了她。指不定这是尤三小姐的招儿,知道她爱唱戏,故意引了她出去。"

女孩儿低着头,瞧着地上,满腹委屈:"她之后是再没有见着那位教唱戏的姐姐了,哪里是我害了她?"说完便跑开去了。杨其山见她气冲冲往外跑,冷笑道:"你再不回来,仔细你的皮。"

李总巡一一询问过后,却是除了蝴蝶金钗外,无甚收获。告辞出来时,往屋内瞥了一眼,屋子里没有什么摆设,倒是挂了许多幅字。心想这人靠卖字为生,赚得却也不多,还得靠着太太织布贴补。

出来后,走在乡路上,李总巡转头想询问徐吴的看法,却见他沉默不语,问道:"你在想什么事呢?"徐吴便将梅姨在湖边遇见杨五妹的事如实告知,道:"这一事,你不要跟梅姨提起,无端端引得她伤心。"

李总巡点头应承道:"那是自然。"走了几步后,又叹道:

"今日没有结果，问不出什么话来，看来杨先生也不知道发生了什么。"徐昊说道："大概是七点钟的时候，湖边有许多女孩儿在洗衣，明日倒可以过来问一问。"

李总巡拍手道："这倒是一个法子，她们是常常相处的，或许知道什么消息，也是不一定的。一个十五六岁的女孩儿，心里有事总是藏不住的，就是没有告诉家里人，相处的玩伴儿总会透露一些吧。"沉吟了一会儿，又道，"接下来，我们到尤真小姐家里一趟，先探一探她对此事的态度，遗书的事情，暂且不要透露。"

徐昊问道："到尤家去吗？"李总巡笑道："当然是到尤家去了，难道还到伍城芝家里找去吗？"徐昊心里很怀疑，道："我们怎么轻易进得去呢？"李总巡道："这有什么？我瞧着尤真小姐是常常到你家里去拜访的，借你的名，由门房去通报，大概是能见着的。"

徐昊还是很迟疑，心底也不知在担忧什么，隐隐有些不安，道："这不是法子，贸然到家里去。"李总巡见他说话很吞吐，不似他平时的脾性，玩笑道："你看着像是在害怕，难道你同尤真小姐有什么不成？"

他说着便走在前边，截下了一辆人力车，转身催促道："快走吧，难道案子不查了吗？"

车夫拉着两人跑到了郊外，两旁是很高大的绿树，延伸出一条路。远远地便能瞧见耸立的白色洋楼，在树林中影影绰绰，看得并不真切，却让人由衷地觉得美丽。车夫跑得越来越快，白色的洋楼才看得越来越真切，原来它并不真的白。它的墙面上大概是经年受潮，蜿蜒着一条条黑沟，十分斑驳。

徐吴下车后，抬眼看着眼前的建筑，两座三层高的洋楼连在一起，一片宽阔的绿地，中间还有一个喷水池子，两旁则设有几尊高鼻深目的白色雕塑。门前守着的两人，穿着洋服，站得十分挺直，面无表情。

李总巡走到门房处，首先表明自己的身份，道："我是巡警厅的总巡，想要见一见尤真小姐，烦请通报一声。"又摸了摸身上，出来得匆忙，忘记把名片带上了。

门房瞥了他们一眼，老远便见着他们由车夫拉来，并不信这人的话，敷衍道："对不住，三小姐出门去了，不在宅子里。"李总巡知道这是拿话搪塞，心里开始运作起来，问道："她到伍先生家里去了吗？"门房头也不抬，兀自翻着手里的报纸，答道："三小姐到哪里去，不必跟我们报备。"

李总巡站在门外，想着法子，又试探道："有一位徐先生想要拜访三小姐。"这话一说，才见门房放下报纸，起身探到窗边上，笑问道："是呈祥戏班的徐吴，徐先生吗？"说着便赶紧走出，上下打量着徐吴，点了点头，道："两位先生跟着我来吧。"

徐吴跟着进了园子。这里不似中式庭院般环环绕绕，反倒是十分宽阔，一眼便能看清布置。四周围种了许多桃树，正是盛开的时候，一眼望去，嫣红一片。徐吴一时有些恍然，低声道："这些桃树开得真好。"又问门房，道："这是什么人种的？"

门房也跟着望过去，笑道："那是我们大姐儿种的，不过现在是三小姐管着的，她还想把后山那一片辟出来，再种上一些。"徐吴默然，林司也常常说，若是有了闲钱，想置办一间院子，种上几棵桃树，时节一到，便能坐在院中赏桃花。可是直到她走了，他也没能为她置办下一间院子。

他们并没有进到楼里，而是跟着门房，绕到了后面的绿荫地上。远远地便听见了阵阵笑声，徐吴抬头望去，只见尤真小姐穿着一套白色运动装，手拿着球拍挥舞，不时取笑对面的玩伴。

门房道："两位，请先在这里等一等，我去知会一声。"说完便快步走上前去。他走到尤真身边说话，尤真望了一眼徐吴，便向对面的女子挥了挥手，放下球拍，走过来招呼道："徐先生，李总巡，你们怎么会到我这里来？"一面说笑，一面将两人引到一旁坐下。

李总巡看了看四周，除了他们三人，再没有其他人了，似乎是有意安排，便直接问道："昨日一早，早春湖边有一位十五六岁的女孩儿落水。这一件事，你听说了没有？"尤真小姐道："昨晚上我便听人说了，心里是很遗憾的，那女孩儿我见过几面，很喜欢她。"

李总巡还以为她会有另外的说辞，或是说不认得，没想到，她倒是很爽快地承认了。他想了想，掏出那支蝴蝶金钗子，问道："这支金钗子是尤小姐的物件吗？"尤真拿过来瞧了一眼，也不用仔细辨认，点头道："这是我的钗子，不过我已经赠与她了，怎么会在你这里？"李总巡抿嘴不谈，又接着问道："尤小姐怎么会认识她呢？"

尤真反问道："我难道不能认识她吗？"李总巡被她这话一噎，咧嘴一笑，不答她的话，转而问道："这钗子什么时候送她的呢？"尤真将手撑在椅子上，歪头想了一会儿，道："只是送一件东西罢了，日子倒不是很记得。"

李总巡倾身向前，道："还请你想一想。"尤真拧着眉，有些烦恼道："这样算的话，大概有个把月了。"李总巡又追问道：

"那么，你是不是托她为你办了什么事？"尤真只觉得好笑，反问道："她能为我办成什么事呢？我托谁办事不好，怎么偏偏要找上她呢？"

李总巡见她恼怒了，不肯配合，笑了笑，歉声道："我以为送出一支值钱的金钗子是很不容易的，才会这样冒昧地问一问。"尤真往长椅后一靠，双手交握在身前，慢声说道："我到湖边去，见她在湖边洗衣，才向她问了几句话。那日，我正好戴着这支钗子，她的眼睛不住地看，我见她很喜欢，又想着自己有许多这样的钗子，而她是没有的，才送了她。"

李总巡很注意她的姿态，微微探身向前，问道："你只见过她一面吗？"尤真回想道："后来又遇着两次。"李总巡又问："这样说来，你只见了她三次面？之后你们又为何会见面？"

几次追问下来，尤真也感到了他有些咄咄逼人，眉头微皱，抬眼瞧着他，反问道："你倒不问我，后来见了她，她在做什么。反倒总是问我，我为何要去接近她，难道是在怀疑我？"

李总巡没想到尤真小姐会这样说话，心里一急，悄悄拉了徐昊的衣角，想示意他说话，却没有动静。看过去时，见他沉默地望着一处，双眼无神，也不知道在想些什么。幸得这时候，正好有人过来了，是方才下去的女子，手中捧着托盘，嘴边一抹淡淡的笑意，放下茶后，才又下去，却是缓和了这样的场面。

尤真借着喝茶的空儿，没有说话，眼珠一转，稍稍一想，便明白过来是怎么回事了。她打听来的消息是自杀，本该是做做后事便罢了的，可如今巡警厅的总巡这样上门来查，这是成了案子的。

她放下杯子后，轻轻一笑，说道："你们是来查案子的吧，若是这样，我该配合着你们的问话。"李总巡一时不知道该怎么接话，他并不想将遗书的事说出，因为知道尤真小姐是很有办法的。若是她知道杨五妹留下了遗书，案子倒不好查了。

他还未开口，尤真接着说道："我第二次见她，是在隔日，我去大茶楼看戏，才刚下车，便见她慌慌张张地跑进了茶楼里。初时以为她是到里边卖花的，因为在茶楼中常常有这样的孩子，可是又不见她手上拿着花篮。我觉着十分奇怪，向伙计打听了几句，才知道她那一阵常常到茶楼去。每一次皆是进同一间包厢，那间包厢是一位古董商人定下的。"

李总巡不解，问道："她去做什么？怎么会认识古董商人？"

尤真答道："这我倒没有去打听，不过你们可以到大茶楼问一问，便知道我说的是真是假了。他们都很认得我，我的问话，柜台伙计是可以作证的。若是你们觉得她的死很蹊跷，那么该去查一查这位古董商人。"

李总巡听她的语气，似乎知道些什么，便问道："你认得这位古董商人？"尤真摆了摆手，道："我有一位朋友同他有些交情，听说他最近犯了事，偷渡出洋了。"李总巡问道："他犯了什么事？"

尤真沉吟了一会儿，才道："前些日子，有一份出洋古物的目录在商人间流传，目录中列出了六百余件古物，其中不乏绝世孤品。还详细列出了买家，听说追查后，所列出洋古物皆属实。这位古董商人也一并被查了出来，不过他机灵，早已经躲起来了"。

李总巡记得限制古物出口的令状发布已久，规定商民不能私售古物。这时才忽然想起来，他隐约听过这桩案子的案情，不过没有十分关注,可惜道:"他若是可以追缴回来,还能判得轻些。"

尤真却笑着说道:"古董无价,他哪里有那么大一笔款子去赎回呢?还不说遇到坐地起价的,不肯割爱的,还有转卖出去的。而且,他不单单是私售古物出洋,还有贿赂海关、降低出口税等,这些罪状也一并被查了出来。"

李总巡不解道:"他的案子,跟杨五妹的死又有什么关系呢?"

尤真笑了笑,拿起茶杯,轻抿了一口,说道:"我有一位朋友,他是古董商店的掌柜,跟这位古董商人很有交情,你们倒可以去问一问他,或许能打听出什么来。你们过去,便说是我的朋友……"说着又觉得很不妥,摆了摆手,解释道:"这样不行,常有人假借了我的名在外行骗的,他大概是不信的。这样吧,我今晚上托我二姐过去,跟他说一声,到时候会招待你们的。"

李总巡不知尤真小姐这样热情,连声道谢,因为这样倒省了他许多麻烦。

尤真小姐道:"我想他是很愿意帮你的,因为他最近也被这位古董商人骗着买了两件赝品,赔了不少钱呢。"李总巡道:"对了,还不知道这位古董商人是什么名字?"尤真答道:"他叫赵锦商。"

李总巡得了消息,心里高兴,取笑道:"这名字听着倒是很花团锦簇。"

这时,尤真小姐掏出怀表看了一眼,惊道:"没想到已经说了好一会儿话了,时间过得真是快,我等一会儿还要出门办事,实在抱歉,不能再坐下去了。"说着便招了招手,方才下去的女子又出来了,她嘱咐道:"阿秦,你把方掌柜的地址写了,给这两位先生,再帮我送一送客。"又对着他们道:"若是两位想要参观参观,也是很欢迎的。"

一直沉默着的徐吴忽然出声道:"这些桃树种了多久呢?"尤真一愣,好一会儿才反应过来,笑道:"这我倒没有去算过呢,只记得我很小的时候便有了。"徐吴忽而一笑,道:"看这树干这样粗,大概是有二十年了吧。"

尤真笑了笑,没有答话,说了几句便回去了。

尤真走后,阿秦问道:"两位先生,要不要逛园子?"李总巡如今哪里有心情逛园子,不过见一旁的徐吴总心不在焉的样子,便探问了一句。却见他只是望了四周一眼,很犹疑的样子,似乎很想四处逛一逛,不知为何,又很无力地摆着手,转身便往外走了。

两人出了尤家,在林荫小道上走着,李总巡见徐吴沉默不语,率先问道:"你怎么看这件事?我听着倒像是有心人故意要揭发赵锦商,证据一条一条列着,一查便能查着,让赵锦商没有退路,实在是很高明。"

徐吴却道:"我听梅姨说,那孩子说过,自己是没有时间去听戏的。而尤真小姐却说,杨五妹常到大茶楼里去找赵锦商。"李总巡问道:"难道你觉得尤真小姐的话很不可信吗?"徐吴又摇了摇头,道:"尤真小姐说的未必不可信,杨五妹说的也未必是假话。"

李总巡点头,心底也十分赞同,办案许多年,是非黑白并不是很绝对的,便道:"这一会儿还有些时间,我们到大茶楼去瞧一瞧,看尤真小姐说的话对不对。"

第五回
可疑古董商频入茶楼，可怜妙龄女常出厢间

大茶楼门口立着一块红招牌，写明了今日演出的戏目。几人围着讨论，却迟迟没有买票，只在门口张望。徐吴下车后，胡乱瞥了招牌一眼，明晃晃摆着"战江山"三个大字，就是关于戏目的介绍，也与梅姨的新戏相差无几。

李总巡见了，取笑道："我前些日子，还见着有一出叫《定乾坤》的戏，我瞧着介绍，也是与梅小姐的戏没有什么差别的。一定是看着梅小姐的新戏很受欢迎，许多戏迷爱看，便依样画葫芦，仿照着排出来的。这样的情形是很常见的，我猜长州现下大概是有十几出换汤不换药的戏上演的，只有等戏迷听得厌了，才肯罢休另排些新的戏。"

徐吴已是司空见惯了的，却有另外的看法，道："以前也是常有三两日便排出新戏的，虽说很粗糙，甚至有为夺人眼球，故意扮丑闹戏，逗人笑的。不过是为了迎合戏迷，谋取生存，也很不容易。"

两人正说着话，已经有伙计迎了上来，认出了徐吴，笑道：

"徐先生，是要看戏呢，还是用饭呢？"徐吴见门口排着许多人，问道："还有包厢吗？"伙计眼睛一亮，喜道："还剩下一间，要是晚来一会儿，怕是没有了。"说着他便迈开步子，往前带路。

徐吴说道："今日倒是有许多人。"伙计将白布巾往肩上一搭，一面往柜台提了一个红漆食盒，一面答道："都是为着今日的《战江山》这一出新戏来的，可惜梅老板不上台，不然要更热闹的，谁不想亲眼看看她的风采呢，毕竟是上过报的。"

台上锣锵声不停，正演着戏，徐吴往台上瞥了一眼，扮相很不错，班底子大概也是很好的。这样想着，目光又转回伙计身上，不经意间问道："我听尤真小姐说，有一位古董商人赵锦商常定同一间包厢。"

伙计道："别说，倒忘了赵爷，他好几天没有过来了。"徐吴又问道："那间包厢被人定了没有？"伙计一面在前边引着，一面微转过头来，解释道："等会带你们去的包厢便是了，他私底下常常要我替他留着，这才有了个习惯，一定放着到最后才让人到这里来。"

上了楼梯，左边廊道上的最后一间便是了。伙计推开门，招呼两位坐下后，将食盒提到桌上去，掀开盖子，拿出了两条热毛巾，递到两人手上，接着又拿出了一壶热茶。

徐吴一边瞧着伙计的动作，一边观察四周，这里布置得很典雅，边上摆着面盆架，放了一盆清水，架子上也搭着一条白布巾。斜对面摆着三折绣山水屏，后边是一张卧榻，供人抽烟的。他走到窗户边上一推，底下传来连声的叫好。武旦正耍着花枪，踢枪，接枪，翻扑筋斗，舞得行云流水，一气呵成，看着是很下功夫的。徐吴转身笑道："这里实在是看戏的好位置。"

梨园秘闻录（下）

伙计搭讪道:"可不是,这是最接近舞台的包厢了。"

徐吴问道:"他常常定了这里,是专为了看戏吗?"伙计答道:"我瞧着,他倒不是很喜欢看戏,似乎是为了办公事来的。"徐吴追问道:"他平常办什么公事?"伙计搓着手上的擦布,不好意思道:"我很不懂,只知道是专收古董的。他常挎着一个公文包,进进出出。有一次,我送菜进来,桌上铺着一层白纸,上边什么字也没有,他见我进来,便收起来了。说起来也是笑话了,就是上边有字,我也全认不得的。"

这时,一直没有开口的李总巡插话了,询问道:"这位赵锦商长什么样子?"伙计想了一会儿,道:"他这人是很好辨认的,大概是三十来岁,不高,有些瘦弱,嘴唇乌黑,梳油头,脸上还戴着眼镜,走起路时,肩膀一高一低的。"

徐吴也问道:"有什么人到这里来找他吗?"

他们问了许多话,伙计也有些迟疑了,问道:"两位打听他做什么?"李总巡道:"他犯了贿赂罪逃跑了,我们专门为巡警厅办事,到这里查一查他的行迹。"听此,伙计不得不配合道:"每日都有不同的人来找他,似乎也有从外地赶来的,都很眼生,不大认得。"徐吴问道:"那么,有十五六岁年纪的女孩儿找过他吗?"

说起此人,伙计很记得,回道:"她似乎姓杨,来过好几次。"

徐吴望了李总巡一眼,尤真小姐的话是没有错的。又问道:"她到这里来做什么?"伙计笑道:"这我无从知晓,我们有规矩,不得窥听客人的事,若是客人往经理那里一说,是要被辞了的。"

徐吴倒了杯茶，请伙计坐下。伙计推辞，不敢喝茶，只依着桌边缓缓坐下。徐吴见他肯坐下来了，继续问道："那我也不问她到这里来做什么了。她来过几次，是早上来，还是下午来？日子还记得吗？"

伙计对此没有特意记过，想了又想，才斟酌道："忽然这样问，是要难倒我了，有时候并不轮到我在前边值班。"徐吴问道："那么，便说你记得的吧。"伙计点头道："我见过的便有五六次了。那一阵儿，常常是每隔一日便能见着她，她大概是下午两点钟过来，待了有一个钟才离开。"

徐吴望了李总巡一眼，很是疑惑，没想到杨五妹来得这样频繁。为什么杨先生没有提起这事，难道他不知道吗？这样想着，又问道："她离开时，手上有拿着什么东西吗？"伙计摇了摇头，只说没有。

赵锦商是位古董商人，而杨五妹只是个十五六岁的姑娘，两人会有什么交集呢？徐吴沉思着，一时很坐不住了，起身在屋子里踱了一圈，询问道："赵先生第一次到这里来是什么时候？"

伙计想道："依着旧历来算，明日便是十五日了，正好我第一次见赵先生也是在十五日。为什么我会记得这日子呢？是由于每到这一日，我便负责供奉茶楼里的关老爷，而纸锭、果品都是由我去采买的。赵先生一进茶楼，便问我，纸锭在哪里买的？我说沿街上常有叫卖的妇人。"

徐吴问道："他每日都来这里吗？"伙计点头道："没有落下的日子，直到前些天才不见他过来。"徐吴在窗边踱来踱去，一会儿倚在窗边上，一会儿坐在窗下的椅子上往外观望，问道：

"赵先生之后,还有没有人来过这间包厢?"

伙计答道:"尤真小姐也到过这里一次。"徐吴一惊,追问道:"她特意预定的吗?"伙计笑道:"并不是特意预定,也是跟您一样的情形,客满了,由我带了来的。"徐吴疑问道:"她有问起赵先生的事吗?"

伙计回道:"没有问过。"答完后,他见徐吴沉默不语,兀自望着窗外,心里也开始着急起来了,待在这里已经好一会儿了,他还得到门前引客呢,要是有人告状偷懒儿,不肯干活,经理又要责罚。他指着门口,试探道:"先生,要是没有话要问的,我出去了。"

李总巡见徐吴望着窗外,没有答话,便向伙计摆了摆手,道:"劳烦了,去吧。"伙计才刚走至门口,还没摸着门边,徐吴又把人叫住了,问道:"尤真小姐独自到这里来的吗?"伙计将手缩回,转身面对着徐吴,回道:"她身边还跟着一位年轻太太。"

徐吴疾声问道:"什么模样?"伙计一面想着,一面回道:"我看着似乎不是长州人,她的皮肤比尤真小姐要黑一些,看着是一位很豪爽的太太,也是很美丽的。"徐吴又追着问道:"她手腕上是不是还套着个翡翠镯子?"伙计点头称是。徐吴心里又有了疑问,伙计说的这位太太,一定是秦天香小姐了。不过,她不是已经离开长州,料理自己的事去了吗,怎么还会出现在这里呢?

伙计走后,李总巡问道:"那位太太是谁?"徐吴望着窗外,漫不经心地答道:"秦天香。"李总巡惊讶道:"是她?我听说白老五被她逼走,自立门户了。"说完后,见徐吴虽是望着窗外,

200

却不是看向台上的,而是盯着对面的包厢看。

李总巡心里奇怪,也跟着他望向对面,半开的窗户,每一间皆坐着看戏的客人,并没有什么奇特的。于是顺着他的目光看去,却是一位端坐着的小姐,衣裳素净,目光沉静地望向台上,见着一段好的,下面是一阵叫好,而她只是微微一笑,鼓两下掌而已,只在眼神中透着欣赏。她的容貌看着有些眼熟。

李总巡见他看得有些呆了,故意出声问道:"你瞧什么呢?"徐吴却摇了摇头,没有说话,将窗户又重新掩上。李总巡心里还是想着办案,提议道:"我们到尤真小姐朋友的古董商店一趟吧,看看能探出什么话来。他既然是赵锦商的朋友,总该知道得多一些。"

徐吴道:"今日是不必去吃闭门羹了,尤二小姐也在看戏呢。"李总巡明白过来了,笑道:"原来她便是尤二小姐了,难怪觉得有几分像尤真小姐。"转而又想道:"我实在不明白尤真小姐的做法,她为什么不挂电话给朋友,告知一声,而是要麻烦尤二小姐去走一趟呢?"

徐吴笑而不言,一面往外走,一面说道:"明日再去吧,我先回去向孔师兄探一探赵锦商的事。"李总巡听了,高兴道:"孔先生知道赵锦商?"徐吴道:"即便他不知,他也有朋友可以打听出来。"

两人走出茶楼,便往家里去。回到巷口,远远地便见门口有人守着,徐吴取笑道:"这几位做事倒是很坚持,怎么劝也不肯走,这样守着,小偷也进不去了。"李总巡听着,便上前去招呼,分别将人招到一处去交涉,不过几句话,那些人便走光了。

徐吴笑道:"你的话倒很管用。"也不问说了什么,说完便

梨园秘闻录(下) 201

去推门，站进门内，却见着院子里停着木板车，有人正往屋里搬煤炭。孔章走了出来，见了徐昊，解释道："我看家里的煤已经用完了，正好卖煤的在巷子里叫卖，便把他招进来了。"

徐昊点了点头，并不十分在意，目光转向大堂，却没有见着梅姨的身影。他每一次回来，首先见到的便是她笑盈盈的面容，不由问道："梅姨不在吗？"孔章正在结算煤炭钱，只回道："她出去了。"徐昊一愣，问道："到哪里去了？"孔章笑道："没有交代，只说出去一趟，很快便回来。"徐昊听了这话，不知为何悄然松了口气，嘴边微微有了笑意。

这时，李总巡也上前招呼道："孔先生，这一阵儿，我老不见你。"孔章笑道："我办事去了，难免不着家。"李总巡一面跟着两人往大堂里走，一面客气道："办什么事？"孔章答道："我在长州，有一位同门师兄，门下有三位年纪不大的徒弟忽然失踪，托我帮他查一查此事。"

李总巡依着办案的警觉，追问道："这是怎么回事？人怎么会忽然失踪？也是为了躲债吗？"他会这样问，是由于这几年来，许多人开始沉溺于赌业之中。赌输了一把两把，心里又不甘，总想着翻盘，要将之前输了的连本带利赢回来，最后借了许多外债，才不得不远走。

孔章摇头，道："我初闻这事，也以为他们三人是欠了债逃跑的，不过探听以后，才知道他们并没沾过赌，而是替人办事，无故失踪。因此师兄才托我查一查这事，这实在是一件很难办的差事，没有人知道他们为何失踪。"

李总巡说道："问了家里人也不知吗？"孔章摆了摆手，有些无奈，道："那三人才进师门不久，不过也才十五六岁的年纪,行事却很秘密,没有透露半分,我只能设法打听他们常去的地方。"

孔章进屋坐下后,才又继续说道:"梁家巷前有一座桥,桥下边开着一间茶棚。一个月前,他们三人便常常聚在那里,谈起到乡下做生意的事。我打听下去,才知道他经常出入大茶楼。"

徐吴眉头一皱,他之前也听孔章说起这事,不过没有十分注意。这时候听来,才觉得很可疑,追问道:"他们到那里去做什么?"孔章回道:"他们去见一位古董商人。"徐吴问道:"赵锦商?"

孔章拍手道:"没有错,是他。"徐吴问道:"他的事,你查得怎么样?"

说到这里,孔章叹了口气,摆手道:"难办,难办。我听说赵锦商在长州有一位交往甚密的朋友,是拢宝斋的方掌柜。正好鸿宇兄跟方掌柜有几分交情,我便托他带我上门拜访,不想面是见了,方掌柜的心思却很深,说了许多话,却没有透露半分,只说自己也被骗了两件假宝物。"

徐吴点了点头,心里却想,即便是涂鸿宇亲自上门去,这位方掌柜也不肯配合,自己明日去拜访,怕也是要吃闭门羹的。不过,方掌柜受了赵锦商的骗,难道不想将他揪出,追究被骗的一笔款子吗?

正想着,又听孔章说道:"从古董商店出来以后,鸿宇兄才秘密告诉我,赵锦商曾与白老五会过面。"李总巡仔细问道:"海盗组织的白老五吗?"孔章点了点头,倾身向前,补充道:"还有一件,与白老五见面的第二天,他又与秦天香小姐在大茶楼中见面了。"

李总巡一时有些费解，疑问道："这两人正是死对头，他怎么同时与这两人见面？"

徐吴猜测道："大概是为了躲避抓捕，想靠着这两人秘密偷渡出洋，而且是做好准备了的。这两月来，他做事很有计划，骗了方掌柜一笔款子，又在大茶楼见了许多人，又约见了白老五与秦小姐。"接着又问孔章："你知道失踪的三人与赵锦商有什么交易吗？"

孔章将手拍在桌上，道："我正想着这事，还未打听出来。不过，那三人倒是常常到一处地方去，早春湖旁的一座山包，那后边住着许多户人家，他们从大茶楼出来后，便往那里去了。"

李总巡心里一动，赶紧问道："他们到那里做什么？"孔章回道："他们去找一位摆摊写信的老人家，至于说了什么，做了什么，不得而知。"李总巡确认道："那位老人家是杨其山？"孔章拍手称是。李总巡望着徐吴，疑惑道："难道杨其山也跟赵锦商有往来？他们为什么会往来？"说着又沉默了下来，隐隐有了不好的猜测，问孔章："还有什么消息没有？"

孔章这几日常到各处打听，得到的消息只这些了。

李总巡又坐了一会儿，便回巡警厅去了，只说明日再来。

第六回
求丰收野地齐宴春祭，易处境缝隙力争上游

次日，晌午过后，日光斜照在石亭中，徐吴翻看着报纸，发现杨五妹的案子并没有登载在报上，不由得沉思起来。杨其山气冲冲到巡警厅报案，徐吴以为他为了博取舆论的关注，必定会登报的，报上却没有半分消息。

杨五妹与赵锦商的往来，难道杨其山不知道吗？她这样年轻，心中还怀着学戏的希望，为何要闹到自杀呢？徐吴的眉头皱得越来越深。

梅姨从屋子里出来，见他手拿着茶杯，不喝却也没有放下，就这样半举着，也不知在想什么，便走过去拿手在他面前晃，取笑道："你这是在想什么呢？你这杯子已经举了半天了。"说着便夺过他的茶杯，放在桌上。

徐吴道："我在想杨五妹的事，她将你要教戏这事告诉她的妹妹，看着很高兴的样子，怎么不过隔了几天又自杀了呢？"

梅姨想起此事，也觉得十分遗憾，她想着那孩子渴求的目光，听说她愿意教戏时的欣喜。梅姨无声地将手搭在徐吴的肩

膀上,拍了两下,在他身旁坐了下来。徐吴问道:"你这两日还是到早春湖练早功吗?"

梅姨道:"还到那里去的,最近少见有人到那里去。"说着她又想起一件事:"我听说因为上一年发过三次水灾,收成不大好,还种出了许多黑稻,今年的米价又得涨了。今日似乎是春祭,为了求来年的丰收,活动办得很盛大呢。"

徐吴听此,陷入沉思,不一会儿又站起身来,抓了帽子,匆匆往门外走。他的动作实在是很突然,梅姨追着问道:"你不等李总巡过来吗?"徐吴回道:"他来找我,你只说到古董商店那儿等我。"说完,他便疾步往巷口去,拦了一辆人力车。

到了早春湖边,前面出现了一位妇人,挑着一根竹竿,竿上挂着数十长串的锡箔元宝。她一边走着,一边吆喝道:"卖长锭,卖长锭咯。"这一声叫喊在湖边荡开,长一声短一声的,有些凄厉。

徐吴看着她,她也瞧着徐吴,眼里是很疑惑的。徐吴移开目光,眼前是两层高的楼坊,方方正正,十分规矩,大概是建了有些年月了,墙身布着许多野藤,黑黢黢的。正中央的牌上写着"全英里"三字。楼坊的过道十分窄,只能容两人并肩同行,徐吴道:"劳驾,在这里停住吧。"

下车后,他望着四处有些陌生。上一次,是由杨其山带路,由另一个方向到了他家里,并没有经过这里。楼坊之后,便是一户一户人家。他从楼坊中间穿行而过,一阵风吹来,夹着一股霉味,窜入鼻中。他回过头去,望着两层高的楼坊,雕刻于墙面的麒麟张牙舞爪,尖嘴獠牙,伏低着身子,似要吼叫而出。立地而起的楼坊,看着是很肃穆的,与低矮的房屋很不相称。

他往前走了几步，四周寂静得很，没有半点人影，每一户的门都关得紧紧的。顺着记忆，他找到了杨其山的家。半人高的矮墙里，门庭紧闭，只一架梭织机静静地摆着，上边有未织完的半匹棉布。靠着墙边摆放的几盆花，恹恹地垂着，花盆里的泥土，干燥而碎裂，大概是有许多天没有浇水了。

他正想着，忽然耳边传来三四响炮声，随后锣鼓声起，唢呐声也凑了进来，喜庆而热闹。他侧耳细听，隐隐还有欢呼声，不由得想，没错了，这样的春祭活动，大家都要参加的。他循着声音的方向，想往外走。可是走了两户三户，便是一堵墙，没有出口，像是进了迷宫一样。碰了三四次壁后，他越走越着急，也不见有能问路的人。

这里的建造形式真是奇特，毫无规矩可言，真是进来容易，走出去却是很难的，若是匪徒进来，真是一招瓮中捉鳖了。这样冷的天，他的额头也已经急出汗了。不知走了多久，一拐弯听着一阵笑声，两个七八岁的孩子正追逐着嬉戏，手里都举着一盏灯笼，里边似乎还装着东西，看着很沉甸甸的，跟着他们的动作，一摆一摆的。

他没有出声，跟在两人身后，走出迷宫，眼前豁然开朗。逐渐西移的日光，金灿灿的，照在田野上。收割后的田地，金黄色的稻草铺开，漫无边际，直延向远处层叠的山峦。

徐吴跟着他们奔向田地去，那里立着一排排人影。其中有两人站在前面，手举着木牌，一块写有"避让"，一块则写有"肃静"。人影的面容逐渐清晰起来，众人交头接耳，欢声嬉笑。一位年长的老者站在最前，手中棒子一挥，大家渐渐安静了下来，随后，便有两条长长的队伍在田地里排开。

男子站前面，而女子则全添在末尾。长者手一挥，喜乐之声响彻了田野。一位穿着异服的男子，听了乐声，翻身上马，手挥起长鞭，原地打了几个圈后，慢慢地在前头带路，开始了游行。

徐吴向来不爱热闹，却从未见过这样的阵仗，不由得跟在后边，跟着游行起来。有女孩儿见了徐吴，笑问道："你怎么不到前面去，倒跟我们站在一处了？"也有人见他眼生，上下打量后，问道："你是哪家的，怎么没有见过？"

问过两句后，她们似乎并不在意，又自顾自说起话了。一个十五六岁的女孩儿，拍着身旁女孩儿，指着前面的人，道："你瞧他，可以骑马在前头走，一会儿还可以鞭春牛，多么威风。"她身旁的女孩儿取笑道："你这愿望是不能成真了，你不如多烧烧纸锭，求着下一世，可以做男子。"说着两人又笑了起来，絮叨起各自的烦心事，虽说是在埋怨，可是眼里却依旧装满了笑意。

徐吴亦步亦趋，跟在队伍后边，绕着田野走，走一步便敲一下锣，打一下鼓，一阵风吹过，带起了稻草的香。他跟着走了好一会儿，在一棵树下停住，盛大的榕树，树影映在石凳上，经风一吹，轻轻摇晃。

骑在马上的牧牛人，翻身下马，接过一圈红炮仗，系在树根上，火一点上，红色的星火四处炸开来，声声震烈，一张张笑脸，齐齐往后靠。炮声歇下，一只用纸糊成的春牛被抬到前面，人们围着欢呼。

牧牛人围着春牛舞了几下后，便拿出鞭子，抽打牛肚，哗啦一声，牛肚里装着的稻谷、豆子、菜籽一齐倾泻而下，围在一旁的男子都跑上前去，用手接过谷物，奔回家中。这时，只有女子还站在田地里。徐吴不解，喃喃道："这是在做什么？"站在一旁的姑娘正好听见了，道："他们这是要把好丰收带回家里去。"

徐吴听见那声音十分熟悉，回头望去，却是杨其山家的姑娘，昨日站在院里答话的那个女孩儿，笑道："原来是你，我们昨日见过的。"女孩儿从一开始便注意到了徐吴，已经在一旁观察了许久，说道："我认得你，你是巡警厅的。你到这里来，是为了查五姐的案子吗？"徐吴见她主动提起这事，心里微微惊讶，却也抓住了机会，点了点头，探问道："我有许多不明白的地方想要查证。"

女孩儿今日穿着一套靛蓝棉布裙子，只有半人高，说话并不似在家里那样拘束。徐吴道："你叫什么名字？"女孩儿道："我叫老七，他们都叫我老七。"徐吴又问道："你在家里排行最末吗？"

老七摇头道："排行最小的是老八。"徐吴笑了笑，道："我知道了，是昨日站在你身旁的女孩儿。我只见过你和老八，家里只留了你们两个在家吗？"老七道："我家里都是女孩儿，大姐二姐已经嫁了人，三姐幼时便给其他人家做姑娘，四姐当了童养媳，只见过几面，这四位姐姐都是没了印象的。五姐平时到外边做点杂活儿，贴补家里，六姐和老八则跟我一样，跟着在家里学织布。"

徐吴问道："你五姐做什么杂活儿？"

老七道："帮人洒扫、洗衣裳、收稻谷，只要她做得了的，便可到家里来找她。不过，她很不愿意干这些，而是常常偷着学写字,因为我阿爹不肯教,说女孩儿不识字才好。可她还是学会了,家里的姊妹只有她会写字,我很佩服她。她常给我讲故事,同我说要去洋人公司当职员,还说要去学唱戏,又说有电影公司在找女演员,选上了便有一笔很可观的酬劳。她总说要走,要离开这里,可我都不当真,我想她是说空话的,她没有钱,她能去哪里?"

徐吴问道:"她为什么想离开这里?"老七道:"这也是她识字这事闹的,她在报纸上看了许多新闻,同我说现下很倡导男女平等,女子并不比男儿差,也可以受教育,得到一份好工作,受到法律的保护。她竟然还偷着去听了演讲,到街上发宣传单。"

徐吴没有想到,杨五妹竟然做过这些事情,惊讶间,又听老七道:"她给自己另取了名字,她要抛弃杨五妹这个名字,来表明自己离家的决心。"徐吴问道:"她给自己取了什么名字?"

老七道:"她说她要叫应真。"说着便哽咽起来,透着悔恨与自责:"她什么话都跟我说,她从来没有自杀的念头,可是她到底为什么会死,我却不知道。"

徐吴不知该怎么安慰,只说道:"我们查这桩案子,便是为了给她一个公道,若真是被人逼迫至死,一定将那人判刑。"又接着问:"她留下的遗书,提及了尤三小姐。她有没有跟你提起过尤三小姐?"

老七摇着头,她不晓得谁是尤三小姐,也没听起过。

徐吴又问道:"那支蝴蝶金钗,你听她提过吗?"老七道:"我见过一次,她要把金钗偷偷藏起来,似乎很秘密的,不肯让人知道,我便没有问,只当不知道。我那时候以为是她在外头做杂活儿，攒了钱买的。"

徐吴道："那么，赵锦商这名字你听她提起过吗？"

老七看着他，很茫然地摇着头。徐吴又道："那么，她有说起大茶楼，或是古董商人的事吗？"老七回想道："她倒是偷偷给我带些糕点，说是经过大茶楼时，挑着便宜买了几样。她不让我说出去，我便帮她守着秘密，因此她很信我，什么话都肯跟我说。"

听完后，徐吴心底开始怀疑起来。老七说，杨五妹什么事都告诉她，可是赵锦商的事却没有提起过，为什么要这样秘密呢？难道杨五妹与赵锦商之间的往来，杨其山真不知道吗？杨五妹与赵锦商到底为什么会频繁往来？

他正想着，老八也凑了过来，见了生人，她眼里有些怯懦，微低着头不敢看人，只小声在老七耳旁说话，拉着老七的手便要走。徐吴看着她们逐渐走远，自己依旧站在原地，望了一眼天边儿，太阳逐渐西移，发着金灿灿的光，照在田野中，那些捧谷物回家的男子又回来了。

他转身出了村，直往古董商店去。热闹的街市，与方才金灿灿的田野很有分别，一时觉得恍如隔世。徐吴过了桥，远远便看见了李总巡，他正坐在一旁的茶棚里，抽着洋烟，兀自沉思。徐吴上前招呼道："你等了许久了吧，我方才到杨其山那儿去了。"

李总巡见了他，捻熄手中的烟，问道："探了什么消息没有？"徐吴将方才问来的消息一一告诉了他，道："我觉得杨五妹并不是简单的被逼自杀，这之中好像还牵涉了许多事情，也不知今天能问出什么来。"

梨园秘闻录（下） 211

这话提醒了李总巡,他指着古董商店道:"尤真小姐刚刚进去了。怎么她也过来了?"

两人进到店里,一眼便见着尤真小姐,她手里正拿着一幅画轴,一边卷着,一边欣赏。她听见声音,也望了过来,放下画轴,笑道:"我正等着你们来呢,我的二姐姐生病了,没法过来,我只得自己过来一趟了。原来跟方先生说一声便要走的,又被他给留下了,说是要给我看一幅画,我想你们也快到了,便想着等你们一会儿,好为你们做一做介绍。"

站在一旁的方掌柜抬头,顿时满面笑容,走出来迎接两位,道:"两位先生快进来吧。"寒暄两句后,便将他们引到侧边的小室坐下,又出来让伙计备茶,另外悄声嘱咐道:"将门关上,挂上牌子,暂不营业。"

回到小室坐下,仔细看过徐吴后,方掌柜又觉得有几分眼熟,笑道:"徐先生,您前天是不是到店里来过?"徐吴答道:"从门前路过时,见橱窗上摆着好些物件,便进来看一看。"尤真笑问道:"你挑了哪一样东西?"

徐吴笑着摇了摇头。

方掌柜笑道:"他看中了我预备给您的蝴蝶钗子,我哪里敢出手?"尤真看了徐吴一眼,笑道:"原来是这个,我下一次送到徐先生家里去。"徐吴一听,摆手道:"我只是拿起来瞧一瞧,没有买下的意思。而且,无功不受禄,请尤小姐千万不要送到家里去。"

尤真只是轻轻一笑,也没有答应送还是不送。而这时候,李总巡见他们只谈笑,总不提及赵锦商,有些按捺不住,此时无人说话,便趁机向尤真试探道:"尤真小姐,我们这一次来……"

尤真经他一提醒,这才记起要事,双手一拍,笑道:"倒忘了正事了。"说着又转向方掌柜,将杨五妹案子的来龙去脉细细说出后,请求道:"方先生,这一次他的事被揭了出来,人也不知道逃到哪里去了,如今又涉及了人命。请你一定要帮帮忙,要是可以协助两位办理案子,也算是功劳一件。您以后遇到了什么难事,李总巡总要念着这份功劳。"

方掌柜沉吟了一会儿,点了点头。徐吴问道:"他失踪前的一两个月,便常常出入大茶楼,您知道不知道他在做什么?"方掌柜道:"他之前卖了两件赝品给我,自从知道他失踪后,我心里很怀疑,便亲自到几位朋友那儿去探访,才知道他们也受了他的骗,都入手了一两件,既有软片,也有硬片,还有金石文玩。这加起来也有二十来件,价值得有一百万大洋了。"

金石文玩,李总巡听过一些,至于软片硬片这样的名称,就听不懂了,问道:"什么是软片?什么是硬片?"方掌柜道:"软片说的是字画、古书、碑帖这一类的,而硬片则是指各个朝代出来的瓷器了。"

李总巡点点头,又问道:"他们都是在大茶楼里交易吗?"方掌柜道:"除了我,那几位皆是在大茶楼里交易的,也有从外地来特意到大茶楼见他的。我们都是老交情了,对于他卖赝品给洋人,早是有耳闻的,没想到他竟把主意打到我们头上来了。想来是只顾着要逃命,不管自己的名声了。"

这时,徐吴插话了,问道:"方先生,方便不方便给出另外几位受骗者的名字呢?"方掌柜有些犹豫,望了尤真一眼后,才道:"将这几位朋友的名字告知,倒是没有什么,不过他们肯不肯见,那要另说,我也是没有法子的。"

徐吴又问道:"赵锦商常常卖赝品吗?怎么在各位行家这里也敢做这样的事呢?"方掌柜道:"平日里对我们他从来不敢随意糊弄,他只敢糊弄洋人,还有便是不识货的。他做的仿品实在真假难辨,为此还专门四处花高价找寻人才,有专门仿字画的,做漆器的、瓷器的、木雕的、石雕的,真真假假,就这样掺和着卖。"

说到这里,方掌柜似乎想起了什么,冷哼一声,道:"他的手段是很好的,我初见他的时候便见识到了。他能发迹,也全靠自己的聪明,原来只是个小刺头,专做些偷鸡摸狗的事。后来进了洋餐馆做活儿,来来去去,竟然学得了一口流利的英文,说话时洋腔洋调的。后来凭着这口洋话,又被提拔了,替客人递枪换枪子,又学得了一手好枪法,到现在也有了一个习惯,随身总带着一把小手枪。"

第七回
孤勇夺铜鼎举枪示威，殷勤写名单有意为之

方掌柜认识赵锦商，是在一处偏僻的乡下。听说有老人挖到了一件青铜器，并且是很大件的器型，也不探听真假，便急忙赶了过去。他好不容易到了地方，门口已经有好些人在虎视眈眈等着。其中有七位老熟人，全是慕名而来的。

他打过招呼后，也跟着在门口等着，老人总是不肯将东西拿出来瞧。眼见着来人越来越多，他心里也开始焦急起来，若真是一件好东西，到场的这么些人，谁才能拔得头筹？不过，又有谁肯相让呢，到时候可有一番好争的了。

他闭目坐在墙边，脑中却在想着法子。这时，有人在他身边坐下，搭讪道："我听说这里有一件好东西？"他睁开眼睛，瞥了来人一眼，身形瘦小，戴着眼镜，肩膀高低不平，又眼生得很，大概是才入行的，所以并不把他放在心上，只是含糊地应了一声，又继续闭着眼睛养神。

不过一会儿，突然吵闹起来，跟着是踢踢踏踏，一阵脚步声。他睁开眼睛一瞧，方才还坐在墙边的人都涌进了屋子里，

梨园秘闻录（下）　　215

他赶紧拍了拍身上,也挤了进去。屋子不大,那件青铜器已经被团团围住,人也乱作一堆,吵吵嚷嚷的。

方才与他搭讪的那个人正站在前面,只见他双手一扬,主持起了场面,大声喊道:"我知道大家都想亲眼看一看这件青铜器,但你们这样推搡来推搡去,都不肯让出位置,谁也看不成。你们分列两边,空出地儿来,排着队来瞧,大家都有机会。"

原先大家都不服,一来说话这人在他们之中没有地位,说不上话;二来大家都不肯听,若是自己跑到两边站着,这位子可就白白让了。方掌柜却很机灵,依了这人的意思,走到一边站定,这之后一个,两个,也跟着排在了他身后。那些原先不肯相让的,这时候又犹豫起来了,若再不去排,可就得排在后边了。这样僵持之下,总算是排了两列。

方掌柜排在首位,连忙上前去瞧,围着走了两圈,仔细看了几遍,最终在催促声中才舍得走开。他想着这么大件的四足青铜鼎,鼎腹有饕餮纹,样式粗钝有力,是商周的祭祀礼器没有错,可以卖一个很好的价钱,场上的人都是识货的,只怕是很难办了。

大约过了一个钟,大家看完后,开始吵着出价了,都争着不肯让说话这人得去。这人却不见怒容,而是很有把握的样子,说:"这门是我开的,我出钱买下,这是没有问题的。可是我才刚踏入这行,许多规矩不懂,以后还有许多合作,不想伤了和气。你们又是比我早一步来的,不能让你们白忙活了。这样吧,大家以合资入股的方式买下怎么样?分成两股,我独占一股,剩下的一股,你们自己商量着分了。"

这话一出,场上的人都开始冷嘲热讽起来,说他胃口大没有规矩，都不肯照他的意思办。这人又道："我有路子可以卖出高价，听我的话，大家还有钱收。如果这样不成，那么就看谁本事高一些了。"说着便掏出了随身带着的小手枪。

这是遇到了不要命的。场上的人都安静了下来，心里虽气极，却没人敢先开口，免得冲撞上去，白白挨了枪子。这时候，还是方掌柜出来打和场，道："这位先生，你还得先拟一个数出来，我们才知道可行不可行。"

这人看了方掌柜一眼，笑着比了一个"八"。方掌柜道："这件东西可不止八万吧。"这人道："八十万洋元。"方掌柜有些惊讶，问道："要卖给洋人？"这人点头。方掌柜不说话。

这一件事后，两人也算是结交上了，后来方掌柜才从旁人处听说，他卖出的远不止八十万洋元，而那时候他也没有什么路子，不过拿着照片，四处寻买家，最后还是被他找着了。方掌柜讲罢，哼声道："他这人撞了大运，运气好得不得了，就是不可深交。"

尤真小姐道："我看他很有几分本事，可是运气用完了，有多大的本事都是要倒霉的。"

徐吴听着，已经大概知道了赵锦商的底细，也确定了他到大茶楼，是为了做最后的几桩交易。可是杨其山，梁门下失踪的三位徒弟，还有自杀的杨五妹到底为他做了什么，却还是没有打听出来。徐吴问道："方先生，他近日有什么秘密行动没有？"

方掌柜不知，摇了摇头。徐吴又问道："他到你这里来，可有提起什么事？"方掌柜想了想，答道："他是个大忙人，常常跑南跑北，只有谈生意时才会碰面，哪里能轻易知道他有什么秘密行动？上一次他来找我，是为了给我介绍卖家，我当时便买下了一件红釉瓷瓶，一幅赵伯驹的《汉宫图》。"

徐昊问道："这两件可不可以拿来看一看？"方掌柜看了尤真一眼，便起身出去，到柜台中拿了来。徐昊接过后，把那幅《汉宫图》展开来看，伏身看了许久，又拿起那件红釉瓷瓶，上下翻看，又借了洋电筒，往底部照去，看了好一会儿。

徐昊将东西归还，又问道："杨其山，这个名字你听赵锦商提起过吗？"方掌柜一听这名字，觉得有些耳熟。徐昊见他似乎认得，又补充道："他是摆摊写字的先生，专为人誊写信件的。"

这么一说，方掌柜倒是想起来了，道："这人我虽然没有见过，却是听说过的，他的字写得很好，最会模仿赵孟頫的字，曾经抄了一幅《道德经》，骗过了业内的几位老先生的眼睛。"

那么，杨其山也是替赵锦商造假的吗？徐昊又问道："方先生，赵锦商联络了许多人才为他做赝品，这其中还有谁是你认得的？我想上门去拜访。"方掌柜摆了摆手，撩须笑道："他怎么会将这么秘密的事情告诉我，来挡他的财路呢？"

方掌柜又看了尤真一眼。尤真笑了一声，拿起桌上的红釉瓷瓶，道："我看着方先生已经把所知的都告诉你了，再问也是答不出了的。今天就到这里吧，方先生这会儿是特意抽了时间出来，等等还有生意要谈的。"

方掌柜也跟着道："今日结交了新朋友，十分高兴，我还要亲自送一送。"说着便起身。

李总巡见此是不得不走了，赶紧道："方先生，方便不方便列个名单给我？"方掌柜道："什么名单？"尤真提醒道："他要同你一样，受了赵锦商骗的那几位朋友的名字。"方掌柜一拍手,抓起桌上的笔,蘸了蘸墨,当即将所知道的那五人的名字写在纸上。

李总巡接过时,只扫了一眼,随即递给了徐吴,又特意看了尤真小姐一眼。这样的举动,徐吴有些奇怪,拿过来一看,五个名字中,却有"伍城芝"三字,他闷声将纸收起,与方掌柜告辞。出了门外,尤真小姐上了车便要走,却被徐吴唤住,问道:"伍城芝先生与赵锦商也有交往吗?"

尤真不解,疑问道:"怎么这样问?"徐吴将纸递给她。尤真接过一看,挑起了眉毛,取笑道:"他也有失手的时候,竟然也被赵锦商骗了,回头我拿他问一问。"说话时,掩嘴轻笑,似乎有三分得意,像是抓住了什么了不得的把柄一样。

徐吴一面观察着她的神情,一面问道:"伍先生也爱收藏?"

尤真点头,道:"我看他只是玩一玩,附庸风雅吧。不过,即便他不爱搜罗这些,也挡不住那些往上凑的。"说着眼珠子一转,一时明白了什么,看着徐吴,问道:"你这是要找他,问赵锦商卖了什么给他吧?我可以帮着介绍你们认识。不过,他忙得很,我也有一段日子没有见着他了。"

李总巡笑道:"尤真小姐肯出面,这件事情十有八九是成了的。"尤真笑着点点头,道:"你这样说,我要是没有办成,那不是打了自己的脸吗?"说着,又对徐吴道:"这样吧,我一会儿到家里找他,他要是答应见你,我再到你家里一趟,亲自告诉你。"

古董商店正处于人来人往的大街上,站在当中说话,是很招人眼的,尤真提议道:"这样站着说话,总不好看,请你们到车里坐一坐吧。"说着便走到车前,摆了摆手,让开车的车夫下车。

梨园秘闻录(下) 219

她开了车门,先把两位请上车里坐定后,才跟着在徐吴对面坐下。车里有些窄,尤真在对面坐着,挨得这样近,徐吴有些不自在,微微侧了侧身子,往一旁让了让,错开了两人的视线。

尤真瞧着他的动作,暗地里笑他,道:"还有什么要问的,你尽管问吧,我是知无不答的。我知道两位找到家里去,是在怀疑我呢,为了自证清白,我是很愿意配合办案的。"她说得这样明白,徐吴也没有拿话遮掩,又问道:"这张纸上的其他四位,你认得不认得?"

尤真笑道:"你这是把我当成洋巡捕里的包打听了?问什么,知道什么?"说着拿出那张纸来看,道:"这四位我认得,他们的事是听说过的,也曾在宴会中见过几面,只是点头之交,他们不一定肯买我面子,没有办法替你介绍了。"

其他四位也是长州有名有姓的人物,李总巡道:"你不认得,可是伍城芝先生一定是认识的,周万里可是他的座上宾。"尤真笑了笑,没有答话,转而说起纸上的另外四位人物,道:"徐先生,这第一位姚鹏飞,你看名字,一定以为是男子的名字,不过我要先告诉你,你想错了。她是我们长州顶有名的女律师,在外留洋学法,持的也是国外的律师执照,一回来便连着打赢了两桩案子,在政界也是一位很炙手可热的人物。"

尤真接着道:"至于这第二位,我想徐班主大概是认得的,只是他换了名儿,换了身份,不再唱戏,如今在长州经营着一家小茶馆。虽然这里的人都叫他庄啸天,可是都知道他曾经也是角儿,唱的是丑角儿。"

其实,一见到"庄啸天"这名字的时候,徐吴便想起了庄叫天，只是没想到，他竟搬到长州来住了。十几年前，庄叫天的名号在各个戏班之中是很响亮的，没有哪一位不想把他请出来唱一出的。只是那一桩无头公案，使得他不仅受了几年牢狱之灾，名声更是一落千丈，没有人再想请他唱戏，大家都避之唯恐不及。徐吴问道："他过得怎么样？"

尤真笑道："我看他做个小老板也很不错，还讨了两位太太呢。只是不登台唱戏了，不过听说在推杯换盏间，还是要被人闹着唱几段的，这已经流传成一段佳话了，人人都争着要看一看他的戏。"

徐吴没想到发生那件事情之后，他还讨了两房太太。

尤真见他不说话，又继续介绍道："至于这位周万里，原来只是一个小角色，每日只是帮着处理琐事，近来出了些风头，为陈老爷办好了两桩心头难事，才被提携起来，为陈老爷管赌台。听说周万里为人很豪爽，很爱为人解决难事，只要一句拜托，就是再难的事，他也会想法子为人解忧。"

徐吴问道："陈老爷是谁？"

尤真道："你在长州待这么久了，竟然还没有听过此人的名号？这一位，总巡先生是认得的，你问他去吧。倒是最后一位，沈万安？沈万安……这名字我还没有听过，不晓得是哪一位了。"说着便拿起手袋："好了，我把知道的都告诉两位了，可以说是十分配合的。"话一说完，她便转头望向窗外，车夫正站在墙边抽烟，她只招了招手，车夫便很机灵地扔掉手上的烟，立即上前来开门。

徐吴见门打开，便知道尤真小姐的意思了，轻轻一笑，道了声谢，便下了车。离去前，尤真摆手道："徐先生，你只管等着好消息吧。"徐吴两人看着车子驶开去，不由面面相觑，继而相视一笑，也不知尤真小姐葫芦里卖的是什么药。

李总巡望向四周，道："我看尤真小姐这话，似乎明日便能安排我们见伍城芝。"说完，他见徐吴很心不在焉的样子，便问道："你在想什么？"徐吴道："我在想怎么去拜访庄叫天。"李总巡道："他未必肯见，也未必肯说。"

徐吴摇了摇头，心里有些摇摆，率先走在前边，道："我让梅姨跟孔兄去拜访，他或许肯透露几句。"李总巡听他话里的意思，似乎不愿意自己出面，问："怎么，你不跟着一起去拜访他吗？"徐吴道："他未必要见我。"

李总巡有些疑惑，道："那么，他便肯见梅小姐？"徐吴笑道："我们一行讲究的是辈分，兜兜转转总会牵扯出一点关系来。"李总巡点了点头，明白道："这就叫作沾亲带故，方便行事了。"

徐吴不想多谈庄叫天，转而问道："方才尤真小姐说起的陈老爷，是什么人物？"

李总巡答道："他呀，是烟草大亨，开了一家公司，专门做烟草的买卖，不过令他鼎鼎有名的不是他的烟草生意，而是他的另一个身份。长州有一个大帮派，以前专做船运，有许多分支，势力很广，各行业都有他们帮派中人。而他是正字辈的，在如今的排行中，辈分最大，资格最老，很有威信。"

这个帮派，徐吴以前听说过，又问道："沈万安是谁？你认得吗？"李总巡摆了摆手，道："这名字眼生，我还真不认得。不过，方掌柜列出的这五人中，其中有四位是有名姓的，我想这一位必定也是有名有姓的，一会儿我回巡警厅，好好查一查。"说完又问:"拜访完庄叫天之后,你还要做什么?"

徐吴答道:"等尤真小姐的消息。"李总巡问道:"要是不能见到伍城芝呢?"徐吴笑道:"这是尤真小姐安排的,怎么会见不着?"

第八回
误遇豺狼香残披讥笑，巧截羔羊周全点迷津

徐吴还未进家门，便听见阵阵弦声，那声儿断断续续的有些惆怅。他站石阶下听着，直到里边没了声儿，才走进去。梅姨在石亭中，手中拿着胡琴，有一根弦断了，她正拿着断弦发愣。

徐吴走到她身边，接过胡琴，在一旁坐下，不经意问道："怎么断了？"梅姨扬起嘴角，道："我看这几根弦松了，才调得紧一些，没想到一弹便断了。"徐吴拨了几下琴弦，道："不要紧，我一会儿给你换上新弦。"

梅姨低声问道："哪儿那么容易换新弦？这旧弦你就肯不要了吗？"徐吴听了，一时停住拨弦的动作，隔了一会儿，又轻轻拨了两声，道："这旧弦也已经接不上了。"两人一时没有说话。

梅姨心里气闷，转身便想走，被徐吴唤住，道："梅姨，我有一件事，想托你帮帮忙。"梅姨问道："要办什么事？"徐吴看着梅姨的背影，心里很不忍，起身托着她的肩膀，推到石椅上坐下，将赵锦商与杨五妹的交往一一说出。

梅姨听后，眉毛一直拧着，问道："你是觉得她的死与赵锦商有关？"

徐吴用手点了点桌面，道："她生前与赵锦商来往频繁，并且是很秘密的，而她自杀的时间，也正是赵锦商失踪的时候。"梅姨又道："可是我进门晚，不曾见过庄师叔，他不一定肯见我。"

徐吴道："孔师兄曾跟他搭过几回戏。"梅姨担心道："可是我听说他的脾气是很不好相处的。"徐吴道："孔师兄到哪里去了？等他回来，问一问他有什么法子没有。"梅姨答道："他下午便出去了，好像也是找杨其山去了，那失踪的三人还没有找着，他怕不好交代。"

正说着，孔章也踏进了院子，步履匆匆。徐吴朝他招了招手，道："我还有话问你呢。"孔章到了面前，一坐下，拿起桌上的糕点便吃，猜道："你要问我关于杨其山的事？"徐吴道："你今天又得了什么消息没有？"孔章道："没有什么大消息。"

徐吴道："那你见着他了吗？"孔章道："他被人请去刻字做族谱，我没有碰着他。"徐吴见他没有探得什么消息，也就不再问下去了，转而问起了庄叫天的事情。孔章有些惊讶，问道："你要见他？"徐吴摇头，笑道："你跟梅姨一起去见他。"

孔章应承道："既然你想这样办，那我明日一早便递上拜访的帖子。"

次日，孔章拿着帖子到庄叫天家里去，却被门房挡在外面。门房上上下下打量着他，冷声道："先生，拜访的帖子先放这里吧。"孔章问道："庄先生在不在家？"门房道："老先生正在会客呢。"

孔章在庄家宅前转悠了两圈，不见人出来，便回去了，至此过了两日，也是没有动静，到了第三日，才有了回帖。他兴冲冲地找了梅姨，道："你瞧，总算是有回帖了，我们这就上门去。"梅姨笑道："你等一等，我上屋里拿件东西。"孔章问道："你要拿什么？"梅姨笑了笑，不肯说。

两人相携着往庄家宅去，到了门口，递上帖子，便有人出来相迎。进了大门，首先见到的便是一件福禄寿石屏，石屏之后是一个小花园，栽种了各样鲜花，盛开得很好，姹紫嫣红，清香味一阵一阵的。小花园之后，有一间小室，雕花的门梁飘着一股油漆味，似乎才翻新过。

小室里有些窄，只在侧边开了一扇窗户，当中是一套红檀椅，桌上摆着一盆矮松、两件珐琅瓷瓶。大概是照不到光，又不开暖炉的原因，梅姨走进来时，觉得有些阴丝丝的，不由得打了个寒战，紧了紧身上的长袍子，小心地在红檀椅上坐下。木椅上没有垫子，坐下之后，只觉得很冷硬，实在是很不舒服。

引他们进来的伙计，似乎并没有招待的意思，什么话也不说便走了，只留下两人干瞪着眼睛。坐了好一会儿，两人才终于听见了声音，不过却是一阵咳嗽声，十分剧烈，好像止也止不住似的。

梅姨顺着屏风往后望去，隐约见着三重人影，慢慢走出来。不过隔着几步，他们却似乎走了许久，不由得让人等得焦急起来。梅姨从椅子上起来后，那三重人影也从屏风后走了出来，被搀在中间的是七十岁的老翁，眼下青黑，眉毛杂乱，五官皱在一处。头上虽戴着帽子，却怎么也压不住冒出的根根白丝。

梅姨看了这情景觉得奇怪，按说庄师叔才五十来岁，怎么一副老态龙钟、行将就木的模样？而且，看他走路的样子，似乎腿脚也不好。听说他讨了两房姨太太，他身边那两位大概便是了。

她们约莫只有二十来岁，梳着矮髻，手上戴着金镯子，钻石戒指，穿着一身合体的旗袍，滚金丝边，看着很富贵的样子。两人眉眼低顺，从进来后便没见抬起头过，只是很仔细地伺候着庄师叔坐下。

孔章开口道："师叔，有许多年没有见着您了。"庄叫天捧起茶盅，先润了润嗓子，道："是有许多年没有见了，我听说你们搭了徐吴的班子？"孔章答道："这几年跟着他跑南闯北。"

庄叫天觉得可惜，咂着嘴巴，道："我没有徒弟，所以很看重你。你师父把本领都教给你了，这么些年来，你却还没有唱出名堂来。可惜，实在可惜了，糟蹋了你师父的本事。"庄叫天曾经有过六位徒弟，都是正经拜过师的，可是当年他出了事，有的袖手旁观，有的落井下石，让他很寒心。每逢人前，必说自己没有徒弟。孔章知道他的脾气，没有搭腔，只是一笑而过。

庄叫天又转向梅姨，道："我们还没有见过面，可是你师父收你做徒弟的时候，写过信给我。你在远江红过几年，唱念做打都没得说，是下了功夫的，不过没有气性，受不得半点委屈，白白把场子给让了。好不容易在长州唱红了一出戏，又扭捏作态，不肯配合。"说完又叹气，道，"我们这一门派是没有出路了，在你们这儿就算是断了。"又见面前的两人只是笑，却不吱声，问道，"他还记着恨呢？不肯来见我。"

孔章回道："他有事要忙，才没有过来。"

庄叫天问道："他忙什么？"孔章道："他正协助巡警厅办理

案子。师叔,赵锦商这人,您认得不认得?"庄叫天道:"你问起他做什么?"孔章回道:"最近发生了多桩案子,都与他有关,巡警厅正在调查呢。"

庄叫天冷哼一声,道:"他前阵儿骗了我不少款子,我还要找他理论呢。"孔章道:"他失踪了,您找不着他。不过,要是巡警厅的人可以抓着他,您的款子还能追得回来。"庄叫天想了想,松口道:"你要打听什么?"

孔章问道:"他有没有透露过最近在做些什么事情?"庄叫天想了一会儿,道:"他说要办电影公司,问我要不要预定股份,还问我要人。"孔章问道:"他要什么人?庄叫天回想道:"他说我在戏剧界中认识的人多,要我为他介绍几位女演员,愿意拍电影片子的。我想他不过是捣鼓几件古董,就以为自己很了不得了,哪里会办什么电影公司?我很不信他的话,可是相交几年,总要敷衍他的面子,就随便找了个人打发他了。"

梅姨听完之后,想起了徐吴的话来,不由得皱眉问道:"您找了谁?"忽然这么一问,庄叫天一时想不起来那女孩儿的名字,只记得其中有个"五"字,张口半天,还是说不出来,回身瞧了姨太太一眼,问道:"她叫什么名儿来着?"

其中一位姨太太回道:"她叫杨五妹。"庄叫天想起了她的模样,点头道:"我倒忘了她的名字,样子好看,就是穿得朴素了一些。我瞧着她家里穷,要是真当了女演员,那是飞上枝头变了凤凰,不仅有一口饭吃,还有票子进口袋,也是她的造化了。"他的语气中透着几分得意,以为安排了一桩美差。

梅姨心里不耐烦他这样说话,问道:"您怎么认得杨五妹,把他介绍给了赵锦商?"庄叫天指着窗外,道:"看着外边那些花花草草没有？那都是她做的活儿。她有几分聪明相，又识得几个字，我只要将这事的好处跟她一说，哪里有不愿意的道理？"

赵锦商到家里来拜托的时候，庄叫天也很踌躇，实在想不出有哪一位是合适的。当时，他正在院子里坐着想法子，摇椅一晃一晃间，见着杨五妹进进出出，抬花盆，翻泥土，将花重新植到花盆里。这活儿看着轻松，却是很吃力气的，那一个瓷盆有好几斤重，再加上盛着泥土，是很不容易的。她却是只埋头做活儿，动作十分利落，虽做着苦活儿，但眉目间没有苦相。

他见了十分好奇，心底也有了打算，便出声喊她。她应声而笑，问道："老先生，什么事？"庄叫天看着她的笑容，十分年轻，问她说："我有一桩好差事给你，你要不要？"她问道："什么样的好差事？"

他笑道："我有一位朋友，预备开办电影公司，缺少愿意拍片的女演员，我介绍你去试一试，你愿不愿意？"她在身边站着，有些迟疑。庄叫天看着她道："你是不信我的话？"她连忙摆手道："不是的，我认得老先生，您曾经也是在台上唱戏的。"

他有十几年没有演戏了，没想到还有年轻孩子认得他，便问她："你怎么认得？"杨五妹答道："翻过以前的戏报，看来的。"他见她很机灵，又问："你也爱听戏？"她笑道："我虽不常听戏，但是实在很喜欢，常搜罗一些戏报来看，知道您以前唱过好些戏目，有《十三幺》《双碑》这些。"

他点了点头，十分满意，笑道："那你怎么不去学戏呢？"她低着头，道："家里不让学。"他见此，怀疑道："那他们肯让你当电影演员？"杨五妹道："我大了，自己可以做得了自己的主了。我要是挣了钱，还可以给他们花呢，怎么不行？"

庄叫天见她这样笃定，隔日便将她介绍给了赵锦商。不过，好些日子没有听见动静，也不知赵锦商所谓的电影公司办得怎么样了，电影片到底拍出来没有。说完这些，庄叫天又想着这两人怎么无缘无故问起这事，凭着机警，问道："你们打听这些做什么？"

梅姨听着他的话，眉头却是越皱越深，心里骂他糊涂，没有打探清楚，便将一个年轻女孩往火坑里推，却还自以为促成了一桩美事，也不顾及辈分，恨声道："前些日子，杨五妹溺水死了。巡警厅正在办理这桩案子，怀疑她的死与赵锦商有关，正查着呢。"

听说办理案子，庄叫天心里一吓，背脊发着冷汗，慌乱起来，抬手间将茶盅扫向地上，也顾不得水洒在身上了，疾声撇清道："她的事我只说给你们听，千万不能传出去，就是传出去了，我也不认。她已经死了，跟我没有关系。"

梅姨不明白他为何这样害怕，孔章却是知道的。他曾经受过牢狱之苦，这年纪要是再牵涉进案子里，怕是受不住了。又想他这态度，明摆着是要事不关己，高高挂起了，想了想，劝道："师叔，这桩案子原来也不关您的事，只是那孩子曾经到您这里做过活儿，您又与赵锦商是有联系的，怎么也会找上门来查。"

这话听得庄叫天一哆嗦，想起了往事来。

孔章放缓了语气，温声道："正好，办这桩案子的李总巡，与我们是老相识了，只要您配合他办理案子，谢谢您都来不及，不会把您牵扯进来。您若是不配合，他还以为您做贼心虚，不敢认呢。"

庄叫天探头，确认道："你真认得办案的人？"孔章笑道："跟您说实话吧，我今日上门来拜访，还是因为他查到了您与赵锦商的关系，要我来探问几句。您今天不说，他明日亲自上门来，您要怎么交代？"

庄叫天左右一想，权衡之下觉得还是配合办案的好，摆手道："有什么话就问吧。"孔章笑道："赵锦商想找人入股办电影公司，除了您还找了谁？"庄叫天道："我又不入股，也就不曾过问他办电影公司的事。不过我听人说起过，他还找了一位留洋回来的博士，为此特意编了戏本。"

孔章问道："这位又是谁？叫什么？"庄叫天没有与这位留洋博士交往过，也不知道，只说："你找人打听打听，他所学的专业听着也很稀奇，只记得似乎学的是烧什么工程。我没有仔细打听过，你到外边问去吧，总可以问得着的。"

孔章继续问道："那么他的电影公司在哪里挂牌？"庄叫天想了一会儿，迟疑道："我似乎听他说起过一个地名。"孔章倾身追问："什么地名？"庄叫天挠着脑袋，想了半天，道："我记得，我记得是盛安大街，至于多少号，你们自己问去，我记不清了。"

梅姨忽而想起徐师兄特意嘱咐过要问的话，便道："师叔，您有没有听说过沈万安这人？"庄叫天并不认得这人，反问道："他是谁？"梅姨摇着头，没有说话。又说了一阵，孔章见时间到了，便提出告辞。庄叫天松了一大口气，连忙让两位太太替他将人送出去。

孔章回头望着掩上的大门，道："走吧，到大茶楼去。"

梅姨一面走，一面想着事情，道："我总觉着，庄师叔提起的那位留洋博士，我好像在哪里听人提起过。不过，说起拍电影，前阵子尤真小姐也同我说起过。"孔章笑道："那么你想当女明星吗？"

梅姨轻轻摇了摇头，道："当女明星哪里那么容易？看着像是洋娃娃一样美丽的，身边围着的却是豺狼虎豹，也不知道什么时候把人吞下去，可恨的是还找不着说理的地儿去。若是出了错，舆论的刻薄与尖酸，比之于男子，甚于千百倍。"

孔章也道："你若是要往那条道上走，我也要极力劝住你的。师父自入门便常常敲打我们，学艺要精，每日练功要勤，万不可偷懒耍滑，落下一日之功，被旁的路子吸引了去。他的这些话，听进心里的大概只有你了，他对你也最不放心，总怕有一群豺狼虎豹围着你，时常把我叫去，嘱咐我要好好守着你才行。"

这些话，梅姨还是头一次听孔师兄说起，笑道："有你们在，这些年来哪里有豺狼虎豹敢在我身边打转呢？"孔章回道："他们见在你身上讨不着好处，也就到别处觅食去了，也是你不肯搭理。"

庄叫天的宅子与大茶楼只隔着一条街，两人走走谈谈，不一会儿便到了。梅姨曾经在这里唱过几出戏，伙计都认得，见她来了，瞪着眼睛，惊喜地上前道："梅老板，您多久没有来了，我们经理常说起您。我这就把他喊出来，他见了您这样的贵客保准是很高兴的。"

梅姨被逼得退了两步，歉声道："我约了朋友到这里来看戏，他大概是已经到了的。"伙计笑道："您上了台，谁不争着看您的戏呢？这一阵时时有人来打听，都想再看您演一场呢。"梅姨已经没有在长州上台的打算，只是轻轻笑一笑，没有答应。

孔章见此，走在前边，问道："徐先生到了没有？"伙计道："到了好一会儿了，正在看戏呢。"孔章问道："他在台底下看？"伙计在前边引路，道："那不是，在二楼的包厢。"孔章才刚抬脚要上台阶，身后有人将他喊住了。他回头一看是尤真小姐，有些惊讶，招呼道："你也来看戏吗？"

尤真笑道："我上家里找你们去，可是找不着人，我猜你们大概是看戏来了，便找了过来，才坐下一会儿，你们就打我眼前过去。"梅姨探头往戏台上瞧，笑问道："今天唱的是哪出戏？"尤真附在梅姨耳边，轻声道："我要说唱得不好，伙计该记着我了。我悄悄跟你说吧，我只听了头两句，便知道这戏坏了，一点儿也不知台上唱的是哪出。"

梅姨看了她一眼，掩嘴而笑，相携着往二楼去。尤真问道："徐先生也在？"梅姨回道："他早来了一会儿，你要找他吗？"尤真道："前两日，徐先生说要见一见城芝，可是城芝才回来，趁着这会儿有空，我想带他到家里去。"梅姨笑道："伍先生真是大忙人。"尤真回道："可不是，再晚一些，大家知道他回来了，上门办事的人多了，又怕要爽了徐先生的约。"

说着便到了门前，伙计一推门，徐吴正站在窗边，而李总巡则坐着喝茶。尤真笑道："我有一个好消息要告诉你们呢。城芝回来了，请你们到家里坐一坐。"李总巡高兴道："我们俩左等右等，总算等来您的消息了。"徐吴也跟着问："约定什么时间？"

尤真道："他只这会儿有时间，再晚些忙起来，不一定见得着他了。"她一面看着台下的动静,一面提议道:"我自己开了车来,刚好坐得下几位,现在就走吧。"她说着便率先往外走。

徐吴走到孔章身边,悄声问道:"庄师叔怎么说?"孔章回道:"赵锦商要办一个电影公司,请庄师叔介绍女演员,庄师叔将杨五妹推荐给了他,当时她正在庄师叔的宅子里做花匠活儿。"

尤真听说又有人要办电影公司,笑道:"说起办电影公司,我这一年来常常听人讲起这门生意,听说有的人赚得盆满钵满,有的人则是卷走募集的款子,一走了之。"孔章点了点头,又继续道:"赵锦商还有一个合作的朋友,名字还不知道,听说是留洋回来的博士,读的是工程专业,却很会编戏本。"

尤真一听,便知道说的是谁了,道:"你说的这人,我是认得的,他也找过我,要我为他介绍女演员。那时候,我头一个想到的便是梅姨了,可惜梅姨不愿意出面,我也就把此事搁下了,只是不知道他竟然还去找了赵锦商合作。"

梅姨这才想起来,早几个月,尤真小姐写信,谈起过此人的,笑道:"他叫什么名字我给忘了。"尤真回道:"万谦南。"梅姨取笑道:"这是什么名字?万谦南?万千难?"尤真也跟着笑道:"你当面见了他,可不要这么说,他常常被人拿名字取笑呢。"

第九回
门前络绎山中如闹市，年岁匆匆往事似水月

尤真目视着前方，将车子开向了郊外，四周是大片的田地，不远处可见一排连着的洋房，都有三四层高。徐吴记得伍城芝的宅子并不在郊外，不由得问道："我们这是要到哪里去？"尤真道："我给忘了，你们还没到这里来过。一会儿要去的，是我和城芝结婚后预备要住的房子，他现在在那儿办公事。"

车子缓缓往山上驶去，窄窄的小道，两旁绿树丛生，几道细碎的光射在道上，不时有车轮子碾过。尤真摇了摇头，笑道："他们倒比我先了一步，城芝回来的消息怕是大家都知道了。"

不一会儿，便见着一扇对开的大铁门，正巧有一辆汽车开出来。尤真见了车牌，知道是董伯伯的车，便将车子停在边上，下了车，走到对面的车子边，伏在窗边，对着一位白发老翁笑道："董伯伯是稀客，知道您要过来，我一定在家里等着。"

董世惠摆了摆手，道："我过来跟城芝商量一件事，这时候要赶着去办呢。倒是你们的婚期已经定了，我都记着的，已经准备好了贺礼。"尤真道了声谢，又问道："您要办什么事？"董

世惠道："办女学的资金不够，而且难以施行，我看他能不能为我想一想法子。"

徐吴坐在车上，看了看四周，这里的设置与尤家宅子有几分相似，却比尤家要更热闹一些。他见尤真小姐正与前面的老翁说着话，便问李总巡："这老人家是谁？"李总巡答道："那是教育厅的董公世惠，老先生近来正在筹办女学呢，这一桩事很不好办。"

正说着，尤真已经回来了，道："实在不好意思，遇着一位长辈不得不招呼。"徐吴道："不碍事，这是应该的。我看着有许多人来找伍先生，不知道还能不能见得上面了。"尤真道："你就放心吧，我交代过了，一定会见着的。"

尤真一面说着话，一面将车子开了进去，到了门前，立即有人出来开门。尤真将钥匙递过去，正要问几句话，迎面又走出来了两位相识的朋友，便上前招呼道："杜先生，好久没见了。"

杜为夫见了尤真拱手作揖，笑道："三小姐，我太太很想请你到家里做客呢。"尤真豪爽道："我是一个闲人，有人请我，我是一定去的。我知道杜太太很爱听戏，我听说明天下午，三庆社在大茶楼有一场戏，我想请杜太太一起去，我一会儿让人把票送到家里去。"

徐吴一直盯着他们瞧，李总巡凑近解释："那一位手上拿着帽子的，是督办铁路工程的总长杜为夫。另一位年轻些，穿着白西装的是伍城芝的洋文翻译，他自己也开办着一间外商公司。"

徐吴应了一声，没有说话，一双眼睛盯着尤真小姐看，对她有几分佩服,她无论与谁打交道,都是应对有度,温温和和,从不见她有一丝脾气。就好像现在,将人高高兴兴送走,又回来应对他们了。尤真小姐过来牵起梅姨的手,把他们往屋里让。跨进门内,首先闻着一股悠悠清香,让人一时间觉得全身通泰,神清气爽。

梅姨问道:"这檀香味不浓,又很醒神,在哪儿买的?"

尤真笑道:"那是我自己配的香,我等会儿给你拿上。"她说话的时候,瞥见一抹身影,正躲在石柱子后边,想悄悄绕出去,便出声喊道:"囡囡,你回来,见了我怎么要跑?你大哥在书房里吗?有客人没有?"

女孩儿听见尤真喊她,不敢再走,站住一会儿,才转身走过来,嬉笑道:"大嫂,我才在书房里见了大哥,他正和人谈话呢。我看着是要谈完了,你等一等吧。"尤真轻轻拍了一下她的脑袋,笑道:"我还没有入你家门呢,不要乱喊,要是婚事没有办成,看你喊错没有。"

女孩儿道:"不要吓唬我,你不是我大嫂,难不成大哥还要娶别人不成?那我可第一个不答应了。"尤真笑道:"你不要耍滑头,他怎么不能娶别人?"女孩儿回道:"你真是奇怪,我大哥要是娶了别人,你不怨他吗?"

尤真又拍了她一下,道:"不说这话了,我倒要问你,见了我便跑,你是要到哪里去?"女孩儿扮着鬼脸,一面往门外跑去,一面道:"我就怕你们问我到哪里去,我就到外边走一走,走到哪里算哪里,成不成?"尤真看着她的背影,一蹦一跳的,很无可奈何。

这时候,从楼上下来了一名男子,穿着麻布短衫,苦着一

梨园秘闻录(下)　237

张黑脸。徐吴见了此人,心底有些惊讶,今早才在报纸上见过此人,他叫阿成,近些日子发生的罢工活动,正是他组织的。不久前,在洋人工厂中发生了虐待事件,工厂主气焰嚣张,不肯道歉,工人们因此怒而罢工,到现在还僵持着。

尤真上前问道:"事态怎么样了?"阿成皱着眉头,苦声道:"事情闹得不可开交,有三人被打伤了,还有一些被洋人捕了,这才来请伍先生帮帮忙,走走路子。"尤真也有些忧心,道:"我想法子向各界募集一笔款子,每月给罢工的人发些钱,保证温饱,至于被捕的人,城芝会想法子的。"

阿成道:"谢谢三小姐,伍先生方才也说要这样办呢,这样我总算是放心一些了。您有客人,我就不打扰了,这会儿还要回去,告诉他们这个好消息呢。"尤真招了招手,一面让人准备车子,一面道:"这里偏僻,我让人送你出去吧。"

将人送走后,尤真又对他们玩笑道:"徐先生、李总巡,你们预备捐多少款子?"徐吴道:"尤真小姐觉得多少合适?"尤真不说,而是用手指做了个"三"后,便率先往楼上走,道:"这会儿没有人,我要看看他在做什么。"

到了书房的门前,尤真没有出声,而是顺着门缝往里瞧,她见城芝正埋头写文件,笑出声来。伍城芝抬头见是她,莞尔一笑,朝她招了招手,道:"你总算过来了。"尤真将门一推,大大方方走了进去,道:"这几位是我的朋友,介绍给你认识。"说着,将在座的各位依次介绍。

伍城芝起身相迎,将他们请到一旁的沙发上坐下,又按了桌边的铃,不一会儿便有人进来布置茶点,一切有条不紊,训练有素。他暗自打量着徐吴,客气道:"我常听真真说起徐先生，她夸你办案很有法子，听说前阵子的伪钞案也是你办下的。上一次我在电影院门口遇险，幸亏有你跟李总巡的协助。"

徐吴道："算不得什么事，一切是李总巡的布置。"徐吴说这话时，也不着痕迹地将屋子扫了一遍，敞开的窗户，随着风一鼓一鼓的白色窗帘，倒映出窗外的绿荫。白色墙角立着一对三米高的黄花梨圆角柜，同这里边的摆设有些不搭调。

书桌之后是一面书柜，玻璃橱窗面上泛着光，看不清他藏了什么书。下边则是半人高的斗柜，摆了好几张照片，一张乌泱泱站着百来人，分列站好，穿着一式长衫，端着一张脸，由题字看出是商会中人。旁边则是一张家族照片，有一位长须老者坐在正中，其余人则是按辈分排在后边。

其中最显眼的便是他与尤真小姐的合影了，白色头纱，白色西装，两人相视而笑。尤真小姐从进了书房之后，便一直站在伍先生身边，神情亲昵，透着可爱。她的手搭在伍城芝肩上，推着他往沙发上一坐，问他："你来猜一猜，他们是做什么的？"

伍城芝回道："李总巡是不必说了，梅老板的戏我是听过的，非常好听。有的戏只做场面，只是叫人看个热闹的，听起来却是能挑不少毛病。但是梅老板的戏，我不用看台上，只是听着便觉得很有味儿。孔先生在台上也有扮相。至于徐先生，我猜也是这行当里的，唱的难道是旦角？"

尤真答道："你猜着了。"说着便在他身边落座，又道："说起来，城芝以前很爱票戏，他的嗓子好，胡琴师父都拉不上去了，他还可以拔高。"伍城芝不知她这一会儿，要拿什么话取笑他，连忙阻拦道："你这样说，我实在很不好意思，这是班门弄斧，在关公面前耍大刀了。"

梨园秘闻录（下）

尤真转头瞪了他一眼，笑道："那么，我可要说一说你票戏的时候闹出来的笑话了。"梅姨见两人说话有几分意思，也问道："闹了什么笑话？"尤真道："那时候，我大姐姐还未离家，他们两人都是戏迷，每天结伴到票房去，或是待一早上，或是待一下午。引得我大姐姐回到家里，总是咿咿呀呀吊嗓子。"

尤真说着便笑了起来，继续道："他们两人学了一个月，也争着要在票友演出的堂会上唱一回。我记得那时候他们演的是一出打戏，城芝在台上翻了个身，佯装摔下战马，他下马走起路来一拐一拐的，观众以为他是为了角色特意设计的动作，纷纷鼓掌，但是我大姐姐不知道，在排练的时候是没有遇到过的，只觉得奇怪。等城芝接过小兵递来的令旗，手一挥，旗面上一个大窟窿，我大姐姐一时笑了场，实在唱不下去了，才被轰了下去。"

伍城芝道："我知道那是你故意在我鞋子里放了小钉子，旗上的窟窿也是你剪出来的。"尤真笑道："我还以为你不知道呢，怎么那时候不点破？"伍城芝转过头去面对着她，扬着眉，得意道："阿司早猜着了，她说这准是你做的坏事，让我不要说破，只瞒着你，不让你太得意。"

尤真哼了一声，道："不说这话茬了，没有意思，还是办正经事吧。"伍城芝笑道："办什么正经事？"尤真问道："你是不是向赵锦商买了两件古董？"伍城芝有些奇怪，问道："你怎么关心起这事来了？"

尤真道："他最近用假古董行骗，而且还涉及了一桩命案。我听方先生说，他也骗了你。"伍城芝轻轻一笑，道："原来是这事，他怕是活不了了，我也不追究他骗我的款子了。"徐吴一听,问道:"他怎么会活不了?"

伍城芝说道:"李总巡在这儿,我想巡警厅出的通缉令你们是知道了的。只是这时候要捉住他的,可不仅仅是巡警厅的人。昨晚上,便有一位老朋友托我找一找他的下落,我说他正漂在水面上不敢上岸呢。他知道一到岸上来,有多少把枪指着他。"

徐吴追问道:"还有谁要找他?"伍城芝看了李总巡一眼,道:"具体是哪一位朋友,我不方便说出他的名字,我一说你们便知道是谁了。"徐吴想了想,又问道:"他们为什么要杀他?"伍城芝笑道:"贪得无厌,又为他人做了嫁衣裳,得不着好处,便想弄个鱼死网破。"徐吴接着问下去:"伍先生知道他躲在哪里?"伍城芝笑道:"我只知道他花了钱,准备乘船秘密逃到西洋去。"

尤真忽然想起来一事,问:"谦南跟他合办了一家电影公司,这事你知道吗?"伍城芝答道:"谦南为这件事情正气得不轻呢。你还不知道他吗?他近来又写出了一个本子,正愁着要找钱拍成电影,赵锦商只说以合股的方式为他拍电影,他便四处筹集资金,把钱交了出去,赵锦商却卷着钱跑了。他的电影没拍成,还欠下了许多债,心底不知有多恼恨。"

尤真道:"你怎么不劝着他?他这人一条道跑到黑,不肯转弯的,现在大概是在生着闷气。"说着又叹了一口气,继续道,"他为了这个愿望,已经写了不少剧本,他写的那些本子我也看了,写得实在不错,却总是没有看上的人。"

伍城芝问道:"他写了什么,怎么没有人看上?"尤真回道:"我去看万老伯,碰巧他也在客厅里坐着,便跟我说起他写完的本子,讲的是一个歌女的故事。他一面说着,我一面想着梅姨的样子。我觉得梅姨去演是再适合不过了，因为她的眉眼间很有英气，却又不失一种温和，面对任何不公，似乎总是泰然处之。"

梅姨轻轻一笑，想着她们没有见过几次面，而尤真小姐似乎将她看得很清，便道："你实在是高看了我。"尤真笑道："你这是当局者迷，我这是旁观者清。"伍城芝拍了拍尤真的手，道："那你为什么不将谦南介绍给华光电影公司的柴经理认识？"

尤真回道："哪里没有呢？我偷偷将他的本子递给柴先生看过了，柴先生也夸他本子写得不错。不过，考量到谦南以往没有电影作品，这歌女的题材也不时兴，柴先生怕拍出来了，却不卖座，做了赔钱的买卖，不敢答应。"

李总巡听了一会儿，都是一些不相关的事，心里已经很急不可耐了，抬头看了对面的徐吴一眼，原来想暗示他发问，却见他嘴角紧抿，没有开口的意思，心中觉得奇怪，他怎么忽然变得沉默起来了？便抓着空隙，问道："伍先生，关于赵锦商的下落，希望能给我们一个提醒，我们才好查下去。"

伍城芝被这干巴巴的一句话，噎得不知该说什么，笑意凝在嘴边，意味深长地打量了他一眼，忽而想起这人曾经到天一庄旅馆里搜查，还劳烦了宋经理挂电话给他，是个直脾气的，笑道："我方才说的难道还不是提醒吗？至于要怎么查，那是巡警厅的事了吧。"

李总巡见他不说，还想再问，徐吴怕他说话得罪伍城芝，便抢先问道："伍先生，杨其山不知你认不认得？"伍城芝道："我没有跟他打过交道，不过因为查过赵锦商的事，知道他跟赵锦商有来往。"

徐吴一听，他竟连杨其山都知道，那一定也是探过底细了，连忙追问道："他真的只是替赵锦商仿造字画吗？"伍城芝正端着茶喝，听了徐吴的疑问，抬眼道："难道徐先生还有什么怀疑吗？"

徐吴道："我总觉得他还为赵锦商做了什么事，只是还未想出一个头绪来。"伍城芝又想起了一件事，便猜道："我想你一定是在想那失踪了的三个孩子，若是在为这一件事担忧的话，那我告诉你们吧。那三人没有失踪，而是逃到北边避着去了，他们害怕赵锦商被抓住之后受牵连。"

孔章连着几日在找这三人的下落，却是毫无头绪，而伍城芝却轻轻松松便说出了他们的去处，这让孔章十分惊讶，可是他转而又想，从伍家宅门前到书房这一路，碰见的上门求办事的人不少，他们回去时面上都挂着欣喜的笑，伍城芝虽然只是个商人，底下探消息的人却是不少的。便问道："他们的行迹，我查了不少日子，可是却没有查出他们往北边去了，这是为什么？"

伍城芝放下茶杯，答道："那三个孩子并不起眼，随便打扮了，换个身份出去，哪里会引起别人的注意？"伍城芝的说辞，孔章还是有几分怀疑，皱着眉头，还要再问。徐吴却插话进来，道："伍先生，你知道沈万安是谁吗？"伍城芝听了这个名字，先是将头微微向一旁歪着，不知在想什么，一会儿才道："沈万安，这个人我记得在哪里听过，一时间却想不起来了。"

忽然，有人站在门外，往里探头，穿着短衫，一副打手的打扮，神情焦急，见了伍城芝，连忙招了招手，沉声道："伍先生。"却没有再往下说话。伍城芝起身往外走去，那人凑到他耳边说了几句话。伍城芝又低声问了几句，就这样一问一答后，伍城芝摆了摆手，让人下去了。他回到位子上后，面色变得严肃起来。

尤真看着他的样子，虽不知道发生了什么事，却猜到他这会儿是有事情要处理的，便道："我看城芝是没有空陪我们闲坐了。"尤真说了这话后，伍城芝也跟着笑道："我有急事要处理，只能陪各位到这里了。"说着便率先起身，客气道，"各位要不要留下用饭？"

徐吴也起身道："我们不打扰伍先生办事，还是先回去了。"他走到门边时，伍城芝却又突然出声道："徐先生，你等一等。"说着便转身走到书桌边，抽了一张信纸，拿起钢笔，俯下身子写了几个字。

伍城芝写完之后，递给了徐吴，道："徐先生，这是赵锦商藏身的地方，不过我不确定他如今还在不在。"徐吴有些惊讶，拿过信纸后，极快地扫了一眼，道："伍先生，实在是感谢。"伍城芝笑道："我让真真送你们出去，再会。"

尤真走在前头，带着他们下楼，想亲自开车送他们回去。可是才下了楼梯，忽然有人小跑了下来，追到尤真身旁，道："三小姐，伍先生找您，有话要问。"尤真微微回头，看了那人，眼珠一转，道："好，我把客人送进车里，就到书房找他。"

徐吴道："我们认得路，不要再送了。"尤真有些踌躇，往楼上看了一眼，心中犹豫，终于道："这样吧，我让老六安排车子送你们回去。"说着便同来人交代了几句，又将他们送至门口才回到楼上去。

徐吴跟着老六往外走，又见着有人从一间小室中出来，穿着灰布衣衫，手里提着钱袋晃，似乎很高兴，看不出是做什么差事的，问道："他这是在做什么？"老六瞥了一眼，道："那是来领月薪的小角色，不是我们家里的。"

徐吴没有再问下去，上了车后，望着昏昏的天色，一路上默不作声。相反，李总巡却是眉飞色舞，十分高兴，他认为赵锦商的藏身之处既然找着，案子也快要破解了。

下车后，徐吴向李总巡道："你不觉着赵锦商的案子办理得太过于顺利吗？"

第十回
忽告撤悲案亲父忍痛，夜半报喜讯锦商已捕

　　落日余晖逐渐隐在夜幕之下，徐吴看向天边，呆看了一会儿，才将伍城芝的信纸交给了李总巡，道："这件事情你去办了吧，我等你的消息。"

　　李总巡拿着信纸，皱着眉头，心里奇怪，每逢有了消息，徐吴总是跑在最前面的，这一次怎么表现得这样消极，问道："你不一起去吗？"徐吴回道："你去吧，我要想一想。"李总巡追问道："你要想什么？"

　　徐吴心中也很茫然，只是觉得有几件事情想不通，道："让我再想一想。"李总巡见他说话总提不起劲的样子，虽然担忧，可是已经得到了赵锦商的藏身地点，他心想着办理案子，也就不再多待，急忙回了巡警厅布置人手，同他一道去抓赵锦商。

　　门前的灯笼红通通的，烧着的灯芯一闪一闪，飘飘忽忽的，徐吴想一定是阿离点了灯。他一推门，屋子里果然也亮堂，阿离正坐在门槛边上看书。她听了声音，撇下本子，迎了出来，委屈道："你们都出去一天了，怎么才回来？出去了怎么也不说到哪

里去？我一直在琢磨着你们干什么去了，怎么也不给我留话？"

徐昊见门边上一碟蜜饯果脯，随地扔着两本书，笑着摇了摇头，将书捡起拍了几下，道："你也天天往外跑，也不见你留过话。"徐离无话可说，眼珠子一转，玩笑道："那么我们算是扯平了，我不计较你们今天的事了。"说完话，捧起果碟便要走了。

徐昊又叫住了她，问道："你这些天，成天地往外跑，也不读书了，是干什么去？"阿离听阿爹说起读书的事，心里一颤，连着几日没有查验功课，她自己也开始得意忘形起来，暗自叫苦。却听她阿爹再问："你是不是找尤真小姐去了？"

阿离道："没有，没有，我最近结交了一位女朋友，年龄比我大一两岁的，与我很谈得来。我们出去，不过也是看戏看电影，天黑前也就回来了。"徐昊这时才稍稍放心下来，问道："那你就不用读书了吗？晚一些我要考你的功课。"

阿离一听，如临大敌，夺过他手中的书，捧着果碟便回房里看书去了。她人一走，徐昊勉强牵起的嘴角耷拉了下来，低着头，便往门槛里一跨，才一沾地，又往外一缩，转身找起了梅姨的身影，见她正往外走去，便走过去将她请进了书房里。

徐昊的神色十分低迷，点了香后，请梅姨坐下，道："尤真小姐很喜欢阿离，这我知道，可是我不放心。阿离有什么热闹总凑在前边，做事不稳当。"徐昊说话有些乱，大概也不知道自己在说什么，梅姨看在眼里，问道："你这是在担忧尤真会害了阿离吗？"

徐昊无声地望着梅姨，摇了摇头，又点了点头。

梅姨见他这样，这时心里担心的是他了，握住他的手，安

梨园秘闻录（下）　　247

抚道:"好了,好了,我会看着她的。这阵子,我就让她读书,换我来考她的功课,让她松懈不得,再没有时间去玩。"说着,她起身走到他的身后,捏着他的肩膀,又轻轻拍了几下。

徐昊呆想了一会儿,忽然向梅姨道:"杨五妹,只是想靠着自己在社会上谋求生存罢了,可是却成了一块肉,夹杂在这群豺狼之中,成了他们争夺之下的一个牺牲者。"

今日的尤真小姐,虽陪同着他们见伍城芝,也很热情招待,可她的一颦一笑,却如雾里花,虚无缥缈,看得着却是怎么也抓不住的。下午在大茶楼,徐昊在包厢中时一直注意着坐在台下的尤真,她虽看着戏台,心思却不在台上。

在伍城芝的书房里,她又有意无意地提起林司。那一段票戏的趣事,徐昊也曾经听林司说起过。林司爱戏,却没有正经拜师学过,只是当作喜好,偶尔票一场。她喜欢哪一出戏,便囫囵吞枣学一遍,学通之后便到台上去唱,就是唱得不好也丝毫不怯场。

徐昊问她:"你这样上台去演,台下坐着许多角儿,心里不怵吗?"

她说:"那有什么?我还被台下的观众轰下来过呢,如今还不是照样上台?"徐昊又问:"你以前也票过戏?"她说:"那是常有的事。"徐昊又问:"那你是做了什么,闹得被赶下台去?"

她说:"我的小妹妹大概是怕我第一次上台演得不好要出丑,在别人的鞋里放了图钉,那人正是同我演对手戏的,他出了丑,我笑了场,戏也没法唱下去了,我们在闹哄中匆匆忙忙下了场,大家都笑话他。但是他出了丑,连累我也被笑话了。"

徐昊笑了笑,问她:"他们怎么要笑话你,又不是你演坏了。"她说:"因为演对手戏的是我的未婚夫啊。"

徐昊想到这里,摇了摇头,不想再想下去。一时间,觉得外边有声响,闭起眼睛,仔细听了听,问梅姨:"你听见了吗?外面有声音。"梅姨也跟着细细听了一会儿,可是连风声也是没有的,笑道:"我可没听着,你听见什么声音了?"徐昊总觉得有一种声响绕着他,道:"你听,嗡嗡嗡的,在外边回绕,一点没有停的意思,你打开窗看一看吧。"

梅姨虽没有听见什么声儿,可是徐昊说得这样肯定,又见他似乎很疲惫的样子,也就将信将疑地依着他的意思,打开了窗户,可是外边并没有人,也没有什么动静。她将窗户掩上,慢慢走回徐昊的身边,问道:"还有声儿吗?"

徐昊道:"就在外面,你再去看一看。"梅姨见他很心神不宁的样子,没有法子,又踱步到窗边打开窗户,看见孔章正站在门口与人搭话。她仔细一瞧,是许久未见的郝巡警,便向徐昊道:"郝巡警特意到家里来,是有什么事?"

梅姨的话音才落下,突然"砰"一声枪响,犹如一道惊雷,在静谧的黑巷道中炸开。两人互相对了一眼,急忙走到门口。孔章还在门前站着,两人着急问道:"出什么事了?"郝巡警解释道:"我到这里来的时候,街上忽然聚集了许多人,大概是起乱子了,你们不要出门。"

徐昊问道:"是闹罢工的工人吧?"郝巡警点了点头,说道:"这一声枪响,应该是起了冲突了。他们就聚集在前面那条街上,你们不要出门了,把家门锁好了,不要让人趁乱进来。我还有事情要处理,先走了。"

他说完话便从另外的巷道跑去,身影逐渐隐没。

徐吴将门关住，回身问孔章："郝巡警带了什么话来？"孔章回道："他说杨其山要撤案，不告尤真小姐了。"徐吴道："什么原因？"孔章答道："原因没有说，不过他说杨其山欠了许多赌债，被追得很紧，已经有四个月了。一个月前还过一笔款子，昨日又还了一笔，已经还清了。"

徐吴开始沉默起来，他一面想着，一面往屋里走。杨其山为什么忽然撤了案子呢？是因为还清了欠款吗？那么这笔款子又是谁给他的？尤真小姐，还是赵锦商？自从发生杨五妹的命案之后，他便时时关注着各份报纸上的消息，他以为杨其山既然认得尤真小姐，那么也该知道她的家底，应该猜得到，当那样一份遗书递到巡警厅里去的时候，首先收到消息的会是尤家。

更何况杨五妹是自杀而亡，虽然留下了一封遗书，可也不是尤真小姐下手杀害，要是真审起案子来，也是大事化小，小事化了罢了。杨其山若是真想讨公道的话，大致会选择由报纸报道出来，有了舆论的支持与监督，还有一些胜算。用这样的法子来讨回公道的做法，近些年来屡见不鲜，杨其山难道会不清楚吗？除非他的本意并非讨回公道，而是为了取得这笔款子。

只是这笔款子到底是谁给他的呢？若是说赵锦商也不无可能，赵锦商出逃之前，冷静地布置了一切，在大茶楼做交易，用赝品骗了身边的几位朋友，还卷走了筹集来的拍电影的款子。这其中，杨其山出了十分的力气。

可是赵锦商出逃在外，怎么敢露面将款子给杨其山？

若是尤真小姐的话，似乎也有可能，她的心思很深，做事猜不透。徐吴往回想一想，自己第一次进尤家探问杨五妹的案情后，便被她安排与方掌柜见了面。今天又拜访了伍城芝，这都是她一力促成的。

从踏入久安镇开始，徐吴便被"公道先生"这个名字牵引着，走到远江与南江，最后来到了长州，在杨买办的命案现场发现了"公道先生"的汇票，难道汇票真是秦天香小姐不小心落下的吗？

徐吴正胡乱想着，身旁的梅姨出声问道："杨其山真要撤了案子，不查了吗？这几天查下来，杨五妹的死确实与赵锦商有很大的关系，他为什么不肯查下去呢？难道他知道了这件事并不关尤小姐的事，而与赵锦商有关，他才撤案的吗？"

徐吴却觉得不对，道："杨五妹与赵锦商有往来这件事，杨其山大概是还不知道的。"梅姨不信，道："他们都到大茶楼去找赵锦商，难道没有碰上的时候？"徐吴想了想，沉声道："等明天早上，我们到巡警厅去看一看那张遗书，对照一下笔迹。"

梅姨问道："你怀疑是杨其山造了假的遗书？"

这时，门外响起一阵拍门声，孔章机警，快步走到门边，先伏在门上听了一会儿，门外是几句叫喊，焦急而急促。他开了一道口子往外瞧了一眼，立即又将门关上，向徐吴和梅姨说道："人潮拥到这边来了，他们手里都拿着棍棒，大概是分散到这里来的。我在这里守着，你们快回屋子里去，等着他们过去就好了。"

外边的叫喊声越挨越紧，越来越急，听着是很惊心的。梅姨放心不下，也不知道是什么情况，有人受伤没有。她站在门边不走，听着人声渐渐消了下去，心里却是很不安的，总觉得那阵声响还在回绕，没有散去。她勉强笑了笑，道："我去看看阿离，不知道她是躲在屋子里看书呢，还是在蒙头睡大觉。"

徐吴也很不放心,跟着梅姨到了阿离的屋子,一推开门,见她手里捧着一本书,歪在床上呼呼大睡。徐吴无奈道:"我还奇怪,外边那么大声响,也不见她出来看热闹,原来是睡着了。这样也好,什么也不知道。"说着悄悄退了出来,道,"这情形明天是要见报的。"

说完话,他便回了自己的屋子,先是躺在床上,却是怎么也没办法入睡,又起身备好笔墨,铺上白纸,将在长州所遇到的案件细节一一列出,才发现一个重合的时间线:赵锦商在作出逃的打算时,杜克衡也在被抓捕中。

这两桩案子难道没有关系吗?徐吴想着便在纸上画了线。他又想起今日与伍城芝谈话时,对方原来并没有透露赵锦商藏身之处的打算,可是话说一半,伍城芝被人请了出去,回来之后,神色严肃,甚至临时改变主意,将地址告诉自己。这是为什么呢?

徐吴提笔细想间,隐约听见李总巡的喊声,接着又是一阵拍门声。他搁下笔,往门外走去,心想李总巡大半夜到这里来,一定是得了什么新消息,连忙跑去开门。李总巡见了徐吴,大笑一声,一边快步往里走,一边说着话,语气中透着得意:"赵锦商抓到了,他果然躲在那里。"

徐吴听了这话,有些惊讶,将人往里边请,问道:"是什么情形,你说一说。"李总巡轻声道:"我回去之后,一刻不敢耽误,一来是怕赵锦商闻风跑了,二来也是为了验证伍城芝消息的真假。我从巡警厅里调了几人,不动声色地到码头集合,等了不过一会儿,便见着赵锦商的身影,他正坐在茶棚里歇脚,我趁着他不注意,一下将他捉住了。"

徐吴点了点头，却又觉得奇怪，说道："他已经躲了一段时间了，怎么还没有逃走？听伍先生的意思，不少人要杀他呢，他在长州留了那么长的时间，难道不害怕吗？"李总巡道："我想他倒是想快点出洋，只怕是白老五不太肯配合。"徐吴不解，问道："怎么讲？"

李总巡笑道："我们几人围住赵锦商的时候，动静不小，来做接应的船家见情形不对，跑了。我打听来，那是白老五做接应的小船，想将赵锦商接到南边的码头上去，再让他坐自己的船出洋。赵锦商这逃命，身边还带着伙计，两皮箱子沉甸甸的金条，三大箱子的古董字画，当真是要财不要命。我将他的东西搜了一遍，你猜搜出什么来了？"

徐吴猜测道："你这样高兴，是又得了什么新消息？"

李总巡双手一拍，说道："我找着了一张他与杨五妹签的合约，还有他与万谦南的合约。除此之外，还有他与他人往来的信件若干，都一起押在巡警厅里了，你找个时间来看看。"徐吴道："他既然要出逃了，怎么不把这些文件销毁干净呢？"

李总巡答道："我瞧着那都是他的保命符。"徐吴问道："你知道了什么？"李总巡道："我怀疑他被牵涉进了一桩丑闻中，这桩丑闻一直只是听说，但是没有被实证过，真真假假说不清楚。若真是这样的话，便能说得通为什么有那么多人在找他了。"

徐吴问道："到底是什么样的丑闻，竟有那么多人要找出赵锦商来。"李总巡道："这一件事，报纸上也有报道过，不过有些捕风捉影，并未引起人们的注意。前两月，南风岛上举办了一场晚会，出席的有军界、政界和文艺界的朋友。其中有几十名年轻女子参加，还请了人去摄影。"

　　李总巡道："我来的时候审问了他这事，听他的语气是不肯说的。不过我想他往来的信件中总会有一些蛛丝马迹可寻的。"徐吴问道："他被抓的事情，还有谁知道？"李总巡心里另有打算，有些迟疑，说道："我还没有报上去，我拿不定主意。"

　　徐吴道："先不要透露出去，防止有人寻到巡警厅去，事情就不好办了。关于杨五妹的事情，他怎么说？"李总巡道："我问他认不认得杨五妹，他说认得，他原来预备要拍一部电影，请了她来当女演员，可是电影没有拍成。我又问他知道不知道杨五妹死了的事情。"

　　徐吴已经有了打算，道："没有证据，他一定是不肯说的。杨五妹与赵锦商往来的事，杨老先生大概是还不晓得的，明天我们找上门去，告诉他赵锦商被抓了，看一看他的说法。还有一件事也要办，我要对照杨五妹遗书的笔迹。"

　　谈话间，不觉已经夜深了，门外是一阵脚步声，接着便听着有人在打更，"火烛小心，冬天日燥，河干水浅，前门撑撑，后门关关"。

　　这几声吆喝后，李总巡见事情已经办妥，也就离开了。

第十一回
两面三刀戏耍老实人，气急败坏剖白秘密事

天已经大亮，许多商铺还关着门，就是开了门的，也只敢半开，东倒西歪的招牌也无暇顾及，眼前一片狼藉。街上有些萧索，过路的人皆是行色匆匆，似乎不愿意在街上多作驻留，与之前的热闹可谓是天壤之别了。

徐吴先到街上买报纸，报童还没有见到，他的手上已经捏着几张宣传单了。他心里很感慨，也顾不上买报纸了，雇了辆人力车便往巡警厅去。到了地方，只见门前站着两位巡警，其中一位便是郝巡警了，他上前打了招呼。

郝巡警笑道："徐先生来了，李总巡在等您呢。听说您今日要来核对笔迹。"徐吴道："他昨晚上没有回家去？"郝巡警回道："他常常这样，为了办好案子，总是不着家，看着是要在这里安家了。"

徐吴取笑道："等他娶了太太就好了，就是他不想着家，他太太也是不肯的。"

郝巡警忽然想到，李总巡时常夸奖梅小姐，便笑了一声，

凑近徐吴，悄声道："最近，他倒是三不五时地提起梅小姐，我想他是对梅小姐有意思，只是还没有表态。他常常往您家里跑，大概是存着心思的，徐先生倒是可以帮一帮忙，做一个媒人，成一桩美事。"

李总巡对梅姨的情意就是旁人也看出来了，这是徐吴没有料到的。他以为上次李总巡提起梅姨，是带有几分取笑意味的。这时候经郝巡警一说，他也不得不正视了，可是要他替梅姨做媒，他心里是很不愿意的，便道："这一桩美事我不敢做主，还要问过梅姨的意思，她大抵是不愿意的。"

郝巡警却不以为然，道："怎么会不愿意呢？李总巡的前程是很好的，做一位官太太难道不好吗？"徐吴笑道："梅姨并不看重一个人的前程。"郝巡警问道："那她看重什么呢？"

他这样一问，徐吴心里已经有了答案，却没有明说，反而问道："你要带我往哪里去？不是到李总巡那儿去吗？"郝巡警只顾着玩笑，走错了方向，经徐吴这一提醒，连忙倒退几步，笑道："该往这里走才是。"

徐吴问道："我听说你们昨晚抓着赵锦商了，还从他那儿搜来了不少证据？"郝巡警答道："那些证据，都摆在李总巡的屋里，他正看着呢，说是要等您过来呢。"两人说着话便到了。

徐吴探头一望，一眼便见到李总巡。他正埋头读文件，很专心的样子，并没有发现有人来了。徐吴出声道："你在看赵锦商的证据吗？"李总巡闻声抬头，招手道："你快进来吧，昨晚你说要核对遗书的笔迹，我一早便将杨五妹与赵锦商签的合同，还有遗书拿出来对照，半点看不出假来，正苦恼着。"

这屋子有些暗，李总巡身后厚重的布帘拉着，桌前只开着一盏小灯。徐吴进了屋子,先将帘子拉开,外边的光一下照了进来,一时间明亮了许多,他这才接过那两张纸,左右翻看起来,又拿到阳光底下照看。

李总巡又想起一件事来,高兴道:"我方才还发现了一封杨五妹写给赵锦商的信件。"说着便将那封信递了过来。徐吴接过,问道:"这里边写了什么?"李总巡回道:"赵锦商曾经对她许诺过要她当女演员的,不过有一个条件,她要为他办成一件事情。至于办什么事情,里边没有提及。"

徐吴道:"有了这封信件,鉴伪这事好办多了。"他说着便将信件放在阳光底下,对着遗书辨认起来,看了好一会儿后,抬头道:"果然没有猜错,遗书的字迹是杨其山仿的。"李总巡不敢置信,他坐着对照了好久,没有看出分别来,徐吴却只看了一遍,便敢说遗书是假的,便问道:"你怎么看出来的?"

徐吴笑道:"你把纸面翻过来瞧,瞧出什么来了?"

李总巡听了他的话,翻过来仔细瞧了几遍,没有看出什么来。又依着他的做法,放在阳光底下再瞧,也没有什么收获,将纸一把拍在桌面上,道:"不要卖关子了,我实在是猜不出来。"

徐吴将纸面翻过来,指着道:"你看这两面,下笔的力道一样不一样?这一笔一画虽可模仿,可是下笔的力道,却是轻易不能改变的。幸得这两张信纸略薄,渗过来的笔墨很好辨认。"

李总巡喜道:"这样便好办了,等一会儿问起杨其山,看他怎么辩驳。"

徐吴又看了看杨五妹的信,疑惑道:"我看她信上写的话,似乎是在赵锦商躲起来之后寄出的,只是赵锦商都躲起来了,却还跟杨五妹有联系,这又是为什么呢?"

李总巡答道:"她的这一封信,是要向赵锦商邀功,那么一定是办成了那件事。赵锦商大概是很重视她所办的事,因此才甘心冒险跟她联系。"说着便拍了拍手,着手收拾桌上的证据,一面风风火火往外走,一面向徐吴说道:"我们先找杨其山对质,看他能说出什么来。我要搜集多一些罪证,再一并审问赵锦商。"

说完这话,李总巡便去向郝巡警要了汽车钥匙,心里想着要赶紧到杨其山家中去。他办事总是这样,一旦有了一丝线索,便会行动起来,耽搁不得,不然像有千万只蚂蚁在身上爬一样难受。

车子开在路道上,不少人来来往往,李总巡就是心里着急,也只得慢慢开着,到了郊外才算好些,道上没有人影,一路驰骋。到了村口,路道狭窄,车子开不进去,只得停在乡道上,徒步走进去。两人兜兜转转,一路好问,才总算是走到了杨其山家门口。

徐吴隔着矮墙望进去,正见着杨太太的背影,她身穿一件黑色的麻布长裙,梳着一个矮髻,掺着几缕白发。她坐在织布机旁,一手摆着线,一手拿着梭子,一道一道重复,十分缓慢。虽没有见着面容,可不知怎么的,徐吴却觉得她比上一次见着的时候,添了几分老态。杨太太听见敲门声,才转过头来,见了来人,有些惊讶,道:"是巡警先生。"说完又有些踌躇,不知是要先叫自己的丈夫,还是先去开门。

徐吴见她站在原地,一会儿望着屋里,一会儿望着他们,便笑道:"我们来找杨先生。"

这时，杨其山正在屋子里坐着，听见声音，也走了出来，因为已经撤了案子，不知道两人到这里是来做什么，虽然很疑惑，不过依然很客气地将两人请了进来。让他们在藤椅上坐下，寒暄了一会儿，忍不住先探问道："巡警先生上门来，是为了什么事呢？我昨晚上已经撤了案子，不打算告尤三小姐了。"

徐吴道："我们正是因为这件事情才上门叨扰，老先生为什么突然撤案子呢？"他一面说着话，一面将目光移向角落，那几盆花的花蕾已经枯黄，叶子也掉落得差不多了，只剩几根枯枝立着。

杨其山低着头，有些丧气，道："昨晚上七点钟，伍城芝先生差人给我送来了一笔款子，还带来了一句话，说要为我还了欠下的赌款，不再让人上门骚扰我。我明白，我是没法子告得赢她的。"

徐吴望了李总巡一眼，十分惊讶，他没有想到那笔赌款，竟然是伍先生给的，难道他的猜测都是错的吗？正想着，又听杨其山苦声道："这不是明明白白的威胁吗？我哪里敢招惹伍城芝先生？"

徐吴一面观察着杨其山的神态，一面拿出那张假遗书，放在桌面上，缓缓移到他面前，道："我比对过杨五妹的字迹，这一张遗书是假的，并不是她死前留下的，而是你在她死后，仿造她的字迹，写出来的假遗书。"

杨其山原来还哭丧着脸，这一会儿听了这话，面色变得铁青起来。徐吴接着道："你经常为赵锦商做假字画，可以达到以假乱真的地步，要仿杨五妹的字迹并不难。只是，你为什么要将这件事情推到尤真小姐身上？"

杨其山面色沉重,紧抿着嘴,不说话。徐昊将后背微微往藤椅上靠,等着他开口。

李总巡各看了他们一眼,斟酌道:"杨先生,你可以轻易仿造别人的字迹,可是把握不住笔力的轻重。"杨其山听了,心里咯噔一下,有些慌乱了,他仿造别人的字时,也常苦恼下笔稍重,还暗自庆幸没有人发现这秘密。

徐昊注意着他面色的变化,知道他已经慌了,继续道:"昨天晚上,赵锦商被李总巡抓住了。我们从他随身的箱子中,搜出了一纸合同,还有一封信,你看一看吧。"说着又掏出两张纸,推到他的面前。

杨其山见着那熟悉的字迹,一下子便完完全全泄了气,极力忍住怒气,将信里的内容一一读完。又看见那签着五妹名字的合同,忽然想到那间黑漆漆的书房。

他埋头写信件,总抵不住窜到脚底的寒气。他不敢开窗,不能生炉子取暖,照着纸上的字,一遍一遍地练着。赵锦商有时候会走进来,面带欣喜地问他:"怎么样,写出来了没有?"他没有说话,只将一张纸递过去。赵锦商仔细看了一会儿,说:"我瞧着已经有八九分像了,你再试一试,一定要十分的像才行。"说着拍了拍他的肩膀,语气中透着得意。

他却皱着眉头,心里惴惴不安,觉得赵锦商这样办事,必定是没有好结果的,最怕的是到时候东窗事发,要危及自己,便探问道:"这件事情我给你办成了,你保证一定保密吗?"赵锦商连连说道:"你难道还不信我的话?我一定保密,一定保密。"

他还是不放心,再问道:"你确保这件事一定能办成吗?要是被发现了,那是要出人命的。"赵锦商高兴道:"告诉你吧,我这一次是有十分的把握了。刚刚,庄叫天介绍了一个女孩儿给我,不过问过几句话,我便知道她是不肯受家里管的,还做着成为女演员的梦,正好可以用这一点,为我们办事呢。"语气中透着些嘲讽。

他见赵锦商胸有成竹的样子,稍稍放心,说道:"我这些信件写完了,你一定要把答应的款子给我。"赵锦商保证道:"千万放心,一定不会误了你的,你要相信我。"回想到赵锦商说过的话,杨其山按捺不住,捏紧拳头,重重捶在腿上,道:"赵锦商要我写一张假遗书,推到尤真小姐身上。"

徐吴问道:"你为什么要这样做?"杨其山道:"他说我如果听他的话,这样去办,把事闹得大一些,便可以得到两笔款子。一笔是尤家息事宁人给的;一笔是他另外给我的,可是我至今没有收到他的钱。"

徐吴暗自摇头,他心底惦记的还是款子,又问道:"你替赵锦商办了什么事?"

杨其山在心底斟酌了一番,赵锦商虽然被抓住了,可是担保过不将他牵涉进去,如果自己这时候说了出来,一定会被调查。可是不说出来,又觉得这人十分可憎,将自己耍得团团转。他看着手中那两张薄纸,忽然想起一件事,探问道:"你们抓了他,还有没有搜出什么东西来?"

李总巡道:"我抓着他的时候,他带着两皮箱金条,三大箱子古董,还有一些信件。"

杨其山道:"那你们要把他牢牢看住了,要是他被抓的消息透露出去,他不一定能活着出来。"这话里有话,徐吴机警,追问道:"这怎么说?"杨其山道:"他让我仿造信件,我看着那些人名都是军界大人物,我虽然不知道他要做什么,但是心里一直害怕得紧。果不其然,他前阵子突然躲了起来,我便知道事情不好了,如今他又被抓了。"

徐昊看了李总巡一眼,想起他提起的一桩丑闻。又听杨其山道:"你们要好好看一看他留下的信件,或许可以知道一二了。"徐昊点了点头,又问起了失踪三人的事情,道:"你知道不知道,那三人逃到北边去了?"

杨其山也有些惊讶,道:"他们倒是运气好,可以逃到北边去,他们也是为了挣几个钱,为赵锦商跑腿送信的,他们露过面,也怕被认出来。那些人抓不着赵锦商,一定会从他们那里逼问下落,他们不得不逃。"

徐昊见杨其山知道的事情不少,又问道:"我有一张名单,上边写着姚鹏飞、庄啸天、沈万安、周万里,还有伍城芝,这几人的名字,你怎么看呢?"

这些名字,杨其山是知道的。赵锦商做事很谨慎,常常把他眼睛蒙着,带到一间书房里,不开窗子,放下厚厚的布帘,开着一盏昏暗的灯,只准他在书房中活动,一遍一遍地练熟他人的字迹,待到完成才可以离开。

可是杨其山看着那些人物的名字,心里开始惧怕起来,又对赵锦商的为人很摸不透。每日待在暗室中,那漫无边际的黑,无声地围着他。他不得不有所行动,时不时地趴在门边,偷听外边的动静,偶尔能听到他们低声的交谈。这几人的名字,他常听赵锦商提起,虽未曾面对面见过,不过常常在报纸上关注着他们的消息。

杨其山的双手撑在藤椅的把手上，回想道："伍城芝先生与赵锦商有什么交往我并不清楚，倒是另外四人与他的往来是很频繁的。"徐吴问道："他们都谈些什么？"杨其山摆了摆手，道："我听不大清楚，只是听得只言片语，大概是跟我伪造的信件有关。也不知道他哪里来的本事，竟然可以拿到好几位大人物的书信。"

徐吴放下双脚，倾身向前，探问道："哪些大人物？"杨其山只记得近期常在报纸上见到的人名，道："我记得有一位是正在办女学的，在信中称呼董公。"

这一位，徐吴是很记得的，就是昨日在伍家宅门口遇见的董世惠，便问道："是不是还有督办铁路工程的杜为夫？"杨其山望了他一眼，点头道："是，还有他。"徐吴又问道："那么，信中都写了什么？"

杨其山道："我看来看去，无非是筹钱办事，没有什么特别的。你们去看赵锦商随身带着的信件，倒比来问我还清楚些。"

李总巡昨晚只看了一两封信件，见里边全是寒暄客套之语，便摆在一边，没有再细看下去了，这时候，经杨其山这一提醒，心里懊悔，全部心思都不在这里了。又见徐吴问得差不多了，便提出了告辞。

徐吴临出来前，又看了看角落里的那几盆花，问杨其山："我前几日过来，花还开着，不过几天的工夫，都已经枯了。"杨其山也瞥了一眼，道："没有人照看，也没有下雨，是渴着了。"徐吴没有答话，说完便走了。

出来之后，两人走在小道上，心思各异，到了巡警厅后，徐吴才开口问道："你打算什么时候审问赵锦商？"李总巡将车停在门口，回道："一会儿看完了他的信件，我便着手审问。"他才刚下车，郝巡警便追了出来，哀声道："您出去这一趟，上边已经打来了三个电话，催着要问赵锦商的案子。"

李总巡看了徐吴一眼，玩笑道："我们在追查赵锦商下落的时候，也不见他们有什么消息。这一会儿，我将人抓了回来，消息倒是收得快，动作也快。"说着便快步踏进巡警厅，对郝巡警道："再打电话过来，你就说我还在外边查案子，劳驾帮我拖住了。"

郝巡警跟着，一踏进大厅，便听着一阵铃响，他皱着一张脸，望着李总巡洒脱的背影，已经开始打圆谎的腹稿了。

徐吴见这情形，猜想那边催得这样急，应当是知道了赵锦商被抓的事，只是消息怎么传得这样快？他一面想着，一面跟在李总巡身后，担忧道："要是有人上门来要人，你该怎么办？"

李总巡冷笑道："这样的事，我也不是遇见一次两次了，虽说官大一级压死人，可是搪塞钻空子的本事，我也是学了他们十成十的。不说这些了，等他们上门了再应付，眼下最紧要的是把这些都看了。"

说着，他便往桌上一靠，随手翻开摞好的一沓信件，道："也是奇怪了，赵锦商只是一个做古董买卖的商人，上哪里去得来这些人物的信件？这些人要是被知道信件在我手上，怕是要轮番找上门来了。"

徐吴摇头道："趁着这些信件还在我们手上，还是赶紧看完吧。"说着便拿起一摞信件，坐在一旁的椅子上看了起来。拿起来的头一封信，前后称呼皆被抹掉，看不出是谁写给谁的，只有简短的三行字，不过下笔倒是很气势，"入城之后，诸如各机关人事机构等大事之主持,应设法由杜为夫、陈立仁,你们三位统一管制,具体方案及实施步骤,限定一个月内拟定呈报"。

读完之后,徐吴十分惊讶,就是不看名字,也该猜到涉及军要,这么秘密的信件竟然在赵锦商手上,他到底在谋划什么事情呢?他这样想着,又继续拿起了第二封信来看,瞧着字迹清秀,似乎是读书往来的信件。

"皓升吾兄免鉴,蒙以尊著书《民主》一书,内容翔实,立论正确,是一部极佳的参政读物,使弟对民主的演变有了更深的认知,甚切吾心,应当以效国家。正以。四月二日。"

这两人的名字,徐吴是不曾听过的,赵锦商收集他们的书信又是为了什么?

徐吴想着又拿起了第三封信,就这样默然看了好一会儿,手边的书信也已经读了大半,眼前的字开始模糊起来。他瞥了一眼墙上的挂钟,才知道已经过去了两个多钟了,闭上眼睛,开始养神,却还是不由自主地想这些信件与赵锦商的关联。

他抬头看向李总巡的方向,话挂在嘴边正要问话,又见他读得实在认真,便没有打搅,摸起一封信件又要看时,郝巡警进来了。他步履匆匆,面上十分紧张,走向李总巡,疾声报说:"总巡,上头差人来带走赵锦商。"

李总巡抬头,问道:"什么理由?"郝巡警回道:"他贿赂海关的案子已经不归我们这边管了。"李总巡说道:"就说正在查他谋害杨五妹的事。"郝巡警为难道:"可是杨其山昨晚上已经撤案了,不该我们管了。"

李总巡忘了这事,想了想,又问道:"他们已经到了?"

郝巡警回道:"才挂了电话,他们正在过来的路上,这离得也不远,大概是要到了的。我们要不要把赵锦商交出去呢?"李总巡往桌上一拍,冷笑道:"每次一办要紧案子,都有苍蝇围上来。真是好笑,他们吃着公家的饭,却不想着办公事。"

听了这话,郝巡警便明白他的意思了,没再问下去。李总巡又叮嘱道:"搜到赵锦商信件的事情,千万不要主动告诉他们,问起来,就说搜了两箱子金条。"郝巡警笑道:"这是晓得的,他们问起要紧的,我只说不知道,一切都是您在办的。"

李总巡道:"你先到门前守着,见了他们的汽车,快快进来通报。"郝巡警应声出去。李总巡放下信件,在窗前踱步,说道:"我看这些信件都是客套寒暄之语,也不知道赵锦商带在身上做什么,我还以为会是一条线索呢。"徐吴看了手边的信件一眼,道:"还没有看完,等看完了再下定论吧。"

窗外一阵喇叭声,李总巡闻声,到窗前一探,正好见着一辆汽车停下,走出了几个人,知道是他们来了,便叮嘱徐吴:"他们来了,我到前边去应付,免得他们到这屋里来。你在这里好好看完这些信件,我保管不让他们带走赵锦商。"

徐吴摆了摆手,道:"你就去吧,我在这里看着。"

第十二回
别有心思急凑麻将桌，潜龙伏虎密会应是观

窗外的光线越来越暗，徐吴抬头往外望去，天边只有几缕余晖。他双手撑在椅子的两边，沉思了起来，手边的信件已经看得差不多了。目前来看，不过是一些交谈往来的书信，并无特别之处，更遑论跟这桩案子有关了。可是赵锦商临走前还要将其带走，必定是十分重要的。

他正想着，门外传来几声拍门声，接着便听见了郝巡警着急的声音："徐先生，您要赶快走，不能再在这里待着了。"徐吴听他说话直喘，猜他一定是跑来的，便问道："怎么？出了什么事情了，弄得这样着急？"

郝巡警进门之后便直奔书桌，一面将那几摞信件放进木箱中，一面解释道："那几人并不好应付，有些难缠，没有见到赵锦商不肯走呢。总巡悄悄让我来，要我把您安全送回家去，还让您把这箱子信件都带回家去。"

徐吴一惊，李总巡这样交代，一定是做了最坏的打算，他立即起身帮着把信件收拾好，匆忙间将茶水倒在了一封信件上，

赶紧拿袖子将水擦干,却瞥见了"姚鹏飞"三字,心里十分高兴,翻开一看,这封信与其他往来信件不同,这是她写给赵锦商的信。他连忙往下找,果然还有周万里等人的信件。

郝巡警见徐昊还站在一旁看信,催促道:"徐先生,我们要快一些,怕是一会儿走不了了。"说着便夺过他手上的信件,一并放进箱子,合上盖子,匆匆往外走。徐昊明白耽误不得,连忙跟在身后。经过一间屋子时,透过玻璃窗子,见李总巡正与那些人对峙,气氛剑拔弩张。徐昊暗自皱眉,看来审问赵锦商的事情不能再拖下去了。

他走至门口,郝巡警也将车子开到了面前。上车之后,他有些担心李总巡的处境,问道:"我看他们似乎不肯妥协,李总巡那边……"话还未说完,郝巡警便道:"您放心吧,我跟着李总巡好些年了,无论如何,他不会让人把赵锦商带走的。"

车子才刚驶进巷子,徐昊便见到尤真小姐的车子停在门外,急忙制止住郝巡警道:"你不要再开进去了,在这里放我下去,我自己进去。"郝巡警不解,道:"那箱子重,我帮您抬进去。"徐昊道:"不麻烦,在这里放我下去,家里来了客人,不要让她见着你。"郝巡警见他坚持,便将车子停下。

徐昊抱着箱子下车,先走到尤真小姐的车子前转了一圈,又摸了摸车盖,车子已经冷了下去,看着是来了有一会儿了。车里没有开车的司机,她这一次来是自己开了来的,她来做什么呢?徐昊一面想着,一面推开门,往里一探头,只见几人围坐在一起,有说有笑,手里正摸着麻将牌。

孔章听见动静看了过来,见他抱着木箱子,一面将手上的四筒打出去,一面笑问道:"你带了什么好东西回来?"徐昊道:

"我在书摊上收拾了一箱子书。"说着又跟尤真小姐打了招呼："尤真小姐这么好兴致，到家里打麻将牌来了。你们先玩着，我把这些书搬到书房去，一会儿就出来。"说完便往书房里去了。

再出来时，孔章他们正在兴头上，轮番出牌，动作极快，看得人眼花缭乱。徐吴不爱打牌，也看不懂人家出的是什么牌，见他们只顾着玩，放在一旁的茶壶已经没有了茶水，便笑着到里间去烧水。

提着热水壶出来时，尤真小姐正收入一张牌，她把牌缓缓拿到眼前，看清后眉眼带笑，将面前的牌一推，笑道："门清，这一局我赢了。"说着，又看向徐吴，道，"徐先生，我把位子让出来给你打。"

徐吴笑了笑，一面给他们倒茶，一面推辞道："我不大会玩，还是你们玩吧。"

尤真手摸着牌，不大好意思，说道："我们已经玩了两三个钟头了，就不玩了吧，总不能我们顾着自己玩，冷落了你。"徐吴摇了摇头，笑道："不碍事，只是我记得家里没有麻将牌，这是哪里来的？"

梅姨笑道："这是尤真小姐从家里带来的。"尤真也道："我在家里没有事情做，闲得慌，正好有朋友送了我这副竹制的麻将牌，实在是技痒，便想过来找你们一块儿玩。我一来，梅姨便说你不在，这不就三缺一了嘛，所以请了你们邻居的张太太做牌搭子，没想到她吃定了我们仨，刚才还是我今天头一回赢。"

这位张太太，徐吴是没有见过的，不过尤真小姐作了介绍，他也就跟着打了声招呼。张太太见他们似乎不玩麻将牌了，

梨园秘闻录（下）　　269

坐了一会儿也没了兴致，便起身道："天晚了，我还是不要打搅了。"

然而，送走张太太后，尤真小姐仍旧没有离开的意思，倒是问起了徐吴，道："徐先生到哪里去了？"徐吴看了她一眼，笑道："我到杨先生家里查访了，他昨晚上撤了案子，我和李总巡过去问一问情况。"

尤真问道："那么，他怎么说？"徐吴道："他昨晚上收到了伍先生的一笔款子，伍先生的意思是要他撤下案子。"尤真道："这件事，城芝一早便跟我说了，我听说他要告的是我，我真是百口莫辩。"

徐吴道："尤真小姐放心，那张遗书只是有人模仿了杨五妹的字迹写的。"尤真道："果然是这样，城芝说得没有一点错。他说杨其山是为了钱，用钱打发便好了。"一旁的梅姨奇怪道："伍先生知道跟你没有关系，怎么还愿意给他钱呢？"

尤真笑道："我也是这样问他的，他说可以用钱打发了的，都是小事情，不要计较那么多。"说着便放下手里的杯子，说出来意，探问道："我听说，昨晚上抓着赵锦商了？"徐吴点了点头，道："没有错，是抓着他了。可是还没有透露出去，你又是哪里得来的消息，传得这样快？"

尤真笑道："我是听着风声了，风声不可言说，要是说了，以后可就没有飘来的风了。"她见徐吴笑而不言，又问道，"你们审问了赵锦商没有，他肯不肯说实话呢？"徐吴看着尤真，笑道："李总巡还没来得及审问呢，倒是有不少要审问他的，他似乎不只是犯了贿赂海关的罪。"

尤真将别在腰间的手帕抽出，在手指间缠绕，不经意道：

"我看有不少人要拿他的,就是李总巡不肯交人,也不一定能把人保住。"徐吴问道:"我知道有不少人要拿他,可是不知道有哪些人。尤真小姐消息灵通,可不可以透露一句?"尤真想了想,说道:"你还记得城芝说过,有一位向他打听赵锦商下落的朋友吗?"

徐吴点头道:"记得的。"尤真说道:"城芝囿于朋友的身份,不向你说出他的名字。可是我想了想,还是觉得要告诉你,不然李总巡的力气还不知道要往哪里使呢。"徐吴笑问道:"那到底是哪一位?"

尤真道:"他前两年受了命令来驻防长州,如今正着手做镇压罢工的工人的事,是十七军的军长李保华。"徐吴问道:"他怎么也要抓赵锦商?"尤真道:"这原因,城芝倒是没有说,不过我想,应该是赵锦商拿了他什么东西,他才这么着急找他出来。现在人在李总巡手上,李总巡又不肯放人,逼急了也不知道他下一步会干什么。"

这话算是告诫了,徐吴皱着眉头,还要再问有没有应对的法子,却被门外的声音打断了。

两扇木门被推开,阿离一面拉着个穿黑色西装的男子往门内跨,一面道:"你快进来吧,怎么到了门口倒不敢进来了?"那男子似乎不肯进来,两人推推搡搡的,好像是在打闹。梅姨见这情形,不知道是发生了什么,紧张地跑上前去,将两人拉开,才算是见了男子的面容,唇红齿白,十分秀气,还贴了一撮胡子,看着怪眼熟的。

男子低着头,有些难为情,跟梅姨打了招呼。梅姨看了看阿离,又看了看男子,笑问道:"你们这是在做什么?"阿离道:

"这是我新结交的朋友,我们很谈得来,所以带来家里,介绍给你们认识。"

孔章也走了出来,取笑道:"怎么?这是你打算结交的男朋友?"

听了孔章的打趣,阿离笑了一阵,赶紧把男子的那撇假胡子撕了下来,头顶的黑帽子也揭了,将人推到前面,道:"孔叔,你说的是什么话呢。她是我新交的女朋友。只是她爱玩儿,今天穿了一身男子的服饰陪我看戏。我可被她害了。"

孔章回头望了尤真一眼,道:"这不是伍家小姐吗?你们怎么玩到一块去了?"

尤真早见着那身形很像囡囡,也走出来,笑问道:"你这一身衣服,是在哪里定做的,我也要去做一套来。"伍城蒲在门口见了停着的车子,才不敢走进来,这时见了尤真,脸全皱在一处,哀声道:"我只是穿着玩一玩,也没做什么。"

阿离看着伍城蒲,觉得很稀奇,她平时可是十分神气的,这时候见了尤姨,倒是像老鼠见了猫一样,了无生气,笑问道:"尤姨,你们竟然是认得的。"说着便将伍城蒲往屋里推,让她到大堂里坐下。

尤真笑道:"我不止认得,我还是看着她从小长到这模样的。"伍城蒲凑到阿离耳边,悄声道:"她是我未来的嫂嫂,对我管得实在是严。我就怕见着她,你可要多说我的好话。"尤真见她嘀嘀咕咕,也不知道在说什么,又道:"我说怎么最近不见你,原来是偷偷跑出来找阿离玩了。我可是告诉你了,不准欺负人。"

伍城蒲也道:"我哪里敢招惹她呀。要是知道你们是认得的，我是不敢近身的，就怕你要问罪。"阿离拍了拍她的手，道："我哪里会被她欺负了，她要是欺负我，那我就不跟她玩在一处，自己找乐子去。"

尤真这才高兴了，问道："你们怎么会认得的？"

说起此事，阿离便想笑，道："我在天桥底下看戏，她也在那里看戏，那里没有多少位子，我们两人便拼了桌。台上演的是一出《霸王别姬》，演得实在不怎么好，我看着没有什么意思，起身要走。她却先拍桌而起，对着台上的演员便开始骂了，一会儿说对白念错了，一会儿又说身段做功不好，不到位。我当时可吓坏了，她那样急赤白脸，台上的演员当着那么多人的面受斥责，面上很不好看。旁边出来了两个大汉，她还犹不知呢。我怕她一个人受欺负，抓了她的手便跑，好在他们也没有追出来。"

尤真听了这事，眉头越皱越深，知道城蒲是一副野性子，就怕迟早要闹出事来，斥声道："真是瞎胡闹，你没有挨过打，真是不知道被打的滋味。"伍城蒲摆了摆手，道："我这不是没有事嘛。"

阿离以为这是一桩趣事，说出来给大家解闷，没想到尤姨却很生气，偷偷瞧了一眼旁边的伍城蒲，见她似乎没有很放在心上。又瞥了她阿爹一眼，见他一直沉默不语，也不知是为了什么事。又望了望梅姨，示意帮她说几句。

梅姨只是回瞪了她一眼，不过还是开口道："我看她们倒是志同道合，让她们玩去吧。"尤真看向阿离，说道："她要是又做这样的事，你可要告诉我，让我来罚她。"阿离保证道："一定告诉您。"

尤真被伍城蒲这样一闹，没有了闲坐的心思，道："囡囡，你跟我一道回去。"伍城蒲原本没有打算回去，可是见尤真发话了，不得不跟着她起身。到了门口，她跟阿离告别，又约定了见面的日子才走。

阿离应承后，送走了人，问梅姨："阿爹怎么不说话，我见他好像不大高兴。"梅姨点了点她的额头，笑道："没有的事。"阿离正想跟阿爹说话，却见他已经进了院子，孔叔匆匆跟在身后。

徐吴踏进书房，便问孔章，道："尤真小姐除了来打牌，还问了什么话没有？"孔章想了想，答道："她一到家里来，只问一句你去了哪里，再没有提及你。坐了两三个钟头下来，只是一边打牌，一边闲聊。"

徐吴在桌前坐下，一面打开箱盖板，一面问道："你们都闲聊了些什么话？"

孔章笑道："我看她是真愿意捧梅姨，十句有八句是夸梅姨的，说梅姨的戏看一场少一场，心里很惋惜。又说起她在长州的应是观票房里担了闲职，虽说是不用到那里去办公，只偶尔去坐一坐露露脸，可也常常要往里掏钱。有几位票友在大茶楼看了梅姨的戏后，便一直想学梅姨的戏，可是总学得不像，拿捏不了，想当面请教请教梅姨。"

票房是业余戏迷自发组织起来的练戏场所，票友来自各界，有经商的、做学的、从政的、世家的。这些票友心里爱戏，却不能真下海去唱戏，为了显示自己只是玩票，只应承熟人的堂会，且不收钱。或是应承了到外边唱义务戏，也只是为了筹集善款，声名也好听些。

应是观票房是长州首屈一指的大票房，只收取会费，用来应付租赁房屋、教习与工人的薪资以及添煤火茶水的费用，以维持票房的正常运作。应是观一共有两百来号人，规格比一般的戏班要大些。

说起这间应是观，孔章是早有耳闻的，有几位相交的旧识也是里边的票友，只是还没有去拜访过，又道："这是间大票房，各型髯口、各种道具、各样把子，都很齐备。蟒、氅、帔、褶这些衣饰的制作也很精细，比许多戏班的布置还要奢华。梅姨要是愿意去瞧一瞧，也很不错。"

徐吴问道："那梅姨怎么说？"孔章笑了笑，道："梅姨也拿不定主意。我看她很不愿意在这时候冒头，但又想承尤真小姐的情，说要考虑两天再做答复。我猜她是要跟你商量商量。"

徐吴手上的动作一停，慢声道："全看梅姨的意思。"孔章双眼一瞪，有些不耐烦道："你们两个真是闷葫芦，总把一个简单的问题像踢皮球一样，踢来踢去的。"他话还没说完，徐吴又避了开去，不肯再谈，另问道："那位邻居张太太，我以前可没有见过。"

孔章看了他一眼，欲言又止。最后在他面前坐下，闷声答道："大概是新搬来不久的，我前几天才见她在附近闲逛。"徐吴沉吟道："才搬来没有多久？你有没有见过她家里的先生？"

孔章摇头道："还没有见过，家里似乎只有她一个人住着，听说张先生搬来的第一日，便有事出差了，还没有回来。"徐吴又问："张先生出差到哪里去了？"孔章道："她没有说，我们也没有问。你这么问，是怀疑张太太的身份？"

徐吴点了点头，说道："你多注意她每日的动作。"他说完这话,又将摆在桌上的信件推到孔章面前,"你帮我看一看这些信件,有哪些人名是你认得的。"孔章见着一沓一沓的信件,说道:"我见你回来,扛着这一个箱子便猜不是书。再来你的面色不是十分自然,也知道你是避着尤真小姐。这些信你是从哪里得来的?"

徐吴答道:"这是赵锦商被抓时随身带着的箱子,是一些证据。李总巡被缠着交出赵锦商,他不愿意交出这些信,便让我带了回来,顺便看看有什么蛛丝马迹没有。"

孔章一件一件拿起来看,也没有细瞧,只是走马观花般掠过信上的人名,大多是不认得的,忽而纸上见到"李保华"三字,赶紧拿给徐吴看,说道:"这不是尤真小姐说的那位,要抓赵锦商的军长吗?"

徐吴方才没有注意到,急忙拿过来看,这封信似乎是李保华的亲笔信,还盖着章子,收信人的名字已被抹去,不知是写给谁的。他一面盯着信看,一面对孔章说道:"我先看一看他写了什么,你再找找还有没有他的信。"可惜信里只有寥寥数字,语气急切,带着一丝威胁的意味。李保华在催一笔款子,扬言要是款子不到,事情便不办了。可是他要办什么事,信中并没有指明。

孔章埋头翻了一遍,说:"没有李保华的信了,应该是只有这一封了。"徐吴问道:"这人你认得吗?"孔章眉头一皱,道:"我只听说他前阵子牵涉进了一桩丑闻里,曾经还上了报纸,不过没有引起大注意罢了。"

李总巡也曾提及两个月前发生在南风岛上的一桩丑闻,那么主角便是李保华了。这样看来,杨其山说被逼迫仿造一位军界人士的笔迹，仿的便是李保华了。怪不得李保华一定要抓到赵锦商了，只是赵锦商仿造李保华的字迹做什么呢？

孔章手上的动作未停，拿出三封信来，又问道："这里有姚鹏飞和周万里的信，似乎是与赵锦商互相往来的信件，你看过没有？"这话提醒了徐吴，他原来在巡警厅的时候便想看了，只是回到家中后，见了尤真小姐来，便给忘了。

徐吴接过来看。第一封信是姚鹏飞写给赵锦商的，她约定在一处地方见面，要看一件青瓷货，另说了两句应酬的话。第二封信是周万里写给赵锦商的，他也约定在一处地方见面，也是要看一件青瓷货。第三封信是沈万安写给赵锦商的，说辞一样。

这三封信，要是单拎出来看的话，并没有什么特别的地方，只是说辞都是一样的，那么便很可疑了。而且这几封信中约见的时间不同，可是都提及了一个地点，南风街一百一十三号。

孔章一瞧这地名，便觉得有些眼熟，稍稍想了一会儿，才想起来，道："这是应是观票房的地址，我那几位朋友曾经邀请我到那里去做客，给他们指点指点。信我还留着呢，上边也是这个地址。"

徐吴心里一动，望着孔章，说道："你说，尤真小姐今日提起应是观票房，是有意还是无意呢？"

第十三回
关怀备至裁布做衣袍，盛情难却邀请拜师宴

天才微微亮，蒙蒙的雾气笼罩着，似雨非雨，没有半点风。一阵一阵的"啾啾啾"在屋里屋外绕着，鸟儿早已经立在了枝头叫春。梅姨出门赶了趟早，不过两三日，街上已经不再纷乱，恢复了些以往的秩序。

沿街是卖早点的铺子与食摊，热腾腾只往上冒的白雾，忙忙碌碌的身影，十分热闹。她想着买几样早点回去，阿离爱吃馄饨，孔师兄爱吃包子，徐师兄倒是什么也不挑，有什么便吃什么的。

她走到包子铺时，面前站着两人也是买包子的，只站了一会儿，便到她了，"拿一斤肉包子"。盖子被掀开，热气往外冒，老人手脚利落，极快地挑出几个大包子，又赶紧盖上。一眨眼，包子已经到她手上了。

隔壁的摊子正好是卖馄饨的，已经是熟客了。摊主见了她，便问道："还是两碗馄饨吗？"说着话时，已经数了二十来只馄饨，放进了热汤里，又重新盖上盖子。不过搭了几句闲话，热

汤已经滚了起来，摊主掀开盖子，捞出馄饨，撒上粗盐青葱。

梅姨接过食盒，付了钱，道了声谢。走进巷子时，便见到郝巡警的身影，他正站在门前与徐师兄说话。等她走到门口时，郝巡警已经走远了，隐在了层层雾气之中。她想，这两日李总巡没有出现，徐师兄也没有到巡警厅去，他大概是来传达李总巡的话。

徐吴早见到了梅姨，送走了郝巡警后，便站在门阶上等她，等她走近了，便接过她手上的东西，笑道："你起得倒是早，我还以为你在屋里睡着呢。"

梅姨笑了笑，道："我起早惯了，这一阵又没有练功喊嗓子，总要找事情来打发时间。"徐吴一面侧着身子往里走，一面问道："你吃过没有？"梅姨回道："在外头吃过了。"徐吴又问："外边怎么样了？"

梅姨回道："还是那样热闹，看着是一点事也没有过一样。"她停了一会儿，又不经意问："郝巡警来得这么早，说什么话了？"徐吴望了她一眼，才道："他只是过来传达李总巡的话，李总巡不方便到这里来，交代我要妥善保管信箱，暂时不要到巡警厅去。"

头顶上响着几声"啾啾啾"，吵得人心里闹乱。梅姨知道那信箱里装的是一些证据，似乎跟应是观票房也有些牵扯，在脑中略想了一会儿，问徐吴："两日前，尤真小姐邀请我到应是观去做教习。我拿不定主意，想问一问你的意思，你觉得我该不该去呢？"

徐吴停下脚步，回身望着梅姨，眉头微微皱起，好一会儿才说道："我晓得因为上《戏报》的事，你很不愿意出面。尤真

梨园秘闻录（下）　　279

小姐提出这话,你又不愿意驳回她的面子。可我想她是个很有些气量的,你实在不愿意,我替你回绝了她,她对你是不会有二话的。"

梅姨想了一会儿,道:"答应与不答应,还是让我亲自跟她说吧。"

说完话,梅姨便到亭子里坐下,桌上搁着一把擦得油亮的新剪子,那是她出门前买的。她今早一开门,便见有人站在门口,身上挂着些镊子、钳子、斧子、锯子式样的玩意,想着院子里乱长的枝条正要修剪,便买了一把新剪子。

她拿了剪子,便走出亭子,走到一株云松前,正要剪枝条,一只喜鹊落在她眼前,一直叫唤。她看着有趣,不敢再向前走,怕把它吓走了。她转头想叫徐师兄来看,却看到门前站着一位妇人,她的头上绑着一块绣花白布,正往里探头。那是常常站在巷口卖花的妇人,梅姨向她买过几次花。两人的目光撞上,她害羞地低下头。梅姨以为她是有什么事,疑惑地往外走了两步,她才又抬起头来,怯生生地问道:"梅小姐,要买些花吗?"

她手上捧着些花,有的还是花骨朵,有的绽放得很艳丽,水珠子落在花瓣上,十分生动。梅姨也动了心,上前挑了几株黄菊,又拣了几枝花骨朵。

见过几次面,已经有些熟络,梅姨笑问道:"我有好些天没有见着你了,你是做别处的生意去了?"妇人勉强一笑,语气有些哀怨:"到别处去,也没有多少生意,前几天街上闹了乱,我的那些花都被踩碎了,白赔了点钱。"梅姨正要说几句安慰的话,巷子里突然响起几声叫卖,声音又高又响亮。她探头往妇人身后看,见一位年轻男子正沿着巷道走来,肩上扛着十来匹布,布匹上都铺着一层白色油纸,看着是防水用的。他远远地向着这边来,喊道:"太太,要不要量几尺去,做衣服正好,我这些比那些洋布差不到哪里去,价格也更便宜些。"

梅姨正想着买些布料,过两天拿到裁缝铺里,裁两件衣衫,等开春了,阿离正可以穿上,便朝他招了招手,将人请到屋里,拿起料子摸了几下,果然是织得很精细的,便道:"这些布织得又密又紧,用的丝线也是很不错的。"

听了这话,男子十分高兴,连忙将另外几匹布的油纸揭开,赤橙黄绿,姹紫嫣红,各色布料子摆开在梅姨眼前,笑道:"太太,您只管买了去,要是拿到裁缝铺里听到一句不好的,我把钱退给您。"

梅姨听着他左一句太太,又一句太太的,又当着徐师兄的面,有些臊得慌,要是特意去提醒,也很不好意思,便道:"你先在这里等一等,我把人叫起来挑。"徐吴见她要找阿离,笑道:"她已经起来了,我才见她从这里出去,说要找你呢。"梅姨笑道:"那大概是找我去了,我到我屋里去找一找。"说着便要跨出门槛去,正巧撞上了阿离。

男子见阿离进来,恭维道:"这位是您家的小姐吧,跟太太您长得真像。"

阿离一进来便听见这话,一时间愣住,探头见桌面上摆着布料,梅姨又是风风火火的样子,便知道是怎么回事了。她一下拉住梅姨的手,往她身上偎去,嬉笑道:"您说一说,我们哪里像呢?"

男子只是想说句恭维的话,一下搭不住话,又仔细去看两人的面貌,来来回回看了一番,拍手道:"眉眼有些像,都有一股英气。两位的面上带着福相,是很有福气的小姐太太。"阿离笑问:"您还会相面?"

梅姨知道他说的是场面话,阿离却一直刨根问底,逼得人家要答不出话来了,赶紧将阿离推着坐下,说道:"要给你裁几件开春的衣衫,你瞧瞧哪些样式是你喜欢的?这里有素色的,也有绣花样的,你挑一挑。"

阿离拿起浅蓝的素布,便往身上量,转了两圈,道:"梅姨,您看这块怎么样?我常见有女学生裁了做衣衫,您也给我做一件吧。"梅姨还未说话,男子连忙出声道:"这匹布女学生拿得最多。"

梅姨应声道:"你喜欢做成什么样的,便做成什么样的。"最后,阿离又挑了一块黑色素布,一块绣兰花底的。男子做完买卖便要走,徐吴见梅姨没有为自己挑两块布,便问她:"你不挑着给自己做两件衣衫吗?"

阿离也道:"您怎么把自己给忘了?"说着便挑了一块艳色的绣花布,往梅姨身上比画,笑道:"梅姨,我觉得您穿旗袍是很好看的,可您大多时候穿着长衫,这是为什么?"梅姨将布从身上拿下来,笑道:"穿长衫方便些。"

阿离怎么也不肯依,又另挑了一块布往她身上量。这时,徐吴起身,从桌上拿了杏黄色绣菊的布料,递给了阿离,说道:"梅姨不爱艳色的,你怎么偏偏拿那些往身上量。"阿离拿了便往梅姨身上一照,果然很合适。

徐吴笑了笑,又对梅姨道:"我认得一位做工很好的老师傅,有空闲的时候上他那儿量一量。"见梅姨答应,便让布贩子量布,付了钱后,又亲自将人送出来。正要进门的时候,被人叫住了。

"徐先生,梅姨在不在?"说话的是尤真小姐,她手挽着一个竹篮子,立在门前。徐吴回身去望时,没有见着停有车子,猜想她是坐了人力车来的。他答道:"她在里头呢。"说完便侧过身子,将人迎进屋里。

梅姨听见声音,连忙走出来招呼。尤真将手上的篮子递给了梅姨。梅姨不明就里,掀开红布,见里边摆着喜饼和糕点,上头还有一张请帖,便问:"你这是要办什么喜事呢?"

尤真一面往里坐下,一面答道:"不是我要办喜事,是我的一位朋友要办喜事。她原来也是戏痴,常常出入票房,可还是很不甘心。她总觉得她虽是没有正经拜过师,可是也很下功夫,却总要被科班出身的看不起,便横了心,要往这条路走,准备拜师呢。后天便是拜师宴了。"

梅姨面上不解,她的朋友拜师,怎么把请帖给她呢?

尤真笑了笑,继续道:"说来也巧,我那位朋友学的也是老生,听闻了你的名声,很想与你结交,当面请教呢。我要是能请了你去见证,一定是很给她面子的。你知道在这儿,面子是十分重要的,你愿不愿意给她这个面子呢?"

梅姨想着若是私人的宴请,倒是可以答应的。她拿起请帖来看,尤真那位朋友原来叫傅萍,名字取得不大好,无端端让她想起浮萍来。她记得有一句诗,好像是"浮萍寄清水,随风东西流"。想着便摇了摇头,再往下看,见着"言秋生"三字,这是很有声名的前辈,她已有几分动心。拜师宴的地点定在了应是观票房,便猜是票房里的票友了,问道:"你这位朋友拜了一位名师?"

尤真笑道："这位言老板是不打算收徒的,更别说是收女徒弟了。不过是因为李保华与言老板有几分交情,他才不得不破例收为闭门的弟子。"梅姨听闻过言老板苛刻的名声,这时一听是李保华做保荐的,便也笑道:"你的这位朋友原来是一位军太太。"

尤真连着摆了摆手,道:"你到了人家的拜师宴上,可不要提起这话茬,不仅闹了笑话,还无故得罪了人,最要命的是你还不知道得罪了谁。到时候,人在家中坐,祸从天上来。"梅姨被她这么一吓唬,也庆幸道:"还亏了你提醒,不然我到人家跟前道喜,还闹笑话便不好了。"

这时,尤真倾身靠向梅姨,摇着她的手,问道:"这事你答应不答应,给我一个准信吧。"

梅姨低头想了想,孔师兄前日提及,应是观票房涉及了赵锦商的案子,可这间票房是私人场地,平时不让外人出入,而孔师兄的朋友一时间又联系不上,正为此苦恼。她想到这里,便回道:"我愿意去给你的朋友道喜。"

说完这话,她又望了徐吴一眼,主动提起了应是观,问道:"尤真小姐,你在应是观里任什么职?"尤真摆手道:"我任了个评议员的职,可做的却是筹钱的活儿,只是一个闲人。只有到了资金运转不了时,管事才会上门来找,我自己并不常到那儿去。只清楚票房里每月会彩排一次,将票友擅长的戏码排演一次,不过有两三百号人呢,几天也排不完。"

徐吴问道:"两三百人确实不少,他们都在票房里做了登记?"梅姨回道:"那是自然,虽然人多,可是票房里的管事管理得井井有条,闲杂人是混不进去的。我听管事说,再过七天,便要到大茶楼去会演,为了筹措医疗基金,已经登过《长州报》了。若是你们有兴致,到时可以去瞧一瞧。"

说到这里,阿离正从自己屋里出来,见了尤真喜上眉梢,又听有什么可以瞧的,立即跑过去问道:"您说去瞧什么?"尤真看了看她,笑道:"过几天有大戏可以看,你要不要去?"阿离也不问是什么大戏,连声应道:"一定去的,一定去的。我要告诉城蒲又有戏可以看了,不对,她一定是比我早知道了。"

尤真拉着她的手,让她在身边坐下来,道:"你们可以一起玩,但是不要淘气,你不能跟她学坏了。"说完又问梅姨,"我还想问你呢,上次我问你愿不愿意做教习,你说要考虑两日,那么你考虑得怎么样了,作何答复呢?"

梅姨想了想,还是愿意答应她的邀请,不过她先声明道:"我只答应你去做两日的教习,再多我就不答应了。"尤真十分高兴,拉起梅姨的手,笑道:"我没有看错你,你果然是很值得结交的朋友。"

之后,尤真又坐着闲谈了一会儿,便说要准备贺喜的礼物,需要先走一步。依旧是徐吴出来相送,巷子里没有多少人,两个相互追着跑的七八岁孩子,从他们跟前跑过。站在巷口的卖花妇人则是捧着花,有意无意间,目光定在两人身上。

"我听说姚鹏飞常常出入应是观,不知道你有没有见过她?"徐吴问道。

尤真微微侧过头来看他,笑道:"你要向我打听她?"说着便往前走了几步:"可惜我并不常到那儿去。"徐吴追了两步,又问道:"那么,我可以看一看票友的名单吗?"尤真一时间没有搭话,过了一会儿,才有些苦恼道:"票房里的名单一般是不外泄的。但我想看在我的面子上,管事大抵是愿意给你瞧一眼的。"

他以为她会推脱,没想到却答应得这样直爽,心里惊讶,还是道了声谢,跟着便在巷口为尤真拦了一辆人力车。他将人送走后便往家里走,那卖花妇人的目光依旧有意无意地定在他身上。

她为什么总是有意无意地看他呢?

第十四回
闹宴未罢梅姨听闲言,杀机隐现浮萍终丧命

一晃眼,便到了参加拜师宴的日子,梅姨在徐吴的陪同下,来到了应是观。时间尚早,可是已经十分热闹,一辆一辆车排在门前,挤得水泄不通。梅姨只得下车走几步,远远便可以瞧见应是观的牌匾,上头挂着红绸,门阶上则铺着一层厚厚的红毯子,高跟踩上去是没有声儿的。

沿路是栽在青瓷盆里的黄菊,开得很盛,门前、走廊,一直到大厅都摆着,很费心思。梅姨没有想到排场这样大,她以为这次的拜师宴,只是请了行业里的前辈,不过几十来人罢了,她准备的礼物倒是有些拿不出手了。

她想着给人家贺喜,总不能空手而来,又想这人是戏痴,那么一定是很爱戏的,便想投其所好,送一件自己珍藏许久的箭氅。那绣活儿是少见的好,曾经有朋友出高价要从她手上买走,她还不肯割爱。不过,在不懂的人看来,这只是一件旧衣裳。

递上帖子后,便有人引着他们往里走,进了一间院子,院

里十分空旷，此时全摆上了红方桌，席上已经有人坐定，廊下也有人在攀谈。梅姨被引到前排坐下，四处望下来，没有见着尤真的身影。

她同徐吴说道："你在这里等一等，我去找尤小姐。"说着也不等徐吴说话，便将礼物搁到他手上，只顾找人去了。她先到大厅里闲逛，再由大厅出来，沿着走廊晃下去，眼前是一道白色的月亮门，似乎连着另一处小院。

梅姨透过那道门，首先见到的便是一方水池子，不大不小，池里摆着一块假山石，清水顺着石缝涓涓往下流。她不由得想，那清水是哪里来的，怎么一直流不完呢？她往前走了几步，尤真忽然从月亮门后冒出来。

梅姨笑道："这样巧，我正要去找你。"尤真道："哪里是巧不巧的事，我早跟他们说了，要是见了你的帖子，便来告诉我，我是专门出来找你的。我要带你见一见我那位朋友，她很想见你呢，她怕一会儿开了席，说不上几句话。"

话刚一落下，梅姨便听见一阵笑声，夹着流水击石的声儿，真是好听极了。梅姨循着声音，往前一探，却不见半分人影。尤真出声道："你躲在水池子后面做什么？"说完话，便见池子后边走出了一名女子。

她的步伐很轻盈，看着像是从水池子里缓缓升起来的一样。脸像银盘一样，两道弯弯的细眉下，是一双笑眼，头总是微微倾向一边，低眉顺目，很有一番温柔的风情，笑起来时，脸颊两边有浅浅的梨涡，让人不由自主地喜欢，梅姨想她便是傅萍了吧。

傅萍走到梅姨跟前，很亲热地握住她的手，道："我真高兴您能来。您在长州的出场,我可是一场没有落下的。"她如数家珍一般,细数梅姨在何月何日演了何出戏,她说得那样清楚,是连梅姨也没有记清的。

梅姨拍了拍她的手背,笑道:"我跟你道一声喜,以后还请你多指教。这一次匆匆忙忙,没有准备什么好礼物,拿得出手的只有一件珍藏的箭氅。"傅萍眉眼弯弯,笑道:"这是十分贵重的礼物了。"

她们慢慢移到水池边坐下,水池里浮着几片青色的荷叶,梅姨瞥了一眼,道:"是荷叶,怎么没有莲花呢?"傅萍笑了笑,将手伸进水里,绕着那几片荷叶打转,荷叶随着水势东流西转。

说了不过几句话,尤真便掏出一块表来,看了下时间,向傅萍道:"吉时就要到了,你去把言老板请出来吧。"傅萍起身,脸上的笑意渐渐敛去,转而有些苦恼的样子,向尤真嗔道:"言老板……我师父总板着一张脸,我看着有些怕呢。"

梅姨笑道:"严师才能出高徒,我听说言老板下的几位徒弟登台不过两年,已经很有些名气了。"傅萍莞尔一笑,很以为然,心绪渐渐爽朗起来了,拉着梅姨的手说了两句话,便转身走了。

尤真见人走了,推着梅姨往席上去坐下,道:"等钟声一响,仪式就要开始了,我们还是先到那儿坐下吧。"梅姨不知为什么,心里还是挂着傅萍,频频回过头去看她的背影。回到位子后,见徐吴手上还拿着礼物,才想起来道:"看我刚才说要给人送礼物,礼物却没有拿。"

尤真安慰道:"不碍什么事,一会儿再拿去送她也是一样的。"

梅姨坐下，往场上望了一圈，在座的神情各异，面上带着笑意，可是并不见有多么欢喜，她想他们也是跟她一样的，或是看了尤真小姐的面子，或是因为李保华，或是因为言秋生而来，偏偏不是为了傅萍。

她坐在第一桌。按着规矩还有交情，她还轮不到来坐第一桌，大抵还是尤真小姐的安排。这个位子正对着大堂，一会儿举行仪式是看得最清楚的。此时，大堂里正有几人在忙碌着，一人在围红桌布，两人在桌上摆红盘，一碟芹菜、一碟莲子、一碟红豆、一碟红枣、一碟桂圆。

一切准备妥当之后，便有人去敲钟，钟声一响，场上安静了些，有几人从侧门走了出来。梅姨首先见到的便是傅萍，她嘴边带着笑，搀着一位六十来岁的男子，满头银发，面上显得十分严肃，这人便是言秋生了。

走在他们前头的是一位中年男子，约莫四十来岁，两鬓有些发白，蓄着短须，嘴边带着三分笑意。梅姨见他穿着一身军装，背挺得发直，走路时是踢着步子的，便猜是此次做引荐的李保华李军长了。

他们进了大堂后，李保华和言秋生分坐在上位。一位老先生出来主持，道一声："行礼。"傅萍便跪下行了礼，递上自己的拜师帖。言秋生微微点了点头，收了帖子，没有做何表情，瞧不出他对这新收的徒弟，是喜欢还是不喜欢。

"一会儿得空，还要帮我引荐一下这儿的管事先生。"徐吴向尤真说道。尤真原来看着言秋生训话，见徐吴同自己说话，便回过头来，笑着应承道："等她这个礼行完了，我便带你找管事去。"

到了开宴的时候，两人便离席。梅姨夹了一口菜含进嘴里，已经冷了，而周身的热闹又与她无关，一时觉得意兴阑珊，目光便定在了傅萍身上。不知为什么，梅姨只是第一次见她，却总是不由自主的往她身上瞧。

她的两道弯弯的眉毛下，是缀满笑意的双眼。连着敬了几杯酒后，她便托辞要回去歇一歇了。梅姨见她要走的样子，连忙拿上礼物，跟在她的身后。大堂里的客人多，谈笑走动的也不少，眼前不过走来两个人，一晃眼便不见了傅萍的身影。

梅姨连着上前走了两步，也没有见着人，对这里并不熟悉，只得作罢了。怔愣间，耳边传来一阵笑声，梅姨转身一瞧，才发现自己正站在一扇三合的七色玻璃屏风底下，隔着这玻璃，只见有两人也站在屏风底下，背着身子。

梅姨只隐隐见着一杆细长的烟杆，一吞一吐间，雾气便往上飘开，渐渐飘到她身上来，夹着辛辣的呛扑在鼻尖。她掏出丝帕挥了挥，正抬脚要走，又听屏风背后的人说了一句："她以为拜了名师便能成角儿吗？真是半路杀出的程咬金。"

梅姨明白她们是在说傅萍，便停下来听。"每一件戏服上的绣花便够她研究的了，只是她懂还是不懂呢？"另一人应道："大概是不懂装懂，懂装不懂。捏着嗓子唱几句，便以为很了不得了。"说到这里两人又笑起来。

"尤三怎么跟她走得那么近？忙前顾后，可以说是包办了一切，也不怕跟李太太交代不过去。"另一人哼笑道："李军长做引荐，还出面坐首席，也不见得跟李太太交代不过去。昨天，我在百货商店里见了他们，浓情蜜意，李军长对李太太也没有那么上心。"

一口雾气又缓缓升起。"李太太正气得咬牙切齿,前天找我做牌搭子,三句不离这位傅小姐,正打听着呢。你且看着吧。"火星子在烟上乱跳,堵住了口儿,说话的人拿着便往屏风上敲了两下。

梅姨站在后边听,被这两下敲醒,因为到底是偷听人家的话,心里虚得很。装作不经意地往前走了几步,停了一会儿,才敢慢慢回头去看。那两个人也正好走出来了,从她面前走过去。梅姨暗想,幸得比她们早走了几步,不然要被抓个正着了。

她正庆幸着,那位拿着烟杆子的女子又返身,探问一句:"梅老板?"梅姨心里虚,还在想方才偷听来的事,恍惚间似乎应了一声。

那女子眉毛一挑,十分欣喜,拉着梅姨的手不放,道:"我只一眼,便认出来了是您。"说着又左右一望,没见到什么陪同的人,不由得问道:"是谁请了您来?"梅姨回道:"尤真小姐。"女子微微一愣,道:"原来是尤三,她倒是识得许多人,不想竟然连您也请得来。我听说齐班主请您唱戏,您不愿意再出来唱了?"

梅姨解释道:"并非不愿意唱,而是,而是……"她还没解释出来,那女子忽然想起来一件事,抢着道:"前两天,尤三说要为我们请来一位很有名头的新教习,她又不肯透露姓名,总爱卖关子,让我们去猜。她是不是请了您来当新教习?"

梅姨见她喊尤真"尤三",便猜她与尤真是有些交情的,又说起教习的事,那么大概也是应是观的票友了,便微笑道:"我答应了尤真小姐来当两日的教习,我没有什么本事做教习,不过是想同大家交流,说说话而已。"

那女子似乎很喜欢梅姨，不由分说便丢下同伴，一定要请梅姨说一会儿话。要是平常时候，梅姨是推辞的，她向来没什么话讲，可还是随那女子在一旁坐下，问道："我们说了这些话，还没有问过你的名字呢。"

女子将细长的烟杆放在腿上，笑道："我姓董，单名一个霖字。"这个姓氏，让梅姨想起了拜访伍城芝的时候，在门前见到的一位头发花白的老人董世惠。梅姨见这位董霖小姐的眉眼跟他是有几分像的，便道："我记得有一位办女学的老先生……"

话还未说完，董霖又抢着答道："那是我的父亲，我在家里排行第六，大家都叫我六霖。您也不要喊我什么董小姐，显得太见外了，也叫我六霖得了。"梅姨笑着应承了，想了想，便探问起来："今日的主人公是傅萍小姐，可我是被尤真小姐拉着来做客的，还不知道这位傅小姐是哪里人，如今做些什么。"

董霖微微侧过身子，拿起长烟杆，从手袋里掏出洋火机，一面点着烟，一面嘲讽道："她嘛，一朵美丽的交际花，以后怕是要做角儿的。这样的角儿，还傍着一棵大树，能做得成什么正经事？"不知为何，每次提及傅萍，董霖总是一副很看不上的样子。梅姨想起尤真与傅萍说话时的神态，又问："她与尤真小姐是相交多年的朋友了吧，我看她们交情似乎不浅。"

董霖吐出一口烟来，斜睨了梅姨一眼，再往场上望了望，道："我可告诉您吧，最不要信尤三的嘴。她花花心思最多，又会看人的心思，要结交什么人，没有结交不到的。不过认得两三日，便能让外人觉着是多年的交情，精明着呢。"说着又拿着烟杆往一旁敲了两下，火星一下又烧起来了："两个月前，尤三便隔三岔五地登门拜访，投其所好，送衣服送戏票，两人常常一同出入，亲热得跟亲姐妹一样。傅小姐还没搭上李军长的时候，不过是一个乡下来的孤女，尤三也不一定瞧得上她。"

梅姨十分诧异，原来两人的结交是有这一层缘故在，心里不免有些疑惑。她总觉得两人是有真交情在的，并不像董霖说的那样世故。她还有话要问，一转眼却见尤真从一侧门里走出来，向四处望着，似乎在寻她的身影，便朝她招了招手。

尤真走过来，见了一旁的董霖，只是一笑，说："你们倒是先谈上话了，我还要将梅老板介绍给你认识呢。"说完又道，"你们坐这儿都说了什么话？"董霖一手交叉在身前，一手拿着烟杆吸，缓声道："我说你花花心思多，不要轻易信你的嘴。"

这话有些嘲讽的意味，尤真却不在意，而是取笑道："你逢人便这样说我，要不是我们从小一起长大的，知道你一向是刀子嘴豆腐心，还以为你恨我呢。"董霖笑了笑，起身道："我可说不过你，我不碍着你的眼了。"说完，又转向梅姨，向她道别，"梅老板，再会。"梅姨也起身，微微点了点头。

尤真见梅姨手上还拿着一包袱东西，便问道："你是不是要找傅萍？我看她是喝醉酒了，去敲她的门没有回应，大概是要歇息一会儿。等要散席了，我再带你找她吧，那会儿也该醒了。"

梅姨方才看她走路摇摇晃晃的样子，也像是喝醉了酒的，便点点头，又问："你们怎么回来得这么快？怎么不见徐师兄？"尤真笑了笑，取笑道："你们俩真是奇怪，你找她，他找你的，都只来问我。"

梅姨低头一笑，被戳中心思，有些难为情，也不敢再问，只往自己的位子上走。远远地便瞧见徐吴正端坐着，夹了一口菜往嘴里送，又放下筷子，只低着头，似乎在想什么事情。她走过去坐下，问道："可是有了什么消息了？"

徐吴见她回来，为她倒了一杯热茶，低声道："名册里果然有姚鹏飞的名字，她确实是这儿的票友。"尤真带着他到管事面前，管事见了尤真，态度十分配合，听说要看票友名册，二话不说便将他们带进了一间书房里去。徐吴一查看，除了姚鹏飞，赵锦商等人的名字却是没有的。

当他向管事问起姚鹏飞时，管事是很有印象的，说她到应是观来大约有半年的时间了，来得很勤，每月一次的大彩排是必定到场的，三场外演的戏，她总会赶上一场。这次的义务戏，她也会上台扮个角色。徐吴又向管事探听，姚鹏飞平时跟谁来往较多。管事对这事并没有留意，只记得这次的义务戏，她与傅萍小姐演的是对手戏，两人还常在一块对戏。

他们从书房出来后，尤真又带着他往傅萍的屋子去，在外边敲了几次门，里边却没有半点响应。尤真说，大概是喝醉酒睡过去了，不要打搅，等人醒了再去找她。

吃席的院子里，伙计来来回回地走，不时地端上热腾腾的菜式，撤走些冷了的菜式，待客人吃饱喝足，已经两个钟头过去了。李军长只露了一面便离开了，有几位喝高了的客人嚷着一定要傅小姐出来敬两杯酒。

尤真想着人也该醒过神来了，便让梅姨跟她一道去将人请出来。梅姨拿上包袱，想了想又拿上一盅热汤，跟在后头。她们走过一道长廊，绕到后面的院子，又是一番风景，两旁栽了些竹子，有几只小鸟立在上头，听见脚步声便飞走了。

尤真在一扇门前站定，先敲了两下，没有半点动静，又试

梨园秘闻录（下）　295

着推了推,开了一道缝,便笑着跟梅姨道:"她现在倒是不锁门了,我方才推门还不能进呢,看样子是醒了的,只等着我们来找她。"两人往里一跨,便先闻着一股怪味。

梅姨往前走了两步,去寻傅萍的身影,却被眼前的场景吓得说不出话来,心里一紧,慌慌张张便看向尤真,却被尤真拿帕子捂住了眼睛,拉着往她身上靠。尤真安抚道:"没有事,没有事,你不要看。"她说话时很冷静,梅姨的心也跟着冷静下来了。

可是梅姨的脑中,却还有那幅画面:一盆红色的水,一只苍白的手垂下,水里搁着一把短刀,闪着寒光。她恍惚中被尤真推着往屋外去,一下撞进了一个温热的怀抱中,她知道这人是徐吴。她极力往他身上靠,用力拽住他的衣袖不肯放。

徐吴将她扶到栏边坐下,温言安慰了几句。梅姨忽而又想到那张苍白的侧脸,极力指向屋内,道:"你去帮帮她,你去瞧一瞧。"说话时有些喘不上气,她的心跳得极快,一直停不下来,眼前有些摇晃,喉咙底涌上一股热气。

徐吴进去之后,梅姨伏在栏杆上歇了一会儿,强自镇定,扶着墙到外边找人帮忙。又想不能惊扰了场上的客人,斟酌了一番,最后决定去找这里的管事来。她才走出第一道门,迎面便撞上了董霖。

她连忙告诉董霖:"她割腕了,在屋里。"

董霖手里还捏着那杆细长的烟杆,口里的烟吐了出来,神情依旧,只微微皱了下眉头,之后又了然一般,转身淡声道:"这事还是找管事来处理妥当一些。"梅姨跟在她身后,不解道:"李军长呢,不用找李军长来看一看她吗?"董霖有些奇怪,反声问道:"他来了有什么用处?"

等梅姨找来管事,又回到屋子的时候,傅萍已经被放在了床上。尤真告诉梅姨,人已经没了。梅姨不敢走近去瞧,虽然只见过两面,不过是今日才识得的,可梅姨对她是喜欢的,她笑起来时弯弯的眉眼,就好像是邻家的小妹妹。

梅姨又想,女人的直觉是很准的,自从琢磨了傅萍这个名字之后,便对她很注意了。或许对她的注意,便是为了验证自己的直觉,只是在踏入这屋子之前,还未发觉而已。

第十五回
进茶楼官太太盛情邀，拍箭氅尤小姐高价得

梅姨一觉起来，已经是晚上九点钟了。屋里黑漆漆一片，她摸着黑走到桌边，点了一盏油灯，坐着想方才的一场梦，浑浑噩噩中梦见有女子躺在血泊之中，起来后便大汗淋漓，心底满是说不出的惆怅，空落落的，一直往下坠。

她坐定不过一会儿，徐昊便推门进来了，手里端着一碗热汤，说道："我见你屋里点了灯，想你是起来了。"她见徐昊在面前，心里安定了许多，这才模模糊糊记起来，自己是被徐昊送回来的。

原来那不是一场梦，傅萍确实已经死了。

她的耳边嗡嗡嗡直响，徐昊说的几句话，她怎么去听也没有听清。见徐昊要走，她急忙喊住他："你不要走，跟我说一会儿话吧。"她絮絮叨叨，说话含糊不清，想起了什么便说什么，她第一次在水池边见傅萍时的情形，那两道弯弯的眉毛，巧笑倩兮的神态，董霖的嘲讽，尤真的应对。她许多事想不明白，反复问徐昊，傅萍为什么要自杀呢？

徐吴没有告诉梅姨，傅萍并不是割腕自杀，而是他杀伪装成了自杀。他进了傅萍的屋子后，习惯性地观察了一下屋内的摆设，一时觉得奇怪，屋内的椅子摆得凌乱，插在瓷瓶内的黄菊也是散乱的，还有一幅画落在地上。衣箱上有两件戏袍，随意地堆在一处。

傅萍倒在床边，衣裳凌乱，人已经没有了气息。尤真将人往床上扶的时候，他过去帮忙，抬人的时候，他瞧见傅萍脖子上有一道勒痕，而手腕上切口并不深。他让尤真小姐去看时，她似乎已经知道了，面上没有多余的表情出来。

他问尤真小姐，是谁杀害了傅萍？徐吴笃定尤真小姐是知道的，尤真小姐也没有否认，只是冷冷地告诫他，不要掺和进这件事，傅萍的死让管事处理。尤真小姐不同寻常的态度，让他很疑心，到底是谁要杀害傅萍呢？这会儿，他又听梅姨说起了李太太，便疑心是李太太害了她。若是李太太害了她，李保华会怎么处理这事呢？

之后的几日，徐吴便一直在等消息，可是等了几天，却没有半点风声，那样盛大的拜师宴，几百号人同在一处，竟然没有漏出一点风声。大家似乎都保持着一种缄默，像是心照不宣，报纸上也不见有半分消息。

另一边，李总巡也再没有让郝巡警上门来，赵锦商如今是什么情形，也是全然不知的。那日之后，尤真小姐也没有再上门来了，要问姚鹏飞的事，也没有办法。直到昨晚上，尤真才差人送来了几张应是观的戏票，还有一份戏单，人却是没有出现的。戏单上还有姚鹏飞的名字，只是跟她演对手戏的，另换了一个叫董霖的女票友。

梨园秘闻录（下） 299

今日天朗气清，正是搭台演戏的好日子，也不知能不能在大茶楼里碰上尤真小姐。徐吴正想着，阿离便过来，一把拿过他手上的报纸，一面推搡着他往外走，一面道："梅姨已经在门外等着了，您就快些走吧。"

梅姨原来托身体不适，不想去看戏，不过在阿离的纠缠下，才勉强答应了。徐吴想她似乎不愿意见到尤真，因为自从那日之后，她不再像之前那样，左一句尤真小姐，右一句尤真小姐的，每日都把她挂在嘴边了。

出来时，梅姨站在石阶下等着，脸上有丝丝病色，回头见了他，微微点头，便上车去了。他们到了茶楼门前，发现这里竟跟以往有些不同了，没有往日的人声嘈杂，来往的男女皆是衣香鬓影，低声耳语。徐吴往前面一望，见了许多张熟脸，皆是在应是观的拜师宴上见过的，便猜这戏票并不对外出售，而是由票房出名单送出去的。

大门前，站着四位穿军装的男子，每一位进去的还须得搜一遍身才行，他们似乎搜得很仔细，上上下下都要搜。好在女子都是穿着贴身的旗袍，且来往的皆是有地位的小姐太太，只需搜手袋。他们正要受检查时，便听得身后有女子脆生生地喊了一句"梅老板"。徐吴回头去看时，便见着一位年轻的太太拉着梅姨的手，态度很亲热。

梅姨并不认得眼前的人，那位年轻的太太笑着道："您不记得我了吗？拜师宴那日，六霖一定要跟您说话，可把我丢下了。"梅姨一想，原来是她，不过换了件衣裳便认不出来了。梅姨只是微微对着她笑，心里却很烦恼，那日也不见这位太太这样热情，今日的态度怎么大变样了？

梅姨正要说话,身后又是一阵笑声,听着有不少人,转身去看,有五六位年轻太太正在笑,姿态各异,各有各的风情,一朵一朵的绣花衬着身形,穿金镯戴银环,看得人眼花缭乱。而她们当中,只有一位四十来岁的太太,穿得素色些,手上套着个绿油油的翡翠镯子,有些晃眼。

年轻太太往那些人中瞪了一眼,拉着梅姨走到那位年纪大些的太太面前,做起了介绍:"这一位菩萨面容的是李太太,每日吃斋念佛,是一位活菩萨呢。"李太太走上前,拉过梅姨的手,一直往她脸上望,左瞧右看后,才道:"你在台上的扮相真俊。"年轻太太这时也出声道:"我可没见过李太太夸谁的扮相好的。"

梅姨见李太太身边簇拥着许多人,又是四十来岁的年纪,后边还有两位穿着军装的男子随伺,便猜她一定是李军长的太太了,应声道:"承蒙李太太肯捧场。"李太太似乎十分高兴,一面往前走,一面拉着她的手说话。

年轻太太也紧跟在李太太身边,问道:"梅老板,您是哪一间包厢,要不然您到我们的厢房去坐着看戏,这样才热热闹闹的。"说着便走到梅姨身旁紧贴着,两人夹着她,像是要把她架走似的。

梅姨有些迟疑,婉拒道:"我还有同来的朋友,怕是坐不下的。"年轻太太笑道:"这倒没有什么,多少人来了也坐得下的。"李太太也说了话:"你也一起来说说话吧,我不大懂戏,还得劳你在一旁给我讲讲。"

李太太话音刚落下,便有人附和道:"一会儿在开戏前,还有拍卖的活动,全是票友们捐出来的物品,都是珍藏的戏袍冠带点翠。梅老板要是有看中的,只要告诉李太太一声,没有人抢得过。"盛情难却,梅姨回头去看了徐吴一眼。

徐吴答说:"那么我们便到李太太的包厢里看戏吧。"他经过戏台时,隔着屏风往里瞧,平常摆着的桌椅条凳全搬走了,如今摆了满场拍卖的物品。他记起梅姨才将自己珍藏的一件箭氅送了出去。

伙计引着他们在前边走,先往后院去,再从后院到二楼的一间厢房去。推门一进,这里边有四间寻常包厢那样大,修得金碧辉煌,正对着戏台中央,戏台上的一举一动瞧得十分清楚。这里入口很隐秘,要是没有伙计带着,一般客人是寻不到这里来的。

李太太拉着梅姨在前头坐下,其他的太太才敢各自找了位子坐下。众人坐下后,一时没有说话,只接过伙计递来的热茶热面巾。不知谁先问了一句:"李军长今日来不来?"话音落下,便有人应和道:"这一次义演是李军长组织的,他怎么会不来?况且就是连李太太这样隐居不出的也出山了。"

李太太正在喝茶,雾气直往脸上冒,喝了一口有些烫嘴,将茶盅搁回了桌上,重新拨了拨茶沫子,慢声说道:"他今早说了,忙完了便过来瞧一瞧。"又有人应道:"那我这次来得不亏,总算能见着李军长这位大忙人的面了。"

那位年轻太太在李太太身边跟得最久,很善于看她的脸色,见她的眉毛微微一动,便知道她此时有些不耐烦了。灵机一动,指着楼下的拍卖场,道:"李太太,您快往下瞧,有哪一件是合您心意的,到时可以拍下来。"

李太太往下看了几眼,没什么合意的,不过是些旧衣裳,转而问梅姨,道:"梅老板,我们有缘,我要送你一件东西,你来挑一挑罢。"那位年轻太太吃醋起来,埋怨道:"我跟李太太做牌搭子几年,也没见说跟我是有缘的,你们说恼不恼人。"

这话说得似真似假,梅姨一时有些不好意思,正不知怎么搭话时,台下一阵喧动,只见经理走到台上,开始讲起了拍卖的规矩,又说一切拍卖所得都要募捐出去。厢房里的各位太太纷纷围到窗前去看。

"你们看左边那件金镶珠石点翠簪,真是好看极了。颜色真是鲜亮,那底托上的翠羽听说用的是活翠鸟脖子周边的羽毛,可以永远不褪色呢。"说话的是那位年轻太太。

李太太道:"你要是觉得好,那么我便帮你拍下,别说做了我几年的牌搭子,还比不上见了一面的梅老板。"那位年轻太太高兴道:"那么我便定下了,您一定要为我拍下来,要是您举牌,没有人敢跟您叫价的。"

拍卖第三件物品时,总算是轮到那件金镶珠石点翠簪出场了。李太太不动声色地坐着,几轮叫价之后,才慢慢走到窗前举牌。左右两边包厢里,都有人探头出来瞧,可是没有再往上叫价的人。竞拍结束不多时,点翠簪子便送到了李太太手上。

同时进来的还有尤真小姐,她捧着一个黑檀木盒子,走到李太太身边,笑道:"这一件点翠簪子是我拿出来的,倒是被您给看中了。"说完,见梅姨也在场,有些惊讶,道,"原来你们到这里来了,我到你们的厢房去没有见着人,以为你们今日不来了呢。"

那位年轻太太见她来了,便笑着让出身边的位子,应声道:"尤三啊尤三,你实在不该,昨晚上打麻将牌,李太太几次提起梅老板,也不见你说认得梅老板。"尤真佯怒瞪了她一眼,埋怨道:"我原来请了梅老板来,是准备要给李太太一个惊喜,没想到被你抢先一步,你说要怎么受罚吧。"

这只是尤真应付她的话。这位年轻太太姓占,她的丈夫在李军长身边做秘书长,她因此也自称是李太太的秘书长,每日睁了眼便要到府上去,听说是站在门口等李太太醒的。尤真很不爱跟她打交道,她若是找到了你的一点话柄,一定要敲锣打鼓地拿出来说,不肯饶人,一定要你认错,要让你明白她比你高明许多。尤真不爱跟人有口舌上的交战,也很懂得应付她,只一句话便堵得她没有话说,只得讪讪地往别处看。占太太在尤真面前从来没有讨着便宜。

昨晚上,李太太扔出一张四筒,大概是牌好,一面出牌,一面谈及梅老板正当红。尤真却很惊讶,因为李太太一向不爱看戏的,又怎么会认得梅姨?她转头时,瞧见她身边摆着一张戏报,便明白她是看了戏报,随口提起罢了,没想到占太太却记在了心上。

尤真将身子倚在窗边,随意地往台上瞧,台上正在拍卖一件箭氅,样式与梅姨送给傅萍的是没有相差多少的。她将目光移开,转向李太太,笑道:"我方才进来的时候,外面好大的阵仗,还要检查搜身,难道李军长也要来吗?"

李太太还未说话,占太太便取笑道:"真是难得,这事你竟然还不知道。"

尤真莞尔一笑,并不作答。眼见那件箭氅已经叫价四轮,她拿起桌上的牌子便往上举。似乎也有人钟意这件箭氅,几次轮番叫价后,拍卖价已经有些偏高了。她的举动,引起了李太太的侧目，尤真解释道："做一做善事，就当是捐了一笔款子。"

李太太拿起面前的牌子，晃了两下，便没有再往上叫价的了。

尤真笑道："还是您心疼我。"李太太斜瞥了她一眼，道："知道你很有些钱，不过是一件旧衣裳，不值当拍那么高的价儿。"停了一会儿，又说起了李军长："我还有事要交代你去办。等义演结束了，他还要为各位票友们颁些荣誉奖，你也到台上去，在他身边帮帮忙。"

尤真有些惊讶，道："李军长还要亲自上台去颁奖，这事大家都还不知道吧？"

李太太道："还不是那件事闹的，他现在还心有余悸呢，不敢暴露自己的行踪。可是这次的募捐活动是他发起的，他怎么也得出席才行，就是记者也已经请到场了。"尤真轻声道："我也觉得十分可惜，我听了您的话才跟她走得近些，同在一处的日子，也万万看不出来她存着那样的心思，好在李军长及时反应过来，已经将人办了。"

梅姨在旁边听着，手紧紧拽着桌下的穗子。她们的对话虽没有指名道姓，她也隐隐猜到说的是傅萍。

占太太坐在李太太身后，见缝插针，出声道："您看过戏单没有？"李太太道："我还没来得及打开单子看，你说一说有哪些有趣些的戏？"占太太笑道："我不懂戏，有没有趣我没法跟您说。不过，有一件事您听了一定要笑的。一会儿，六霖也要上台演一场呢。"

这话说完，在座的太太都笑了起来，李太太也转过身来看她，取笑道："还有这件事？我说怎么不见她。"说着又用手指着各位太太,告诫道:"不管她唱得好不好,她上场了要捧,下场了可不许你们笑话。"

占太太揶揄道:"我看是要闹笑话的,我真是为给她演对手戏的票友捏一把汗了。"

这时候,有伙计进来,送来了拍下的箭氅。尤真接过来只随意地搁在桌上,全不在意,倒是李太太说话了:"你把戏袍子拿过来,我要仔细瞧一瞧,到底是哪里好,值得你花大价钱买下来。"

李太太拿过戏袍子,转而问梅姨,道:"梅老板,你是专门研究这些个的,你给我说一说,这件袍子好在哪里?"占太太也道:"您只管说实话,不要因为碍着跟三小姐的交情,便不敢说了。"

梅姨点了点头,摸着绣上的金丝线,道:"尤真小姐是好眼光,这布织得密实,难得便是难得在它的技艺,已经失传了的。"说着又翻出另一面来:"这绣活儿也是一绝,正面反面都可以穿,而且绣的还不是一样的花样。"李太太见此,也很新奇,拿过来摸了摸,将整件戏袍翻过来看,又是一件不同的袍子。她从前只听说过有这样的绣活,还未见过,因此很信服了,不再拿这事来说。

尤真感激地看了梅姨一眼,梅姨避开了去,并不看她。

尤真垂着头坐了一会儿,眼见快到晌午了,便道:"今日你们是有口福了,我特意带了做南方菜的厨子开小灶,专门为你们另做一桌席。"说着又向李太太道:"既然军长要来,那我去交代几句,做几道合他胃口的菜来。也顺便催一催,让伙计上菜。"说完便出去了。

徐吴坐了一会儿，趁着其他人都围在窗前没有注意，便悄悄跟了出去。他跟出去之后，已经没有了尤真的身影，跟经过的伙计打听了后厨的位置，拐过弯时，看尤真前脚才踏进后厨里。徐吴一时间有些踌躇，不知要不要跟进去。

正好面前是一块空地，连接着前庭，当中由一块假山隔开，假山四围种了些翠竹。他藏在假山后，既可以看见后厨的情形，又可将自己的身影挡住，即使被人瞧见，也并不很可疑，只当是在赏竹。

端菜的伙计进进出出，打他面前经过，却没人留意他。他就这样站了好一会儿，终于见尤真出来。她面上很稀松平常，手里拎着一个圆形食盒，身后跟着一个上菜的伙计，长圆瓷盘里摆着一只烧鹅，颜色烧得漂亮，油亮亮的。

两人慢慢往楼上去。这样看来，她是没有什么可疑的了。可他转而一想，尤真做事一向很谨慎，一时半会看不出什么来，再等一等吧，看看有没有可疑的到后厨来。又等了大概两刻钟，从左侧走来了两名女子。

两人面上画着戏妆，戏服却是没有穿的，只是在白色里衣外披了一件长褂子。身形丰腴些的女子演的是净生，而另一位瘦高的女子则演的是老生。她们两人手挽着手，说说笑笑间便踏进了后厨去。

那位演老生的女子，高昂着头，笑声沥沥，有些清冷。走路时身姿摇摆，看着更是面熟，徐吴不知在哪里见过，一时又想不起来，大概是见过一两次面的，才有模糊的印象。他还在想着的时候，两人已经出来了，手上各挽着一个六角黑木食盒，打算原路返回。

伙计见了两人，也是恭恭敬敬招呼，似乎是认得的，而且常到后厨来。等她们往后台去时，徐吴拉过伙计询问："她们是谁？"伙计以为他是看上了其中一位，来打听的，便劝道："那位瘦瘦高高的小姐，是我们董小姐，已经订了婚的，她的未婚夫正是我们东家。"

徐吴没听明白，又问："哪位董小姐？"伙计捧着一碟热菜，有些不耐，道："您不要管是哪一家的，就是打听得明白了，也是白费功夫。"说完便急急忙忙要走。徐吴又拖住他，问道："她们到后厨来做什么？"伙计道："拿润喉的汤水。"

徐吴见没有什么收获，便回了厢房去。当他站在门前时，才突然想到那位董小姐不就是那些太太们口中即将要上台演出的六霖吗？那么站在她身边的那位净生扮相的，便是与她搭戏的姚鹏飞了？

第十六回
语含幺机假问伍城芝，幸避行刺怒搜大茶楼

厢房的门是敞开着的，各位太太围在窗前看热闹，没人注意到徐吴，只有尤真望了他一眼，又将目光放到了李太太身上。伙计陆续端上了新菜式，大圆桌上已经摆满了各式南方菜，圆桌的一旁还摆着一张长形桌，上面摆着一只烧鹅，还有一块火腿肉，大概是要等开席了现切现吃，他们向来好吃一口新鲜的。

徐吴在后面坐下，正好面前摆着一张戏单，便拿起来看，寻到董霖与姚鹏飞的名字，看了一眼戏名，她们唱的是一出《荆轲刺秦》的戏。这时，占太太转头向桌席的方向瞧了一眼，问尤真："你到后厨去的时候，有没有见着六霖？"

尤真道："她是排在第二位出场的，这时候只顾着化妆，哪里有工夫到后厨去？"占太太对于尤真有没有在后厨撞见董霖，并不在意。她这样问，只是想要引出几句俏皮话，逗李太太笑，怪声道："那真是怪了，我听说她到这里来，最爱巡查后厨。"

说完，大家都笑了起来。占太太对此很满意，又故意高声问在场的伙计："今日，你们董六小姐进了几次后厨？"伙计低

着头，道："进了两次，一次是吩咐做吃的，一次是到后厨去拿汤水。"

李太太笑问道："你是听谁说来的？"

占太太回道："外边都在这么传，我也忘了听谁说来的了。"说着又看向梅姨："我倒是想问梅老板，按着如今的规矩，演员上场前是不是不得喝水，不得吃东西。"梅姨摇了摇头，温声道："那是对我们的偏见，吃还是要吃的，只是上台前会挑着吃，并不是什么东西都能吃。"

梅姨的话还未说完，占太太忽然站起身来，面朝着门口，笑道："李军长到了。"李保华进来时，身边还跟着两三位穿长衫的男子，都是四五十岁的模样，大概是在他身边做文职的。这时，各位太太也跟着起身，而李太太也慢慢悠悠地转过身来，看了李军长一眼，道："既然人都到了，那么便开席吧。"

占太太见她说话冷冷淡淡，心里跳得七上八下。占太太很明白李太太的心思，李太太嫁给军长的时候，军长不过是她父亲手下的一个小军官，如今声名渐大，而她已然成了糟糠妻，不过是家里的摆设，占着太太的名头。若是傅萍行动没有暴露，那么李太太只是睁一只眼，闭一只眼，而今抓着把柄，是要怄几天气的。

占太太很有些使命感，要当他们中间的桥梁。她往前走了两步，道："李太太知道您要来，一定要等您到了才开席。"李保华见有许多人在，占太太又寻了个好话头，他便好声好气地走向李太太，将她请到桌上去吃饭。坐定后，李保华见有两张生面孔，便问了起来。

尤真介绍道："这两位是我的朋友，这一阵到长州来演戏。"

李太太也出声道："他们两位是我请来的。"李保华并不在意，只点了点头，又问："尤三，城芝今日来了没有？"尤真回道："他今日有事忙，大概要晚些时候才能到场。"

李保华笑道："他忙归忙，可不能失约不来。"尤真回道："他答应过的事，可没有失约的。"李太太忽然想起一事，道："你上台颁荣誉章的时候，让尤三给你帮忙。"李保华道："那是自然。"

正吃着，台上"咚咚咚"直响，鼓声越来越急，戏已经开场了。李太太原来没有多大兴致，这时见左右两边的人齐声起哄，台上又是结着彩，红彤彤一片，也很热闹，便倾身向着梅姨，要她讲讲戏。

此时唱的是一出《天官赐福》，并没有什么新鲜的，不过是演员扮成神仙模样，给地上的人赐福。这出戏只是为了沾喜气，讨个好兆头，因此用来开场。李太太见台上的票友只是走过场的，也没有多大的兴致，随口问道："这一场完了，是不是该到六霖出场了呢？"

尤真回道："您再等一等，她很快便要上台了。"李保华搁下筷子，问："六霖是谁？"尤真笑道："董六小姐，您还没有见过她呢。"说着又补上一句，"正在办女学的董公家的。"李保华想了想，道："原来是他，他先前问我要办女学的款子，哪里拨得出来？自然是哪里最要紧，钱便往哪里使。"

现切的烧鹅肉嫩汁多，吃了几口便有些腻了，李保华抿了口茶，又想起来："我记得他似乎找城芝想法子去了，如今事情办得怎么样？"尤真答道："钱已经筹了大半，校址也选定在宜兴路，先生也找了好些，接下来便是招女学生了。"

李保华似乎很满意,道:"既然这样,你去告诉董世惠,若是在办学上还有困难,只管来找我。"又向身旁的几位长衫男子,道,"筹钱这事,还是城芝最有办法,这一次义演还是他出的主意。"

尤真微微一笑,道:"我听城芝说,一切办成了,要请您去揭牌剪彩。"

说起揭牌剪彩,李保华才想起他特地请来拍照片的几位记者,便对挨着他身边坐的男子说:"你去看一看,那几位记者来了没有,要是已经到了,让人另做一桌好菜招待。"他身边的男子道:"他们已经吃上了。"

开场戏已经唱完,报幕的出来报下一场要演的戏,朗声道:"接下来由名伶董霖小姐与姚鹏飞小姐,带来《荆轲刺秦》中的一段。"一报完,便有许多人鼓掌。李太太不明所以,问:"这是怎么回事?"

占太太倾身向前,看着左右两厢的人,道:"他们都认得六霖,给她捧场呢。"应是观的票友,多数是家中富裕、生活无忧的,他们虽是戏痴,却嫌唱戏的身份低贱,不会真去拜师学艺,于是便有了票房这样的场所,由相熟的朋友相互介绍着进应是观,每逢有人家要办寿宴喜宴,便无偿去演,唱得好与不好,没有人怪罪。这一次义演,大家也只是露面唱一段,图一个热闹,来捧场的自然也多是票友。

大家已经用完了饭,开始说话。伙计进来上茶,将桌席撤下。李太太带着各位太太移到窗前坐下看戏。李保华则与几位长衫男子移到屏风之后,一面喝茶,一面谈话。徐吴独自坐在一旁,慢慢品茶。

他一面看着台上两人的戏，一面不动声色地听屏风后的对话。他们的声音虽压得低，可仍隐隐传来只言片语。李保华提到了巡警厅，问人弄出来没有，一道细细的嗓子回说，事情难办，巡警厅不肯配合。一阵沉默之后，李保华又谈起了伍城芝，问他最近在做什么。

徐吴正要细听，占太太已经走到屏风边上，打断了他们的谈话："军长，您不是过来陪太太看戏的吗，事情永远没有办完的时候，难得有消遣的时间。"占太太坐下没有多久，她便发现李太太心不在焉，知道她记挂着李军长。

李军长被这么一请，不得不走过来敷衍，坐到李太太身边去。他不爱看戏，也不知道演的是什么，便去问李太太，道："这唱的是哪一出？"李太太方才的心思没有在戏上，也不懂，反而问起了梅姨。

梅姨解释道："她们唱的是《荆轲刺秦》，一整出戏唱下来的话，还得唱一天。今日她们只选了一段来演，董霖小姐演燕太子丹，另一位小姐演荆轲。这一段最见真情，唱的是荆轲准备刺秦前，燕丹摆宴送行，两人倾吐肺腑之言。"

秦国变法之后，国力日渐强盛。战国后期，秦王嬴政继位，灭韩国、赵国。燕国紧邻赵国，国力弱小，受到被吞并的威胁。燕国的太子丹计划派遣刺客威胁嬴政，逼还土地，强迫退兵。经介绍，燕丹选定了游侠荆轲。荆轲匆忙准备，匆忙上路，最后刺秦失败。

这个典故，李保华知道，他当即笑了两声，嘲讽道："荆轲在逞匹夫之勇。"尤真却不赞成这说法，反问道："自古以来都说荆轲有侠义之气，很得人的尊敬，怎么倒认为他是匹夫呢？"

梨园秘闻录（下）

李保华回应道："燕国国势已去，即便是成功，燕国也只是苟延残喘几年罢了。燕丹没有计谋，不是治国之才。"

尤真反驳道："荆轲虽喜纵酒声色，可也爱读书，未必没有看破这局面，可他却还愿意去刺杀秦王，难道不是怀着一种希望吗？"李保华摇了摇头，可惜道："你是女子，你不懂。"这句话说完，他没有再说下去。

一时没有人说话，场面冷了下来。

李太太见此，往台上看了一眼，虽不大会看戏，可也瞧出了门道。她安抚地拍了拍尤真的手背，不经意问道："与六霖搭戏的是谁？我怎么没有见过。戏票得倒是不错，比六霖要强。"占太太连忙看了一眼戏单子，应声道："她叫姚鹏飞，至于是哪家人，做什么的，倒还不知道。"

李太太想了想，道："姓姚的话，似乎没有对得上号的。城南的姚云鹤家有一个还没有出阁的小姐，我是见过的。不过今日，我对六霖是刮目相看了。"这一句称赞，占太太很不服气，董六唱下来稳稳当当，显得她先前取笑的话，有搬弄的意思。

李太太问尤真，道："尤三，都说你认识的人多，那我要考一考你了。你知道她是谁吗？"尤真被这么一问，稍愣了一下，道："她的大名也是很响当当的，是留学归来的女律师。"李太太向各位太太看了一眼，指着道："难怪票得这么好，原来她还是才女，我们在座的各位恐怕没有比得上的。"又问尤真，"你们是认得的？下一次可以带到家里来打麻将牌。"

尤真回道："您真当我是神通广大，什么人都认得。这位姚小姐，我也是只闻其名，没有交情。"李保华也笑道："要说神通广大，当数城芝。"占太太应和道："尤三找伍先生说一声，还怕见不到人吗？"

李太太侧过身子，正要说话，眼尾扫到了门口进来的一道身影，转头看清来人，取笑道："说曹操，曹操就到了。"伍城芝摘下帽子，微微向徐吴点头示意，一面走进来，一面道："事情办完，匆匆忙忙便赶过来了，还是迟到了。"说着便望向尤真，她却只望了他一眼，便避开了去。

"我们才把桌席撤下，你便来了。你吃过没有，要不要让厨子给你备几道菜？"李太太问。李保华问他："你去办什么事了？"伍城芝走到尤真身后站住，将手扶在她的肩上，回道："董先生选了宜兴路的一块地皮打算做女学的校址，价格已经谈妥，打算签约交接。可是卖主知道要拿来办女学，又觉得价目谈低了，临时要加价。董先生是文人，不懂谈钱，便让我出面协商，在茶楼里耗了一个早上，才各退一步，商定了两方可以接受的价目。"

李保华闷声不吭，只点了点头，另外问道："前几日的事，你办得怎么样了？"伍城芝从身上掏出了一个信袋，道："主使者还没有查到。"

李保华接过信封，只撕开一道口子，往里边看了一眼，便放回身上去，头也没有抬，低声道："是不方便去查，还是查不到呢？"他还未等伍城芝回答，转而又问尤真："你倒是跟她走得近，你知不知道她的底细呢？"

李太太想，他还不知道是自己让尤三跟傅萍接近的，便出面维护，冷淡道："她为你办事，还要经你的盘问，没有道理。"李保华点到为止，不再问下去，向李太太笑道："我还有话要跟城芝谈一谈，先不陪你看戏了。"说完便起身。

徐吴看着伍城芝与尤真，见他在尤真的肩上拍了两下后，才随着李保华到屏风之后说话。

这戏一直演到下午三点钟，在座的各位太太一直端坐，凳子又冷又硬，没有可以倚靠的，腰肢已经酸得不行。李太太在前面坐着，李军长在后面谈话，她们坐得拘谨，也不敢随便站起来，只捏着丝帕抹抹汗，双脚坐得发麻了，便微微侧一侧身子，舒缓这酸劲。至于演了什么戏，大多是没有心情看的，偶尔跟着旁人鼓一鼓掌。当幕布落下，宣告义演圆满结束的时候，各位太太的心情是十分欢喜的，总算不用再坐冷板凳了。

这时候，有人进来请军长主持场面，因为接下来便是向大家筹款的时候，十分重要，李保华一定要亲自出席，这关系到了筹款的数目。一会儿筹款结束，他还要为捐款数的前三甲与出场的票友们颁奖章。

台下的拍卖场已经被撤掉，重新摆上了椅子。李太太带着人，先在第一排坐下，过了没多久，各个包厢里的观客也陆续在后面坐下了。记者也到场了，来了三人，一人拿着本子和钢笔，打算速记现场的情况以及李保华的讲话。另外两人则是摆弄着一台立式木架照相机，一会儿摆在左边；一会儿摆在右边，正在找合适的位子。

李保华上台，宣布开始募捐。只见五个伙计手拿着方形的木箱子，向这边走来，开始编号码做登记。在场的人，有的扔下了钱票，有的签下了支票，全看各自的心意。轮到徐吴时，他并不愿意登记，只是投下了几张钞票。

他坐了一会儿，心里还是有些忐忑，总觉得会有事情发生。终于他还是坐不住了，跟梅姨交代了一声，便往后台去寻人。

后台有些暗，点了几盏昏黄的灯，伙计忙里忙外地搬道具，他上前问了姚鹏飞的化妆间，寻了过去，却没有见着人。

徐吴往里一探，只见桌台上摆着一个六角食盒。他走过去揭开来瞧，里边放着一盅人参汤，汤底清透，飘着浓浓的药香味，却是没有喝过的。亲自到后厨去拿汤，却又不喝，是为什么呢？徐吴正觉得奇怪，转身时撞见了进来的董霖。

董霖在拜师宴上见过徐吴，知道是尤真的朋友，问他："有什么事吗？"徐吴道："我要找姚鹏飞小姐，方才见她戏唱得很不错，慕名来找。"董霖回道："我也在找她呢，也不知跑哪里去了，伙计都来催场了。"

徐吴道："既然不在，那么等一切结束了，我再拜访。"出了化妆间后，他还是不放心，又往四处去找，找了许久，才终于看到了姚鹏飞的身影。她离他有些远，正从另一侧往台上赶，目光冷淡地直望着前方。一只手摆在戏袍里，匆匆走着。

她上了台后，便挨着董霖，站在了李保华的身后，等着李保华为他们颁奖章。此时募款的钱数已经登记完毕，李保华要先为募款的前三甲颁奖章，伍城芝自然是列在了前三甲之中。李保华站在"应是观筹措医疗基金募款义演"的条幅下，与伍城芝合影。"砰"的一声，镁光灯闪出的白光照在李保华的脸上，凝住了两人的笑意。

前三甲颁奖完毕，轮到了尤真上台，她手捧着奖章，跟在李保华身后。记者捕捉了几张他们颁奖章的身影，"砰砰砰"的，一声又一声，镁光灯闪出的白光糊住了大家的眼。李保华想着明日的报纸版面，笑得十分高兴。

又一声"砰"，李保华正在颁奖章，红光满面，对着相机

梨园秘闻录（下） 317

笑。趁着拍完一张照片的空隙，站在台下的记者发起了提问："这一笔筹募的善款，数目还没有公布，能不能在现场公布一下呢？您打算怎么规划这笔款子，届时会不会公示用款呢？"

李保华一顿，眉头皱了起来，往后朝几个长衫男子看了一眼，回过头来时，笑了笑，道："自然是，还要等我们回去妥善商量一下。"记者问："您在筹募前没有做计划吗？"李保华将手举在半空，制止了记者的话，道："还是先为各位义演的朋友颁完奖章再说吧，可不能喧宾夺主了。"他说完，又继续为票友颁奖章。

他走到姚鹏飞身前时，姚鹏飞的妆还没卸下，依旧穿着荆轲的戏服。因为方才听各位太太讨论，他知道两人的名字，便道："姚小姐、董小姐，你们的戏票得实在不错。"姚鹏飞听了这话，极快地看了李保华一眼。

台下"砰"一声，白光闪闪。姚鹏飞将手从戏袍下抽出，"砰"一声，枪声响起。伍城芝一听枪声，连忙护着尤真往下跑。而台下的人还未反应过来，一声尖叫之后，大家或是蹲下身子，或是往外跑，台下乱了起来。

第二声枪声很快响起。徐吴想到了梅姨，上前将梅姨护着蹲下。姚鹏飞的目标是李保华，若是不乱跑，是不会被枪子射中的。慌乱之中，徐吴抬眼搜寻尤真的身影，她被伍城芝护着往台下跑。尤真一面跑着，一面回头去看身后的情形，她的目光并不是定在李保华身上，而是看着姚鹏飞，这样混乱的时候，她知道开枪的人是姚鹏飞。

姚鹏飞的两枪似乎只射中了李保华的手臂，只见他捂着手，急忙往台下躲。台下站着的几名军卫立即冲上前去，开了几枪。

姚鹏飞转身跑回后台去，有两三人追了过去。李保华在几名军卫的护送下，离开了现场。

一位长衫男子留下主持场面，他让大家在原地待命，不许随意走动，要搜证据以及同伙。交代完毕，他立即过来李太太身边，道："军长已另外安置，请太太回厢房里歇一歇。"说完便让人来护送。

李太太摆了摆手，问道："他怎么样了？"长衫男子回道："没有大事，幸亏董六小姐眼尖，瞧见了手枪，推了一把，枪子射偏了，只射中了军长的手臂。"李太太关心道："怎么不见董六？"男子答道："我看她吓得不轻，让人扶下去休息了。"李太太吊着的心也就放下来了，最后嘱咐道："有什么消息一定要告诉我，不准瞒我。"

徐吴与梅姨两人因为是跟李太太一处来，此时也跟着回了厢房。回到厢房后，梅姨还是惊魂未定，原来便有些病色，现在脸色更苍白了。其他太太也被吓得花容失色，一时间没有缓过来，坐在椅上，久久没有说话。

李太太觉得口干舌燥，想拿摆在桌上的冷茶来喝，却拿不稳，只得作罢。可她心里实在焦急，便走到窗边去看楼下的动静，总觉得似乎少了什么，愣了一会儿，忽然转身问道："尤三呢，怎么不见尤三，她往哪里去了？"徐吴道："混乱之中，我见伍先生护着尤三小姐下台，也不知两人到哪里去了，会不会是随着李军长走了呢？"李太太点点头，道："既然有城芝护着，那么没有什么大问题了。"

左右两排的厢房传来很大的动静，军卫正在进行清查。徐吴探头往楼下瞧，看见一名军卫拿着姚鹏飞的六角食盒，递给

梨园秘闻录（下） 319

长衫男子，又在他耳边说了几句话。长衫男子在原地站了一会儿，便往这边来了。

不过一会儿，长衫男子便走到了门口，手上拿着食盒。他走向李太太，揭开盖子摆在她面前，说道："太太，这是在姚鹏飞的妆台上找着的食盒，食盒底有隔层，正可以放一把小手枪。"李太太未等他说完，又着急问道："人抓着没有？"

长衫男子回道："已经抓着了。"李太太又问："她是死是活？"长衫男子回道："活捉了。"

李太太点点头，不再作声。长衫男子看了一眼李太太的脸色，继续道："太太，这食盒的样式是这里专门定制给贵宾用的，外边是没有的。我查过了，别的六角食盒都没有隔层，我怀疑有人给她做内应，而且蓄谋已久。"他说完又补了一句，"今日，所有进场的宾客都是搜过身的，不可能带枪进来。这个食盒，是姚鹏飞自己到后厨去拿的，显然是有周密的计划。"

长衫男子将姚鹏飞与董霖进后厨的情形一并告知，又轻声探道："我听说今日尤三小姐也进了后厨，是不是有些巧呢？"李太太瞥了他一眼，说道："我让她去的，你有什么怀疑的吗？"

长衫男子道："后厨还失踪了一个厨子，实在是可疑，我先下楼去办事去。"说完便走了。

人走后，徐吴却听见一句，话音很轻，不大听得清。"就算真是尤三做的，李太太也会包庇，怎么说她跟李太太也是表亲。"他听到后有些惊讶，却又有些了然了，怪不得李太太对待尤真格外亲昵，就是占太太也得让出位子来。

不过，自从长衫男子走后，李太太便很心不在焉的样子，看来她也不是十分笃定。

徐吴上前跟李太太说，要去看一看外面的情形。李太太正想着事，也没有听清说什么，只是点点头。徐吴出去后，遇到有阻拦的，便说是为李太太办事，一直寻到姚鹏飞的化妆间去。他一进去，便见屋子被翻得有些乱，妆台上的胭脂也倒翻了一地。

他记得方才来的时候，地上掉着一根用过的火柴，应该是烧过什么东西。若是只用一根，那么便不是什么大件的东西，他想知道是不是有人跟她传信，告知她李保华的动作。他四下翻找，就连花盆花瓶也没有落下，却仍没有找到要找的东西。

他看着地上混在一处的胭脂，五颜六色，只有一盒墨脂端放在地上，盖子不知摔到哪里去了。他觉得奇怪，便拿起来细瞧，因为常年用墨脂描脸，一眼便能看出蹊跷来。这与平时用的墨脂的黏稠度不一样。他拿到鼻尖一嗅，墨香中夹着一股纸灰的焦味。徐吴心想，姚鹏飞做事实在是谨慎，竟将灰烬揉进了墨脂之中。那么，他的猜测是没有错了。

他一面想着，一面回到了厢房，一进门，见大家都围着李太太，长衫男子也站在跟前答话。李太太看着楼下的人，问长衫男子："什么时候可以把人放走？"长衫男子回道："每一位都要仔细查问的，大概是要闹到后半夜了。"

李太太微微皱起眉头，道："他们都是来捧场的朋友，是为了做好事来的，这样子是要得罪他们了，以后不好相见。"长衫男子道："那也是没有办法的，军长临走的时候，交代我要将这事办妥，这次一定要将同伙连根拔起。"

李太太神思不定，摆了摆手："那就这样吧，我要回去了，你让人送一送我们。"

梨园秘闻录（下）　　321

长衫男子迟疑了一会儿，才回道："太太，只许您走。"李太太重重拍了一下桌面，瞪着双眼，佯怒道："就是连我的面子也不看吗？"长衫男子低着头，没有出声，态度却是很坚决的。李太太摆了摆手，道："我也不回去了，你让人来查吧。"长衫男子左右为难，踌躇了一会儿才离开，不过直到他们离开大茶楼，他也没有让人来查问。

　　等到长衫男子终于肯放人走时，已经是后半夜了。徐吴与梅姨走出大茶楼后，只觉得饥肠辘辘，自从晌午吃过一餐后，再没有进食过。正巧半路上有家食摊还摆着，两人便停下来吃了碗热汤面，回到家时，阿离已经歇下，而孔章因为担忧，还在守夜。

　　孔章见了他们，便追问起来："我到大茶楼找过你们，那里围着许多军人，我还怕你们回不来了，不敢告诉阿离。到底发生什么事了？"徐吴将李保华被刺的事告诉了他。孔章小声问道："你疑心是尤真小姐？"

第十七回
蓄谋已久竟是连环案，明目张胆半掩藏身份

次日，徐吴一早便到报摊上找报纸。当时有三位记者在场，不知他们有没有将事情报道出来。他找了几份报纸，最后在《长州报》上见到了昨日的消息。不过，报纸只是报道了义演的成功，对于李保华被谋刺的事，却是只字不提的。

难道消息是被李保华压下来了？他一面想着，一面回到家中。进了门，梅姨喊住了他，道："张太太来家里做客，还送了一些甜糕过来。"他循声望去，梅姨、张太太两人坐在石亭里，桌上摆着两盘糕点，一壶茶。

张太太笑着招呼道："徐先生，你回来了。"说着便看了一眼他手里的报纸，又移开了目光，端起一盘糕点便走过来："来尝一口甜糕吧，我才做好了的，趁着还热乎的，拿给你们尝一尝。"

徐吴推辞不过，尝了一口后称赞了一句。张太太笑道："我在家里无聊，做着玩的。我家里那位常常出差，把我一人扔在这里不闻不问的。我只能找事来做，自己打发时间。我打算以

后跟着梅小姐学戏,今日可是来拜师的。"

徐吴跟她们说了几句话后,便回了书房。他琢磨要写一封信,让人送到李总巡家里去,他要当面打听赵锦商的现状。姚鹏飞曾经与赵锦商往来密切,如果她与尤真是同伙,那么赵锦商与尤真又是什么关系呢?

信送出去后,他等了两日也没有消息,倒是隔三岔五地碰见上门学戏的张太太。在这两日,他又到尤家去找人,门房说尤真到外地去了,并不在长州。他很不信,又找到了伍城芝家里去,也是得到了一样的回答。往后的日子,尤真像是消失了一般,再没有听说她的消息。

到了晚间,大概是八点钟的时候,徐吴在大堂里坐着,突然听见了一阵敲门声。他走去开门时,门缝里塞进来一封信,打开门后却没有人。他站在门边拆信,一瞧便知道是李总巡的回信,信里约定他到惠记茶楼见面。那里十分隐秘,确实适合见面。

他将信收好,跟梅姨说了一声,便独自去赴约。一走出巷子,便有车夫在面前停下,问坐不坐车。徐吴点了点头,便直接上车,低声道:"惠记茶楼。"街上的行人虽不多,车夫还是一路打铃,只听得一阵"丁零零",很快便到了惠记茶楼。茶楼两扇门紧紧关着,只有门前挂着的两盏灯笼是亮着的。

徐吴敲了两下,等了一会儿,又敲了两下,道:"徐吴。"

两扇木门被打开时,发出"吱吱"声。里边的人站在暗处,看不清脸。徐吴往里一跨,门也随即被关上。那人说:"请跟我来。"是女子的声音,低沉而厚重,她说完便走在前面带路。里边比外边总是要寂静上几分,院子里点了两盏昏黄的灯,地上铺着细碎的石子，在月光的照射下泛着白光。

女子走在前面，身影瘦削而高挑，绾着高高的发髻，头微微低着，踏着碎步，把徐吴引到了一间茶室，将门拉开，让他进去。徐吴转过头去看她时，她依旧站在暗处，远处昏黄的光照不到她。自始至终，徐吴都没能看清她的脸。

许久未见的李总巡已经端坐在茶桌前，见他进来，直言道："你在信里说的事，我已经听说了。"说着又比了个手势，让他坐下："昨晚，姚鹏飞不堪逼问的手段，已经在狱中自杀了。"

徐吴听了这消息，愣了一下，他虽然也猜到姚鹏飞是活不成的，可是听到这消息时还是十分惋惜。又想起了尤真来，探问道："你有没有尤真小姐的消息？"李总巡摊开双手，答道："她的事情，我没有去打听。不过，我还有一个坏消息要告诉你，赵锦商刚刚被带走了，这一次是李军长亲自出面，说赵锦商参与谋刺行动要拿他。"

徐吴问道："赵锦商有没有透露什么话？"

李总巡道："他似乎知道有人要保他，总不肯配合。"徐吴又问："李保华将赵锦商带走，有没有提起那一箱子信？"这也是李总巡觉得奇怪的地方，道："他没有提起这事，李保华也没有问起。我还以为他保赵锦商，是为了那箱子信呢。"

徐吴疑道："他为什么不说呢？"

李总巡说道："我已经让人去查了，不知道有没有消息。"说着便斟了一杯茶到徐吴面前，说起自己的来意："我找你来，是要告诉你一件事，伪钞案已经有新线索了。自从杜克衡供出老三后，我一直在查他涉案的证据。昨日，我们找到了老三与李保华身边的秘书长占有宏往来的书信。"

梨园秘闻录（下）　325

徐吴问："信上写了什么？"李总巡想了想，道："占有宏向老三催一笔款子。他的信写得很谨慎，没有再多的话，也没有提及其他。不过，我怀疑他催的是那批伪钞，我想在背后保老三的人便是占有宏，占有宏这人有李保华当靠山，也很有些势力。"

徐吴想起来，赵锦商的信箱中也有李保华的一封催款信。那么占有宏的催款信，与李保华的催款信，又有什么关系呢？徐吴还不知道李保华的信是写给谁的，不过现在看来，占有宏向老三催款，大概是李保华属意的。只是占有宏在他身边做事，为什么又要写信呢。徐吴想着便将他的猜测说出来，道："你有没有怀疑过，李保华也参与进了伪钞案，甚至可能是主使者。"

李总巡手上正拿着铜水壶往炭炉子上放，动作一停，另说起一件听来的事，道："我早听说他的军队在闹空饷，正四处筹钱。他在大茶楼办什么义演，对外宣称是为了筹措医疗基金，我原来便不信。现下看来，大概是伪钞厂被我们剿了，没有进款，才借着义演的名头，为自己筹钱。"

茶室内并不明亮，电灯散出微弱的光，照在徐吴的脸上，他正低头想着，若有所思地拿起面前的茶杯，抿了一口，说："在查伪钞案的时候，我总觉得哪里遗漏了，要是真涉及了李保华，那么便很不好办了。"

铜壶的壶嘴冒出白气，水已经滚开了。李总巡拿了一块白布包着壶把隔热，可还是有些烫手，逼着他极快地往茶壶里冲水，又很快地放回炉子上。他一面倒茶，一面道："即便是再不好办，也得办。我还想托你办一件事。"说着，他便拿出一个信袋。

徐吴接过来看，信袋上写了李总巡的名字，打开来看却是两封信。一封是占有宏写给老三的催款信；另一封信里却只有两行字，写着"徐吴亲查周万里"，从字迹上来看，写得十分潦草，像是提笔便写的。

李总巡继续道："这个信袋是昨日门房拿来放在桌上的。这封信是车夫送到门房那儿去的，门房见上面写着我的名字，便把信送来。我想这两封信放在一处送来，一定是有用意的。我查老三的底儿查了那么久，没有一丝线索，我想大概是我的动作被人盯上了。我原来以为老三只是巡警厅里的内应，与伪钞厂那边的人通气，却不想他竟然这样胆大，为李保华做这样的勾当。"说着便倾身向前，有请求的意思："这几日，你帮我查一查周万里的底细。还有，这个信袋便放在你那儿吧。"

徐吴看着信上"周万里"的名字，许久没有说话。他记得尤真提起过周万里，他原来只是一个小角色，每日只是帮着处理琐事，近来出了些风头，因为替陈老爷办好了两桩心头难事，才被提携起来管理赌台。可是他与老三又有什么关系呢？

这时有人敲门，一道婀娜的身影映在门上，她的动作停了一会儿，又敲了两下，没有出声，只站在门外等着。李总巡道："时间到了，让她送你出去吧。"徐吴收了信袋便起身，说道："若是查到了消息，我托人带信给你。"

他说完便退出来了，门前站着的还是那位女子，她走在前面带路，不过这一次走的是另一条路，另一扇门。徐吴后脚才刚跨出，身后的门随即被关上，四周很静，没有半点人影。徐吴又往前走了二十来步，才渐渐听见嘈杂的人声。一辆人力车在他面前停下，他坐上后便说了古董商店的地址。这个时候，方掌柜的店铺大概还是开着的。风呼呼地刮过,像一把刀划在脸上,徐昊的双眼定在前方,神思已不在了。

车夫拉着他上了一座桥,月亮倒映在水面,桥底下是一个茶摊子,挤满了人。过了桥便到了,商店里亮着灯,透过窗户往里望,人影隐约可见。徐昊推开玻璃门,首先闻到一股香味,神龛前点着几支香,一闪一闪冒着火星子。尤二小姐伏在桌上,手拿着洋镜,就着一盏台灯研究一幅画卷。她的侧影真像林司,林司也爱这样看书,恍惚间,徐昊以为回到了十几年前的夜晚。

他慢慢走近她,还未出声,尤二已经听见了脚步声,抬起头来看他,笑道:"原来是你,你来找方掌柜?他正在内室里接待客人呢,请先坐一坐吧。"徐昊点了点头,向着桌上望了一眼,问道:"你在鉴画?"

尤二笑道:"已经鉴定完了,是一幅真品,我趁着主人还没有出来,便赏一赏这画。"徐昊平常也爱看画,这时也将画拿过来看,感叹道:"这幅画的笔法真是绝技了,后来者未见居上。"尤二见他是真懂画的,也愿意跟他谈几句,她是最怕那些不懂画,却愣是要点几句外行话的人了。两人谈了一会儿,徐昊放下手中的画,问起了尤真。

尤二摆着手,面上是无奈与疼爱,道:"我也有好些日子不见她了,她总是不着家的,家里没有人管得住她。"

话才说完,里间便传来一阵笑声,方掌柜送客人出来。他先向尤二小姐看了一眼,见她点点头,便知道画是真品了,对方提出的价钱也很合意,便将对方请到柜台去,开了一张支票,欢欢喜喜地将人送走。忙完之后,方掌柜才有工夫招待徐昊,知道他来一定是有请求的,便问:"徐先生这一次来是为了什么事？"

徐吴直言道："我原来是想找尤真小姐帮忙，可是她不在长州，一时也找不到她，所以来找方掌柜帮一帮忙。上次您给了我们一张名单，里边有一位叫周万里的人物，我想向您打听他的住处。"

方掌柜在他对面坐下，斟酌了一会儿后，问："你找他做什么？你跟他没什么交情，大概是要吃闭门羹的。虽然他为人做事豪爽，可不一定肯见生人。"徐吴挑拣了几句，只说先前巡警厅办了一桩伪钞案，想向周万里打听一个人。

方掌柜听着，眉头微微皱起，连连摇头，解释道："你这样行不通，他不会见你。他是开赌台的，自然有求他做事的人，也有他求人照应的地方，都是摆不上台面说的。你为了办案子向他打听人，要是出了事，是在砸他的招牌。"

虽然方掌柜说不可行，徐吴却想他一定有另外行得通的法子，又请求道："请您指一条明路，我该怎么做才能行得通呢？"方掌柜转头去看尤二，问道："不知道二小姐肯不肯出面，为他做引荐。如果是二小姐上门去，他不敢不见，也不敢敷衍了事。"

徐吴不懂其中的道理，问道："这又是为什么？"方掌柜笑了笑，道："周万里在陈老爷手下做事，他近来才被提携起来着手管理两个赌台，名声渐渐大起来了。而陈老爷平生最爱收藏瓷器，常常请二小姐去鉴真伪，二小姐是陈老爷的座上宾，周万里心里有数。"

尤二则有些为难，看向徐吴，道："徐先生，我明日要动身回远江，火车票已经买好了，怕是分不开身。"方掌柜有些惊讶,问道:"您不是打算一直待到三小姐结婚的日子吗?"尤二想起了近来发生的许多事,叹了一口气,道:"我们三儿做事还是不牢靠,说风便是雨的,这会儿又说不打算结婚了,要跟城芝解除婚约。她常常胡闹,我不知道说她什么好了,她不胡闹才是怪事。"

方掌柜探问道:"那伍先生肯答应?"

尤二摆了摆手,道:"这事我还没有问过城芝,我父亲也不会答应她解除婚约。可她要做的事,没有做不成的,我也不跟她耗下去了。等会儿回去,我还得连夜誊抄一份古董名录出来,回到远江我也有许多工作要做呢。"她想了想,又有了一个法子,道:"这样吧,我为你写一份拜帖,说明你是我的朋友,也是一样的。"说着便拿起桌上的笔墨,写了一张帖子,盖上随身携带的小章,道:"我的小章,他是认得的。"

徐吴谢过之后,拿了帖子与方掌柜给的地址,便从古董商店出来。回到家中时,还未进门,便听见一阵笑声,听着似乎是张太太。大堂灯火通明,屋内摆着一张四方桌,他们正在打麻将牌。

孔章正对着门口坐,首先看到了他,招呼了一声。大家也纷纷转过头来望了他一眼,算是打了招呼,随即又转回去抓牌。场上还有一位穿着西服的先生,戴着一副圆眼镜,斯斯文文的,就是打牌抓牌也很温吞,看着是一个老好人。

徐吴先到阿离的屋子里去,见她已经歇下了,睡得正香,也就悄悄退了出来。又回到大堂去坐下,见大家的杯子都空了,便去烧了壶水,重新泡了几杯热茶。梅姨见他端着茶到男子面前,出声道:"张先生不喝茶的。"徐吴笑了笑,道:"那么,我去倒一杯热水来。"转而又将茶递给了一旁的张太太。

张太太道了谢,随口问道:"这么晚了,徐先生做什么去啦?"徐吴一面为张先生倒热水,一面答道:"我去拜访了一位朋友。"这时,张先生也问道:"听说徐先生经营着戏班,有演出没有?"

梅姨出了一张七筒,道:"有没有要的,若是再不拿下,可凑不成对了。"张太太赶紧将七筒收进去,又扔出了一张五万,道:"我听说梅小姐的戏在这里很受欢迎,可惜我没有福气,没能亲眼见她在台上的风姿。不过,能让梅小姐教戏,又是我的一种福气了。"

梅姨也吃进了一张牌:"你不要说客气话。"徐吴站在梅姨身后看牌,见他们一手进,一手出的,动作很快,嘴上还说着话,心里十分佩服。他看了一会儿,忽然问:"张先生到哪里出差去了?"张先生手上动作一停,抬头看了他一眼,温声道:"到章州出差去了,才回到家里便被太太拉着出来打麻将。这几日承蒙各位的照顾了。"

徐吴笑道:"我也在章州住过一段日子。"

张太太回头瞥了张先生一眼,提起出差,她便想起自己新婚的委屈,这时候当着面把自己满腔怨气吐出:"我跟他说,要不是有梅小姐的照应,那我是一定要和他闹离婚的,哪里有把新婚太太丢下的道理,各位要给我评一评理。"

梅姨一向喜欢做和事佬,见张太太似真似假地抱怨,知道她心里有怨没有恨,想让她消消气,便问:"张先生是做什么的?"梅姨的意思是想借张先生平时工作的辛苦,来引起张太太的同情。

梨园秘闻录(下) 331

张先生还未答话,张太太一下子扔出手里的牌,抢先答道:"他还能做什么呢,不过是做小本生意,章州那边有一个小厂,专为我们供丝绣的。"梅姨道:"那么你们是做布商吗?在哪里开铺子?"

张太太道:"只是倒手的买卖,没有专门开铺子。"梅姨见机为张先生说好话,道:"那么张先生一定很忙,成日跑来跑去的,在外面一定吃了许多苦头。"张先生也借势道:"谁说不是呢,与人打交道是最辛苦的事了,谁都不让谁。"张太太弯起了嘴角,斜着眼睛瞥了他一眼,气已经消了。

他们一面打牌,一面闲谈,直闹到午夜才收了牌桌。张太太临走时还意犹未尽,约定了下次还要打麻将牌。他们走后,徐昊便将孔章叫进了书房里,交代他要格外注意张太太与张先生。

自从上次徐昊提点,孔章便很疑心张太太,又问道:"要不要告诉梅姨呢?"徐昊正在信箱中翻找周万里写给赵锦商的信,搁下手上的动作,想了想,道:"还是不要告诉她吧,我瞧着他们没有害人的心,大概是来做监视的。"

孔章问道:"是谁让他们来做监视的?"徐昊道:"尤真小姐。"

第十八回
上门探消息局势看清，登报解婚约劳燕分飞

才下过一场雨，每走两步便有一个水坑。徐吴小心地走到一间宅院停下，两扇木门半旧不新，画着两个魁梧的门神，铜把手已经被摸黑。他看了看四周，将撑着的伞收起，提在手上，仔细对过门牌，确认没有找错后，才敲起门来。

过了许久才有人出来，那人上下打量着他，粗着嗓子问道："找谁？"徐吴将尤二写的拜帖递了过去，道："请把这一份拜帖给周先生看一看，他一看便知道了。"那人接过后道："请稍等一等。"说完便关了门，去请示了。

再开门时，却是周万里亲自出来的，他说话十分客气，将徐吴往里迎，道："您是尤二小姐的朋友，应该好好招待，不知道有什么事要找我呢？"徐吴将伞搁在门后，一面跟着主人往里走，一面回道："我没有要办的事，只是有事想向周先生打听。"

周万里的身形不高，大鼻子厚嘴唇，背着双手，走在徐吴身边，听说他要来打听事情，心里便有些提防，面上还是笑着应承："不知道要打听谁的事呢？"徐吴原来想提老三，可是一

来便提这人，怕周万里顾左右而言他，不肯如实相告，想了想还是道："周先生在赵锦商那儿买了一个青瓷瓶吧？"

周万里将徐吴带到了书房，先吩咐人上茶，问道："您怎么知道这事？"

徐吴将备好的信拿出来，递了过去，道："前一阵子，赵锦商准备出洋的时候，被巡警厅的人抓了起来，这事周先生是早知道了的。不过，周先生大概还不知道，他准备逃走的时候，随身带了一箱子信，这是其中一封。"

周万里打开来瞥了一眼，便将信随手压在了茶杯下，探问道："您要打听赵锦商？"徐吴又道："昨日，赵锦商已经被李保华李军长的人带走了。"周万里正拿起茶盅来喝，听说赵锦商被带走，又放回了原处，一时间没有说话，手却不停地敲着桌面，在斟酌他的话是真是假。

徐吴见此，继续道："几日前，李军长在大茶楼办义演筹款的活动，有一位叫作姚鹏飞的票友，在李军长颁奖章的时候朝他开了两枪，没有打准，人被抓住了。逼问了几日，前天晚上，人也已经死了，是自杀。"他一面说着，一面去看周万里的反应。

周万里终于看了过来，问："她已经死了？这消息是真的吗？"徐吴点头，道："千真万确。我想她的行动你是知道的。李军长成功躲过刺杀，对外却秘而不宣，是因为他不想打草惊蛇，正在筹划秘密将此次行动的同伙连根拔起。"

这句话有告诫的意思，周万里当即明白眼前的人是有备而来。徐吴已经看过所有的信，猜出了赵锦商与他们的关系。周万里转而又想，赵锦商被李保华带走，赵锦商一向贪财，保不准会将所有的事情都说出来。周万里越想越心惊，开始手脚发冷。

徐吴看出了他的心思，安抚道："赵锦商虽然被带走，可是没有跟李保华提起那箱子信的事，看样子是另有打算了。"周万里瞥了桌上的信一眼，忽然想道："那箱子信在你的手上？"徐吴答是。

周万里又问道："你已经见过杨其山了？"徐吴点了点头，道："赵锦商让他做的事都说了。"周万里勉强笑了笑，道："那么一切你都是很清楚了，又何必亲自到我这里来问呢？"徐吴道："我听说赵锦商得罪了李军长，可是在我看来，似乎还有隐情。"

周万里想起这事，心里还有些埋怨，道："赵锦商贪财，答应为李保华办事，原来打算说出我们秘密筹划的事，最后却不知怎么回事，他没有说，而是拿了李保华的钱，打算潜逃出洋。"

徐吴又道："这一次来，我是为了打听巡警厅的老三，他因为参与制伪钞的案子，被人供出，如今关在监牢中。我这里有一封信，是他与李军长身边的秘书长占有宏往来的证据，我听说他来找过你，想打听他找你做什么。"

这人周万里是知道的，道："他是李保华在巡警厅的内应，自从李总巡开始查伪钞案后，李保华便让他时时报告查案的进度。他知道我管理赌台，便要我拿着假钞浑水摸鱼，输给赌客，还说要跟我分账，我没有答应此事。之后，他又向我打听了秦天香。"

徐吴问道："他为什么会打听秦天香？"

周万里回道:"他在一间旅馆中,偶然撞见了秦天香与小炉匠,两人似乎在做交易。"他想着又说起了另一件事来,"老三说过,小炉匠被抓之前给尤三小姐寄过信。三小姐是李太太的表亲,李保华也很倚靠伍城芝的财势。但是三小姐明摆着要搅李保华的局,就算是有这两层关系在,她也难逃一死。"徐吴听着他的话,便猜他还不知,赵锦商只是做上下联系的人物,尤真才是真正谋划这次暗杀行动的人。

周万里继续道:"老三没过几日,又来找我,让我秘密找一个人给他用,而且要机灵懂得随机应变的。我那时候便猜他要跟踪的人是三小姐,果不其然,在之后的一次酒桌上,他喝高了便跟我透露,有人授意他跟踪三小姐。"

徐吴想起在大茶楼的厢房中,李保华便有几次有意无意探问尤真。可是这一次的谋刺行动,李保华闹得很狼狈,看着像是不知情的样子,大概是以为躲过了傅萍,心里虽然提防着,却不想这么快又有新的行动。

周万里在尚未面临死亡的威胁时,还能大义凛然地说一句,"生死有命,何惧一死"。可是当察觉到死亡的步伐在逼近时,恐惧便控制不住地在心底蔓延开。他恳切地望着徐吴,想请他指点一个可行的办法,担心自己所做的事被泄露出去,李保华要算自己的账,求声道:"徐先生,你看我要怎么办才能躲过这一难关呢?"

徐吴对尤真的脾性还是有所了解的,她做事审慎,如今周万里还不知她的存在,只是由赵锦商负责联络分工,既是为了更保密行事,也是为了事发之后的退路。他想着便安抚道:"赵锦商没有特意向李军长提起信箱的事来邀功,那么便是没有供出你们的打算。"

周万里还是不放心，反问道："您怎么知道他以后也不会提起呢？"

徐吴道："赵锦商曾经有过两次机会可以向李保华告密。而且，那箱子信也不会落在李保华手上，巡警厅里除了李总巡，还没有人看过那些信，你只管放心吧。"他敢这样保证，也是因为李保华的全部心思都用在了尤真的身上，还无暇顾及其他。

问完话后，徐吴便向周万里告别。周万里亲自出来送。徐吴拿起搁在门后的伞，临出门时，叮嘱道："今日的事，请不要跟别人提起。"外面又下起了蒙蒙的细雨，街上不大有人力车。他沿着屋檐走，忽然两只追逐的猫从他面前闪过，一眨眼便蹿上了屋顶，跑开去了。

"丁零零"一阵响，车夫拉着车过来问："先生，坐车吗？下雨路难走，没多少人肯出来做生意。"说话时，斜飘的雨丝覆在他的笑脸上，他拿手一抹，又亮着眼睛看徐吴："先生，拉上篷盖，保管您回家身上还是干的。"

徐吴的鞋底已经进了水，没有犹豫，拎起衣衫下摆便上了车。上车后，车夫麻利地拉上篷盖，又拿一张防水的油纸往前面一横，挡在徐吴身前，笑道："这样便不用怕雨水飘进来了，这样的天儿真是不好讨饭。先生，到哪里去？"徐吴报上了住址。

车夫问道："先生，您不是长州人吧？"徐吴笑道："我不是长州人。"

车夫又问道："您是哪里人？"徐吴忽然想起，之前也有问梅姨是哪里人的，她那样的答法也很不错，便道："我自小由

梨园秘闻录（下）　337

南到北哪里都走,就快忘了自己是哪里人了。"他这话说得并不假,他自小便跟着师父学戏,对自己的家乡是没有印象的,所以很不愿意提起。车夫的起势极猛,一下便飞跑起来。

徐吴见地上满是泥泞,车子不好走,一定是要使出十几分的力气才行的,便道:"慢点儿走吧,不着急。"

说完后车夫便放缓了速度,他一面跑,一面道:"先生有没有听说一桩公案?现在富家小姐也开始要争家产的一份哩,因为没有分得家产便要把自己的兄弟告上,我们都在赌这一桩公案要怎么判。若是我来说,男人理应当家,那么家产便该是由男人来把持,嫁出去的女儿是泼出去的水了。先生,您觉得我说得有没有道理?"他以为同样是男人,那么徐吴也该是站在一样的立场上来看的,心里有些得意,便转过头去等他的回答。

可是,徐吴并没有看他,似乎是在想事情。车夫便不说话了,只停了一会儿,他又自顾自嘀咕起来:"最近一直在变天,一会儿阴,一会儿晴的,又湿又冷。天天就像是罩着件半干不湿的衣衫在身上一样,弄得人很难受。"

风一吹,雨一打,零落许多叶子,又被来来往往的路人踩进了泥土里,每天如常。徐吴看着踩进泥地里的落叶,漫不经心道:"再等半个月,总会放晴的。"他这样答着,想起了出门前,阿离也抱怨长州的天阴阴冷冷,早上起来换衣服的时候总打寒战,穿在身上后又像是一块湿布捂着一样,闹得人怪难受的。

梅姨听着笑话了她两句,让她把衣服都拿出来,在院子里支了个火炉子,将衣服一件一件架在上边,不一会儿便干了。阿离见着好玩,又往炉子里扔了几个番薯,院子里都飘着烤番薯的香味。他看着她们谈笑，虽下着雨，也不觉得冷了。

"先生，您有没有听说李军长遇刺的事？"车夫转过头时，斗笠上尖尖的顶也跟着一晃一晃的，宽宽的帽檐边有雨水滑下，他的一张笑脸藏在雨中，也不等徐吴说话，又自顾道，"不过，您大概还不知道的吧，因为这件事实在很保密，一般人哪里会知道。可是李军长遇刺这事是千真万确的，告诉我这事的是我的一位朋友，他很有些能耐，知道不少秘事。他说前几日，李军长在大茶楼大摆筵席，邀请了许多大人物，那天的排场极其盛大，门前守着许多军官。当盛会进行到一半，李军长出来敬酒，席上忽然冲出了两名穿黑衣的大汉。那两名黑衣大汉身形十分高大，气势汹汹，掏出枪来便向李军长射去，连开了几枪后，趁乱逃离了大茶楼，竟然连那些侍卫也没有将人抓住，可以说是来无影去无踪。李军长被射中了脑袋，军长太太请了洋医生来开颅做手术，当晚便将人救回来了，这就叫作有惊无险。"他说完后，怕徐吴不信他所说的话，又补充道，"您瞧，这两天的城门，是不是管得比以往要严一些呢？"

徐吴嘴里"唔，唔……"应了几声，李保华遇刺的事情倒不假，只是已经被传得没有了原来的样子，再往后传，不知道又是什么样了。车夫一面走着，一面又扯出了许多话，徐吴听着，偶尔应和几句，知道他不过是爱说几句话，不一定要别人的回答。

徐吴回到家时，门是半掩着的。一推开门，家里静悄悄的，他还以为没有人。再往里走几步，看见梅姨坐在石亭里，她倚在栏杆上，正低头看着手上的画报，似乎看得很专心，就是有人进来了也没有察觉。

梅姨把画报放在腿上，一只手抵着下颌，一只手拿着翻，也不知看到了什么，眉头微微皱起。斜飘着的雨丝打在她的裙摆上，水珠子沾在了布料上，她难道没有觉着冷吗？徐吴一面想着，一面向她走去，问道："你看什么，看得这样着迷呢？"

梅姨正看得入神，一听到声音，吓了个激灵，立即站起来。见了徐吴，捂着心头，似怒非怒，拿着眼睛瞪他，埋怨道："哎哟，看你把我吓着了。"一面埋怨着，一面将手上的画报合上，丢在方才坐的地方，一使力却扔到了亭子外，眼看画报要弄湿了。她赶紧伸手去捞，可是栏杆围着，手够不着。

徐吴走过去把画报拿起来，递回她手上，问："家里怎么静悄悄的，阿离没有在家？"梅姨拿过画报，又坐回了方才的位子，将画报卷着拿在手上，笑道："你一走，城蒲便到家里来，两人坐了不过一会儿，又嫌家里闷，到外边玩去了。"

徐吴看着雨丝打在她的黑发上，又问："孔师兄也不在？"梅姨道："他到票号找涂掌柜去了，听说涂掌柜要往北出差一阵，两人大概是有话要说。"徐吴没有再问，梅姨也只低着头没有说话，可她手里的动作没有停，一直卷着画报，也不像平常那样爱说话了。

相处了许多年，徐吴对梅姨是很了解的，她这样不安，心里一定是搁了事的，便看着她道："怎么不到这里来坐，你身上的衣裳都湿了。"梅姨这才去看身上的衣裳，"哎哟"一声，拿手去拍水珠子。

徐吴问她："我进来时，你在看什么看得这么着迷？"

梅姨一向不会瞒人，也不愿意瞒着徐吴，见他这样问，便知道他看出了自己的不对劲，如实道："这小报上刊登了一则声明，伍先生跟尤真小姐已经解除了婚约。刊登声明的是伍先生。"说着便将画报翻开，拿给徐吴看。

徐吴赶紧拿过去看，没想他昨晚才听尤二小姐提起尤真要解除婚约的事，今日便见报了。而且，发出这则声明的竟然是伍城芝。他心里着急，拿着画报踱了两步，又走回梅姨身边。他实在不解，伍城芝为什么愿意解除婚约呢？

梅姨看着他着急，心里也很着急，即便因为拜师宴上发生的事，对尤真有些龃龉，可对她还是很喜欢的，如今她的婚约被解除，并给刊登在了报上，公告出来让众人知晓，这对于女子的处境是很不好的，日后她要常常遭受不公的舆论的困扰了。梅姨急问道："有什么法子没有？"梅姨虽然这样问，心里也知道这事是没办法挽回了的。

而此时，徐吴着急的却不是尤真的处境，而是担忧她的安危。她所做的事，李保华是早已经知晓的，之前已经试探过她，大概是碍着伍城芝的面子才没有挑明。如今伍城芝宣布解除婚约，难道不是为了撇清关系，置尤真于不顾？伍城芝宣布得这么突然，难道是有事要发生了？可是，那日在大茶楼的包厢里，伍城芝特意拍了两下她的肩膀，看着并不像是要解除婚约的意思啊。

徐吴越想心里越着急，可是能找谁探一探消息呢？他手里的画报也顾不得放下，匆匆忙忙便要往外走，忽然又想起一件事来，问梅姨："今早上，张太太来过没有？"梅姨往前追了他两步，摇头道："她早上没有过来，原来是定了九点钟来跟我学习，这都晌午了，大概是不来了。昨晚上我们打牌闹得太晚，起晚了吧。她和张先生也正是新婚燕尔，当然是要腾出时间来，

梨园秘闻录（下） 341

给他们自己独处。"

徐吴却觉得不对,道:"两人要真是情真意浓,怎么会出差回来,便着急到别人家里来打牌,闹到半夜才回去呢。"梅姨头一次听他这样讲张太太,也知道是有些不对劲,便没有出声,只问他:"你才回来,又要到哪里去呢?"

到哪里去,徐吴还没有想清楚,只是在家里是坐不住了,答道:"我去探探外边的情况。"他一面说着,一面大跨步往外走,才刚跨过门槛,迎面撞见了回来的孔章。孔章也回来得匆匆忙忙,面带急色,见了徐吴,当即道:"李保华正在全城搜捕尤真小姐。"这个消息是涂鸿宇告诉他的。涂鸿宇约定他到大茶楼喝酒,忽然提起了尤真小姐,说她正在被搜捕。孔章一听这个消息,也没有喝酒的心思了,急急忙忙回来告诉徐吴。

徐吴一惊,事态竟然已经发展到这个地步了,李保华这是要拿尤三的命了。他一面想着,一面慢慢踱回屋里,喃喃道:"怪不得伍城芝在报上登声明,原来是为了撇清关系,他这是不打算管尤三了。"他想了想,又问,"涂掌柜有没有说,尤真小姐现在在哪里?"

孔章回道:"他也没有打听出来尤真小姐的行踪。"

徐吴点了点头,心不在焉道:"那就好,没人知道她在哪里。"梅姨并不知事情的前因后果,听他们的对话也有些摸不着头脑,可当知道李保华要搜捕尤真,她也跟着担忧起来,问:"我们能不能去问一问伍先生,问他有没有救人的法子。"

孔章道:"你就是上门去,也找不着他了,他已经离开长州了。"

第十九回
韬光养晦昂然回远江,旧梦重做黯然别长州

自从徐吴听说全城搜捕尤真的消息后,他每日早出晚归,到外边探听消息。昨日,他又写了一封信给李总巡,告知从周万里那里打听来的消息,有些关于尤三的细节,却隐而不谈。今日李总巡便上门来了。

李总巡一进门,先见到了梅姨,她这一次没有练功,而是在逗一只野猫玩。那只野猫随着梅姨的手势,在地上打了几个滚,听见有脚步声后,立即停住动作,拿一双冷眼瞪着来客。不一会儿便弓起背,舔了舔爪子,迈开步子慵慵懒懒地从他面前走过。

梅姨招呼他,道:"许久没有见你到家里来了。"说着,又指了指书房的方向:"他正在里面等你。"

李总巡点了点头,却没有走的意思,而是问了一句:"怎么,你喜欢猫吗?"梅姨笑道:"没有喜欢不喜欢,那猫最近常到这里来找吃的。大概是见我给了它吃的,为了表示对我的喜欢,我走到哪里,它便跟到哪里,我才逗着它玩呢。"

李总巡站在原地,还有问题要问,徐吴却打开窗户叫他:"你总算来了,有什么消息没有?"李总巡没法子,只得进书房去,一进屋子,首先便闻到一股似有若无的沉香味,见徐吴正在收拾那一箱子信,便问:"你让我来,是还有什么事吗?"

徐吴请他坐下后,问:"尤真小姐那里,有什么新消息没有?"李总巡道:"她的消息我没有,不过那位李军长倒是有许多动作,看样子是不找到人便不罢休了。我左思右想,忽然想到尤真小姐有可能逃到远江去了,远江是在李军长的死对头的管辖之下,李军长翻不出什么花样来。"

远江?是了,尤三在那儿似乎有些势力,难道是早做好的退路?徐吴想着,悄然松了一口气,又想到几日来的担忧,暗自摇头。他真是急昏了头,尤三那样会打算的人,怎么会不给自己留后路呢。

此时,梅姨正在院子里浇花,不由得想着,这几日总没有见着张太太,不知到哪里去了。她上家里去找,也没有人回应,就是问起斜对门住着的一户人家,也说不知道。人就好像是失踪了一样,她为此很失落了几日。

梅姨正想着,门口处忽然传来张太太的声音。梅姨有几分欣喜,放下浇水壶便跑过去,见真是张太太,埋怨道:"你到哪里去了,怎么不在家?"张太太面上带着歉意,道:"唉,我阿妈生了大病,家里兄弟发电报来说什么总不见好,每况愈下,要我们赶紧回家里一趟见老人家最后一面。我们连夜回去之后,人又好了,总算是虚惊一场。我一回来便马上过来给你赔不是了,真是对不住,学生失约了。"

梅姨很高兴,拉着张太太的手,让她进来。张太太却将梅姨拉住，指着石阶上的匣子，问："你们门口怎么摆了个匣子？"梅姨探头往外一瞧，确实有一个木匣子。她拿起来瞧了瞧，并不是什么特别的样式，无奈地笑道："大概是阿离着急出门摆在门口的，等她回来了，我再问她。"

张太太来十次，有八次遇不上阿离，便取笑道："外边那么乱，她成天在外边跑来跑去，你们难道不管一管？"梅姨笑道："她有了玩伴，哪里管得住她，有城蒲跟着一块，我倒还放心些，只怕她们在外边会闹事。"说着又摆了摆手，"不说她们，我们说说话吧。"

进了屋后，梅姨忙着招待张太太，随手将匣子搁在桌上，想着吃甜糕要配着热茶才不腻，又去烧水煮茶。张太太看着她忙进忙出，随口问道："怎么徐先生跟孔先生都不在吗？"梅姨回道："孔师兄出门去了，徐师兄倒是在家里，不过跟人在书房里谈事呢。"

张太太接过梅姨端来的茶，吹了吹热气，抿了一口，倒有些兴趣了，问："徐先生谈什么事，难道是有人来邀请上台演出吗？"梅姨不愿多说，转而道："他们谈的都是正经事多，我可不爱听。倒是你这几日过得怎么样，家里没事了吧？"

"没什么大事了，就是老人家要休养一阵罢了。"张太太说话时，目光不时定在书房的方向，她的位子正好对着书房的窗户，窗户半开，虽有树枝挡着，还是隐约可以瞧见徐吴的身影。她一面跟梅姨闲聊，一面关注着动静，见徐吴起身，连忙又收回了目光。不一会儿，徐吴走出书房，跟在身后的是巡警厅的李总巡，她是认得的。徐吴将人送完后便要回书房去，张太太叫住了他。

徐吴进来跟张太太打招呼，随后目光落在木匣子上，那熟悉的样式令他心里一动。他的脸色微变，有些很不可置信地将匣子拿起来，忙问道："梅姨，这个木匣子哪里来的？"

梅姨答说："在门口捡的，大概是阿离落下的。等她回来了，我好好问一问她。"

徐吴将匣子翻过来看，底下刻着"真"字。他没有说话，拿着匣子便回了书房，小心地摆在桌上，又从衣箱中翻找出了一个同样的匣子，匣子底下刻的是"司"字。这个匣子四四方方，看着没有什么特别之处，却是一个机关匣子。

林司喜欢把珍贵的物件藏在匣子里，她常说这匣子没多少人有，因为这是她自己设计了机关，找木匠做出来的。开匣子的法子，徐吴早已熟记于心，没两下便打开了尤真的匣子，里边只摆着几封陈旧的信件，还有两张照片。

看清摆在最上面的那张照片后，徐吴的脑中"嗡嗡"一阵响。他还以为，这张照片已经丢了，心里一直很惋惜，没想到却在尤三手上。

那时，阿离才出生，过满月的时候，林司兴致冲冲地告诉他，要为阿离拍一张照片留作纪念。照片上，她抱着阿离坐在石椅上，眼睛里盛满了笑意，而徐吴则站在她的身后，双手放在她的肩上，面上也是藏不住的喜色。

梦中，她的容貌变得越来越模糊，一层一层的纱隔在他们中间。他掀开一层还有一层，明明听见了她在呼喊他的名字，可却总是找不着她，他已经逐渐将她遗忘。可是看着照片上，她微微卷烫过的短发，弯弯的长眉，他便想起那日她坐在镜台前，描画完眉毛后，又拿起木梳子梳头发。因为是头一张照片，她尤为在意,回头问他:"你看我这样梳着好看呢,还是别在耳后好看?"

他看着她笑吟吟的一张脸,走过去把梳子拿在手上,将她的发丝梳到了耳后,又为她挑了一对珍珠耳环,配上珍珠链子,衬得她的脸柔和了许多。她才成为一位母亲,照顾起孩子的时候不免有些手忙脚乱,阿离一哭起来便怎么也止不住,她总是耐心安抚,想尽法子逗阿离开心。

他不曾见她埋怨,她看他的目光总是笑吟吟的。她似乎总能应对,不管是应对什么。

初夏的日子,街道两旁的树绿油油的,阳光照射下来,发着亮光,地上砸的几个果子被路过的孩子捡了去。她穿了一件鹅黄色的旗袍,这是他第一次见她穿得这样正式。几天前,她不知从哪里翻出了两块料子,问他哪一块好看。

他问她,你这是要做衣衫?她说,这一张照片是很珍贵的,她要将她最美丽的样子留下来,她要为阿离保留下现在的她。她说着又跟他说起旗袍的裁剪与布料的择选。他心不在焉地听她说着话,心里的不安又加深了一分。

她成为了他的太太,他却一直很不安,不管是在梦境里,还是生活中。他与她总是隔着一层纱,他不知道她的过去,她也不大谈她的过去,而她又是随时要走的样子。他知道当她决心要走的时候,他留不住她。

往事如风,追忆起来已是镜花水月。徐昊将这张照片仔细收好,又拿过另一张照片来看,看来看去觉得很眼熟,可又想不起在哪里见过。相纸已经泛黄,上面是一个穿着洋服的男子,男子手里抱着一个女孩儿,年纪大概只有三四岁,耳边还别着一朵盛开的菊花,挡住了半张脸。

可是这照片中的人又是谁,尤三为什么要将照片给他呢?

耳边吹来一阵风,有些冷意。徐吴慢慢坐下,又拿过信来看,大概有十来封,是林司与尤真往来的信件。他看完后沉默不语,许久没有缓过神来。当晚,他又做了那个梦,依旧是一层一层的纱布隔着,他揭开一层,没有人,他又慌慌张张地去揭开一层。四周静悄悄的,他的心一直提在半空,怎么也放不下。

揭开一层又一层,忽然面前出现了一扇门,门梁上挂着红绸,门后锣鼓喧天,听着是要开戏了。他将门推开,面前矗立着三层楼高的戏园子,熠熠生辉,才刚落成的样子,牌匾上的红绸布还没被揭开。门前人来人往,都赶着往里挤,他也被挤了进去,进去之后,他见着许多熟人,都向他打着招呼。台上锵锵锵开戏了,他幽幽地走至后台,庄叫天被巡警厅的人带走。林司也在,她站在那儿冷眼旁观。

这里是四春园,他怎么又回到这里来了呢?这是梦,这一定是梦。

他想要醒来,用力掐着自己,可是没有半点知觉。他努力想要坐起来,用尽了全身的力气,等他终于睁开眼时,面前乌漆墨黑一片,他又进入了另一个梦。半梦半醒间听见有敲门声,愣了一会儿,才问:"谁?"嗓子有些发哑。

"是我。"梅姨的声音在黑夜中格外低柔。徐吴让她推门进来,见天还黑着,便问:"现在是几点钟了?"梅姨回他:"应该是一点钟了。"徐吴沉默了一会儿,又问道:"你怎么还没有睡?"

梅姨开了灯，走到桌边，一面倒水，一面说道："今晚上喝了许多茶，一直睡不下，打算起来坐一会儿，听你在屋里喊了一声，我过来瞧一瞧。"早在下午的时候，她便察觉到了徐昊的心绪不宁，他很少这样，梅姨便猜一定是发生了什么事，又不想向人说的。她左思右想，猜测一定是与林司相关的。

徐昊想起了方才的梦，心里愁闷，便问梅姨："我喊了什么话？"梅姨笑了笑，把水杯递了过去，回他："隔着老远，没有听清。你到底做了什么梦，不过似乎是不好的梦，看你出了一身的汗。"说着又走到洗脸架旁，拿了面巾递过去。

徐昊听了，往脸上一抹，都是汗珠，就是脖颈处也渗着汗。他后知后觉地接过面巾，心不在焉地擦着，突然道："我梦见她了。"这个"她"是谁，不用明说梅姨也知道的，她轻声问："你梦见她什么了？"徐昊回想梦中的情景，好一会儿才幽幽道："我们第一次见面的时候。"两人都没再说话，又是一阵沉默，徐昊忽然道："梅姨，我们离开长州吧。"

梅姨张了张口，原来要问徐昊，难道你不打算找她了吗，想了想，又没有问下去，只是点了点头，应了一声，轻声道："听你的意思吧。"她见徐昊没有什么事了，转身要走。徐昊又叫住了她，道："梅姨，我还有一件事要劳你的驾。"梅姨回头看他，勉强一笑，道："你这说的什么话，要办什么事你就直说吧，为什么要跟我这么客气呢。"

徐昊看着梅姨，心里十分感激，指了指桌上的信箱，说道："明日，你帮我把那一箱子信送到张太太手上，只跟她说'物归原主'便好。她自然明白是怎么回事的。"梅姨看过去时，除了一个稍大些的信箱子，旁边还摆着个一模一样的匣子，正是她从门口捡来的。她想徐吴最近做事都像是在打哑谜一样,很猜不透。

次日,梅姨照着徐吴的意思,将信箱送上门去。张太太接过去时,也不问什么,只是招待梅姨先在客厅坐下,又告罪一声,拿着箱子回了卧室中,再出来的时候,神色变得十分轻松。

隔日,梅姨怀着疑惑,再次上门去时,张太太已经连夜搬离了长门巷。其实说是搬离也有些夸大其词了,张太太本就没有什么可以搬的东西,她家里的陈设讲究,没有一点生活的气息。张太太也从来没有邀请梅姨到家里去做客。

第二十回
心有戚戚闺秀断关系，谍影重重尤三得新身

天边飘着几朵云，太阳光十分猛烈，江面被热气烘着，隐隐约约飘散出一股腥气。尤真站在江边，看了一眼那条看不见尽头的铁轨，掏出怀表来看了一下时间，再过两刻钟火车便要到站了。只怪自己出门匆忙，忘了戴帽子，这时候晒得眼前有些发黑。

"远江的江面是很宽阔的，一直往南下，绕过几座城，几个村，它的尽头连着的是汪洋大海。"幼年时，她的大姐姐这样告诉她。她还告诉她，她以后要出走，要离开家，到更远的地方去，她做到了。

"太太，您要茉莉香片呢，还是大碗浓茶？"身后有人出声问道。

尤真转过身来，看了一眼伙计手上的茶罐子，随口应道："来一壶茉莉香片吧。"她想了想，又把伙计叫住，说道："还是来两大碗浓茶吧。"伙计当即便明白了，笑问道："您是来接沈先生的吧，沈先生最爱喝我们这儿的大碗浓茶。我有许久没有

见着先生太太了,还以为你们已经离开远江了呢。"

尤真笑了笑,道:"我们怎么舍得离开,哪里还有比远江更繁华的地方?"伙计应声道:"那也是,谁到这里来还舍得离开。"伙计很认得她,便多搭讪了两句:"太太,您的脸上有一道黑印子。"

尤真摸了摸自己的脸,笑着谢过,在位子上慢慢坐下,拿出小巧的手包,翻出一面小镜子,微微转动镜子,先是透过镜面,习惯地看了一眼身后的情形,然后才细细打量起自己来。她的左脸上确实有一道黑印子,不过拿手轻轻一抹便掉了,大概是画眉的时候没有注意,画到脸上去了。

她端详眼下的那颗痣,竟做得十分逼真。她的眉毛全剃了,另画了两道又细又长的弯眉,戴着一顶长长的卷发,额前一缕刘海,遮挡了半张脸,又画着大浓妆,变化是很大的。她的这副样子,她自己是很满意的,一点也看不出是长州的尤三了。她想即便是有人看着有几分像,也会有些迟疑的。因为她操着一口地道的地方话,官话说得不大好,只言片语凑起来,也是带着浓浓的口音。就是走路的姿势,行事的方法也刻意改变过。

她现在的身份是沈太太,她的先生沈万安是做洋行买办的,常常南下出差。沈万安出差回来的时候,沈太太便会亲自来火车站接他,这是大家都知道的。此时的远江火车站人来人往,拥着许多人,她并不进去,只在这个茶摊子坐下等。沈先生一下了火车,便会到这里来寻她。

轰隆隆,一辆火车远远地向这边驶了过来,由远及近,声音越来越响,随着"嗤嗤嗤"的蒸汽声,火车渐渐靠站。尤真又掏出怀表来看,心想火车真是准时到站。这时,伙计端上两碗茶来，也道："看来沈先生到了。"

尤真坐着等了许久，才见沈万安出现，他的手上抱着一件灰色毛呢大衣，拿着帽子，远远地见了她，便开始招手，脸上带着疲惫的笑意，走到她身旁时，怨声道："真是不知道远江这么热，我才下车便直冒汗。"

尤真接过他手上的大衣和帽子，笑道："你坐下来喝碗茶吧，生意好不好做呢？"

沈万安长吁了一口气，拿起大碗浓茶便往嘴里倒，坐了一路，颠得人昏昏欲睡，待浓茶一冲到胃里，人便精神了。他又从袋子中掏出一份报纸来，扔到尤真面前，道："那两笔生意谈得很顺利，很能进一些钱。不过，这里还有一个消息，你要看一看。"

那份报纸被扔到尤真面前时，她一眼便认出是《长州报》，还未翻开，便已经瞧见"登报声明"四字。她慢慢伸出手，逐字去读，"今登报告示，与尤真断绝父女关系，今后在外一概行事，各不相干"。

她早已经猜到了。她拿着报纸起身，走向江边，将报纸撕了，往江里扔。她看着那纸摇摇摆摆，一直往下坠，坠在水面上时，没有半分回响，心想，果然还是太轻了，竟连一声回响也没有。

她暗暗哼了一声，气极而笑，站了一会儿，才又回到位子上坐定，闷声喝茶。看着面前来来往往讨生活的人，拉车的、卖药的、摆摊的、补鞋的，他们的脸上或是摆着笑，或是苦着脸，都很鲜活。她看着这一张张生脸，竟觉得很热闹，生出许多欢喜。终于有些释然，她还不稀罕呢。

沈万安虽也跟着闷声喝茶，可还是时时关注着她的面色，见她面色缓和下来了,才试探地问道:"那么,我们回家去吧。"尤真眼睛一勾,瞥了他一眼,随即一笑,将手搭在他的手腕上,跟着他回了沈家宅。

说是家宅,也不过是租下来的一座两进的院子,自从他们结婚,两人才在这里住下。他们结婚两年,算不得新婚的夫妇了,但在别人眼中是很登对的,因为沈万安事事都让着她。家里只请了一个老妈妈慧嫂打理。在门前下车时,慧嫂已经在等着了。

尤真笑道:"慧嫂,你不用每次都在这里等着,等久了吧。"

慧嫂摆了摆手,很不在意,回道:"我很算得准时间,没有等多久。"她跟着他们也有两年了,很晓得沈万安的一些习惯:"先生回来是一定要吃一口汤面的,我都已经预备好了。"

慧嫂知道沈先生的皮包一向是自己拿的,便只去拿他手上的大衣和帽子。一面往里走,一面向尤真道:"太太,您出门的时候,有人挂电话来找您。"尤真问:"谁找我?"慧嫂答:"张太太。"

尤真又问:"她留什么话没有?"慧嫂答道:"她要到家里来,说是挑中了一件好东西,要亲自送来给您,大概一会儿便要到了。"尤真点点头,便往卧房去,沈万安跟在她后头,也进了卧房。慧嫂对此早已司空见惯,只觉得两人感情很好,回来一定要叙叙话,不过等两三刻,沈先生便会出来吃汤面。

沈万安一跟进卧房,便随手将门关紧。卧房因为朝阳,十分亮堂,尤真走到窗前,拉上了一半的帘子,然后走到梳妆台前坐下。沈万安也不声响,即刻从皮包拿出一封信递过去。尤真拉开柜子,拿出一把小裁刀,沿着信口将信拆开,先沉默着将信读完,之后便擦起一根火柴,将信烧了。

沈万安一直站在她身后,有些担忧,问:"赵锦商被李保华带走了,该怎么办好呢?我怕他会泄露我们的事,之后不好行动了。"尤真一面将纸灰倒进盆栽里,一面道:"他不敢乱说话,你不要慌张,他懂得怎么应付李保华。不过我们的计划要改一改了。"

沈万安还是不安,道:"即便他不说,那一箱子信还没有着落,也不知道落在谁手上了。"尤真安抚道:"你再等一等。一会儿张太太会送过来的。"沈万安听了,有些喜出望外,很明白她一向有一说一,这样说便是没有不妥的了。

尤真问他:"新得了什么消息没有?"沈万安道:"有消息说,他接下来在北边会有动作。"尤真点点头。沈万安又继续道:"长州那边,李保华搜你搜得很紧,你出门行事还是要小心些。"他们在暗处埋伏着别人,别人也躲在暗处算计着他们,保不定一时的疏忽,背后一声枪响,命没了也不知道。

两人正说着话,忽然传来两声敲门声。

慧嫂道:"太太,张太太到了。"沈万安不再说话,慢慢踱到门边,将门打开,张太太正站在慧嫂身边,手里捧着一个信箱。他察觉似的往尤真处看了一眼,才笑着与张太太打了一声招呼,向慧嫂道:"我还是吃我的热汤面去吧,这是太太们的天下了。"说完便催着慧嫂去帮他端面。

尤真起身去迎接,接过信箱子,等慧嫂他们走了,才打开箱子来看,一面仔细点着信的数目,一面问道:"他把这箱子给你的时候,还说了什么话没有?"张太太回道:"他托了梅小姐转交给我的,只说了一句'物归原主'。"

张太太说着便在床榻上坐下,问出自己疑惑的地方:"他是什么时候开始,便知道我在监视他呢?"尤真头也不抬,将每一封信件都打开来核查,回道:"我想大概是从第一日,我们到他家打麻将牌的时候,他便察觉了。"

张太太道:"你早知道了,为什么还让我在那儿盯着,怎么不换别的人去呢?"尤真听着她话里有埋怨的意思,便起身走到她身旁,将手扶在她的肩上,解释道:"他就是知道了,也不会害你。我让你去盯着他,原来便没有打算不让他知道。"

张太太想起尤真常让她去做的事,一下便明白了,伸手拍了一下她的手背,哼道:"原来你是打这主意,怎么不提早告诉我?怪不得你总让我有事没事,便上家里去找梅小姐说话。"说着,她便想起了梅姨的真诚相待,心里有几分愧疚。

尤真在她身边坐下,问道:"他拿到匣子之后,有什么变化没有?"张太太回想当日的情形,道:"他见着匣子的时候,脸色大变,一声不吭拿着匣子便走了。"尤真又问:"之后呢,之后他怎么样了?"

张太太摇了摇头,道:"那天之后,我便没有再见过他,而且我听说他们已经离开长州了。"尤真想起阿离,心里一紧,追问道:"离开了?他们到哪里去了?"想了想,还是作罢,不再过问,叹息一声,喃喃道:"那也好,他该放下了。"

说到徐吴,张太太这才想起一件事来,连忙从手袋中找出一张电报,交给尤真,道:"这事我差点忘了告诉你。前几天,陈青忽然收到徐先生的电报,让我转交给你。"尤真接过来看,看完后便搁在桌上,微微出神,她这样做也是为了他好,他已经认清了全部的事实。

张太太这次从长州来,还带来了伍城芝的信,她不知道尤真愿不愿意提起他,小心地说道:"伍先生有一封信给你。"

尤真意味不明地看了她一眼,将信拿到手里,却不打开,只是呆看着封面上城芝写的"尤三"二字。忽然走到梳妆台前,擦起一根火柴,把纸引到火苗上,看着那封信被火焰慢慢吞没后,转头告诫道:"你以前虽然是为城芝办事的,若是要跟着我,那么就不要再跟他联系了。"张太太不敢再说话。尤真从柜子里翻出了一只戒指,塞到她的手上,幽幽说道:"你替我告诉他,我很谢谢他。请他不要再写信来了,是我对不住他,只当我已经死了吧。"

张太太转过身去,不肯去接,怨声道:"这一件事我决不能替你去办,你实在是狠得下心来,一点儿也不念着你们过去的情分。"话说出口的时候,张太太便有些后悔了,也觉得自己的话有些重了。她又凭什么去埋怨尤真呢,尤真只是在衡量后选择舍弃伍先生罢了,也不是为了自己。

张太太想了想,很过意不去,想说几句话宽解她。尤真已经将戒指收回到柜子中,手扶在梳妆台上,低头不语,过了许久才慢慢坐下来,轻声道:"我昨晚上梦见傅萍了,那日是我疏忽了。"

张太太这时才意识到自己说错话,引起误会了,连忙说道:"是我说错话了,我向你道歉。再说,我们都是刀架在脖子上的,无论发生什么,心里都是有数的,你又自责什么呢。"

尤真也察觉到自己失态,傅萍是不该再提起的,她镇定心神,道:"你写信给黎第,让她回来吧。不过,我要安排另外的身份给她。"张太太问道:"你让她回来,是有什么计划吗?"

尤真点点头,没有再多透露,只道:"你先到客厅里等我,我一会儿便出去。"张太太见她不说,提着手袋便先出去等着了。

梨园秘闻录(下) 357

第二十一回
追真相徐班主返远江，碰巧合孔武生遇故交

窗外的山越逼越近，层峦叠嶂，倒映在水面上。

徐吴看着不远处的远江大桥，若有所思。两次踏入远江，却是两种不同的心境。那时，他拿着唐淑宜给的林司照片到这里来，虽然心里也打着鼓，到底怀着几分希望和欣喜。然而，此时他的心里总想着那几封旧信，虽只读了一遍，字字句句却总显现在眼前。

"三儿，死神的钟声已经敲响，我知道我的这条命，这一次是不能再保全的了。我抱着必死的决心，来与你道别。明晚，行动就要开始了，我这支箭总算是要发出去了，只是在这样的时刻，我一想到他和阿离，便有些后悔。我还没有来得及跟他道别，你替我寻他，让他不要再找我。另附照片一张，妥善保管，莫要再寻我，也勿挂念。"

林司的字迹他很认得，徐吴再没办法回避。他想问尤三，她当年为什么不告而别？她又为什么会死，当年到底发生了什么事情？尤三为什么不直接将真相告诉他，而要这么大费周章

地，一步一步引着他到长州去？

火车呼啸着直逼远江，徐吴瞧着岸边一排排四五层高的洋楼，朝着江面排开，商船停靠，景象繁华。唐淑宜给了他一张旧照，是林司在德昌剧院拍下的，只是林司为什么会到远江来？难道她所谓的行动就是在这里实行的吗？徐吴又想起了林司在远江的线索，似乎隐隐牵涉当年的那桩无头公案，孟生死前，林司无端端出现在他的周围，那么，孟生的死跟她的行动是不是有关系呢？

远江充斥着太多的秘密。他初次到时，只觉得这里繁华异常，如今只觉得笼罩了一层神秘的面纱，揭开一层又一层，却没有揭开他想要的答案。他有太多的疑惑，而能解决他的疑惑的，却只有尤三。但是，她当真在远江吗？如果尤三真在远江，她为了躲避李保华的耳目，势必是很低调的，他该怎么找出她呢？

徐吴沉着一张脸，思绪万千。

孔章已经在一旁观察了徐吴许久，总觉得自从匆匆离开长州后，他便变了许多，于是探问道："你是不是有什么事藏在心里不说？"徐吴转过头来，看了对面的阿离和梅姨一眼，没有应声，对着孔章摆了摆手。

孔章见他不说话，也跟着看向梅姨，当下便猜是跟梅姨有关系了。心想，怪不得两人近日来，话少了许多，有时候面对着面也不说话，一定是在闹不和。而且，在他看来，梅姨是很不愿意回到远江的，她不想面对那些旧人旧事，是因为随徐吴，才肯重新踏入远江，但是徐吴一直冷着一张脸，怪不得梅姨很不满意。

孔章的身子稍稍向前倾,有了当和事佬的心思。他望着梅姨,故意问道:"梅姨,临行前李总巡悄悄把你叫去,说了什么话没有?"梅姨以为,李总巡把她叫去说话,没有人看见,却不想被孔章眼尖见着了,看他的样子,又是有意提起的,便瞪了他一眼,道:"你都说是悄悄的了,怎么我还要把悄悄话说给你听不成?"

孔章笑着往后一仰,靠在椅背上,指着徐吴,取笑道:"我不听,但是总有人想听。"梅姨紧抿着双唇,沉默了一会儿,才慢声道:"他也没说什么话,就是嘱咐路上小心,让我们有时间再回长州唱戏。"

孔章点了点头,似笑非笑,用胳膊肘顶了顶徐吴,问道:"李总巡有没有让你回长州唱戏去?"说着,见徐吴瞥了他一眼,转而又笑道:"是了,我想李总巡也不大可能邀请你回长州去,他这会儿只怕还在气你呢。"

李总巡信任徐吴,将赵锦商那一箱子信件交给他保管,他却将信件交给了尤三。李总巡知道此事后,当时脸色变得铁青,坐在大堂上不说话,握拳捶着桌面,看得出是气急了,咬牙道:"是我糊涂了,怎么就把信件交给了你,你是怕我抓住了尤三小姐吗?"他说完这话,便摔门走了。

孔章忽然想起这事,便追问后续,道:"他后来找上你没有?你总是一副愁眉不展的样子,是不是他有意为难你了?"徐吴摇头道:"他倒是没有为难过我,只是我对他总有些愧疚,他把信件交托给我,是我对不住他的信任。"

孔章不解道:"他没有为难你,那你怎么自从离开长州后,便拉着一张脸?"几番猜测都不对,孔章也急了。徐吴原来是打算离开长州后，便回乡下去的，已经走到半道了，他却忽然改了主意，买了远江的火车票北上，近日又时常打听尤三小姐。孔章左思量右思量，这才明白过来，他是为了尤三发愁。他偷眼瞧了梅姨一眼，低声问徐吴道："怎么，你又有什么新线索了？"

徐吴不答反问："尤三小姐，她当真在远江吗？"

孔章沉吟着回道："我打听来的消息是没有错的，尤三小姐就藏身在远江。就是有一点我无法保证，若是她有心藏起来，那么能不能找到她，还得看运气了，毕竟她的手段很不简单。"

徐吴探身追问："我一定要找到她，你有没有什么办法？"

孔章有些为难，想了想，才道："你容我想一想，我在远江有几位旧友，在当地很吃得开。就是不知道人家发达了，还认不认我呢。我想的是，这是一件难办的事，尤三小姐在远江还会用尤三的身份行动吗？还是她用另一个秘密身份……"

徐吴疑声道："你说公道先生？"但是，远江有这一号人物在活动吗？若是很有些名声，他们参加黎第的晚宴时，怎么没有听人提起过？应该要怎么办，才能在茫茫的人海中，找出尤三呢？徐吴闷声想线索，忽而想起了隔壁的邻居张太太，他把信箱托了给她，那么，她应该是要第一时间交给尤三的，倒是可以从她身上下手。想到这里，徐吴便转而问梅姨："梅姨，张太太的先生叫什么名字？"

梅姨打量着他，不知道为什么又问起了张太太，便细细回想，道："我隐隐记得张先生是做了介绍的，只是我不大注意，因为不大见着他，只用张先生称呼了。"她拍着手，越是想要记起来，却越记不起来，只断断续续回忆道："我记得，张先生是布商,说是在章州有一家店铺,又好像是一家小工厂。哎呀,那时候只是记个大概,我现在也闹不清了。"

听到章州这个地名,孔章也跟着道:"章州?章州是一座小县,紧挨着远江,坐马车过去一趟,不过是三个小时的车程。"孔章说着,便明白了徐吴的用意,笑道:"你不说,我倒忘了还有张太太这人,她要是在远江,一定也会找上尤三小姐的。"

梅姨一听是关系着尤三的线索,也跟着紧张起来,可越是紧张,便越想不出来,无奈道:"看我,一时间真是想不出来了。"孔章又问道:"那么,你知道张太太的闺名吗?"梅姨这才想起,同张太太交往的这些日子,她并没有过多介绍自己。在社会上,嫁作人妇的太太很少提及自己的闺名,只以夫家的姓氏来称呼,这是很平常的事,梅姨便没有注意。

这时,一直沉默不语的阿离出声道:"那位先生好像叫作张承志。"梅姨记得,阿离并没有见过张先生,便问道:"你怎么知道他叫作承志?"阿离回道:"那天我回家,正巧碰见出门的张太太往屋里喊了一声'承志'。那么,大概就叫张承志吧。"

孔章敲了下阿离的头,高兴道:"有了名字,那事情便更好办了,一个叫张承志的章州布商,应该很快便能打听出来了。"阿离不懂为什么还要找尤姨,问道:"我听城蒲说,尤姨的婚约被取消后,跑到远江来了。"

梅姨问道:"城蒲的消息是哪里来的?"阿离回道:"她偷听了她大哥说话,她说她大哥还在打听尤姨的事呢。我不懂,他们为什么要取消婚约?就是连城蒲也不懂,她说两人明明登对得很,家里也很赞成他们在一起,并不是戏本上演的那样被家里人拆散。"

梅姨明白，阿离因为经受着离别，心里正难受，低头一笑，握住阿离的手，轻轻捏了一下，安慰道："这是尤三的选择，你不用替她不平，其中的滋味只有她一人清楚。还有，你和城蒲留了我们乡下的地址没有？"

阿离点头道："留了，留了，这一位朋友我可不愿意再失散了。"

经梅姨这么一提，孔章才想到，阿离是很舍不得伍城蒲的，也想说几句安慰的话。一抬眼，却见到对面一位高大男子向这边走来，他穿着毛呢大衣，戴着黑色呢帽，一副很常见的打扮，行色匆匆，很快便从他们身边走过。那张脸实在是眼熟得很，眼见那人已经跨出用餐的车厢，孔章不由得站起身来，追了几步出去，看着前面熟悉的身形，越发肯定起来，但还是不敢十分确定地喊了一声："沈望三？是不是沈望三？"

男子回过头来，只是疑惑地看着他。孔章见他没有认出，便道："是我，孔章。"听了介绍，男子这才恍然，转身向孔章走来，笑道："好些年没有见，你的样子完全变了，我没有认出你来。"

孔章以前也长得孔武有力，只是在外多年，经历风霜，自然不一样，便调侃道："我在外边是跑惯了的，风吹日晒，挣的是辛苦钱，比不得你有家业可以继承。你的样子倒是没有变，还是富贵公子样儿。"沈望三知道这是在取笑他，摆手道："我已经从家里出来，在远江谋生，也是在外边跑，挣的也是辛苦钱。"

孔章知道他的家底，很不相信，问道："家里盯你盯得这么紧，怎么就肯放过你，让你到外边做事？"沈望三见他不信，从

梨园秘闻录（下）　363

身上掏出一件皮夹子，抽出一张名片，递过去道："这是我的名片，你瞧瞧吧。"

孔章半信半疑，拿过名片来看，只见名片上头写有"万安洋行"四字，中间则是竖排着"沈万安"三个大字，左下边两排小字写明了公司地址。看着名片上的名字，孔章问道："怎么，你为了避开家里，还改了名字？"说着又念道，"沈万安？"

沈万安笑道："没有什么特别的意思，只是做生意讲究风水，万安是取万事平安之意。"孔章点点头，问道："这事稀奇，你怎么会从家里跑到远江来做生意？"沈万安笑了笑，看了窗外的远江大桥一眼，道："两年前，我娶了一位太太，家里不同意，我索性也就搬出来了。"

孔章笑道："原来是为了博得美人一笑。"

沈万安满面笑容。有许多年没有孔章的消息，还以为他已经失踪了，毕竟孔家在当地也是很有名气的一个大家族，只是忽然就败落了，族里人被抓的抓，流放的流放，他还以为再不会见到孔章了。当年的事，众说纷纭，至今也有许多谜团，沈万安只知道，孔章的父亲和叔伯都参与进了一桩贪污的案件里，似乎是被人告了密，至于告密者是谁，到今日还有几种说法。沈万安心里想着，眼珠子一转，也不知孔章上远江来做什么，往孔章身后瞧了一眼，探身问道："你怎么也到远江来了，是为了办什么事情吗？"

被这么一问，孔章忽然想到还要托人打听张承志，正巧沈万安在远江行商，来来往往中，或许跟这人打过交道，便试探地问了一句："我还真是为了办一件事来的。我要找一位布商，叫作张承志，你听过这人没有？"

沈万安摇头道："我没有跟这号人物打过交道，你找这人做什么？难道你也开始经营起了生意？"孔章摆了摆手，道："那么，大概他是做小生意的，你才没有听过，他的厂子设在章州小县城里，比不得你在远江做大生意。"

沈万安点了点头，看着窗外越逼越近的远江大桥，见面前的孔章还很热络地寒暄，开始心不在焉地应付道："章州是一个不错的地方，我有一位朋友也在章州做布商，不过不是你说的那位张承志。"

孔章笑道："是了，章州做布商的不少。"他一面说着，一面观察到沈万安在说话间，已经看了两次怀表，向窗外望了三次，面带喜色，便取笑道："你这么着急，难道是太太来接？"

沈万安将怀表放入衣内，不好意思道："我太太在车站外等着我，我怕她等急了，怪我慢吞吞的不出去，这不是看车要停站了，赶紧往门口挪嘛。"一阵鸣笛声响起，火车行速放慢，渐渐靠近站台，过道上的人多了起来，都是往门口挪的。

孔章见此，也知道耽误不得了，便扬了扬手，道："看我说话，都忘了火车就要靠站了，还有人在等，我不打扰你了。"沈万安心里着急，跟着客气道："名片上有我的电话和公司地址，若是有事，可以联系我。"说完，便转身走了。

孔章看着他的身影，呆想了一会儿，又看着名片上的地址，转身回到用餐的车厢去。他觉得十分惊讶，不想在这里碰见了旧人，他一面想着，一面将名片收进了衣内。进了车厢，见三人齐齐望着他，便解释道："我遇到了一位故人。"

梅姨笑道："看你追上去，我以为你要干什么呢。"孔章摇头道："我那位朋友在远江做洋行买办，我跟他打听了张承志这

梨园秘闻录（下） 365

人,他说没有听过。我猜张承志要么是做小生意的,要么是张太太编造出来的一个假身份。"

徐吴也猜过张承志这个布商身份,可能是张太太编出来的谎言,可他不甘心,道:"你再打听打听。"话音刚落,窗外又响起了一阵鸣笛声,车门已经被打开,用餐车厢的人纷纷起身往外走。徐吴望向窗外,熙熙攘攘挤着人,便道:"这时候下车人多,我们等散得差不多了,再下车吧。"

他们提着行李,在车厢上等了一会儿,见人群渐渐散去了,才往车下走。下车之后,道上还挤着许多人,或是吆喝的小贩,或是接活的人力车,拥作一团。徐吴没走两步,身边的人已经被冲散了。他被人群拥着走了几步,急忙回头去看,四处不见孔章,而梅姨护着阿离,走在后边。徐吴赶紧扒开人,往梅姨身边走去,牵住她的手,道:"你要跟紧我,不要走散了。我找不着孔兄,这样吧,我们先到出站口等他。"

梅姨看着两人的手,心中一荡,微微泛起了涟漪。

阿离眼珠子一转,看着两人,故意道:"阿爹,您怎么不让我跟紧?您就不怕我走散了吗?"徐吴瞪了她一眼,笑道:"你有梅姨护着,哪里会走散?"说着便侧着身子走在前边开路,将两人护着,走到了火车站外。

一出到外面,热辣辣的阳光直直照在身上,徐吴向内张望,寻找孔章的身影,又把目光往外转,巡视了一圈,也没有见着人。远江的桥面很宽,两旁摆满了各式的摊子。由于天热,桥上的茶摊子最受欢迎。

其中一家茶摊前,有一道极为熟悉的女子身影,她手中拿着报纸,低头在看,倚靠在桥的栏杆上,不知为何,忽然将报纸撕碎，倾身把报纸扔到江面上去。徐吴怔愣着往前走了两步，这女子的身影真像尤三，她会是尤三吗？徐吴带着疑问想上前，这时，那女子转过身来，走向一旁的男子。

徐吴这才看到她的脸，长而卷的发披在肩上，额前一缕刘海，画着时下最受欢迎的浓妆，神韵有三分似尤三，不过当她与身旁男子说话时，眼神百转千回，冷淡中带着些情意，与尤三全然不一样，她更像是一位很有手段的社交女郎。徐吴低笑着摇了摇头，怎么会把这样的女子看作是尤三呢？

梅姨见徐吴望着一处地方不动，也随着他的目光望去，见到了沈万安，道："那一位可不是孔师兄的旧友吗？"再看向他身边的女子："旁边的那位大概是他的太太吧。"徐吴方才在车上没有注意到沈万安，随声道："原来他便是孔兄的旧友了。"说完话后，便收回了目光，重新找起了孔章的身影，见他也在不远处张望，便朝他招手。

孔章也看了过来，隔着老远喊道："你们在这里呢，看我好找。"说着便疾步走到徐吴面前。梅姨见他匆匆忙忙的，笑道："一转眼就不见你了，你到哪里去了？"孔章道："我也不见你们，在里边找了好一会儿，才想着到外边等你们。"

梅姨想起了他的那位故交，指着前面的茶摊，道："你的那位朋友在那儿呢，要不要上前招呼？"

孔章望过去看时，沈万安携着太太已经上了车。他好奇地打量着沈太太，果然是很不一般的美人，怪不得沈万安可以为了她抛弃家业呢。孔章一面想着，一面摆手道："他们这时要回家里去了，他们夫妻相聚，我还是不要上去打搅的好。我这儿还有他的名片呢，不怕找不着他。"说着便从衣内掏出一张名片来。

梅姨对远江是极熟的,不由得笑问:"看来他是开办公司的了,他的公司在哪里呢?"孔章还未注意过沈万安的公司地址,拿起名片念道:"他的洋行开在临江街道二十三号。"梅姨应声道:"那么,这是一家大公司了。"

孔章问道:"你怎么知道这是一家大公司,或许人家做的只是小本生意呢?"梅姨笑道:"临江街道那一块地儿寸土寸金,做小本生意的可不敢在那儿租地。"孔章忽然想起梅姨曾经在远江待过一些时日,便打听起来:"他开的是一家叫作万安洋行的,你听过没有?"

梅姨疑惑地拿过他手上的名片,第一眼便看到名片中间"沈万安"三个字,心里一惊,把名片递给徐吴,道:"你看,这是不是你在长州要找的沈万安?"

徐吴连忙拿过来看,跟着心里一震,他就是名单上的沈万安?徐吴抬眼往茶摊望去,人已经不见了。在长州时,方掌柜给出的人物名单中,其他人物他们都见过,偏偏只有沈万安迟迟未现身,原来是身在远江,怪不得无论如何打听,都打听不着他。他这是刚从哪里回来呢?徐吴一面想着,一面回头去看身后"远江火车站"五个大字。这一趟火车也经过长州,他这是从长州回来的吗?虽然人不见了,幸而还有这一张名片,不怕找不着他。那张名单上的人或多或少都与尤三有关系,这人跟尤三又是什么关系呢?

孔章见徐吴的面色不大好看,出声道:"怎么,你觉得他就是名单上的沈万安吗?怪我,见着故人高兴,没有想过将他跟你要找的人对上,况且,他原来不是这名字,说是做洋行生意,为了吉利，才改了这名字。"

徐吴问道："他原来叫什么名字？"孔章回道："沈望三。"徐吴无话，望着沈万安和沈太太离去的地方，道："我们依旧到上次的承天旅馆下榻吧。"他转身只走了两步，立即有一位人力车夫跑到他面前，殷勤笑道："先生，坐车不坐？您是从外地来的吧，坐我的车保管是不绕路的。"说着又朝身后招手，又出现了两位人力车夫，拖着车，笑嘻嘻地看着他们。

梅姨牵着阿离上了车，报上了承天旅馆的地址，他们一行人便往旅馆去了。

第二十二回
镜中花往事淡如云烟，水中月旧境碎似幻影

他们重回承天旅馆，一切都没有多大的变化，柜台前还是同一位侍员。侍员还记得他们，十分热情地上来招待，仍旧为他们安排了上次住下的房间。徐吴把行李放下，便来找孔章，打算商量拜访沈万安的事情。

但是，徐吴才关上房门，便见着消失在拐角的梅姨，她似乎是要出门去。徐吴觉得奇怪，想要追上前去问，孔章正巧打开了门。孔章见了他，也有些惊讶，道："你来得巧，我正要出门去，托梁天打听布商张承志。"

梁天是孔章的朋友，徐吴还记得上次是他带着他们参加了商会，认识了投江的窦姨娘。徐吴点头，想了一会儿，道出来意："我想跟你商量一下，明日到洋行拜访沈万安。"

孔章了然，说道："我也是这样的打算，我瞧他今日才回远江，大概是不会到洋行去的。我想，明日我先挂电话到他的洋行去问，看他在不在。"他不打算直接找上门去，是想探一探沈万安如今的态度，几句交谈中，孔章明白他如今已经不是过去

的沈望三了。

两人站在门前交谈了几句后,孔章便匆匆找梁天去了,直到夜深才回来。

到了第二日,孔章照着名片上的号码打过去,接电话的是一个老人家,似乎是门房的,先问了一句:"这里是万安洋行,问您的好。请问您贵姓?"孔章报上了名姓后,问道:"请问沈万安先生在不在?"

门房的那边沉默了一会儿,才回道:"沈先生还没有回公司,请问是什么事找?"孔章握着电话,微微向墙上靠去,解释道:"我是他的一位旧友,不过你大概是没有听过的,你报上我的名字,他便知道了。"

两人又说了一阵,对方话里间十分客气,在打太极。徐吴在一旁听着他们的对话,眉头皱起,知道要见沈万安一面是非常难的了。孔章挂断电话后,摊开双手,道:"你听得出来,那门房话里的意思了吧,若是你真想见他,那么只有上门堵人了。"

孔章不知他为何这样执着要见沈万安,若是事关李保华,那已经不关他们的事了,除非徐吴还有事情瞒着,于是试探道:"你是不是新得了什么线索,还没有告诉我?"徐吴原本就没有瞒着的打算,见孔章这么问,便将尤三给他的旧信件以及自己的猜测都告诉了孔章。

听完后,孔章沉默不语,只是拍了拍徐吴的肩膀,道:"昨晚才托梁天问,大概是还没有消息的,至于沈万安那里,我想他不至于天天不到洋行里去,若是实在不行,那么我们便上门去堵人。"说着便拍了下手,又想到一件事来,继续道:"我怎么忘了，沈万安的事，我们还可以向梁天打听，梁天也认得沈万安，他们以前的关系是很不错的。"

这么一说，徐吴又生出了些希望，也点头道："这件事我不想再拖延下去，明日我们便去洋行堵人。"自从到远江之后，他的心情是非常急切的，总觉得线索就在眼前，却总是没能抓住，白白从眼前消失了。他很不甘心，但是，他又不得不再等一日。

到了第三日，晌午过后，两人便到临江街道。当孔章在万安洋行前停下时，仍是很不敢置信的样子，他以为沈万安只是经营着小生意，没想到却做得这样大。眼前的招牌高悬，五层高的西式建筑，门前站着两位门神。

他们抬脚刚要往里走，却被门房拦下，道："两位先生，是从哪里来的呢？这里边没有邀请是进去不得的。"孔章上前，拿出沈万安给的名片，道："这是沈先生给我的名片，让我有事到这儿来找。请问沈先生今日到这里来了没有？"

门房的打量着他，缓声道："您是昨日挂电话来的孔先生吧，沈先生还没有到洋行来过。"孔章接着问道："那您方便挂电话到他的家宅里去问一问吗？我们可以在这里等一等他。"门房的有些迟疑，想了想，道："那您稍等一会儿。"说完便进去了，等了好一会儿后，出来道："两位，沈先生不在家，听说是刚出门去了。"

孔章问："是往这里来吗？"门房的摆摆手，道："那我可不知道了。"孔章看了徐吴一眼，决定赌一赌，道："我们在这里等一会儿吧，或许他真往这里来呢？"门房的抬手，欲言又止，最终道："您可以到里边等，但我可不保证沈先生是到洋行来。"说完也不理他们，自顾自回了屋里。

两人在大厅里坐了两个钟头,也没有见着沈万安的身影。徐吴率先起身,将帽子重新戴上,道:"看来他是不愿意见了。"这时候,孔章也坐不住了,跟着起身往外走,一面走着,一面商量道:"我们去找梁天,瞧瞧他有没有张承志的消息。"

他们没有耽误片刻,出了大门便直接往梁天的家宅去。梁天正坐在家里喝酒,一听孔章到了,腆着个大圆肚子便迎出来,高兴地将两人推到厅里坐下:"我置办了一桌酒席,正想让人去请你们来,上次你们走得匆忙,也怪形势不好,还没来得及送你们。"

孔章被他推着坐下,见他面色涨红,大概是喝了不少酒的,一会儿还有许多话要问,也不知道他还清醒不清醒,便道:"你先喝两碗茶醒醒酒,我还有话问你。"两人十分相熟,孔章便没有跟他客套。

梁天拿起酒就倒进嘴里,大笑道:"我的酒量多少,你还不知道吗?有什么话,你尽管问。"说着又拿起筷子夹菜,忽然想起来,孔章托他打听的事,拍桌道:"你要知道的,我都给你打听好了,远江没有布商张承志。章州在远江做大生意的、小生意的,我都问了遍,没有此人。"

孔章望了徐吴一眼,梁天说没有张承志这人,沈万安也曾说没有这人,那就是真没有了,难道张承志的身份真是张太太捏造的?这样看来,张太太这条线索就算是断了的,幸好眼下还有沈万安这条线索。孔章转头,又想接着询问沈万安在远江的情形。

这时,梁天拿过酒杯替他们满上,又说话了:"不过,章州有一个姓张的布商,他叫张易田,并不叫张承志。他前些日子倒是去了一趟长州，在远江也有生意，我听说他前两日跟着太太回到远江了。"

徐吴听完他的话，心里便在琢磨，这位张易田会不会就是他们要找的人呢？只是阿离为什么会听到张太太喊承志呢？承志，承志，这个名字听着竟十分耳熟……城芝？伍城芝！所以，那日张太太喊的是城芝，而不是承志了。

只是，伍城芝和张太太什么关系，怎么他会找上门去呢？徐吴想着，便问道："那位张易田，你还打听到了什么？"梁天摆手，满不在意道："他只是做小生意的，没有什么好打听的。倒是你们打听他做什么？"

孔章知道徐吴不想透露过多，含糊道："我们正有一件要紧事办，等成了再告诉你吧。"说着有些过意不去，替他满上了一杯酒，转而试探着问起了沈万安："沈望三，他也在远江，不过已经改了名字，你知道不知道？"

梁天才将酒杯拿起，听到沈望三的名字，又将杯子重重放下，不满道："这人做大了生意，竟不认我做朋友了。我几番上他家里去拜访，都吃了闭门羹。我是高攀不上他了。"他的言语间带着讽刺，斜眼瞥孔章，不屑道："他这是狗眼看人低，而且做事手段很不光明，我怀疑他正在做什么不可告人的秘密事。"

孔章想着道："我才去了他的洋行，也见不着他。你说他手段不光明，难道是做了什么事不成？"梁天回道："你还不知道吧，他是被家里赶出来的，当时可是半分钱没有，不过两年的时间，便将洋行开在了临江那地方，难道不值得怀疑吗？"

在车站的时候，沈万安说的是自己离家，并没有说是被赶出来的。孔章探身向前，说道："我听说他是因为娶了一位太太,家里不同意,才索性搬出来自己住的。"梁天大笑道:"他的那位太太,是驰名远江的交际花,不少大人物是她的闺中客,关于她的传闻不少,沈家人听着了,自然不答应。以我的观察,沈望三如今大抵是对太太生了厌倦,听说他常常到应是观去找一位女票友,出双入对地应酬,公然让这位女票友代替了沈太太的位子,我猜他是准备要纳了当姨太太的了。"

说到应是观,孔章眯着眼睛,立即回头看了徐吴一眼,见他点头,便追问:"你说的应是观,是远江一间专供票友习戏的场所吗?"梁天答道:"这间票房在远江极具规模,也很有些名气。"

孔章又问:"在长州也有一间应是观,这其中有什么关系吗?"

梁天回道:"长州的是远江的分馆,两地之间是常常交换演出的。"说着,又想起一件事来:"说起应是观,我觉得你们应该去四春园瞧一瞧,那是一间大戏园子,前些日子已经正式营业了,是应是观名下的财产,负责筹建的正是沈望三要娶进门的姨太太,听说他认领了这个数。"他用手比画了一下。

四春园?这个名字让徐吴和孔章的心里都咯噔一下,他们互望了一眼。徐吴问道:"那位女票友怎么称呼?"梁天一把将酒倒进嘴里,道:"大家都叫她二姐,她的真名倒没有听人提起过。"

徐吴点了点头,坐在宴桌旁,对这一桌子菜毫无兴趣,只跟着梁天喝了几杯酒。他一面喝着酒,一面想着四春园,一颗心像是被提着,口中的酒一时无味,问道:"四春园在哪里?"

梁天答道:"离我这儿并不远,你只要跟车夫说四春园,没有不认得的。"

四春园离得不远，这让徐昊更是坐不住了，他的心一直在跳着，望了孔章一眼。孔章立即会意，端起酒杯，跟梁天连喝了几杯酒，歉声道："实在对不住，我们还有要紧事办，这酒就喝到这里吧，下次我再同你喝到尽兴。"

梁天喝多了，一手抓着酒杯，一手抓着酒壶，晃晃悠悠道："知道留你们不住，快去吧。"孔章起身，一面说着托辞，一面往外走，临过门槛了，才想起还有事没问，便高声道："尤三小姐有消息没有？"梁天被这一声喊得一阵激灵，说起话来断断续续的，答道："没有她的消息，她应该，应该是没有到远江来。"

两人出来后，站在石阶上，一阵凉风吹来，徐昊才闻出身上的一身酒味，混和着他不安的心情，抵在他的鼻尖。他闷声走到巷口拦了一辆人力车，报上四春园，便往戏园子去。一路上，摇摇晃晃荡过许多人，当年的情形慢慢浮现于眼前，仿佛置身于当年的四春园中。

林司，他第一次遇见林司，便是在四春园。车夫的步伐越来越快，徐昊的思绪也随之飘远，想到了在长州的最后一场梦，他回到了新开张的四春园。一个拐角，徐昊抬眼便被不远处三层高的戏园惊住。

红色的绸布悬挂在屋檐上，一根根廊柱在太阳底下泛着亮光，油漆才刷上没几日，也鲜红得透亮。当车夫在门前停下时，他的目光停在高悬的匾额上，久久移不开，"四春园"三字之下有落款，徐昊知道，题字的是一位王爷，是当年的四春园主人为了开张彩头，特意到王爷家里去请赐墨宝。

为什么这块四春园匾额，会出现在这里呢？

怔愣间，园子里的伙计已经上来搭讪，道："两位先生，园子新开张，买一张戏票，另外赠送一张戏票，是很划算的。"说着又拿出一张宣传的戏单，生怕到手的客人走了，开始高声报戏名："您两位快进来瞧吧，保准你们大饱耳福，我们管事的为了热闹，花一番功夫请了几位大角儿。一会儿的大轴戏由庄老板亲自出场，他可是曾经被西太后钦点进宫唱戏的，另外还有萧老板的老生戏、庆老板的武生戏，轮番上场，保管是很值得回票价的。"一面介绍着，一面不知不觉中将人请了进去。

徐吴跨进门槛，闻着散发出的油漆味，如梦似幻间，似乎见着了当年的四春园，这时候的热闹，同当年的热闹没有什么区别。戏台前坐满了人，扑面而来的是一阵吵嚷声。回廊上则三三两两成一桌，伙计正忙着摆条凳。

场下穿梭着做各式买卖的小贩，有叫卖杂拌的，也有卖乳酪的、卖水果的、卖烟卷的，吆喝声不断，还有身上挂着小物件的小贩。眼镜、烟嘴、耳坠、扇子、笔架、笔筒，皆用绳子串起来挂在身上，到了客人面前，便像变戏法一般，将东西掏出来。这里面的布置跟以前的四春园也是没有分别的。徐吴想着便抬起步子，一步两步往里挪。

伙计见两人沉默不语，便殷勤问道："两位尊客，是要散座还是楼上的包厢？"

徐吴往二楼望去，试探着问道："一春间还有没有？"伙计惊讶道："原来您是老客人了，一春间还空着，我带您过去。"说完便在前头引着往二楼去了。孔章凑到徐吴面前，怪道："怎么这里也有一春间？"

徐吴又问伙计："你们这儿，是不是还有二夏、三秋、四冬包厢。"伙计回道:"是这么回事。"徐吴一面观察着四周的环境,一面问:"这戏园子是哪一位规划的?"伙计答道:"是我们管事的。"

孔章问道:"你们管事的又是哪一位?"

到了一春间前,伙计停下步子,推开门先让两人进去,才回道:"是二小姐。"

徐吴一进屋子,便快步走到窗前,望着窗外的景象,斜对面大概便是四冬间了,两扇窗户开着,坐着一对男女,两人挨得极近,背身坐着在谈话吃酒席,他看不清他们的面貌。不过,这样的场景让他想起了第一次见林司时的情景。

那时,她也坐在四冬间里与一男子谈话,不过两人是面对面坐着。而他则是站在这里,既看台上的戏,也看他们。他们的谈话非常短暂,男子不一会儿便走了。林司倚在窗台上看戏,手指放在窗沿上,慢慢敲着拍子,似乎察觉到了他的目光,转头望向他,微微一笑,同他点头后,又将目光移回台上。

徐吴是被园子里的管事邀请了来写戏本,经常到四春园里,几次遇见林司。她也爱戏,两人便相熟了起来。之后,他曾问她:"你独自离家,到这里来做什么?"林司回答他:"我的一位叔伯被他的姨太太毒死了,但是没有留下证据,四春园的园主是她的姘头,搭戏园子的钱是姨太太出的,而姨太太的钱是从我叔伯身上掏的。我当然不甘心,一定要仔细调查他们,抓着证据,再把他们扔进监牢里待着。"

孔章的师叔庄叫天,便是四春园的园主,没有过多久,庄叫天便被抓走,而那位姨太太则是没有了音信。

伙计在一盘忙着端茶倒水,到外边拿了两条热毛巾过来,端到徐吴和孔章面前,问道:"两位先生用饭吗?我们这儿有各个地方的菜式,东边的、南边的、北边的、西边的都有。"孔章道:"你们老板倒是阔气,厨子一定请了不少,每天预备的食材样式也得多才行。"伙计道:"那是自然的,要不要我给您报一报菜名?"

徐吴摆手道:"你把菜单子拿给我们看吧。"伙计从身后掏出一张单子,递了过去。徐吴接过后,只瞄了一眼,心里一惊,拿给孔章看,道:"怎么连菜单子也做得这么像?"又问伙计:"这张单子是谁拟的?"

伙计笑道:"这是我们管事亲自拟的。"两次三番听到二小姐的名字,徐吴不由得对此人更好奇起来,问:"你们管事今日在戏园吗?"伙计道:"晌午才见着她,这时候便不知道了。"徐吴又问:"她常到园子里来?"

"每日必来的。"伙计答道。

孔章看完了菜单子,对伙计道:"这时候有没有炭火炉子?"这一道菜式,以往他与徐吴常点,不由得想再点来尝一尝,这炭火炉子还是不是从前的滋味。伙计笑道:"后厨是有备着的,就是这么大热天的,您两位怎么倒点了一个炭火炉子呢?"徐吴明白孔章的心思,朝伙计招手,道:"你就照着办吧,至于挑什么菜,你替我们拿主意。"伙计见徐吴这么说,也不再多说,只管下去办了。

孔章在桌边坐下,看着楼下的戏台子,忽然想起了一些往事,道:"我们也是在四春园里结识的,你还记得吗?"

徐吴慢慢坐下,想起他们得以认识,是一次舞台上的合作。庄叫天被抓走后,戏园里乱作一团,趁乱出走的出走,罢演罢演，而戏园照常开张便得有人上台唱戏。园里的管事不得已之下，请来了孔章救场，徐吴自然为他量身做了一出武戏。徐吴欣赏他做武戏肯下苦功夫，而且耍起把式来干净利落，两人常常探讨如何做戏，久而久之便越发熟悉起来，引为知己，不知不觉，已经十几年过去，如今想来也是很感慨。

"你变了许多，我认为你这样的变化是好的。"徐吴道。以前的孔章并不是这样的脾性，他不爱说话，独来独往，满面风霜。徐吴只隐隐听管事说，他家里遭遇了极大的变故，已经有几年了，一直抑郁寡欢。然而，现今的他似乎已经把往事看开了。

孔章笑了笑，拿起酒壶，替徐吴斟满了一杯酒，回道："人怎么可能不生变化呢？我以旁人的眼光来看，你也生了许多变化，只是你自己没有察觉罢了。不过，说起这事，你似乎从来不询问我的往事，难道你不好奇吗？"

"我有一双眼睛可以看，你并不想提起你的家事，我自然不会问。若是你想说，那么我倒也想知道。"徐吴说道。

孔章望着窗外热闹的景象，锣鼓声声，渐渐回首。重回远江，遇到沈望三的时候，他时常回想到年少所发生的事，一夜之间，家族里的叔伯兄弟都散尽，家财受人觊觎，尽数搬空。母亲受不了逼迫自尽，父亲被抓，被处以死刑。

那年，他才十七八，每日只是舞刀弄枪，当灾难来临时，他无法扛住。孔章没有为他的父亲辩驳半分，他确实犯了罪。然而，告密者却是父亲的学生，是待他很好的兄长，他们一同读书，一同练武。事发后，孔章去找他，他已经换了一副狰狞的面孔。自那以后，有一个问题成了他的心病，日夜折磨，他为何要告发父亲?

"那么,你如今已经看开了吗?"徐吴问道。

"我早已经看开了,这十几年来,我们跑完东边跑西边,遇见的怪事难道还少吗?世间本就无奇不有,一味执着于心病,那便无法看透许多事。"孔章摇着头,继续道,"我想你会觉得奇怪,我怎么到长州拜访师门兄弟,却不敢见自己的师傅。说起来,托了我父亲的福,我七岁便拜在了梁师傅门下,在他的眼下习武整整十载,都说如师如父,我对师傅是十分敬重的。他很有威严,我也很怕他,在他面前,话不敢多说一句。后来,家里变故,了无生意,我每日只晃着脑袋听戏,误打误撞便进了戏行,另拜了师门。这等于是背叛了梁门,我知道规矩,师傅不会再见我了,我也没有颜面见他。"

"或许,你师傅早已经原谅你了,不然梁慧生先生也不敢出面帮助我们解开那个匣子。"徐吴道。孔章戚戚然,倒了杯酒,一饮而尽,道:"我还是不敢见师傅,我知道师傅已经失望了。"

话尾巴刚落地,一楼的场面已经响起来了,"锵锵",锣鼓都起。孔章起身,走到窗台前,往台上一望,两道幕布已经被揭开,有一位演员已经上场,便朝后说道:"你看,开戏了,也不知道开场是哪一出?"

徐吴听着锣鼓声,便猜出来了,道:"是《凤呈祥》里的一段。"说着,木门吱呀,伙计顶门进来,端着一个炭火炉子,几道小菜,低声道:"先生,我让厨子用鲜鱼汤做了汤底,保管是十分新鲜的。"

炉子正烧得滚烫,冒着白烟,鱼味缓缓弥漫整间屋子。孔章闻着味回头,笑道:"有你的赏。"伙计连忙道谢,脸上笑开来,道:"这炉子还要再让它热一会儿才好吃。若是有事,只要摇一摇门那边的响铃,我立马就来。"说完退身出去。

孔章见人出去了,招手让徐吴过来看,道:"你快看,戏台下场门那里是不是站着成家戏班的陈老板呢?"徐吴听说,也走过去看,一眼便认出来了,道:"是他,没有错,他也到远江来演出了。"说着目光收回,瞥见对面包厢的窗前倚着两道身影,不由得又把目光定过去,待把人看清后,心里一惊,推了推孔章,让他去看。

孔章也一下呆住,道:"原来是她。她竟然回来了?"

第二十三回
缠痴情明白人劝规矩，解苦结有心人搭桥梁

对面的窗台前，一对男女立着，往台上看。男子一手夹着洋烟，一手搂着女子的腰。女子笑着往后看，拍掉他的手，瞪了一眼，才又将目光定到台上。男子是沈望三，女子是黎第。两人的姿态，很是亲昵。

孔章道："原来他没有到洋行去，是为了赴黎第的约。"徐吴也道："黎第竟然回来了，梁先生说的那位二小姐便是黎第了吧。"

沈万安与黎第的关系一目了然，沈万安出资筹建了戏园，黎第做管事。难道沈万安出资，便是为了哄得黎第的开心吗？徐吴并不相信。而且，黎第回来了，那么尤三一定也在远江，两人大概是有联系的。他这样想着，目光更是盯紧了黎第。不禁猜想，她为什么要仿造以前的四春园建出新的四春园来呢？

徐吴的目光一直盯着黎第，发现她的目光慢慢转移到台下的观众席上，巡视几番后，又若无其事地转回台上。他也顺着她的目光，怀着一丝疑惑往台下看，实在很难看出什么异样来。

场下坐满了人,除了前排有几张桌子围坐着人,接着后面便摆满条凳,最后边是站着看戏的,一圈又一圈的人,夹杂着叫嚷声。

徐吴正疑惑着,孔章推了他一把,指着前排的桌子,道:"你往那里看,坐在第二张桌子上的那位黑衣女子,是不是女记者陈青?"徐吴望过去,果然是陈青。难道黎第看的人是陈青?只是她看陈青做什么呢?

黎第的目光再次若有似无地往陈青的位子上瞥去。

徐吴重新细想他与陈青的几次交往,为了让他带着梅姨离开远江,陈青答应给出黎第在南江往事的线索,几次与他写信,直到他到了长州后,便再没有给他写过信,而且他也找不上她。陈青的所作所为真是古怪,她为什么肯这样帮他?

孔章也发现了黎第的目光,道:"黎第小姐是认得我们的,我要不要直接过去,当面问她尤三小姐在哪里?"徐吴摆摆手,将两扇窗户轻轻掩上,另外有了打算,道:"黎第小姐哪里肯说实话,她的肚子里一定装着许多托词,专门来绕晕人的。"

两人隐在窗子后,透着一条细缝,看见黎第的目光若无其事一般,在四周巡视起来,眼中闪过戒备,很快地又隐于笑靥之中。孔章问道:"那么,你接下来要打算怎么办?"徐吴看着台下的陈青,道:"我猜她们一会儿定是要会面的,我们且等着吧。"她的心思也并不在看戏上,不过一会儿时间,已经回望三次。

孔章叹气,意有所指,道:"这出戏也不知道什么时候才能唱歇呢。"徐吴轻声回他,道:"快了。"两人就这样,在窗后埋伏了好一阵,一人盯着黎第的动作;一人则是观察陈青的举动,合作无间。

此时，黎第似乎站得累了，推着沈万安到方桌前坐下，凑到他跟前说了好一会儿话。

徐吴观察着黎第的神情，忽然想到她待唐魏先生时候的态度，热情中带着疏离，那时以为黎第本性如此，倒是她对沈万安的态度，是完全不一样的。如今，他才看出她对唐魏先生的无情，又或许两人都是无情的。

正想着，黎第已经走出了包厢，不一会儿，便见到她往楼下走，待走到拐角处时，招来了一位伙计，低头说了几句话后，便往后台走去。而那位伙计则是听完吩咐后，便往台下去，走至陈青的身边说话。

徐吴对戏园里的布置，是很了解的，见黎第往后台去，而她又是园里的管事，便猜到她是往管事的办事处去了，她让人去请陈青，一定是两人有话要讲的，便道："我们也到后台瞧瞧去，看她们要做什么。"

徐吴一面说着，一面往外走，他记得出门右拐，有一条捷道，很快便能到后台去的，并不用从大门前绕一段路。他们走了捷道，一进后台，便见着陈青往里走的身影，便停下步伐。幸好后台这时候正是慌乱的时候，梳妆桌前有演员在上妆，身边的小徒弟则是递衣裳倒水，忙前忙后。

徐吴在人群中走过，径直往管事办事处去，与孔章小心站在角落里，观察着屋内的情景。黎第正坐在长桌前，桌面上是账簿、笔墨，还有戏圭，戏圭上镶有二十余枚牙骨小签，每一枚小签上皆写着戏名，依着戏份的顺序，依次排列，便于后台各个人员观看。

黎第正拿着戏圭看，问面前站着的陈青，道："你到这里来找，是要问我的罪吗？"陈青冷声道："你早就回来了，为什么不告诉她？没有她的指示，你不能回来，你难道不清楚吗？"

黎第笑了一声，道："原来是她让你问我的罪。"陈青依旧冷言冷语，说道："你要做的是先管好自己，不要坏了我们的计划。你知道她并不容易。"黎第把玩着手上的戏圭，满不在意道："谁都不容易，难道就只有她不容易吗？"

陈青不答，只道："你如今违反了规矩，是要受罚的。"黎第放下戏圭，看着面前的陈青，轻声道："她要罚我，那就罚我吧。我没什么可讲的。"陈青见她软硬不吃，只得道："长州，她是再待不下去了，李保华已经在搜查她，如果你做事再不小心一些，露出破绽，那么一切都毁了。还有，你跟沈先生适可而止。"

黎第道："你向来只听她的话，我要同你说什么话，你是听不进去的，那我又可以说什么呢？"陈青依旧冷声道："你只要守好规矩便好。"黎第这时候站起身来，双手交叉在胸前，满不在意道："你说话这么规矩，我差点便被你给骗了呢。你为了梅老板做了什么，难道心里没有数吗？在我面前充什么好汉？"

陈青的面色一变，语气有些恼怒，沉声道："你这是要翻旧账吗？"黎第见她怒了，半嗔半笑地走过去哄她，道："我哪里敢招惹你呢，我也就是这么一说，你要是不爱听，那就翻过篇去，我是不再提了。"

陈青的面色稍缓，才慢慢坐下，嘱咐道："她有事吩咐你去做，你到家宅里找她。"黎第笑道："我要是上家宅里找她，让外人见着了，可不得说什么，姨太太找上门去闹吗？"陈青拿出一张帖子，递过去道："明晚，她会在家里办一场宴会，你找一个伴儿，陪你一同参加。"

黎第慢慢接过那张红帖子，低头看着，若有所思，点头道："我知道该怎么办了。"

陈青不再说话，拿起手袋，便往外走去，临出去前，又停下步子，回身道："我不要再听你提起梅老板，你知道的，她只是我们计划里的一位无辜的受害者，没什么意思。"说完便推门出去。黎第则是回到桌前，百无聊赖地翻看帖子，随手便扔在了桌面上。

徐吴见黎第还站在原地沉思，便和孔章悄悄退出了后台，重新回到了包厢。两人一路上无话，直到进包厢，孔章才抛出自己的疑问，道："我听她们说话，那个她，似乎是尤三小姐，她好像藏身在沈家宅里，跟沈万安原来是有联系的。"

徐吴此时想到的却是，听陈青话里的意思，梅姨当年受牵连，出走远江的事，似乎另有隐情，这次回远江，或许能够解开梅姨的心结。

孔章见他无话，又问："你看怎么办？我们要不要现在找上沈万安，混进明天的晚宴去。"

徐吴摇了摇头，总觉得现在捅破窗户纸，还太早了，便道："他这会儿和黎第小姐一起，我想现在还是不要和黎第打照面的好，等晚一些时候，出了戏园，再去堵沈先生。"孔章想了想，也十分赞同。

徐吴看着黎第小姐又回了四冬间，与沈万安会和。他想着黎第与陈青的对话，总觉得她似乎有些变化，以前八面玲珑，恰到好处，看不出半点真性情，倒是在说起沈万安的时候，似有若无地流露出一丝不甘。难道,她是真的爱着沈万安吗?

台上锵锵声未停,底下叫好声不断,有真听出味来的,也有跟着凑热闹嚷的,喧闹一片。唱完一场,演员鞠躬下台,沈万安起身,黎第也跟着起身,两人下楼去了。徐吴静观其变,走出包厢,在走廊上看着黎第送沈万安。黎第短话长说,神态不舍,缠住沈万安不肯让他离开。

沈万安摆着手,万千托词,最后还是转身离开。黎第手扶着红漆大门,目送离开后,才回了园子里。徐吴立即起身,幸得沈万安没有坐车,这时候追上去还来得及。他出了红漆门,快步走了一段路,终于在一间香水铺子前见着沈万安。

沈万安驻足在铺子前,抬脚一跨,又缩了回来,似乎在犹豫,最终还是没有进去的打算,摇了摇头,转身预备离开。孔章追在前头,将人拦下,装作惊喜道:"原来你在这里,我方才到洋行找你,门房的说你不在。你到这里来做什么?"

沈万安瞥了身后一眼,在这里遇到孔章,他也很惊讶,顿了一下,才又摆起笑脸,道:"我到这里看戏来了。"说着便往他身后一看。孔章会意,介绍道:"我来做一下介绍,这一位是我们班主徐吴。"沈万安点头一笑,向徐吴伸出手,握了握,十分客气,不过一会儿,脑筋一转,又联想到什么,顿了一会儿,想着措辞,问道:"是呈祥戏班的徐班主?"

见徐吴点头,沈万安面色微变,仍笑着接道:"我听说,您的戏唱得很好。怎么,你们也到这里来看戏吗?"说话的时候,他已经无心交谈,只想尽快脱身,告知尤三此事。然而,孔章有意攀谈,借着叙旧的口,要请他到茶楼吃饭。

沈万安正要开口推辞的时候,黎第的声音在后头响起:"万安，幸得你没有走远，你有东西落在包厢里了。"她拎着公事包，迎面而来，见了徐吴和孔章，也一下愣住，继而笑着寒暄起来，道："徐先生、孔先生，我听说你们已经离开远江了，怎么又回来了呢？"

徐吴原来还不想与黎第打照面，这时候赶巧撞上了，也就回应道："我们路过远江，有事要办。"黎第眼珠子一转，问道："你们有什么要紧事要办？或许我可以帮得上也不一定。"

徐吴笑道："只是小事，不劳烦的。"

沈万安看了看黎第，又看了看徐吴，一时间不知道该接什么话。

黎第将公事包递给沈万安后，又同徐吴搭话，笑问："你们什么时候来的，梅老板也来了吗？要是得空，我一定请梅老板来家里坐一坐，叙一叙旧。"徐吴还未答话，她转而又问起了沈万安，道："你怎么也认得徐先生和孔先生呢？"

沈万安答道："我跟孔先生是同乡。"

黎第眼睛一瞪，惊奇道："竟然有这么巧合的事。"说着便拍了拍手，得意道："这样一来便好办了，我方才接了沈太太的一张请帖，请我明晚上去赴宴。我一人出席嘛，显得有些孤单，我想请孔先生给我做伴，不知道孔先生答应不答应？"

孔章原本便想要到沈家宅去一趟的，此时见黎第邀请，是一定会答应的，只是有些疑惑，这黎第的葫芦里不知道卖的是什么药？他看了一眼沈万安的面色，只见他的面色有些难看，迟疑道："这是万安兄的家宴，我是推辞不得的，况且是黎第小姐亲自邀请，我没有不答应的道理。"

黎第见他应承了，又看了徐吴一眼，向沈万安道："万安，徐先生是孔先生的朋友,你难道不请他参加吗?"沈万安被这么一问,骑虎难下,只得应声道:"请徐先生明晚务必光临。"黎第笑着和声道:"徐先生,你一定要请梅老板来。"

徐吴一面答应,一面观察着沈万安变幻莫测的面色,不知黎第这么殷勤地邀请,到底打的是什么算盘,又想到陈青才提起梅姨的往事,话里间半遮半掩,眼下又两次提起梅姨,难道她打的是梅姨的主意吗?

黎第问:"你们还是住在原来的那间旅馆吗?"

沈万安见黎第还打算谈下去,便作焦急状,打断了说话:"实在对不住两位,我到洋行还有要紧事办,先走一步了。"说着便扬了扬手上的公事包,歉声道:"明晚上,我们再仔细聊。"孔章目的已达到,摆了摆手,道:"不耽误你办事,有话再说。"

沈万安前脚才走,戏园里招待他们的伙计追出来讨饭钱,见了黎第,不大敢作声,喊了一声:"管事。"黎第见他匆匆忙忙,气喘吁吁,便问:"有什么急事?"伙计低着头,诺声回道:"这两位先生还没有给钱。"

黎第看了两人一眼,恍然道:"原来两位是到园里看戏来了。"

徐吴道:"黎第小姐很有眼光,今日的戏唱得很不错,炭火炉子也很好吃。我记得很多菜式在外边是吃不到了的,请问是在哪里寻来的厨子呢?我看,四春园,这一块匾额上的字很不简单,请问黎第小姐,又是从哪里得来的呢?"

一连的发问,黎第只是笑了笑,没有答他的话,而是向伙计道:"他们的饭钱,挂在我的账上吧,园里的生意忙,你快回去吧。"伙计连连点头应是,戏园里的规矩极严,他原本提心吊胆，只怕要挨骂扣钱，见管事没有怪责的意思，应了一声便连忙回园子去。

"徐先生，我想你也大概猜到了些什么。你是不是还想问，为什么要重修这么一座戏园子？我也不是十分清楚，只是按着她给我的一张图纸来办的，我只是负责办事的。不过，你的很多疑问，或许明晚便可以得到答案。"黎第道。

徐吴不解，问："为什么你肯告诉我？"黎第笑笑，答："我愿意。"徐吴又问："尤三小姐是不是藏身在沈先生家里？"黎第还是笑笑，回答："这个我不能告诉你。"说完话，她便转身走回了戏园。

孔章看着她的身影，想了一会儿，还是觉得要提醒一下徐吴，便道："我觉着，梅姨还是不要参加晚宴的好。我看那位女记者陈青说不定也会到场，若是你替梅姨考虑，大概知道梅姨是不愿意见她的。而且，方才黎第小姐句句不离梅姨，兜来兜去，是设法让我们带梅姨去。我的心里，一直在打鼓，或许不是什么好事。"

徐吴一面听着他的话，一面跨步向前走，说道："你也知道，这些年来，梅姨的心结还是在远江，若她真是不在意了，那么便不会事事回避着远江。我看那位女记者，似乎知道一些隐情，要是这次能解开梅姨的心结，也不算白来一趟。"孔章已被说服，却还是担忧道："那么，你看着办吧。我的意思是，不要弄巧成拙了。"

一辆人力车停下，两人上车，相对无语。回到旅馆，在门前下车，孔章同徐吴道："这事你来提吧，我还是想要说一句，要是梅姨不答应，你不能劝。"徐吴明白，孔章是以为他将梅姨推出去,是为了得到线索,他也不解释,只是应承。

进了屋子后,徐吴也有些犹豫起来,他在屋子里转来转去,忽然有些拿不定主意了,孔章的考量也不是没有道理。但是,转而又想,梅姨的心结不解,按着她的脾性,是要带在身上一辈子的,他也不忍心见她受着心结的困扰。

徐吴正在心里摇摆的时候,有人在外边敲门,他立即起身,开了门,却是梅姨。

梅姨道:"孔师兄说,你有话要同我讲?"

徐吴微微一侧,让出了条道来。梅姨进屋,坐在了红漆木椅上。徐吴走过去,在她对面坐下,不知话头该怎么起,只得先道:"黎第已经回来了。"梅姨忽儿挺直身子,沉默不语,似乎有意回避,将手里的丝帕绞了两圈,才问:"今日,你有没有探得什么消息呢,关于尤三的?"

"她似乎藏身在沈万安先生家里。"徐吴回答,又将今日所发生的说给了梅姨听,不过,关于陈青的话,他一句没有提起,只说沈万安请他们参加晚宴。梅姨听后,低声道:"你只有这些话说吗?"

徐吴有些迟疑,道:"明晚,陈青也会到场。"梅姨面色平静,只点点头,回说:"我知道了,我去帮你和孔师兄做两身衣裳。"说完话,她便起身离开。徐吴上前将人拦住,扣着她的手腕,道:"见谅。"

梅姨道:"我明白的。"

第二十四回
往事挑明月夜等黎第，疑心已生有意探慧嫂

第二天早上，沈万安便让人送了请帖过来。到了晚上，梅姨和徐昊收拾妥当，拦了车便往沈万安家里去，而孔章则是到黎第家里去接黎第，分两路走。天色将暗未暗，一道霞光在天边铺开，梅姨望着，道："你瞧，今晚的光景一定不错。"

徐昊跟着望去，无心欣赏，只是胡乱点头。

沈万安的家宅门前开了几盏电灯，非常亮堂。门前停着几辆小汽车，三三两两一对，并不是很热闹。梅姨才跨进门槛，便见着陈青，她立在一块山石前，伏着身子，一袭黑旗袍，周身冷冷。

梅姨的目光立即转开，却不由得想，她喜欢赏石这一兴趣还是没有变。

徐昊也看到了陈青，见梅姨的目光移开，也就携着她跨过小院，往客厅里去。人声渐渐喧闹，客厅高而阔，里面摆了一条长条桌，桌上铺着白棉桌布，摆着烛台洋酒，光影摇曳。沈万安正在同人说话，不见沈太太。

不过一会儿,黎第小姐和孔章也进来了。黎第围上来,十分殷勤地拉住梅姨的双手,高兴道:"我好久没有见你了。"梅姨勉强一笑,点了点头。黎第又道:"怎么不见阿离,这样的热闹,她不会吵着要来吗?"

说起阿离,梅姨才回道:"她不来。"

这时,陈青也进来了。黎第眼尖,连忙朝她招手,道:"陈青,你的老朋友在这儿呢,你不来招呼一声吗?"陈青早就瞧见了他们,特意避开了去,却被黎第高声叫住,目光冷冷地看了一眼,还是不得不走过来应付,对梅姨点头道:"梅老板,许久不见。"

梅姨点头答应。陈青目光移开,对黎第说:"我方才碰见了慧嫂,她同我说,沈太太想找你到屋里谈一谈,正到处找你呢。这会儿得空,你该去找她了。"黎第一笑,取笑道:"今晚上来了许多宾客,怎么不见沈太太出来,是不欢迎远客吗?"

陈青不应她此话,只说:"她让慧嫂来寻你,大概是很着急了。"

黎第收敛起脸上的笑意,躬了身子,半真半假埋怨道:"你这人真是无趣,玩笑话也说不得。我这就谨遵圣命,去请沈太太的安。"说完,又同梅姨说了一声,便往后院走去。梅姨看着她离去的背影,若有所思。

陈青见人走了,也很识趣地避开。沈万安迎了上来,招待孔章和徐吴。梅姨见他们在谈话,目光流转,不知不觉中退了出来,跟着黎第的方向,往后院去了。天色已经暗下,呈着黑青色,石子小道的两旁,点着几盏夜灯,说亮不亮,说暗也不暗,只照清了路。

这是一处花园,暗香浮动,一阵风来,香味抵在鼻尖。梅姨挑了一张石椅坐下，要是不出声，没人知道这里坐着人。她抬头看月光，只觉得今晚的月色真美。不知坐了多久，又一阵香味扑面而来，香味浓烈，愈靠愈近。梅姨抬眼，见着黎第小姐从屋里出来，腰肢摇摆，款款走来，但是面色不大好看，月光下是阴沉沉的一张脸。

黎第踩着步子走近，梅姨在暗处出声道："黎第小姐，我有话同你说，你过来坐一坐。"天色暗，冷不防一声，黎第吓软了身子，抚住跳动的心口，埋怨道："是梅老板？怎么坐在这里，真是吓煞我了。"

梅姨道："真是对不住。"说完，见黎第还是站着不动，继续道："你过来坐一坐吧。"夜色中，梅姨的声调有些冷。黎第提着一颗心，在她身旁坐下，探问："怎么不到里面坐？"梅姨不答，正色道："我有话问你，相识一场，你不要瞒我。"

黎第不应，从手袋里掏出一支洋烟，夹在手里，擦火抽烟，火星子忽隐忽现，一口烟吐出，白烟飘散开。黎第知道不妙，梅姨从来不这么说话，便问："你是专程来堵我的？"说完，又一团白烟散开，"你问吧，可以答你的，我就答你，不瞒你。"

梅姨问："我想知道，唐魏和常柏他们发生了什么？"黎第道："这两人有什么事都只藏在心里头，我是一根蜡烛两头烧，顾得了这头，顾不了那头，到头来还不是吃力不讨好的。他们什么话也不肯告诉我，都防着我呢。"梅姨说："你还是要瞒我。"黎第道："他们的事，我不打算瞒你。"

梅姨拿出一张纸，递到她面前。黎第接过，展开一看，面色随即变化，道："还是你们有本事。"梅姨说："相识一场，你不要再瞒我了。我知道那是一张生死契约，唐魏同你签这一纸契约，要的是不是常柏的命？"

黎第又吸了一口烟，烟雾慢慢散出，答道："是。"梅姨问："为什么？"黎第道："因为远江容不下他们，因为两人已经生出了恨意。他们为什么会生出恨意，你是明白的。"两人一时无话，一声呜咽响起。黎第又道："我喜欢这两位朋友，我不过是受人所托，忠人之事，你也不用伤心。我瞧着常柏，也是不长命的了，药汤天天灌，精神越来越坏。他有心结，看不开，整日浑浑噩噩。"

黎第又喷出一口白烟，道："我话说多了。"一阵风来，吹散了白烟，花香混杂着烟味，弥漫开来，梅姨内心浮动，不再说话。黎第起身要走，梅姨将她拦下，再问："纸上的那位公道先生就是尤三吧。"

黎第笑笑，道："这件事，我不方便答你。"说完，烟也吸完了，往地上一捻，火星子暗了下去，起身道："出来久了，徐先生该寻你了。"梅姨再次将她拦住，说："你不要急着走，我还有话问你。"黎第还是笑笑，道："那么，你便问吧。"

梅姨问："当年，孟生被害的前一天晚上，我去参加常柏的家宴，路上遇见的白衣女子就是林司吧，她杀害了孟生。我问这些，并不是想追究孟生的死。我只想知道，陈青忽然同我翻脸，是不是因为你们害怕林司的事迹被报道出来，拿我来做掩护，逼得我不得不离开远江？"

当年，《远江报》上刊登了一张照片，照片之中，她与孟生擦肩而过，孟生回头望她。这张照片摄于孟生被害的当晚，一经登报，随即引起猜测，梅老板的名声一落千丈。因为两人有合作，又是男才女貌，小报上经常登两人如何互生情愫，私订终身的消息文章，渐渐便在坊间相传，真真假假中，大家早已认定两人是一对。

梅姨每次见到这些文章，都极为生气，只是陈青总是在一旁劝她不用管。陈青说，报纸上的消息没有几则是真的，只是报馆为了谋生，或是博取眼球，挣一些昧良心的钱，也是大家都明白的。然而，劝住梅姨的是她的一句，"过一阵，你还有新戏要演出，也不急着这时候辩清。孰好孰坏，你要拎得清，要知道，你的对手程老板也有新戏要演出呢"。

细想往事，梅姨越是觉得可疑。陈青与她交好时，事事顺着，刻意接近。尤其是她与孟生合作演戏的那段日子里，陈青时常出现，向她打听两人交往的一些细节。在参加常柏的家宴时，陈青特意挂来电话，问她出门没有，打算什么时候出门。她想，陈青是不是在那时便潜伏在常柏家附近，拍下她与孟生的照片呢？

黎第慢慢坐下，道："这是谁告诉你的？"

梅姨说道："在长州的时候，我遇到一位女邻居张太太，她时常上门来请教唱戏，找我打麻将牌。久而久之，我也渐渐把她当作是朋友，我以为她也是这么想的。不过，最后她还是不告而别。"

梅姨的声音清冷，没有起伏，黎第听不出她的心情，也没有应声。

梅姨又说："我在远江遇到了你，第一眼见你，我便觉得你与其他女子不一样，对你很喜欢。你常常请我到家里去坐，去看戏，我虽然觉得你过于殷勤，似乎也是另有目的，但是，我对你的喜欢，让我看不清你，我也一样把你当作朋友来对待。

最后,你也是不告而别。你、张太太,还有陈青,你们真是自私自利。你们戴着一张假面具来接近我,走的时候,却把面具留了下来,让我察觉。"

黎第不辩,又点起了一根洋烟,火星子在黑暗中忽隐忽现。空气中弥漫着淡淡的烟草香,混着花香,味道复杂,窜进梅姨的鼻尖。梅姨说话时微微带着冷意:"这些往事,我不过是提一提,让你们心里晓得,并没有深究的打算,这没有意思。但是,我还有几个疑问,想请你答一答。当初陈青时时在报纸上与你作对,说你身后有一个秘密组织,如今你们又联系得这样密切,这是为何?难道你不恨她吗?"

黎第依旧不应。梅姨继续道:"你不恨她,是因为你们还有行动。我记得陈青跟我说过,报纸可以当作一种宣传的手段,刊登在上面的消息,不管是真是假,只要有人当真了,那么就是真消息,是有用的消息。自从上次离开远江,我便常想,她为什么常常针对你,到底是为什么,你可以为我解答吗?"

黎第心里一惊,捻熄手中的洋烟,面色微微变化,想了想,叹道:"梅姨,见谅,我不能为你做解答。或许在不久之后,你想知道的,都会有人告诉你,但不是现在。徐先生该寻过来了,快回去吧。"说着便起身,走在前头。

梅姨轻笑道:"我也想得到,你是不会告诉我的。"也起身跟在后头。临进大厅时,黎第的脚步忽然停下,没有回头,轻声道:"陈青将我在南江镇的往事透露给徐先生,是不在计划之中的。其中原因,你好好想一想。不要误会,我说这句话并非为了辩解。"说完话,也不理梅姨的反应,昂首赴宴。

梅姨站在身后看着她的姿态,想到她在夜色中的一张沉郁的面孔，才发现，原来她的姿态都是刻意摆出来的，每一场宴会，都是她的战斗场。梅姨明白她话里的意思，唐魏和常柏忽然双双身故，本是一件大新闻，作为旧友，忽然出现在远江，会被议论，而窦姨娘的旧案被翻起，势必要提及孟生，她也会因此受牵连。尽快离开远江，才是上上策。

夜风吹起，暗香浮动，混杂着一股她熟悉的味道，梅姨道："她已经走了，你出来吧。"

徐吴从暗处出来，道："梅姨，我不放心。"梅姨回道："我们进去吧，大概是开宴了。"徐吴无话，上前携住梅姨的手，双双往里走。大厅灯火通明，宾客已到，处处欢声笑语。梅姨不由得四处寻陈青的身影，大厅四周没有遮挡，一目了然，她并不在大厅里。往后一望，陈青才从后院小门进来。两人的目光撞上，陈青先避开了去。

随后，沈太太也到场了，她一进场，场上的目光都移到了她身上。沈太太的长相谈不上多么美丽，黛眉细长，狭长的凤眼带着三分睥睨。她摇摆着腰肢，款款向大家走来。沈万安站在她的身旁，带着沈太太一一介绍，招呼。

走到徐吴面前时，沈万安停下，为沈太太作介绍。沈太太颔首，用带着口音的官话说道："大家随意，只当在自家，千万勿要客气。"徐吴这样近地看沈太太，又觉得她与第一次相见时有些不同。他一面想着一面点头道谢，忽然想起一事，问道："沈太太，我想跟您打听一个人。"

沈太太软声道："真是稀奇，头一回有人找我打听人。徐先生想打听哪个？"徐吴问道："您认不认得长州的尤三小姐？"沈太太回头看沈万安，迟疑道："万安，你认不认得这位小姐？我似乎听你说过。"

沈万安道："这位尤三小姐是伍城芝先生的未婚妻。"沈太太记起来了，道："原来是她，徐先生要找她吗？"徐吴道："听说她到远江来了，见沈太太跟她有几分相像，便问一问。"沈太太大笑起来，似乎很高兴，道："万安，我跟她像吗？"

沈万安自然回道："要我来看，是一点儿也不像的。"说着话，见前面有人向他招手，微微点头，向徐吴道："不好意思，我过去招待一下。"沈太太也笑道："勿要客气，有什么问题，可以同慧嫂讲。"沈太太说完便招来慧嫂，嘱咐她仔细招待。

沈万安携着沈太太走后，徐吴对慧嫂说："不用特意招待，慧嫂。"孔章也道："今日客人多，知道慧嫂忙，不麻烦了。"慧嫂笑了笑，客气道："先生太太的客人，我一定要招待的，不能含糊了。"

孔章望了徐吴一眼，没有办法，只得道："那么，请慧嫂带我们逛一逛。"

慧嫂望了望外面，黑漆漆的，什么也看不清，知道是敷衍，便道："孔先生，天黑外头看不清，不好逛，等日里头你们来了，我再带你们做介绍。"她说着便往长桌看去，道，"您几位大概还没有用饭，洋餐吃不惯的吧，要不我到后边去做几道菜来？"

孔章连忙摆手，道："客随主便，客随主便。慧嫂千万不要客气，我是万安的老朋友了，不用特意招待。我们到旁边坐一坐，谈谈笑笑也就过去了。"慧嫂点头，不再坚持，由于沈太太亲自嘱咐要招待，这是很难得的，她因此也格外上心。

慧嫂将人引到一旁坐下，安排吃食后，立在一旁。梅姨见了，道："慧嫂，一起坐下来吃呀。"慧嫂摇头，道："没有这个规矩。"徐吴也道："慧嫂，可以坐下来说说话吧？"慧嫂为难，左右看了看，勉强坐下。

慧嫂坐下，徐吴闲聊，却是想探听沈太太的交友事宜。他想，如果直接探问，怕引起慧嫂的误会。他想来想去，没有法子，望了梅姨一眼。梅姨早已会意，不经意问慧嫂："黎第小姐、陈青小姐，都是我的朋友，却不知道她们也是沈太太的朋友，她们也没有跟我说起过。"慧嫂道："大概是还没来得及做介绍吧，我不大见到陈小姐和黎小姐到家里来，大概是新认得的朋友，梅小姐不要伤心了。"

梅姨又说："我才从长州回来，在远江没有多少朋友，才对这两位朋友格外上心。远江的好是没得说的，就是有些孤单。沈太太交友广，不知道有没有哪位朋友，是从长州来的，或许还谈得来一些。"

慧嫂想起了一人，笑道："正巧，张太太才从长州回远江，前几日还到家里来过，提着一个大箱子来见太太。"梅姨倾身向前，问："是做布商的张太太吗？"慧嫂惊讶，道："没错，是她，原来您也认得张太太。"

梅姨道："是我在长州认得的朋友。"慧嫂笑道："张太太也回了远江，您可以到家里找她。"梅姨望了徐吴一眼，见他的目光似有若无的，总放在沈太太身上，又问慧嫂："我还不知道她在远江的住址呢。"慧嫂回道："这很容易，您一会儿可以问我们太太。"

梅姨笑笑，没有应声，只是点头。徐吴已经收回目光，笑道："我们是在远江车站遇到的沈先生，他做洋行生意一定很忙，常常出差吧。"慧嫂笑道："沈先生是忙，大半年的时间是在外头跑的。"

徐吴笑道："只留沈太太在家里，她心里不埋怨吗？"慧嫂道："我们太太比先生还忙。"徐吴探问："沈太太也做生意？"慧嫂笑说："也不算，只是我们先生有时候也需要太太出面协助。"

梅姨一听，道："那么，沈太太也常常不在家里，家里倚靠的是慧嫂了。"慧嫂挺直身子，笑了笑，推辞道："不敢，只是做分内事。先生回来，太太去接，我一定煮一碗热汤面等着。"慧嫂正说着话，孔章出声道："不好意思，我到外边一趟，落了东西在外边，去寻一寻。"慧嫂说："外边黑，我给您拿一盏灯。"孔章道："不碍事。"

徐吴也道："您就留下来跟我们谈谈话吧。"慧嫂只得留下，孔章只身出去。东扯西聊了一会儿，慧嫂见孔章许久没有回来，有些坐不住，问："孔先生要寻什么东西，要不要我让人帮着一起找一找。"徐吴摆手，道："不碍事，大概是快回来了吧。"

沈太太和沈先生在场上，像是花蝴蝶一般，飞来飞去，绕了一圈又一圈，又回到了徐吴这边来。沈万安不见孔章，便问了起来，慧嫂刚要回答，孔章已经一脚迈进门槛里，往这边来，一面扬着手上的一块白玉，一面道："总算是找着了。"

沈万安道："今晚客人多，怠慢了，见谅。"孔章笑道："老朋友，不要这么客气。"

坐下来又是一阵闲聊，今晚的沈太太话不多，大多时候只是笑笑，心不在焉。两人坐下来不过谈了一会儿，又像花蝴蝶一样，往场上飞去。晚宴散席，已是夜深，沈万安和沈太太出来相送。回去的路上，徐吴没有说话。梅姨看着他，只觉得到远江来后，他变得越来越沉默，常常独自沉思，似乎藏了一肚子的心事。

第二十五回
旧案重提军长翻票房，有意为之流氓闹戏园

自从参加了晚宴之后，徐吴和孔章便常常白天出门，各自行动，到了晚上才回到旅馆中。

在这几日，徐吴到四春园盯紧黎第小姐，或是明着探访，或是暗中窥探。黎第的行为并无特别，总是在晌午时分到四春园坐定，管理园子里的一概事宜，到了晚上八点钟左右，便从园子里出来往家里去，日日一样，偶尔见沈万安到园子里来看戏。

孔章则是盯着沈家宅的动静，沈万安出了门，不是往洋行去，便是到四春园看戏。有时候，他在沈家宅门前看着，张太太已经进出过几回。反而是陈青，自从那晚之后，再没有见她到沈家宅来过。梁天说，陈青没有什么异常，也是出了门便往报社去，下了班便往家里回，也是日日一样。

夜深时刻，两人坐定，徐吴问起长州方面的消息，道："长州那边，有什么消息没有？"

前几日，孔章写了一封信到长州，给了李总巡，托他打听

李保华最近的动静。原来因为信箱的事，孔章想若是李总巡回绝，那也是自然的，但是今日傍晚时分，却收到了李总巡的回信，一并寄过来的，还有一张长州的报纸。

他将信封移到徐吴面前，道："李总巡在信上说，尤家在报纸上连着七天登出声明，已经与尤三小姐决裂，生死不闻，再无关系，听说也是李保华暗中施了一些压力。至于伍城芝先生嘛，照样还是李保华的得力助手，为他出钱出力，合作得很不错。"

徐吴一面听着，一面皱着眉头问："还有什么消息？"

孔章回道："不知为什么，李保华最近忽然有了很大的动静，听说是在寻一名女子，但是据李总巡打听来的，李保华寻的不是尤三，至于到底是寻谁，又很秘密。这是第一件事。第二件事是，李保华将长州的应是观票房，里里外外又查了一遍，抓了不少人，乱安了一个罪名便往牢里扔。又派了不少人在里边查旧账，翻东西。票房里都冷清了，没人敢再去，也不知是为什么，忽然有了这么大的阵仗。"

徐吴想了想，疑惑道："他怎么忽然这么大动静，是为了什么？之前，被行刺的时候也不见他有所行动。"他停了一会儿，又问，"李保华还在找尤三吗？"孔章道："梁天说，有人在打听尤三小姐的下落，我想大概是李保华的人。除了这封信，一并寄来的，还有发表于《长州报》上的一则新闻，你看一眼。"

徐吴拿起信封，从里边抽出一张纸来，是从报纸上剪下来的一角。一则新闻边上，附有一张画稿，画稿上画的是远江的四春园，只是一张素描。

孔章出声道："这则新闻署名者是陈青小姐，你看怪不怪，她是远江的记者,为什么做报道,做到《长州报》上去了?而且,她报道的人是黎第小姐,刻意说明四春园是应是观开设的一家戏园子,又说黎第是交际花,戏园常常有女子出入,行为不规矩,甚至是指明黎第有所目的,暗中有一个秘密组织,这又是为何?但我看陈青小姐和黎第小姐,两人在戏园子的时候,并非这样针锋相对。"

徐吴一面听着他的话,一面仔细看着那张画稿,画稿右下角有两个字,似乎是画作者的署名。但是印刷在纸上的画稿有些小,字迹看不太清,徐吴总觉得眼熟,心里很怀疑,便拿了西洋眼镜来看,似乎是"林司"两字。他的面色一下变了,不敢十分相信,又拿起来细瞧,看来看去,还是那两字。

林司的字迹,徐吴太熟悉了,在震惊中,他又看了一眼发表的日期,是在他们到达远江的当天。想起林司的最后一封信提及的行动,是否跟李保华有关呢?这时,他又不得不联系起来,难道李保华的谋刺案,还牵涉了林司吗?

徐吴将报纸慢慢放下,告诉孔章,道:"这张画稿上的署名是林司,四春园的画稿是林司所画,远江的四春园便是照着这张画稿建出来的。"孔章看了看桌面上的画稿,犹疑道:"那天晚上,我在沈太太的屋里见到了这张画稿,当时并不以为然。我以为四春园是沈万安出资建造的,那么沈太太家里有这张画稿,并不稀奇。但是,它被刊登在了报纸上,这时候想起来,又觉得十分可疑。"

窗外一阵风,刮着窗户,呼呼声过。徐吴听着风声,低声道:"在长州的时候,我便一直在想,尤三为什么要害李保华呢?"他一面想着,一面双手不觉握拳,喃喃道:"她到底为什

梨园秘闻录(下) 405

么处心积虑地要除掉他呢?"

孔章看着徐吴不言语,又是一阵风声,显得有些静默。徐吴又问:"你觉得那位沈太太像谁?"孔章倾身向前,不确定道:"尤三小姐?"徐吴道:"尤三小姐在饭桌上有一个习惯,当她不说话的时候,手会捏着一只筷子。那晚,沈太太不大说话,她的右手不时地捏着桌上的筷子。"孔章怀疑道:"或许是凑巧呢?沈太太说话的语调,还有面貌,跟尤三小姐是完全两个样子。"

徐吴道:"尤三到远江来,却没有人知道她的踪迹,隐藏得这么深,那便是换了一个身份。你不要忘了,她可是很善于伪装的。她的另一个身份,公道先生,至今也很少人知道。而且,那晚慧嫂说沈太太常年不在家里,那你说会去了哪里呢?张太太是尤三的人,拿到信箱当然是找尤三来了,为什么会找沈太太呢?黎第小姐的那份生死契约上,同她签订契约的人也是尤三。黎第却到沈太太面前去,这又是为什么呢?最可疑的是林司的画稿,怎么会在沈太太的房里呢?我想来想去,只有一个可能,沈太太就是尤三。"

这么一说,孔章也开始觉得有几分可能,可同时还有疑问:"那么,尤三小姐扮成沈太太,又是为什么呢?"徐吴想,沈太太这个身份已经存在两年,并不是忽然冒出的,也就是说这件事密谋了至少两年。尤三的心思,真是深不可测,然而她接下来要做什么,徐吴还想不透。

若是还想谋害李保华,她在长州的势力大概是所剩无几了,而李保华又不可能到远江来,敌对的势力是他所忌惮的。徐吴的心里隐隐有些不安,当初李保华遭到姚鹏飞谋刺的时候,处理得十分低调,而今却为了一则消息,而里外搜查应是观,闹得人尽皆知。尤三身在远江,便闹得李保华鸡飞狗跳,目前黎第与陈青看着没有动静,反而有些可疑。以他对尤三的了解,她不可能会这么不动声色,那么便是在暗地里行动了,但是她会做什么呢?

"尤三接下来应该还有动作,我们一定要盯紧陈青和黎第,我猜她们还有更大的事情在谋划着呢。"徐吴一面说着,一面将信件收起,"她们表面上越是平静,那暗地里便是越有大动作。这几日,千万不能掉以轻心。"

孔章起身,一时拿不定主意,问道:"明日,我们怎么行动?"徐吴走到窗前,将身子往外一探,对面是一排排绿荫,一道人影闪过。他看着人影渐渐消失在黑夜中,漫不经心道:"明日晌午后,先到沈太太家里去拜访。"

孔章也看到了那道人影,点头道:"我明白你的意思了。"两人说完话,孔章临要走前,又想起一件事来,又说道:"我看阿离一直闷闷不乐,要不让梅姨带她到外边走一走,看看热闹,她可是最爱热闹的,没准人就缓和过来了。"

徐吴近些日子忽略了她,心里愧疚,知道她的心结,她正为了尤三的不告而别伤心,闷在心里不说,是在怄气呢。正好,他也有这样的想法,让梅姨带她到戏园子去看戏,便道:"我明日跟梅姨说一声吧。"

孔章点头便往外走。徐吴心里还兜着一件事,又将孔章叫住,探问道:"以你对梅姨的了解,你觉得她最近怎么样?"孔章不明所以,瞥了他一眼,反问道:"你怎么问这样的话,难道梅姨遇到了什么事不成?"

徐吴才想起孔章还不知道那件事,便将晚宴当晚,梅姨与黎第在后花园的对话,一五一十地说给他听。孔章听完后,沉吟了一会儿,心中百感交集,拍了拍他的肩膀,道:"我看梅姨这几日没什么不同,大概是释怀了。"

徐吴摆了摆手,慢慢踱步到窗边,看着外面的景色,没有说话。

次日,徐吴从房里出来,迎面撞上了梅姨,她的神色淡淡,便问她:"吃过没有?"梅姨点头,道:"吃过了。"两人站着,一时无话,徐吴又看了一眼梅姨,她身上穿的衣裳同平时不大一样,探问道:"出门去?"

梅姨点头,道:"我带阿离上戏园子看戏去,她总说闷,我知道她这是心里闷,我带她走一走。她爱看戏,爱凑热闹,出去走一走,或许就看开了。"徐吴向前一步,心里十分感激,说道:"实在劳烦你了,最近,我疏忽她了。"梅姨客气道:"这没什么,阿离也是我看着长大的,怎么会不心疼她呢。"

徐吴左右一望,不见阿离人影,又问道:"怎么不见她的身影?"梅姨这时才笑起来,摇头道:"她呀,一听说要去听戏,早已经在大门前候着了,我这是回来拿一样东西。"她说着便往外走,徐吴一面跟着,一面叹息道:"本该是我带阿离去听戏的,只是今日还有事情要办,还得再过几日,等事情办完,我再带她在远江逛一逛。"

梅姨不答,迎面来了两位伙计,点头问好。一拐道便可以见到前堂,阿离正伏在鱼池前,一面指着鱼池,一面同伙计搭话,面上漾起笑意。梅姨忽然停下步子,转身看向徐吴,语气带着些冷意,淡淡道:"我想来想去,为了阿离,还是要再多说

408

一句，你为了自己，总是疏忽了她。这个问题，你也该好好想一想了。"

徐吴一时顿住，梅姨从来没有责问过他，这已经是重话了，徐吴一时心里慌张起来。原来想解释几句，话还未说出口，转而又想，多说也是辩解，他确实疏忽了阿离，便看着梅姨，歉声道："你的话，我记在心里了。"

梅姨没有应声，跟阿离招了招手，携着她出门去了。这时，孔章出来，见徐吴立着不动，望着门口方向不说话，便问："你在看什么呢？"徐吴摇头，勉强一笑，道："走罢，到沈万安家里去。"

两人出了门，便往沈家宅的方向去，没想到沈太太并不在家。慧嫂说，沈太太到园子看戏了。两人又匆匆忙忙往四春园赶，还未进园子，远远地便听见锣鼓声，喧闹异常。

徐吴坐在人力车上，车夫跑得极快，路又不平，人坐在上面有些颠。恍惚间，他似乎置身于当年的四春园之中，往事在脑中窜过，到底是心绪难平。最近一些日子，许多已经忘却的往事又被唤起。

锣鼓声越来越响，传来一阵洪亮的笑腔，戏台上是扮演花脸的程老板。是了，程老板当年也曾经在四春园里上过台，一经出场，便凭着他的功底，在业内业外打响，极受欢迎。自此，程老板的招牌是很响亮的，再请到四春园来唱，成了一件难事。

两人一跨进门槛，见立在门口的是上回招待的伙计。伙计还记得他们，连忙上前问安，殷勤地往里迎，笑道："两位贵客，一春间已经有人了，您两位请移步到三秋间吧。"

话音刚落，齐声叫好声扑面而来，带着一股隐隐的热气。

梨园秘闻录（下） 409

徐吴立在楼梯上，看着场下的热闹，随口道："还是程老板的戏好。"伙计笑道："程老板戏好，难请，这是大家都知道的，还是我们管事有本事，她费了大功夫才请了来的。"

徐吴不答，看着台上身穿蟒袍的程老板绕着走场，起步时腿脚干净，不由得想他真是一点儿没变。一面想着；一面已经被伙计带到了三秋间。徐吴隔着栏杆，往对面的一春间望了一眼，对面双门紧闭，静悄悄的，便问伙计："黎管事在一春间？"

伙计眼珠子一转，笑道："黎管事今日招待贵客，大抵是不方便过来的。要不我去帮两位探问一声？"徐吴又问："黎第小姐招待的贵客，是不是沈太太？"伙计点头道："徐先生能掐会算，我们管事在招待沈太太呢，另外还有两位小姐也在，不过我还没有在园子里见过，不知道哪位太太小姐。"

徐吴在心里猜测，另外两位大概是沈太太的朋友。他想了想，便道："我们跟沈太太也是朋友，劳驾跟黎管事说一声，就说我们来找她看戏。"伙计一听，不想他们也认得沈太太，那么关系可不一般，连忙道："您两位稍等，我这就去帮您问。"

伙计将两人安排下后，风风火火地跑到一春间去询问，不过一会儿，又回来了，笑道："我们管事说，包厢里的都是熟人，请两位到包厢里坐一坐，一起听戏。"都是熟人？那是陈青小姐？徐吴想着，点点头，跟着伙计到了一春间。

还未进门，首先听到一阵笑声，那笑声是黎第小姐的。徐吴立在门前，正有些奇怪，门从里边打开，对上的是黎第一张笑吟吟的面孔。她一面将人往里迎，一面对坐着的人道："我说他们到了吧。"说完，又转过头来："徐先生、孔先生，快里面请。"

徐吴往里一探,正中间摆着一张八仙桌,六张红木方凳,桌面上是几碟糕点,酒酿饼、薄荷酥、芝麻酥糖、绿豆糕,都是阿离爱吃的。阿离手上正拿着一块绿豆糕,见了他,急忙起身招手,她的左边坐着梅姨,右边则是沈太太。沈太太见了他,只是微微点头,问了一声。

黎第将两人安排坐下,又吩咐伙计上几道菜来,才对徐吴说:"说来可是巧了,我才将梅姨和阿离请上来,你们也到了。"黎第说话掐头去尾,徐吴一时没有听懂。梅姨倾身解释道:"我们坐在一楼看戏,黎第小姐在楼上见着了,便将我们请上来。你不是有事要办吗?怎么也到园子里来了?"

徐吴不答,远江有许多处戏园子,梅姨竟会到四春园来,便问道:"你们怎么上这儿来了?"这话说完,又觉得不妥当,"我方才进来听程老板的戏,真是一点儿没变。"梅姨道:"已经过了许多年,怎么会没有变呢?只是你的心境没有变,所以才觉得一切都没有变。物是人非,这个道理你还不懂吗?"

两人挨着说话,黎第在一边看着,见他们像是在说什么悄悄话,取笑道:"你们两位在说什么话,是我们不能听的吗?"梅姨转身对着她一瞪,道:"哪里来的话,只是说程老板的戏还是一如既往的好。"

黎第见好便收,知道梅姨是真恼了,转而见沈太太不时给阿离夹糕点,阿离一面吃着,一面闷声看戏,不像平时爱说话,便有意逗她,拍了拍她的手,道:"怎么才多久不见,你变成闷葫芦了,以前见你可是鬼机灵得很。"

台上正唱得热闹,忽而有人粗声粗气叫倒好。黎第一听便知道是专门砸场子的,立即起身往窗边一探身子,只见六七个身材粗壮的汉子,正带头齐声起哄。她匆匆交代了一句,便下去维持秩序。

徐吴瞥了一眼台上,程老板虽然仍旧在演着戏,身边的配角却已经慌了,频频地往后台望去。那几位气势汹汹,又带头骂了几句难听的话,接着便是掀桌子砸碗。徐吴看明白了,他们不只是来起哄的。而场下的人渐渐开始骚动起来,这情形黎第小姐是应付不来的,徐吴便叫了孔章,一同到楼下去。

此时的包厢里只剩下三人。他们下去处理,梅姨怕起了冲突,整颗心吊着,便走到窗边去看。沈太太作势也要起身。阿离见了她的动作,以为她是担忧,便道:"太太,您不要怕。他们是雷声大雨点小,一会儿便走了。"

沈太太笑笑,温声道:"有了你这句话,我也是不怕了。"说着又问起来,"黎第说你以前爱说话,怎么今日不见你说话?心里是不是闷着什么事呢?"

阿离往梅姨的方向看了一眼,见她的心思都在楼下,悄悄靠近沈太太,说:"我想找一个人,但是不敢说。"沈太太嗔怪一笑,道:"你想找什么人呢,你说来我听一听,我或许可以为你想想办法。"阿离的眼睛一亮,问道:"您说的是真话吗?"

沈太太拍了拍她的手,笑道:"当然是真话。"阿离道:"我要找的那位,跟梅姨是一样的亲的。在长州的时候,她说我要是离开了长州,她会来看我,但是她离开长州了,却没有同我道别。她离开长州这事,我还是听别人说起才知道的。"

此时,沈太太面色微微变化。阿离凑过身去,悄声道:"梅姨他们都说没有她的消息,我真是担心,还能不能见到她。"说着又像是想到了什么,转而摆手道:"算了,算了。我还是不要见她了，我只要她平平安安。"

沈太太握住阿离的手，道："你放心吧，我保管帮你打听出来。"阿离笑道："太太，我还没有说出她的名字呢，您便说要帮我打听出来，这是说好听的话安慰我的吧。"沈太太拿着丝帕往她脸上一点，道："我可没有糊弄你。"

她举手的动作，带着一阵香风，阿离一愣，轻声道："我觉着，您方才那动作，真是像极了尤姨。"沈太太听了，一只手伸在半空中停住，继而一笑。这时，梅姨从窗边走了过来，高兴道："没事了，没事了。警员到场了，已经将人赶出了园子。"几位警员巡场路过，携着警棍便连忙进来，将人训斥几句，赶出了场。

沈太太收回动作，看了窗外一眼，场下人声鼎沸，照样热闹，刚才好像不过是一段无人注意的插曲，漫不经心道："没有闹出大事来，是好的。"沈太太热闹已经看完，拎起手袋，作势要走。她一面起身，一面对阿离道："乖囡囡，要是没有事，随时可以上我家里来坐一坐。我有许多新奇的洋玩意儿，保准是你爱玩的。"

阿离一听，来了兴致，连声道："我一定去，我一定去。"说完话，沈太太便走了。

不一会儿，徐昊便回到了包厢里，问梅姨："沈太太走了？"梅姨见他的面色很不好看，疑问道："怎么？"徐昊摇头，神色不明，只是慢慢坐下，拿起桌上的瓷杯，抿了几口。

第二十六回
半真半假借酒装痴人，亦虚亦实醉梦忆旧情

锣鼓声声，落在窗户边上。黎第推门进来，面带喜色，庆幸道："幸亏有那几位巡警先生巡视到这里来，才将人治住。不枉费我平时对他们小心应付，一遇到这样的坏事，他们倒肯花上十二分的力气。"

如今颁布新规，警员每日要巡视戏园子，这是为了整治不良的风气。针对戏园子常有的不文明现象，若有散戏逾时、随意加凳、人群拥挤、喧哗打闹、有碍风化等情形出现，一概要被押走质问。黎第知道他们轻易得罪不得，是以小心应付，十分讨好。今日见了效果，十分高兴。

她说完话，一抬眼就见到闷声喝茶的徐昊，他的面色很不好看，便走过去问道："徐先生，怎么好像不开心了，是不是想到了什么旧事？"说着便在他身边落座，拿过他手上的茶杯，继续道："既然不高兴，那么就不要喝茶了。咱们喝酒吧，你该散一散堵在心口上的闷气了。"

接着，她又转向梅姨，笑道："梅姨，你也帮我尝一尝，这

是我最近新得来的好酒。我记得你是会酿酒的,劳烦你帮我品一品,看看这酒到底怎么样。"说完话,也不等梅姨反应,她已经摇铃让门口的伙计进来,嘱咐备两壶新酒送上来。一切动作,风风火火,在场的人还未反应过来,伙计已经出去。

梅姨取笑说:"你的动作倒是快,是怕我们不喝你的新酒吗?"

黎第笑笑,道:"这酒是沈太太拿给我的,听说酿造的法子很不一样,而且只有一家会酿这样的酒,还说快要失传了。她说得神乎其神,可我不懂酒,怕她骗我呢,你们帮我尝尝,看看是不是她说得那样好。要真是好酒,那么我也心里服气。要是不呢,那我是要找上她家里去的,去问她的罪。"

这边说得正高兴,徐吴忽然出声问道:"常常有人来闹事吗?"黎第一时未反应过来他的意思,愣了一下,才回说:"这还是戏园子开张以来的头一回。"徐吴又问:"我看刚才的那场起哄闹得不明不白的,是不是得罪什么人了?"

黎第笑而不语,徐吴还有疑问。伙计推门进来,端着木漆盘子,摆着两壶酒。黎第连忙招手,催促道:"快,快,给他们品一品。"一面说着,一面上来拿过酒,又拿来三个酒杯,逐一倒上。

酒一冲出壶口,浓烈的酒香飘进各人的鼻尖。徐吴面色一变,想拿过酒来闻,却立即被黎第移身挡住,笑道:"请等一等,就算是嘴馋,也要让梅姨先喝,我想先请梅姨讲一讲,这酒到底好不好。若是好酒,我再让你和孔先生喝。"

梅姨望了徐吴一眼,眉头微微一皱,接过黎第递过来的酒,先是闻了闻,接下来抿了一口,一入口十分清凉,接着是浓烈的辛辣，下喉之后，唇齿依然留有余香，萦绕不绝。梅姨不由得赞道："是好酒，应该是有些年份的。"

黎第听了，很是满意，将第二杯递到孔章面前，道："请孔先生评价。"孔章见梅姨称赞酒好，早已按捺不住想要尝一口，拿过来便直倒进口里，连称"好酒，好酒"。黎第笑了笑，这才将第三杯酒敬到徐吴面前，笑道："徐先生，请品尝。"

徐吴接过酒杯，同梅姨一样，先闻了闻，心底已经有七八分确定，半信半疑地抿了一口。酒一入喉底，许多旧事翻涌而出，仿佛回到了当年的四春园中。台上唱戏，他和林司坐在台下听，几碟小菜，配四春园的招牌年春酒，一面听戏，一面饮酒，十分得意。年春酒远近驰名，许多食客是专门为了喝这酒，而来光顾四春园的。

林司也爱年春酒，常说四春园的戏比不上酒。新婚之时，年春酒是他们的合卺酒。红光摇曳，林司一袭白纱旗袍，眉目间满是情意。婚礼简单，喜字贴门，拜过天地，拜过师傅，就算成婚。

以前，徐吴觉得年春酒带甜，如今喝起来却有些涩口。他的思绪万千，面上不动声色，拿过酒壶自倒，一杯，两杯，三杯，喝得有些猛，旁人看得心惊，他却还觉得不过瘾。黎第说："喝几口酒解解闷就好啦，你这样喝是在撒气，不要喝了。"说着要来夺酒杯，徐吴躲过，沉声问道："这酒是哪里来的？"

黎第回道："哪里来的，沈太太没有告诉我，下次见她，可以问一问。"

徐吴不语，继续闷声喝酒。他最近常常做一个重复的梦，起来时一身冷汗，整颗心被揪在半空，无处安放。梦中，他在四春园里追逐着一个女子,四周围着白色的纱布,纱布上有一道身影,耳边是银铃般的笑声,偶尔有人在窃窃私语,细听却又听不着了。

他走上前去撩开,并没有见着人,还是一道影子,一层纱布。这样撩了几层纱布,却仍没见着人,可是身影却是越来越清晰,笑声越来越近,不知为何,他的心也越来越焦急。待他要撩开最后一层纱布时,人却已经惊醒了。

那笑声,是林司的笑声。她很爱笑,也爱说笑话引他笑。她总说他少年老成,一副忧心忡忡的样子。她笑起来的时候,是很明朗的,眉眼弯弯,笑靥如花。初时,徐吴觉得她是一朵人间富贵花,晨起读英文报纸,裁衣裳尤重料子,讲起戏来也很有研究。但是,她从不谈起自己的家庭,只说跟家里断了关系,不要再问。

然而,他见过深夜的林司,四周昏暗,她就着一盏小煤灯,伏在案桌上写信,眉头紧皱,或是哀愁满面,或是怒气冲冲,眼中射出冷光,已不复白日的笑靥。林司从不在白日里写信,也从不在他面前写信,她将这一面隐藏在黑夜之中,而他只能暗中窥视。

从那一刻起,徐吴便知道,她从来不是一朵富贵花,笑靥之后,或许是千疮百孔。富贵花是娇气的,话中总是带着三分嗔怒,七分爱娇,笑时更是低眉婉转。可林司从不低眉婉转地笑。

在许多个点着煤油灯的深夜里,徐吴一直有着同一个疑问,这些信是寄给谁的呢?想到这里,他又拿过酒壶自斟自酌,喝得极猛。酒劲上来,头便有些发昏,面前人影两重。梅姨见他神情忽喜忽悲，过来夺酒，说："不要喝了，你已经醉了。"

徐吴摇头。林司常常到园子里看他的戏，等他下台了，便指出他演得不好的地方。他受了四春园管事的邀请，为戏班里的各位老板量身写戏，闲暇时也上台演一出，担一个配角。他的每一场戏，林司必定到场。

然而，阿离出生之后，林司常常失约，家里的煤油灯频繁添油。徐吴半真半假地试探道："油灯里的油是不是被老鼠吃了，一到天亮，油也光光。"林司不应，他也不再问。她的信写得越来越频，人也常常不见踪影。他一问起来，林司只说有事要办，不要再问。

一封封不知内容的信件，林司的态度，还有隐藏在黑夜中的秘密，在每一个深夜里抓挠着他的心，他有许多的猜测。当他在她的妆奁里看到一张男子的照片，他想他的猜测已经得到了证实。照片中的男子，面貌年轻，穿着白色西服，头戴高帽，微微侧身，目光冷冷地往外射。他拿着照片，在家中等林司回来。林司一进门，便跑来夺过照片，一声不吭。他连声质问，林司欲言又止，最后只说，不要再问。林司从来只有一句，不要再问。

"徐先生，你已经醉了，不要再喝了。"黎第劝说。

徐吴摇头，他十分清醒，想起了许多旧事来，压在心底的，不敢翻出来回想的旧事。在那之后，林司越来越不易见到，她早出晚归，穿着华服，穿梭于舞场之中，对他日渐冷淡起来。他跟踪她去寄信，跟踪她到舞场，在昏暗之中，他看见照片中男子的面孔，两人相立而笑，慢慢走出他的目光。

"你已经醉了，不要再喝了。"梅姨又上来劝。

徐吴摆了摆手,他没有醉,那男子的面孔在他面前晃来晃去,越晃越近,目光冷冷,眉目如刀。他想起来了,望着梅姨道:"李保华,李保华,原来是他。照片里的人是李保华。"梅姨见他神情不对,忧心道:"哪里有照片?你还说没有醉呢。"

昨日,新买来的周报上有一则政治要闻,当头就是一则,"李保华三十上午八时乘汽车赴洋赛马场"的消息。接着便是第二则戒严消息,"长州沙岛准备戒严,铁钢炮台掩护工具均筹备,兵房空地试验炮弹声隆隆,并调查华工房,宣告新例,不得留亲友住宿,工人亲眷,限一日迁出"。

李保华的照片贴在两则消息中间,手杖军棍,穿军服戴军帽,微微侧着身子,目光冷冷地往外射。虽然李保华的容貌抵不住岁月的变化,但是那冷峻的目光,是经年不变的,甚至要更加冷峻。

徐吴低着头,忍不住嗤嗤地笑。原来在长州的时候,尤三早已经将谜底揭晓了,只是他还未察觉罢了。尤三送来林司的信件里,那张陌生男子的照片便是年轻时候的李保华,相纸泛黄,他穿着洋服,目光冷冷,还是那副神态。

孔章认识徐吴许多年,不曾见他这样失态过,这才察觉出不对劲,也上来劝说:"你已经喝醉,不能再喝了。"徐吴忽然大笑起来,目光冷冷地望着他们,道:"这么多年了,我还没有这么清醒过。我还要喝,你们不要拦我。"

梅姨见他目光变冷,如此反常,猜他大概是想清楚了什么事,接下来不定会发生什么事来。她一面想着,一面将目光移向阿离,阿离面带惧色,应该是受到了惊吓,梅姨便起身将她哄骗出去。

徐吴自觉神清气爽，拎起酒壶便往口里倒，他直视黎第，催促道："还有酒没有？上酒来，快上酒来。"黎第无可奈何，摇铃让伙计拿酒。徐吴看着黎第，说："那张照片里的人是李保华，你是知道的。"

黎第笑笑，道："即便真是李保华，那又怎么样呢？"徐吴想到林司的最后一封信，问："她是被李保华害死的，是不是？"黎第面上带笑，不答。徐吴又问："尤三几次暗杀李保华，是不是为了替她的姐姐报仇？"黎第冷哼道："要是你这么想，那么我真是错看了你。你还是小瞧了她们，小瞧了所有的女子。你以为我们只能围困在这些小情之中，而不能做大事吗？"

徐吴想到，一路走来，遇到的所有的女子，唐淑宜、天胜娘，还有自投远江的窦姨娘。窦姨娘投江前曾经特意来访，神色慌张，话里的意思是，黎第要害她，可以想见她的牺牲是被迫的。那么，林司的牺牲是自愿的，还是不得已呢？应是观，这个女子秘密组织，到底为何会有这么多女子甘愿入局？

不等他问，黎第已经起身，继续道："一个女子在社会上是无足轻重，是没有力量的，她们走出家庭，便没有了出路。当她们对家庭感到失望，那么也会对今后的人生绝望，因为她们的出路只有依附于男子。如今社会动荡，天天打仗，男子争权夺利。女子再强，也只能在名利场上做配角，穿着漂亮的礼服，露腰露腿，立在男子身边，讲一句难听的话便是迎来送往。男子嘛，西装笔挺，讲究绅士风度，从上到下，裹得严严实实，做的是主人翁。"

黎第讲到这里停了下来，从手袋中抽出一根洋烟点上，吞云吐雾间卸下伪装，冷眼看着徐吴，淡然道："一个女子的力量太轻，两个人的力量也是不够的。但若是有上百个，上千个，她们的怨与恨，便会化成一股力量，一把利剑，挥斩社会上的不公。这把利剑，用的引子是人，有的人手持利剑，那么便要有人甘愿铸剑。有一句话说，一切以大局为重。我觉得讲得是很好的。"

火星子慢慢往上延，黎第将烟灰抖落，继续道："李保华做的桩桩件件，哪一件是人事呢？从他的手中葬送了多少疆土，他对于这个社会的坏处大于好处，所以他该死。她也觉得他该死，于是愿意做这个引子。"

徐昊知道，她说的是林司，不由得追问起来："那几年，她是如何过的？"

黎第听到他的疑问，只是笑笑，起身踱到窗边，台上一场戏已经唱罢，跑场的缓缓拉动幕布，将舞台遮挡住，这是要换下一场戏的背景。她猛地吸了一口，重重地吐出白烟，心口还是闷，说："原来，我不该告诉你这些话。只是看你这副样子，很不忍心，或许也是可怜她，我也不晓得了。"

她的话十分敷衍，徐昊冷声道："你这样说，还是在搪塞我，不肯告诉我实情。当年，她同我说的话，几分真几分假，我真是分不清了。你们知道实情，却也不肯告诉我，让我活一个明白。梅姨说得没有错，你们实在自私，却以为伟大，为了自己的目的，从来不看一眼旁人。"

黎第笑笑，双手围在胸前，目光射向徐昊，笑道："我无所谓你怎么想。不过谈到这里，我还是要说一句，你实在不懂她，所以她才抛弃了你，就像当初她抛弃了她的家庭一样。她也是为了自以为的伟大。"

梨园秘闻录（下） 421

徐吴闷声不语,见伙计端酒进来,一把拿过酒壶,揭开便往口里倒,想借酒消解愁闷。黎第说的话并不假,他已经猜到,却不想承认,偏偏被一语道破。

台上的背景已经换好,演员也各就各位,红幕布被缓缓拉开,已然是一出新戏。黎第倚在窗边上,道:"前些日子才定好的戏单,我竟然忘了接下来演的是哪一出戏了。"说着便仔细听锣鼓声,直到主角登场,才想起来:"程老板之后,接下来是俞老板的老生戏,我怎么就给忘了呢?"

"俞老板的戏好,跟程老板一样难请。我听说两人有芥蒂,已经几年不肯同台了,也不知你用了什么办法,竟然让他们同台了。"徐吴一面喝酒一面说。黎第不答,捻熄手中的洋烟,见俞老板开腔,她也跟着哼几句。

包厢之中,一时无人说话。黎第唱了几句后,忽然道:"俞老板的老生戏,相较于梅姨,还是少了一点儿韵味。"徐吴道:"梅姨是老天爷赏饭吃,天生一副好嗓,她又肯下苦功夫,很难有人比得上她。"

孔章坐在席上,听两人对话听得云里雾里,一下看看徐吴,一下瞧瞧黎第,摸不着头脑,怎么又忽然有闲情谈起戏来呢,实在不解,只能闷声喝酒。

这时,徐吴忽然起身,一手拎着酒壶,一手拿着酒杯,走到黎第面前,将酒杯递过去,笑道:"黎第小姐,我今日高兴,敬你一杯,不要推辞。"黎第接过后,他继续道:"几杯黄酒下肚,头脑顿时清醒过来,我也想通了一个问题。前几日,我看到《长州报》上,刊登了四春园的消息,上面还有一张林司的手稿,报道者是陈青小姐。我时常在想,陈青小姐的用意到底是什么呢？"

黎第一饮而尽，酒杯已空。徐吴一面替她满上，一面道："既然你们都不肯说，那么我要来说一说我的猜测。"黎第笑笑，道："徐先生是聪明人，一定不会猜错。"徐吴说道："傅萍小姐、姚鹏飞小姐的两次暗杀，均告失败。李保华秘密调查，没有大动作，查到尤三头上时，心里才起了戒心，但是一切动作仍是低调，只是暗中给伍城芝先生和尤家人施压，使其与尤三断绝关系，他并不露面。然而，陈青小姐的报道出来之后，李保华一改态度，查禁长州的应是观票房，翻起旧账，闹得满城风雨。"

徐吴说到这里停下，继续倒酒，暗中关注黎第面色的变化，道："我猜，李保华态度的改变，是因为他意识到应是观这个秘密组织的存在，联系起了林司，知道你们潜伏多年，只想要他的命。"黎第听了，冷笑一声，将酒杯搁在窗台上，不置可否。徐吴也笑了笑，继续道："你们这是有意而为之，给李保华制造恐惧。我猜尤三接下来还有动作，而且在这几日即将实行。"

黎第面无表情，道："徐先生可以这样想。四春园人多事杂，我这个管事当得不易，不好意思了两位，酒只能喝到这里了。你们随意，想喝什么，想吃什么，只管吩咐伙计去办，一切账目算在我的头上。"一面说着，一面往外走，从从容容。

徐吴的话还未问完，立即追上两步，将人拦住，直言道："当年，林司之所以会出现在远江，是因为李保华也在远江。"黎第还是笑脸迎人，道："徐先生怎么猜都可以，但我不能说，她也不让我提起。"

徐吴知道，她说的是尤三。他拦住黎第，望着她哀声道：

"相识一场,你告诉我实话吧,她到底发生了什么事?你们总要让我活明白了。她已经不在,她不能亲自告诉我,难道你也忍心不告诉我吗?"

黎第见徐吴不肯罢休的样子,沉吟道:"她在离开你之后,并没有得到李保华的信任,但是一直在寻找接近他的机会。那几年,她躲在暗处,搜集他的一切消息,记下他的饮食起居,摸个底儿清。得知他要到远江,换了军官太太身份,刻意接近,终于取得了信任。不过,她为了解救女学生窦姨娘,被孟生发现她接近李保华的目的,孟生告密,她行动失败,命丧黄泉。"

徐吴听完,心底荒凉一片,其实他早已猜测到是此情形,只是经黎第的口讲出来,便是板上钉钉的事实。他的心里五味杂陈,最后慢慢归于平静。他坐回原位,不再说话,望着台上的戏,仔细地听着,见面前坐着的是林司,递酒过去,笑说:"这酒味一点儿没有变,你尝一尝。"

一杯见底,立即满上,一杯接着一杯,压在心底多年的闷气,已经吐了出来。

第二十七回
棋局密布似胜券在握，险招密备果另有动作

徐吴醒来的时候，人已经在旅馆中，两扇窗户开着，两束光射进来，有些亮眼，一时间觉得恍惚。他的目光右移，梅姨正坐在一旁，闭目休息，眉头微皱，眼下青黑，面色不大好。

他想昨夜大概是梅姨照顾了一宿。不知不觉中，他看了梅姨好一会儿，竟忘了叫她。她不知做了什么梦，一下惊醒过来，抬眼时两人对望。她立即起身过来，面上泛着笑意，高兴道："你总算是醒了。"

徐吴笑了笑，不好意思道："忙了一宿吧？"梅姨随手拿起茶杯递过去，笑道："你昏睡了两宿，回来之后发热，昏迷不醒，也不知在做什么梦，含含糊糊一直说着梦话。不过，我倒觉得你这场病生得好，把以前的积气吐一吐，以后精神才爽利。"

徐吴这才觉得身上酸痛，说话提不上气，原来竟是生病了，还以为只是宿醉呢，再次道："真是劳烦你的照顾了。"梅姨摆了摆手："不要说客气话。你那天回来还是孔师兄搀着回来的，

酒劲上来面孔是红的,到了后半夜还是没有消下去,一摸才知道是发热,急急忙忙请医生来看,两副药下去才渐渐缓和过来,真是吓死人了。"

梅姨说着,手上动作不停,提着热水壶倒水进面盆里,蘸湿白毛巾,递到徐吴手中。徐吴接过,道:"让你担心了。"梅姨动作一停,说:"最担心你的是阿离,她才被我劝回屋去,要是知道你醒了,一定很高兴的。"

徐吴笑了笑,道:"先不叫她。梅姨,我想跟你说说话。"梅姨正在往炉子添炭火,回眸看他,问:"我们不正说着话吗?"徐吴用毛巾擦擦面孔,一股热气扑面而来,蒸得人清爽了许多,他索性将毛巾铺在面上,道:"你还是看出来了。"

梅姨不说话,仔细挑着眼前的木炭。徐吴将面巾拿下,搁在床头上,慢慢起身,想要坐起来。梅姨见他要起来,赶紧过来搀扶。徐吴披了件衣裳,在一旁坐下。红泥炉子烧得旺,渐渐沸腾起来,药味四溢。

徐吴解释道:"那日在四春园里那么做,实在是不得已。黎第小姐的态度,是不肯透露半分的,然而她端上来的酒是当年林司最爱的年春酒,那酒只有一家酒家会酿,我不明白她们的用意。我只是想知道当年的真相。"

梅姨道:"你的做法,我是很明白的。"说完,两人无话。徐吴想了一会儿,才又道:"梅姨,你真是聪明,当下便看出来,将阿离带走。"他说话时,内心五味杂陈,说不出是什么滋味。梅姨笑笑,道:"我想,无论是为了自己,还是为了阿离,你还是看开的好。"徐吴低声道:"你说的话是对的,梅姨。"

这时,孔章推门进来,见徐吴已经醒来,面色不错,笑道:

"看来人已经好了，你这一病，梅姨忙上忙下，还没有好好休息过。"梅姨上前道："你气还没喘匀呢，一进来便说那么多话，也不嫌累。这两天总不见你，到底做什么去了？"

孔章坐下，道："我自然是去办要紧事了。"说着，便摸出一份报纸递到徐吴面前，道："这两日，沈太太那边没有动作，黎第小姐则是另换了一套戏班子。至于那位女记者，今早上又有了新报道，是刊行在《远江报》上的，你瞧一瞧。"

徐吴拿过一看，首先见到的是"四春园挟持妇女，做下流勾当"几个大字，接着便是一张照片，是那日流氓在四春园起哄，巡警赶人的情形。陈青撰稿称，巡警上门查探四春园挟持妇女一事。

孔章问："她们这么做，又是什么意思呢？我实在不懂。"

徐吴回道："她们这一步棋，是为了证实李保华的猜测。"孔章不解，道："既然是为了证实李保华的猜测，怎么不像上次那样，在《长州报》上发表呢？"徐吴看着手上的报纸，沉思道："李保华已经盯紧远江，这里的风吹草动，一定有人在他耳边报告。要是像上次那样，仍在《长州报》上发表，动机过于明显，势必要引起他的怀疑。"

孔章问："尤三小姐下的这一步棋，意义是什么呢？她若是要解决了李保华，无非是两个办法。一来，是继续找人潜伏在李保华身边，伺机而动，但是目前这样的情形，李保华戒心已起，很难实施。二来，便是吸引李保华到远江来，将人解决。不过，李保华的政敌在此，他是不可能到远江来的。怎么想，这都是一局死棋。"

徐吴说道："尤三的棋局还没有布置完，是死是活，你且等着看吧。不过，她的棋技很不错，或许会有险招呢！"孔章笑问："听你这样说，难道是已经猜到了尤三小姐接下来的行动了？"徐吴笑了笑，说道："不出三天，你就可以看到尤三走的下一步棋了。"

孔章摆了摆手，道："既然你不肯透露，那么我再等三天吧。"

话才说完，阿离也进来了，她一眼就瞧见徐吴。她一改闷闷不乐的面色，高兴地跑进来，待走近了之后又有些犹豫，因为想起了在戏园子的时候，徐吴喝醉酒的样子，一时不大适应。还是梅姨看出了她的心思，上前拉住她的手，道："你看，你一直心心念念着你阿爹，怎么他的病好了，你反倒不说话了。"

阿离笑了笑，有些不好意思，轻声道："我是高兴坏了。"徐吴朝她招了招手，让她在身边坐下，问："最近，你读书了没有？"这一句话，让阿离打了个激灵，近日她并没有读书，有些心虚，诺诺道："只是背了几首诗。"

徐吴又问："哪一朝，哪一位诗人？"梅姨在一旁看着，知道她是没有看书的，便出声帮衬道："你病了，她哪里有心思看书？"阿离有了梅姨撑腰，也趁机小声道："您病了两日，我实在没有心思看书的。"

孔章取笑道："我看不是这样吧，你是顾着玩你的新鲜玩意了。"

梅姨瞪了他一眼，无奈道："你真是添乱，没有一点做长辈的样子。"接着又向徐吴解释："你生病的这两天，沈太太送来了一些洋玩意儿，说是要给阿离玩的，我看她很殷勤。原来想让阿离上她家里去，表示一下谢意，但是你一直病着，她也不愿意去。我看今天的天儿很不错，就让她出去玩一玩吧。为了你,她也闷了两天了。"

阿离听了,眼睛一亮,但又不敢十分表现,只是暗暗观察着徐吴的态度。她实在很想上沈太太家里去,因为不只是有洋玩意玩,还有沈太太身上的味道,不知为什么,总是让她想起尤姨,而且她还在等着沈太太给出尤姨的消息。

徐吴见她面上着急,是想去的,便点头道:"既然上人家的家里去,总不能空手,让梅姨拿一些手信带去。另外,我有事交代你去办。"阿离高兴道:"要交代什么事呢?"徐吴道:"我要你帮我转交一封信给沈太太,你一定要亲自交到她的手里,不要经旁人的手。"

阿离应承道:"这事很简单,我一定办好。"徐吴笑了笑,转身走到箱子边,拿出了一封信件递给她,道:"我不放心你,你让梅姨陪你一道去。"阿离回头望着梅姨,求道:"梅姨,您就陪我去吧。"

梅姨拿她是没有办法的,应声道:"你都这样求我了,我只能陪你去一趟了。"说完,便让阿离稍等一会儿,自己回了屋子。她还有一件东西要送给沈太太,聚散匆匆,一切言语尽在送出的物件上了。

一切准备完毕,梅姨在门前拦了一辆人力车,便往沈太太的家宅去了。两人一直到了用过晚饭后才回来,阿离回到旅馆的时候,面色泛红,十分高兴,不停地说着今日见到的新鲜玩意,意犹未尽。而梅姨神情无异,面上是淡淡的笑意,径直进了徐吴的屋子,拿出一封信递过去,低声道:"她让我跟你道一声'谢谢'。"

徐吴接过信后,请梅姨坐下,问道:"你知道她为什么跟我道谢吗？"梅姨点点头，接着又摇摇头，道："我不知道自己猜得对不对。"徐昊笑道："你猜的是什么？"梅姨答道："我猜你在李保华的事情上帮了她，至于你帮了什么，我不知道。"

徐昊点头道："你猜得没错，我给她的那封信，是李保华身边的亲信秘书占有宏与巡警厅老三往来的信件，事关伪钞案件，也事关李保华，十分重要。那是在长州的时候，李总巡放在我这里的一份物证。"

梅姨疑问道："巡警厅的老三？这人是杜克衡被抓的时候审问出来的人物，我记得他也参与到了伪钞案中的。"她一面说着，一面联系起来，惊道："你的意思是，李保华是伪钞案的推手？"

徐昊点头道："这件事还是李总巡调查出来的。"

梅姨不解，连声问道："可是，尤三拿了这份物证又有什么用处呢？李保华就是长州的法，是长州的天，哪里有人告得倒他呢？大家还依赖着他的武力，被解救于水深火热之中呢。"徐昊笑笑，道："我看她是很有办法的，我们且等着。我也实在是好奇，她到底要怎么把李保华的天给揭下来。"

这日之后，徐昊一直等着报社的消息。等了两日，报上才又有了新消息，不过这一次不再是地方报道，而是全国性的报道，"李保华涉伪钞案"的消息铺天盖地一下便在各省传开，引起了各界的注意。

孔章十分高兴，道："我想势必有很多人要讨伐李保华了。"

徐昊没有说话，他看着报纸，微微皱起眉头，报纸上只是指责李保华主使伪钞制作一事，并没有将证据刊登在报纸上。没有证据的事，李保华只要一则澄清的声明，事情很快便会被压下来了。尤三怎么不将手上的所有证据刊登在报纸上呢？

他的担忧到了第二日，果然得到验证。一早，李保华的澄清声明一下便在各地刊登，占据了头版头条，声明中还称要抓出造谣者。到了第三日，质疑声也就渐渐消了下去。等到李保华的澄清声明一出，徐吴才隐隐猜到尤三的计划。不过，他还不敢十分肯定。

徐吴一直观望着外边的消息。到了第四日，一本账簿在报上刊登出来，上面详细记录了每一次运伪钞的数量，运往何处，运送给何人。同时，曾经刊登在《长州报》上的伪钞案又被翻出。一时间，要求彻查伪钞案的声音渐渐起来，甚至有人带头组织发传单，游行抗议。

孔章看到报上刊登出来的账簿时，也很惊讶，奇怪地问徐吴："这本账簿，尤三小姐是打哪里得来的？我们查伪钞案的时候，可从来没有发现过有这样东西。"徐吴道："小炉匠是尤三的人，他被行刑前，与尤三的七天之约，大概是早已经约定好的了。顾湘小姐说小炉匠在被抓之前，寄出了一封信。我想他应该把这本账簿也一并寄给了尤三。"

一路走来，孔章也隐隐猜到小炉匠背后的人是尤三。今日，他看到这本账簿被登在报纸上，摇头笑道："我还真是小瞧了尤三小姐的本事。"说着，又道："我听说长州那边，已经开始乱了，大家都在猜测伪钞案的幕后主使，要求把案子摊开来办。李保华那里，够他闹腾一阵了。"

徐吴笑笑，道："她手上还有两个重要的证据没有放出来呢。我算是看明白她葫芦里卖的是什么药了。"孔章问道："怎么说？"徐吴解答道："你想一想，若是她一次将所有底牌都亮出来，李保华迅速应付，事情很快便会被压下来了。但是，尤三这么一步一步将证据放出来，既是为了等舆情发酵，也是等李保华登报否认，为日后落下话柄。她这是在当众揭李保华的老底儿呢。"

孔章点点头，道："虽然她只是女子，我却很佩服她了。"

第五日，各地的报纸上登出了占有宏与巡警厅老三的往来信件，字里行间是催收伪钞的意思。占有宏是李保华的秘书，大家纷纷猜测此案与李保华的关系。

孔章一拿到新鲜出炉的报纸，便向徐吴报告，大笑道："我到大街上去，听不少人在议论李保华的案子，大家都说伪钞案一定是他主使的。"接着，他又说起了李总巡的来信，"李总巡说，李保华正急得跳脚呢。"

徐吴一面拿过报纸来看，一面问道："长州那边有什么消息没有？"

孔章回道："你还不知道。昨日，李保华去找伍城芝，吃了一回闭门羹。听说他想找伍先生出面为他说几句话，表明他的军费来源正当，是由伍先生支持。不想伍先生并不在长州，他的期望是落空了。而且，不止伍先生，李保华还找了几位来往频繁的人物，但是愿意出面的，听说只有一位。"他说着，又提出自己的疑问来，"我不明白，伍先生怎么肯从李保华这条船上下来呢？他可是为了李保华，跟尤三小姐解除了婚约的。"

徐吴道："伍先生大概也从来没有想过要上李保华的船，他这人也很不简单，心思很难猜透。"孔章点点头，想起与伍城芝的几次交往，也觉得这人很有手段，摇头感叹说："他和尤三小姐真是很搭配，都是聪明人。怎么就解除婚约了呢，真是可惜了。"

徐吴无话，此时的他却是在想另一件事。他想，尤三手上还有最后一份至关重要的证据，李保华亲笔的催款信。这份证据若是刊登在报纸上，李保华是百口莫辩了。他猜测，明日便会登报。

隔日，徐吴依旧让门房的送报纸来，报纸一拿到手里，他便打开来看，关于李保华的消息却是半点没有。他的心里咯噔一下，有了不好的预感，不知尤三那边是不是出了事。正着急的时候，孔章匆匆忙忙进来，说："李保华已经秘密离开长州了，这件事情没有对外宣布。"徐吴急忙问道："这时候，他为什么会离开长州？他为了自己的安全着想，怎么会肯离开长州呢？什么原因，你打听出来了没有？"

孔章说道："这消息是梁天告诉我的，他也还在猜测李保华离开长州的原因。如今，李保华的处境并不好，长州劳工抗议镇压不下，其余地界的军长也对他虎视眈眈。长州可以说是最安全的地方了，他离开长州，能到哪里去呢？"

徐吴站在窗边，看着窗外拥挤的人潮，一辆汽车开过，"叭叭叭"地响，愣是开出了一条路来，渐渐地消失在了拐角处。他又回到桌边坐下，问："沈家宅那边有什么消息没有？"孔章道："这几日没有异常。"

徐吴不觉又拿起报纸来翻，却是什么也看不进去，不由得沉思起来，李保华为什么要秘密离开长州呢？他到底要做什么？为什么尤三没有将最后一份证据登在报纸上呢？

第二十八回
奇女子复仇一切皆抛，刺杀案公审民意罔顾

天才微微亮，徐吴便听见窗外有报童在喊："号外，号外。"

他匆匆忙忙往身上套了件衣裳，到街上买了几份报纸回来，仔仔细细地看下来，报上已经不再提起伪钞案，李保华的名字也没有出现。他放下报纸，隐隐觉得不安。尤三手上还有最重要的证据，怎么会忽然停下了所有动作呢？难道她那边出了什么事？他越想越不安，立即起身往外走，决定亲自到沈家宅去瞧一瞧。才走到门前，一辆人力车已经到了面前，他报上地址，很快便到了沈家宅。

沈家宅的两扇大门紧闭，四周静悄悄的，他敲了许久。

慧嫂探出半道身子，惊问："徐先生，您来得这么早有什么急事吗？"徐吴没有寒暄，问得急切，道："沈太太在家吗？"慧嫂上下打量着徐吴，觉得他问得唐突，不知该如何回答，只敷衍说："我们太太跟沈先生一起出门去了，大概是有几天才回来的。"

徐吴连忙追问："沈太太到哪里去了？"慧嫂眉头一皱，正

要说话，徐吴又问："沈太太什么时候走的？"慧嫂身子往后退了半步，门稍稍掩上，冷声道："徐先生，您这话问得真是唐突，怎么只找我们太太，不找我们先生呢？"

徐吴解释道："慧嫂，我有一件重要的事想请太太帮忙，请您告诉我吧。"慧嫂半信半疑，不肯说太多，只道："他们天还未亮便出门了，至于到哪里去，我就不晓得了。"徐吴又问："最近，有没有人到家里来找沈太太呢？"慧嫂道："陈青小姐到家里来得多。"徐吴沉吟，大概猜出陈青到这里来的目的。

徐吴一面想着尤三突然的出行，一面匆匆告别了慧嫂，打算找陈青打听。于是走到巷口，拦了辆人力车，直往陈青的住处去。车夫跑得极快，迎面是阵阵凉风，吹得人清醒了几分。徐吴坐在车上，苦思冥想，忽然明白过来，尤三根本没有打算将李保华的亲笔信刊登出来，她前面的动作只是为了引蛇出洞罢了。

两旁的风景，一晃而过。徐吴在街旁看见了陈青的身影，只见她步履匆忙，只埋头往前走。他连忙叫停车夫，上前将陈青拦住，见她的面色不大好看，便知道她们的行动并不十分顺利，疾声问："尤三到哪里去了？"

陈青面色十分紧张，左右望了望，才示意他往一旁的深巷里走，等到了无人的时候，才说："她到章州去了。我已经告诉过她，她是没有胜算的，可她还是去了，我劝不住。"徐吴问："李保华也在章州？"

陈青点了点头，心里焦急，随手抽了根洋烟，火光一闪，烟雾飘散在巷子中。她皱眉说道："李保华肯赴约，是为了要她的命，她也是知道的。我说她这是飞蛾扑火，不打算要命了。"

说完此话，她沉默了一会儿，语带无奈，叹声道："她骗了我们，她根本没有打算当众揭穿李保华的罪行。尤三想要的，一直是他的性命。"

徐吴觉得奇怪，追问道："她为什么要这么做呢？"陈青沉默不语。徐吴见她不答，转而又问："她怎么会选在章州呢，那里不过只是一座小县城。"陈青一面观察着外面来往的行人，一面沉声回道："她早些时候在章州设了一个布庄，我们都以为，她是为了日后事发而布置的藏身地点。现在想来，她是早已经计划好了要将李保华引到那里去。"

徐吴继续问："替她在章州打点一切的人，是不是布商张先生和张太太？"

陈青点头，手上的洋烟已然燃尽，她又拿出一根点上，无声笑笑，道："我们都只是为她办事的，她计划做什么，从来容不得我们去问。就算是猜，我们也猜不透她。只是，她这一步棋，下得太险了。"

徐吴记得章州处于两省的交界，虽然只是一座小县，但是由于处在关键位置，是两省军长争夺的地界，常有县民发生械斗，管理十分混乱，属于三不管地界。尤三在那里布置，是早已经考量到了这点。

徐吴接着又问："他们约在哪里会面？"陈青回想道："地点约在章州白云山的禅定寺，时间定在今日傍晚六点。"从远江到章州有三个小时的车程，若是这时候出发，晌午前可到达章州。徐吴心里一动，问道："在约定时间之前，尤三是不是在章州的布庄落脚？"陈青有些迟疑，不敢肯定："这实在难说。"

徐吴衡量道："你将布庄的地址给我，我现在出发，到时候见机行事。"

陈青听了,知道他很愿意出面相助,十分意外,高兴道:"徐先生,真不知道该怎么谢谢您。我原来打算找黎第一道到章州去一趟,车也已经备好了。您肯到章州一趟,真是太好了,您就随我的车去吧。"

他们说定之后,不再耽搁,也顾不得找上黎第,便立即出发往章州去。

路上,陈青一面开车,一面向徐吴说道:"我们一定要在李保华之前找到她,阻止她的行动。黎第说,李保华已经分批次安排人埋伏在了禅定寺周围。我看这两人打的是同样的算盘,然而,依我来看尤三是毫无胜算的。"

徐吴也正有此担忧,他实在不清楚尤三为什么会选择以卵击石,她再怎么会谋算,也敌不过李保华那些身经百战的兵。他这一次跟到章州去,同陈青的态度是一样的,至少保住尤三的命。

陈青开得极快,不过一会儿,远江的高楼已逐渐消失在视线中,一望无际的农田尽在眼底,枯黄的稻草恹恹地耷拉着,长势并不好。徐吴望着窗外,喃喃道:"今年的收成大概也是不好的了。"陈青也瞥了一眼,随声道:"这年景谁还有心思管庄稼收成?"

两人到达章州的时候,正是晌午,他们见时间还早,便先往布庄去探探情况。布庄开在闹市,徐吴一下车便开始观察四周,连开的三间铺面,中间挂着一块匾额,写着"张记布庄"四字,店里有十来位伙计忙进忙出,或是招待,或是在门前搬货,看着并无异常。

徐吴顺势将目光移向四周,这条商街的两旁都被小摊贩占去,来往买卖的人不少,看着平常,但他还是发现了人群中有几双不一样的目光,布庄明显已经被盯上了。聪明如尤三,大概是不会到这里来了。

他一面想着,一面跟着陈青往里走。迎面有伙计上来搭讪,陈青摆了摆手,伙计便识趣走了。徐吴正要说话,抬头却见一人从里间走出来,步履匆匆,手上拿着一个小木匣子,一张脸沉静似水,眉目却微微上挑着,似乎强装镇定。

他连忙上前将人叫住:"张太太。"张太太看到徐吴,十分诧异,一时不知怎么招呼。徐吴低声问道:"她在哪里?"张太太的目光不经意往后望,沉声道:"我不知道。"徐吴追声道:"她的处境,你应该明白。"

张太太不说话,陈青出声道:"你该知道,我们是来协助她的,总不是来害她的,轻重缓急,你自己掂量。"张太太低头沉吟,终于还是透露了一句:"她已经到禅定寺去了,山下有一间卖香火的铺子,你们可以去瞧一瞧。"

陈青听完转头便往外走,被徐吴拉住,道:"外面眼线多,进去出来都两手空空,容易引人怀疑,让伙计跟着我们,搬几匹布到车上去。"陈青一向十分小心,这次实在由于心急,行事慌张了,便道:"徐先生考虑得是,是我心急了。"

两人携手出了布庄,陈青指挥着伙计放好布匹,上车后,慢慢开出了商街。徐吴则是透过面前的后视镜,观察身后的情形,道:"我猜布庄周围应该潜伏了不少人,李保华对尤三真是欲除之而后快。"

陈青冷笑道:"找李保华寻仇的人不少,哪一位不是他欲除之而后快的呢?"徐吴笑笑,转而问道:"她怎么会选在禅定寺?"陈青答道:"禅定寺香火旺盛,人多好掩护,还有便是下山的路不止一条。"

禅定寺离布庄并不远,不过一会儿,便隐隐见到山顶上巍峨的观自在像,眉眼低垂,俯视众生。车子驶到了山脚下,徐吴原来以为章州只是一座小县,就是再怎么香火旺盛,也不过是人多一些,却不想是这番景象。

面前是排开的店铺,果脯铺、香火铺、茶水铺,一应俱全。空地上停满了汽车、人力车和轿子。等人的车夫围坐在一处抽起旱烟,谈谈笑笑,不知是说了什么笑话,笑声阵阵,直传到徐吴的耳朵里。徐吴道:"这里的菩萨大概是有求必应的。"

陈青笑笑,不知从哪里掏出了一个烟盒,递给了徐吴,道:"徐先生,这是一把特制的手枪,您拿着防身,必要的时候就开枪。"徐吴把烟盒展开来,果然就成了一把小手枪,点头道:"但愿用不到吧。"他一面说着,一面收进了衣袋中。

说完,两人便往香火铺子走去,铺子前围着不少人,都是来挑香火的。这里的香各式各样,大小不一,既有细小如筷的,也有人般大小的,刻的不过也是"一世平安""财富亨通"等字样。越是有所求的,买的就越大。

掌柜年纪稍长,留着短须正在柜台前拨着算盘。徐吴上前,用张太太交代的话,问:"张记布庄在这里订了几炷高香,请问到了没有呢?"掌柜抬眼打量徐吴,道:"张记的香已经领走了。"

徐吴追问:"什么时候?"掌柜漫不经心道:"过了晌午之后。"徐吴心里一掂量,尤三才离开这里不久,难道是到山上的

梨园秘闻录(下) 439

禅定寺去了？他一面想着，一面走到外面找陈青，没想到陈青却不见了。

他往外走了几步，才看见陈青的身影，她的目光定向一处，面带迟疑。徐吴问："有什么情况？"陈青回头道："我方才看见伍先生了，我追过来的时候，人已经不见了。只是他怎么会出现在这里呢？"

徐吴对于伍城芝的出现也有些费解，但目前还是尤三的行迹最为重要，便道："尤三已经不在香火铺子里了，我们要往山上去找，时间已经不多了，我想她已经躲在禅定寺的某一暗处。"

陈青低声道："我最怕的是她已经被李保华带走了。"徐吴问："怎么这么想？"陈青道："这间香火铺子已经被围起来了，我猜是李保华的人。"徐吴却道："我看未必，李保华要是已经找到了尤三，那么这些人也不会留在这里守着了。我们赶紧往山上赶，或许还来得及。"

他们选了一条小路往山上去，石阶布满青苔，一阵风来，清香扑面而来，行人低声笑语，一切显得十分宁静。然而，徐吴与陈青的心情却很不平静，因为此行一切未知，或许是生，或许是死。

到了山顶，眼前是巍峨庄严的"大雄宝殿"四字，像是悬在半空中的一座山。洪亮的钟声响彻山间，一声，两声，平缓而又急促，撞到了徐吴的心底，他不知不觉跨进了大殿里。大殿里是一尊大佛像，慈眉善目，俯视着众生。两旁是十八罗汉，姿态各异，面目狰狞。

徐吴呆呆地看着，有些出神，眼前浮现的许多往事，皆如过眼云烟一晃而过，心中滋味十分复杂。忽然悟得贪念、欲念、执念，只是众生之像，只有放下外像，才能自在。他想到这里，豁然开朗，这半生来对林司的执念，在此时竟然也慢慢放下了。他看着佛像，双手合十，虔诚非常，已然忘了此行的目的。

此时，到周围查找了一遍的陈青找了过来，见徐吴痴呆的模样，实在焦急，低声提醒道："徐先生，这时间一下子便过去了，还有一个半钟头便到了约定的时间。我们还是赶紧到后边找一找吧，后院的厢房还没有去找过呢。"

徐吴回过头时，一时间有些恍惚，忘了自己身在何处。陈青再次出声道："徐先生，时间不多了，我们一起到后院找一找吧。"说到这时，徐吴才醒过神来，跟着陈青往后院去。后院有些安静，只有一位小僧人在扫地。

几只喜鹊立在枝头上，"吱吱"地叫唤，一阵风来，树哗哗地响一阵，喜鹊扑腾着四散开。面前排开的一间间厢房都闭紧了门，没有半分动静。徐吴上前问小僧人，有没有人到这里来过。小僧人抬头，指了指自己的口耳，摆了摆手，又继续扫地。

徐吴明白过来，原来小僧人听不见，也说不了话。没有办法，他只能跟陈青一间一间房地查探。大多数房间都被锁住，只有两三间是开着门的，但屋里没有人。他怀疑着走出后院，却忽然看见门前晃过一道身影，看着像是伍城芝，他似乎也在找人，行色匆匆。

徐吴赶紧追了出去，却还是迟了一步，伍城芝的踪影已经不见了。正犹豫着要不要再往前追的时候，徐吴听见了陈青的叫唤，回头去看时，她面色焦急，让他往回走，她说完便往另一方向追去。徐吴当即明白是有线索了，也顾不得追伍城芝，追上了陈青。

陈青见他追到面前,解释道:"我方才看着一人很像尤三,她似乎是见到了我,转头便走了。"徐吴也道:"我方才也见到了伍城芝先生,真是奇怪,他们俩怎么会同时出现在这里呢?"

丛林小道有不少分岔路,尤三的身影一下便隐没在了竹林中,徐吴道:"看来她对这里的地形是十分熟悉的,我们追不上她的,不用追了。"陈青十分懊悔,着急道:"怎么能不追呢?徐先生,时间也已经不早了,再过不久,就到她和李保华约定的时间了,我们要抓紧才行。这眼看就要追上了,我要是早点看到她便好了。"

徐吴沉吟道:"你先想一想,她为什么会在这里呢,而且又在临近约定的时间出现?"陈青猜测道:"您是说,他们约定在这里见面?"徐吴点点头,道:"李保华也该出现了,他身边一定是带了不少人的。这一条主路是往山上去的必经之路,我们先找一处隐秘的地方藏身,等李保华上山。"

不过一会儿,徐吴便听到有脚步声往山上来,而且动静不小,约莫有十余人。徐吴小心地探头往下看,一眼便认出了走在中间的李保华,只见他平常人打扮,微微低着头,戴着一顶黑帽子,让人看不清脸。而身边的人则是观察着四面八方,时刻警惕的状态。

他们直往后院里去,小僧人见他们来,双手合十,将人引到了一间锁住的厢房前,把门打开后便离开了后院。尔后,李保华的人将后院围了起来。陈青见此情形,问道:"下一步该怎么做?"

徐吴沉默不语,皱着眉头,直盯着前方尤三的身影,她不知道从哪里出来，竟然已经出现在了后院门前。李保华的人见了她，迅速反应，一起围了上去，将她扣押住后，当场搜身，从尤三的身上搜出了一个铁制烟盒，当下搜走。

陈青见尤三随身的洋枪被搜走，已经按捺不住，一下便想冲出去，却被人从身后按住。她以为是徐吴在阻拦，正要回头呵斥，却听到了沈万安的劝阻："你不能过去，会坏了她的计划的。"此时，陈青万分担心尤三的安危，沈万安说的话，她听不进去，甩开他便想冲出去。

这时，徐吴也出声劝道："你这时候冲出去，惊动了李保华，她的命立时便没了。"听了这话，陈青身子稍稍伏低，不敢再轻举妄动。沈万安见她不再冲动，往四周望了一圈，很小心地说道："你们在这里待着，不要说话，千万不要再走动。布庄的人已经被李保华的人抓走了，你们不能再乱了我们的计划。"匆匆交代完后，他伏着身子往回走，一下便消失在了竹林中。

徐吴听到布庄被围，知道事态严重，但是又见沈万安很有几分把握的样子，心底的石头也稍稍放下，便待在原地静观其变。竹林里静悄悄的，偶尔有鸟鸣声。不知过了多久，院内忽然传出一声枪响。徐吴一惊，再待不下去，也顾不上许多，胡乱摸出手枪便往前冲。

然而，竹林里一下冒出数十人来，也一齐冲进了院内，一时枪声四起，子弹乱飞。徐吴冒着被射中的危险，趁乱冲进了厢房里，屋里的摆设东倒西歪，尤三藏在角落里，手臂中了一枪，而李保华则不见踪影。尤三见了徐吴，立即上前夺过他的手枪，奋身往外追。

徐吴反应过来，立刻跟上，随尤三追到了另一间厢房。尤

梨园秘闻录（下）　　443

三掀开一块石板,赫然是一条暗道,她毫不犹豫往里开了三枪,一切动作,一气呵成,好似演练了许多遍。一声呜咽从暗道里传出来,悠长深沉,之后渐渐没了声响。

一切都发生得太快太突然,徐吴愣愣地看向尤三。

尤三似乎也愣了一下,随即看向他,笑了起来,有一种解脱的快意,平声道:"他终于得到了报应。"说完话,也不解释,走到门前,将手枪举起。很快便有几人围了上来,拿走尤三的手枪,把她的双手铐起,直接将人押走。同时,有两人到暗道里,将李保华抬了出去。这些人行动十分有序快速,尤三也毫无反抗的意思。

徐吴看向冷眼旁观的沈万安,疾声问道:"他们不是来救人的吗,怎么又将人抓走了呢?"沈万安摇了摇头,沉默不语。徐吴看得出沈万安是知道实情的,只是不肯透露,便想追上去,却被他拦下,说道:"徐先生,那些是远江军长的人,你不用追了,他们不会让你接近的。"

徐吴猜测道:"她同远江军长做了交易?"沈万安点了点头。徐吴追问:"条件是什么?"沈万安被这么一问,忽然意识到了什么,他愣了一下,摇了摇头,不敢肯定道:"她是聪明人,她很有法子,她……"徐吴冷声打断他的话:"她今日枪杀了李保华,你以为这事有谁会替她遮掩?"

沈万安一直照着尤三的嘱咐办事,没有想到这其中的利害关系,经徐吴提醒,才明白过来,疾声道:"徐先生是说,她是抱着必死的决心做这事的?"沈万安的话音刚落,伍城芝着急的声音从身后传来:"她在哪里?"

徐吴听见声音,转头往后看,只见伍城芝从大门跑了进来,显得十分慌乱，甚至有些失魂落魄，全然没有了平时沉着冷静的贵公子模样。他茫然四顾，似乎看清了乱成一团的现场，猜到尤三已经被抓走，无声笑道："她到底还是不信我。"他说着便又追了出去，来去犹如一阵风。

这时，徐吴也顾不得沈万安的阻拦，跟着伍城芝追了出去，但还是晚了一步。那些人做事训练有素，对这里的地形又十分熟悉，显然是有备而来的，早已经循着隐秘的小道下山去了。

徐吴望着静悄悄的竹林，忽然想到了方才伍城芝说的话，看着似乎早已经知道了尤三的行动，便想到要找他打听，却如何也找不到他的身影，只能作罢。徐吴没有办法，只能回到远江再另外打听尤三的处境。

没想到，自从禅定寺一别后，徐吴再没有得到关于尤三的消息。倒是李保华被暗杀的事，很快便传开来了，社会舆论一下高涨，一时间引起多方猜测。有人怀疑他是被政敌暗害，也有猜测是有识之士替天行道，更有小报刊载了李保华的香艳往事，暗指情杀。所有讨论相当热闹，但似乎没有人在意他是生或死。

徐吴正想着，梅姨进来说，黎第和沈万安来拜访。徐吴知道他们的来意，昨天，陈青小姐已经来过，说沈万安四处托人打听尤三，那边却犹如密不透风的墙，硬是没有漏出一点风声。沈万安回来已经七天了，也逐渐着急起来，他越来越意识到，尤三的处境不容乐观。他一进来便问："徐先生，您有没有什么办法？"

徐吴摇了摇头，也没有办法。这几日，孔章拜访了不少人打听消息，他们要么全不知情，要么缄默不语，不肯说出实情。

梨园秘闻录（下） 445

整件事背后有一双暗中操纵全局的手在密谋着,一时半会很难找出突破口,而且尤三也没有给自己留一条退路,她做的是最坏的打算。

沈万安见徐吴也没有办法,垂头丧气地走了。第二日,一条报道铺天盖地,席卷了全国,所有报纸都刊登了同一则消息,"枪案告破!奇女子为姊报仇,枪杀军长!"。

徐吴皱着眉头,放下报纸,心想报上所写半真半假,一定是远江军长刻意为之的动作,他这是要推尤三出来顶罪,自己撇个干净,真是一局好棋。徐吴想到这里,再坐不住,走到街上去。

街上依旧是寻常般热闹,小摊上蒸腾的热气不停地往上冒,喧杂声不断,或是叫卖起哄,或是交谈嬉笑,鲜活而生动。但徐吴的心是冷的,他因为无能为力,而生出了一种冷眼旁观之感。他漫无目的地走着,不知是不是幻觉,他的耳边若有似无的,总听见有人在谈李保华,他越往前走,越是听得分明。

地上飘着许多张白色传单,徐吴捡起来看,纸上细数了李保华历年来的罪状,又说尤三暗杀李保华是替天行道,应该得到宽恕处理。徐吴看完后,便知道是有人在背后想要积极营救尤三。只是这人是谁呢?谁愿意在这样的时候出手搭救呢?

徐吴持着疑问,顺着地上散落的传单,发现了一名正在发传单的男子。他正高声喊着:"奇女子替天行道,应该得到宽恕处理。李保华作恶多端,镇压劳工罪有应得。"徐吴看着那人的侧影,只觉得眼熟,似乎在哪里见过,一时间又想不起来。

他不由得走过去,男子也瞧见了他,走上来塞了一张传单到他手上,匆忙说:"先生,您看一眼。"说完,他又走开去别处宣传了。不过，只这一眼，徐吴已经想起来这男子在哪里见过。尤三第一次带他们去伍家宅拜访伍城芝的时候，曾说起李保华镇压劳工的事，而这男子正是被镇压劳工的带头人。

徐吴摇了摇头，看着男子越行越远的背影，心想一切只是徒劳。他这样悲凉地想着，走了一路，又回到了借住的旅馆。他一抬眼便见到了梅姨，她的面色有些紧张，见了他好似松了口气，一下便迎了上来，道："有一件东西，你要看一看。"徐吴见她的面色很凝重，便跟着她回了屋。

梅姨一进屋便拿出了一张照片递过去，道："这照片是匿名寄到我这里来的，你说是不是尤三寄来给你的呢？"

徐吴接过照片一看，微微一愣，相纸已经泛黄，照片中的人物却还是很清晰，那是他和林司结婚时的合照。他看着手上的照片，沉默许久，又忽然起身，像是下了决心一般，将照片扔进了炉子里。红通通的火光一下蹿了起来，一寸一寸将相纸吞噬殆尽。

梅姨看着火光，想上前阻止，却又突然停下了阻止的动作，只默默看着照片中，一对新人的笑脸消失在火光之中。她看着徐吴淡漠的侧脸，知道他这是放下执念了。

之后的几日，舆论开始偏向尤三，各界人士纷纷站出来支持轻判。由于案子较为受关注，公开审理的日子也很快定了下来。到了公审的日子，徐吴携着梅姨到庭旁听。开庭没有多久，尤三便被两名警员带着上庭。

这一次来旁听的有不少人，现场有些嘈杂，庭上有人不断喊"安静，安静"，但仍然压不住嘈杂声。尤三在嘈杂声中缓步上庭，显得十分静默，她的目光坚定地巡视了四周，对于即将到来的审判,她没有半分胆怯,似乎一切安排,她全然接受。所有指证,所列罪证,她都点头称是,没有为自己辩驳半分。

审理结束后,一切尘埃落定,即使有舆论支持,尤三还是被判了极刑。

图书在版编目（CIP）数据

梨园秘闻录 / 郭言著 .— 上海：上海社会科学院出版社, 2024
ISBN 978-7-5520-3786-9

I.①梨… II.①郭… III.①推理小说—中国—当代 IV.① I247.5

中国版本图书馆CIP数据核字（2022）第 242324 号

梨园秘闻录

著　　者：郭　言
责任编辑：霍　覃
封面设计：陈雪莲
出版发行：上海社会科学院出版社
　　　　　上海市顺昌路 622 号 邮编 200025
　　　　　电话总机 021-63315947 销售热线 021-53063735
　　　　　http://www.sassp.cn　E-mail:sassp@sassp.cn
印　　刷：上海景条印刷有限公司
开　　本：890 毫米 ×1240 毫米　1/32
印　　张：28.375
字　　数：635 千
版　　次：2024 年 1 月第 1 版　2024 年 1 月第 1 次印刷

ISBN 978-7-5520-3786-9/I・477　　　　　　　定价：98.00 元

版权所有　翻印必究